GERICHTSMEDIZINERIN
DR. SAMANTHA RYAN
Spinnennetz

NIGEL McCRERY

GERICHTSMEDIZINERIN
DR. SAMANTHA RYAN

Spinnennetz

Aus dem Englischen
von Thomas Ziegler

Die Deutsche Bibliothek – CIP-Einheitsaufnahme
Gerichtsmedizinerin Dr. Samantha Ryan. – Köln : vgs
Spinnennetz / Nigel McCrery. Aus dem Engl. von Thomas Ziegler.
1. Aufl. – 2002
ISBN 3-8025-2834-4

Titel der englischen Originalausgabe: *The Spider's Web*
Copyright © 1998 Nigel McCrery
Erstveröffentlichung: Simon & Schuster Ltd, London

1. Auflage 2002
© der deutschsprachigen Ausgabe:
Egmont vgs verlagsgesellschaft mbH
Umschlaggestaltung: Alex Ziegler, Köln
Satz: Kalle Giese, Overath
Druck und Verarbeitung: Clausen & Bosse, Leck
Printed in Germany
ISBN 3-8025-2834-4

Besuchen Sie unsere Homepage im WWW:
www.vgs.de

Für Dr. Helen Whitwell, Gerichtsmedizinerin
Meine Inspiration und Freundin

Prolog

Der Mond stand hoch über der flachen ostenglischen Landschaft. Wie eine riesige blaue Laterne hing er dort, einsam vor dem weiten Himmel von Norfolk. Seine suchenden silbernen Strahlen durchdrangen die dunkle Dezembernacht und spiegelten sich in dem kalten Raureif, der wie eine weiße Decke über dem Land lag und der trostlosen Öde des Winters Schönheit verlieh.

Jack Falconer bewegte seinen großen Körper langsam, aber zielsicher durch die Wälder, die die uralten Hänge von Herdan Hill bedeckten. Seit über zwanzig Jahren wilderte Jack in diesem Gebiet und folgte damit der Tradition seiner Vorfahren. Obwohl es nicht viel einbrachte, war es genug für seine Bedürfnisse, und es blieb auch noch etwas für die Regentage übrig. Er betrachtete das hiesige Wild als seinen Besitz. Warum sollte irgendein Mensch das Land für sich beanspruchen dürfen, nur weil er ein paar Shilling mehr in seiner Tasche hatte? Jack glaubte, dass das Land jenen gehörte, die es pflegten, und er hatte es viele Jahre lang gut gepflegt.

Als er seine letzte Falle erreicht hatte, blieb er kurz stehen und blickte sich um. Selbst im Dunkeln war die Aussicht überwältigend. Wer brauchte Hochglanzbilder, dachte er, wenn einen Gottes Schönheit umgab? Er spähte hinauf zum klaren Nachthimmel und suchte nach den vertrauten Sternbildern.

Herdan Hill war eine der wenigen Anhöhen im County und schien die flache Umgebung wie ein bedrohliches Karbunkel zu überragen. Jetzt, tief im Winter, war es ein einsamer, abgelegener Ort, der nur von wenigen besucht wurde. Doch in den Sommermonaten wimmelte es hier von Ausflüglern und Spaziergängern, die hierher kamen, um die Aussicht zu genießen und ein paar Stunden fern von den Zwängen des Stadtlebens zu verbringen. Herdan Hill war im Umkreis von Kilometern der einzige erhöhte Punkt und deshalb das Motiv vieler Legenden. Hauptsächlich handelten sie, wie in Norfolk üblich, vom Teufel und seinen Anbetern. Es hieß, der Teufel persönlich würde hier aus der Hölle emporsteigen, um unter den Menschen zu wandeln und Böses zu tun. Einst hatte auf dem Hügelkamm eine Kirche gestanden, auf deren geweihten Boden angeblich schwarze Messen abgehalten worden waren. Vor vielen Jahren wurde das Kirchensakrament aufgehoben und das Gebäude damit dem Verfall preisgegeben.

Jack lachte leise. Die Geschichten waren natürlich alle Unsinn, aber weit interessanter als die Tatsache, dass der Hügel lediglich eine ungewöhnliche Anhöhe in einer ansonsten konturenlosen Landschaft war.

Er war gerade dabei, seine letzte Falle aufzustellen, als plötzlich über dem Kamm des Hügels die Scheinwerfer eines Autos aufblitzten und ihn aufschreckten. Instinktiv warf er sich auf den Boden und rollte hastig unter den nächsten reifbedeckten Busch. Er lag dort für einen Moment und wagte kaum zu atmen aus Furcht, entdeckt zu werden. Doch seine Besorgnis war unbegründet. In seinem grün-braunen Tarnanzug, mit der dunklen, tief ins Gesicht gezogenen Wollmütze, verschmolz er vollkommen mit seiner belaubten Umgebung. Jack verfügte über die im Lauf vieler Jahre eingeübte Fähigkeit, lange Zeit absolut bewegungslos verharren zu können. Er war sogar in der Lage, den aufsteigenden Dampf seines Atems zu kontrollieren, um seine Position geheim zu halten. »Geduld«, hatte ihm sein Vater stets eingeschärft, »ist das A und O des Wilderns.«

Er warf einen Blick auf seine Uhr – es war halb zwei. Er war überrascht, so früh am Morgen jemand auf dem Hügel zu sehen. Niemand, sagte er sich, außer der Polizei oder einem Förster wäre verrückt genug, sich zu dieser nächtlichen Stunde die steile, vereiste Straße hinaufzuwagen. Vorsichtig spähte er durch eine kleine Lücke in dem Hagedornbusch und versuchte den Fahrer zu erkennen. Es war nicht die Polizei, dessen war er sicher. Es war der falsche Autotyp, ein Metro, und außerdem war es viel zu kalt für sie. Sie saßen bestimmt irgendwo im Warmen und tranken Tee. Aber vielleicht war es ein Förster, überlegte er. Jack sah, wie der Wagen langsam den steilen Hügel hinunterrollte, immer schneller wurde und mit seinen Reifen schwarze, parallele Abdrücke in dem vereisten Straßenbelag hinterließ. Obwohl der Wagen weiter an Geschwindigkeit gewann, war kein Motorengeräusch zu hören. Jack schloss daraus, dass der Fahrer das Auto im Leerlauf rollen ließ.

Während der Wagen lautlos an den Bäumen und Büschen vorbeischoss, die die Straße säumten, bahnte sich das helle Mondlicht seinen Weg durch die kahlen Äste des dichten Waldes und drang in das dunkle Innere des Autos. Einen Moment lang erhellten die Lichtstrahlen das Gesicht des Fahrers. Obwohl Jack Falconer nur einen kurzen Blick auf die jugendlichen Züge des Fahrers erhaschte, hatte er seltsamerweise eine unheilvolle Vorahnung. Irgendetwas stimmte nicht. Er wusste nicht genau warum, aber ein Gefühl des Unbehagens und der Anspannung durchfuhr ihn und drückte ihn zu Boden. Ihm stockte der Atem.

Jack beobachtete, wie sich das Auto einer scharfen Rechtskurve näherte, die sich im dichten Wald verlor. Sofort erkannte er, dass das Fahrzeug viel zu schnell war, um eine derart scharfe Biegung meistern zu können. Selbst unter normalen Fahrverhältnissen war die Kurve gefährlich und musste mit Vorsicht genommen werden. Durch das schwarze Eis jedoch, das die Asphaltstraße spiegelglatt gemacht hatte, war es ein fast unmögliches Manöver. Der junge Fahrer des Wagens hatte die Biegung entweder nicht gesehen oder zu dem Zeitpunkt, als er sie erreichte, schlicht die Kontrolle verloren. Was auch immer der Grund war, es gab keine sichtbare Reaktion auf die drohende Gefahr. Jack verspürte den Drang, aufzuspringen und ihn zu warnen, aber angesichts der sich anbahnenden Katastrophe war er wie gelähmt.

Der kleine Metro kam von der Straße ab, machte einen leichten Satz, als er über die grasbewachsene Böschung rutschte, und prallte frontal gegen eine riesige, uralte Eiche. Der Lärm von zerberstendem Metall und splitterndem Glas erfüllte für ein paar Sekunden die Luft, dann setzte eine unheimliche Stille ein. Eine Zeit lang war kein einziger Laut zu hören, selbst der frostige Wind schien sich gelegt zu haben.

Zu erleben, wie ein Auto mit hoher Geschwindigkeit an einem Baum zerschellte, schockierte selbst einen so hartgesottenen Menschen wie Jack Falconer. Nach einer Weile hatte er sich so weit erholt, dass er sich zum Aufstehen zwang und entschlossen zu dem Wrack lief. Er wusste nicht genau, was er tun sollte, wenn er es erreicht hatte, aber er fühlte den Drang, irgendetwas zu unternehmen. Doch kaum hatte er sich in Bewegung gesetzt, als der Haufen aus weißem und silbernem Metall mit einem gewaltigen Knall explodierte. Ein Feuerball aus roten und orangefarbenen Flammen erleuchtete den Nachthimmel und brachte den Raureif in der Umgebung zum Schmelzen.

Die Gewalt der Explosion riss Jack von den Beinen und schleuderte ihn rücklings durch die Luft, bevor er in dem Busch landete, unter dem er sich noch vor wenigen Sekunden versteckt hatte. Nach Luft schnappend rappelte er sich auf und starrte ungläubig in das brennende Inferno, das den Wagen verschlang. Falls es irgendeine Chance gegeben hatte, den Fahrer zu retten, so war es jetzt zu spät. Jack stand da und versuchte durch den aufsteigenden Rauch und die Flammen irgendwelche Lebenszeichen zu erkennen. Einen Atemzug lang glaubte er, die dunklen Umrisse einer Gestalt zu erkennen. Er sah nur die Silhouette zwischen den hungrigen Flammen, bevor sie wieder in den Schwaden aus schwarzem Rauch verschwand. Jack vergaß für einen Moment seine eigene Sicherheit und rief: »Sie da, können Sie mich hören? Können Sie aussteigen?«

Doch seine Stimme wurde vom Prasseln und Brausen des brennenden Autos übertönt. Jack strengte seine Augen an und suchte die Dunkelheit ab, aber da war nichts. Wer auch immer in dem Wagen gesessen hatte, war jetzt zweifellos tot. Allmählich glaubte er, dass die Gestalt nur eine Illusion gewesen sei, erzeugt von den seltsamen Schatten, die jetzt wie schwarze Finger durch den Wald krochen.

Trotz der Flammen näherte sich Jack wieder dem Wagen, wobei er sein Gesicht mit den Händen abschirmte. Doch plötzlich erfüllte ihn das unerklärliche Gefühl einer herannahenden Gefahr. Er blieb wie angewurzelt stehen. Jack hatte im Lauf der Zeit gelernt, seinen Instinkten zu vertrauen, und verstieß nur widerwillig gegen sie. Beunruhigt und wachsam suchte er die Umgebung weiter ab. Seine Blicke schweiften in alle Richtungen und seine Ohren lauschten nach ungewöhnlichen oder unerklärlichen Geräuschen. Da war nichts und dennoch spürte er, dass er von etwas Bösem umringt war. Der Wilderer war zum Wild geworden. Trotz der Kälte bildeten sich Schweißperlen auf seiner Stirn, die ihm über das Gesicht liefen. Bestürzt wandte sich Jack Falconer ab und floh blindlings zurück in den Wald, rannte alles nieder, was ihm im Weg stand, und ließ die unsichtbare Bedrohung weit hinter sich.

1

Die Stimmen des Chores der St. Mary's Church schallten durch das abbröckelnde Mauerwerk der Kirche. Ihre Psalmen und Hymnen brannten sich in die uralten Symbole der Kirche und hinterließen matte Echos ihrer christlichen Hingabe und Lobpreisung. Als der Chorleiter seinen Taktstock über den Kopf hielt und den aufmerksamen Sängern das Zeichen gab, die letzte Note zu halten, erreichte Sams Stimme endlich den höchsten Ton ihres Stimmvolumens. Dann senkte der Dirigent langsam die Hände und wies den Chor an zu verstummen. Er blickte auf und lächelte die erwartungsvollen Gesichter an.

»Ich denke, wir haben es geschafft, Ladies and Gentlemen. Wir haben es geschafft. Gute Arbeit.«

Besorgtes Stirnrunzeln verwandelte sich in zufriedenes Lächeln und ein erleichtertes Raunen ging durch die kleine, aber enthusiastische Gruppe der Sängerinnen und Sänger. Obwohl sie nur einem kleinen Kirchenchor angehörten, nahmen sie ihre Musik sehr ernst.

Lauter Beifall aus dem hinteren Teil der Kirche verriet, dass Reverend Andrews ebenfalls ihren Gesang gehört hatte und offenbar begeistert war. Peter Andrews war erst seit einem Jahr in der Gemeinde Sowerby, doch er hatte ihr bereits seinen Stempel aufgedrückt. Er war noch recht jung, hatte großen Elan und schien überall gleichzeitig zu sein: Er sammelte Spenden, organisierte Theateraufführungen, besuchte Bürgerversammlungen und rief die Müttergruppe wieder ins Leben. Trotz seiner jungen Jahre war er Militärgeistlicher gewesen und hatte sowohl am Golf als auch in mehreren städtischen

Pfarrbezirken im ganzen Land gedient, die nicht so gemütlich wie Sowerby waren. Die Wiederbelebung des Kirchenchors war seine Idee gewesen und trotz einiger Anfangsschwierigkeiten war die Zahl der Interessierten langsam gewachsen. Inzwischen gab es ungefähr zwölf bis fünfzehn ständige und begeisterte Mitglieder. Er war es auch gewesen, der Sam zum Mitmachen überredet und ihr die Gelegenheit zu einem recht peinlichen Vorsingen beschert hatte. Obwohl Sam über keinen großen Stimmumfang verfügte, hatte er sie aufgenommen und ihr versichert, dass sich ihr Können durch die Übung verbessern würde.

Reverend Andrews hatte sich außerdem entschlossen, einen Videofilm mit dem Titel »Ein Jahr im Leben eines englischen Dorfes« zu drehen, und ein Gemeindemitglied, Edmond Moore, als Mitarbeiter für dieses Projekt gewonnen. Viele im Dorf hielten Edmond für die falsche Wahl, da er sogar erst nach dem Reverend ins Dorf gezogen war. Still und zurückhaltend, wie er war, ging er nicht gerne unter Menschen und wusste nur wenig von den Bewohnern und Traditionen des Dorfes. Aber Andrews sah darin eine gute Möglichkeit, ihn »in das Dorf einzuführen«, und hatte Edmond zu seinem Kameramann und Tontechniker gemacht. Allerdings hatte die Tatsache, dass die gesamte Videoausrüstung ebenfalls Edmond gehörte, keine unbeträchtliche Rolle bei der Wahl gespielt. Auch Sam war sich unsicher, was Edmond betraf. Er hatte etwas an sich, das sie störte, und sie fühlte sich in seiner Gegenwart immer unbehaglich.

Andrews hoffte, den Film im nächsten Sommer gegen ein geringes Eintrittsgeld in der Dorfhalle zeigen zu können. Außerdem plante er, Kopien zu verkaufen, zum einen an Dorfbewohner, die eine Rolle in dem Film übernommen hatten, zum anderen an Touristen, die sich für das Leben in einer englischen Gemeinde interessierten. Um dies zu erreichen, wurden von fast jedem in dem kleinen ostenglischen Dorf sowie von ein paar Auswärtigen Aufnahmen gemacht. Von dem Gewinn sollte die Kirche eine leistungsfähigere Heizung erhalten.

Sam fand die Idee gut. Obwohl ihr die Mitgliedschaft im Chor Spaß machte und sie Trost und Entspannung in dem wöchentlichen Ritual fand, waren die Proben in den Wintermonaten wie ein Auftritt in einem riesigen Kühlschrank. Das alte Ziegelgemäuer speicherte die Kälte und hielt die Temperatur in St. Mary's unter dem Gefrierpunkt. In dem Bemühen, Geld zu sparen, wurde der Heizkessel erst früh am Sonntagmorgen angestellt und nach der Abendmesse wieder abgeschaltet, was zur Folge hatte, dass der gesamte Chor vermummt in dicken Pullovern und Mänteln singen musste. Viele hatten sich sogar bunte Wollmützen über die Ohren gezogen. An besonders kalten Abenden beobachtete Sam amüsiert, wie der Dampf von einem Dutzend Stimmen rhythmisch und im Einklang mit der Musik in die Höhe stieg und dann wie Weihrauch in einem Hochamt zur Decke trieb und zwischen den dunklen Eichensparren verschwand.

St. Mary's hatte keinen eigenen Vikar mehr, sondern musste sich Reverend Andrews mit vier anderen Pfarrgemeinden teilen. Allerdings würde sich diese Zahl bald auf drei reduzieren, da absehbar war, dass der Rückgang der Gemeindemitgliederzahl und Geldmangel zur Schließung von St. Cuthbert's in Newfield führen würden. Fünfhundert Jahre Gottesdienst endeten in einem finanziellen Fiasko, angerichtet von Männern in grauen Anzügen, die mit Kirchengeldern spekuliert und verloren hatten. Infolgedessen gab es jetzt nur noch einen Gottesdienst während der Woche – der wegen der eisigen Temperaturen im Winter jedoch kaum besucht wurde – und zwei am Sonntag, zu denen nach wie vor überraschend viele Leute kamen.

Seit sich Sam vor einigen Jahren zu einem Besuch der Ely Cathedral gezwungen hatte, war für sie die spirituelle Seite ihres Lebens immer wichtiger geworden. Der plötzliche und gewaltsame Tod ihres Vaters und die wissenschaftlichen Realitäten ihres Berufes als Pathologin hatten sie jahrelang dazu gebracht, alle religiösen und esoterischen Dinge in Frage zu stellen und zurückzuweisen. Seltsamerweise führte dieselbe klinische Analyse, die sie zur Ablehnung des Übernatürlichen veranlasst hatte, schließlich dazu, dass sie sich ihm wieder zuwandte.

Sam hatte mehr Leichen als die meisten Menschen gesehen und wusste, wie kalt und unpersönlich der Tod war. Er machte keine Kompromisse oder Zugeständnisse; er nahm alles weg, ohne etwas zurückzugeben. Obwohl Sam überzeugt war, die Persönlichkeit eines Leichnams in den Linien und Zügen seines Gesichts erkennen zu können, stellte sie auch fest, dass mit dem Tod das Wesen eines Menschen ausgelöscht wurde. Jenes Wesen, auch Seele genannt, das die Individualität definierte, verschwand wie der Morgendunst in der Julisonne. Sam war nicht mehr so überzeugt davon, dass das Leben endete, nur weil der Körper seine Funktion eingestellt hatte, sondern glaubte immer mehr daran, dass der Tod vielleicht nur ein weiterer Schritt auf dem Weg zu einer anderen Bewusstseinsebene war.

Der Chor löste sich rasch auf und die Mitglieder machten sich auf den Heimweg, voller Sehnsucht nach einem gemütlichen Sessel und einem warmen Feuer. Im Frühling und Sommer blieben sie oft noch eine Weile zusammen, um miteinander zu schwatzen oder ein paar Gläser im Dorfpub zu trinken. Für Sam bedeutete das eine angenehme Abwechslung zu dem üblichen Klatsch und Tratsch im Krankenhaus.

Reverend Andrews wartete an der Tür und dankte jedem Mitglied für sein Kommen an einem derart kalten Abend, während Edmond Moore die Szene mit seiner Kamera festhielt. Als Sam ihn schließlich erreichte, schien sein Lächeln breiter zu werden.

»Gute Arbeit, Sam. Wie Sie sehen, war mein Vertrauen in Sie wohl begründet.«

Sam lächelte höflich zurück.

»Hoffen wir, dass ich es auch im Gottesdienst am Sonntag schaffe.«

Andrews nickte. »Natürlich werden Sie das. Gott wird dafür sorgen.«

Sam schenkte ihm ein nachdenkliches Lächeln und verließ die Kirche. Sie wandte sich nach rechts, folgte dem Kiesweg zur Rückseite der Kirche und stand kurz darauf vor dem Grab ihrer Mutter. Sie kniete an dem kleinen Marmorgrabstein nieder, fuhr mit den Fingern über die glatten Umrisse des Namens ihrer Mutter und gab sich den Erinnerungen hin. Weihnachten war die Lieblingszeit ihrer Eltern gewesen und die meisten von Sams Kindheitserinnerungen schienen um die Weihnachtsferien zu kreisen. Wenn Erinnerungen ein geeigneter Maßstab für die Beurteilung des Lebens eines Menschen waren, dann glaubte Sam, dass ihr bisheriges ein gutes gewesen war, und beide Elternteile hatten darin eine unendlich wichtige Rolle gespielt. Der Zorn auf ihre Mutter, der so viele Jahre in ihr gebrannt hatte, war schließlich mit ihrem Tod erloschen. Erst zu diesem Zeitpunkt hatte sie so etwas wie Mitgefühl oder Bedauern empfunden. Weinen war damals wichtig gewesen. Es war, als würde sie damit einen dunklen Geist aus ihrer Seele vertreiben, um endlich mit den Erinnerungen an ihre Mutter in Frieden leben zu können. Stattdessen loderte jetzt eine andere Form des Zornes in ihr. Ein Zorn, der dem Gefühl entsprang, etwas verloren und Jahre verschwendet zu haben. Das Leben, so wusste sie, war viel zu kurz, um sich auf Dauer Gefühlen der Bitterkeit hinzugeben. Sie wünschte, sie hätte nicht den Großteil ihres Lebens damit verbracht, zornig zu sein, sondern sich stattdessen mehr um ein Verzeihen bemüht. Jetzt fühlte sich Sam wie eine Waise einsam und verloren. Plötzlich war sie auf die Beziehung ihrer Schwester Wyn zu ihrer Mutter neidisch. Sam hatte keinem Menschen richtig nahe gestanden, abgesehen von ihrem Vater und vielleicht Tom Adams, und selbst diese Beziehung hatte in Bitterkeit geendet. Sie war immer zu beschäftigt mit Beruf und Karriere gewesen, um ihre Zeit in Beziehungen zu investieren. Inzwischen fragte sie sich, ob es noch nicht zu spät war. Dass Wyn und ihr Neffe Ricky bei ihr lebten, half ein wenig. Es war wie ein Ausgleich für die Jahre der Vernachlässigung. Und obwohl sie wusste, dass es nur ihr schlechtes Gewissen war, das an ihr nagte, war Sam weiter entschlossen, zumindest zu ihnen den engen Kontakt aufrechtzuerhalten. Für einen Moment stellte sie sich ihren eigenen Grabstein vor: »Hier liegt Sam Ryan, die alte Jungfer dieser Pfarrgemeinde«.

Sam atmete seufzend aus; sie gab sich zu sehr dem Selbstmitleid hin.

Plötzlich ertönte neben ihr eine Stimme. »Wordsworth, nicht wahr?«

Dieses unerwartete Eindringen in ihre privaten Gedanken ließ Sam zusammenzucken. Sie drehte sich um und sah Eric Chambers an ihrer Seite stehen.

»Die Inschrift auf dem Grabstein Ihrer Mutter. *A slumber did my spirit seal*. Wordsworth?«

Sam nickte. »Ich wusste nicht, dass Sie so belesen sind, Eric.«

Er lächelte sie an. »Bin ich nicht, ich habe es nachgeschlagen. *I had no human fears, She seemed a thing that could not feel the touch of earthly years.*«

Sam verwirrte diese Enthüllung ein wenig. »Warum dieses Interesse?«

»Auf den heutigen Grabsteinen findet man zu wenig Poesie. Alles wirkt so reglementiert, fantasielos, hohl. Als Nächstes werden noch die Steine ausgegraben und am Rand des Friedhofs aufgestellt.« Er schüttelte missbilligend den Kopf und fuhr fort: »Es ist erfrischend, etwas Interessantes auf einem Grabstein zu sehen. Die Astern sind auch sehr schön.«

Sam hatte mehrere dieser wunderschönen Herbstblumen auf das Grab ihrer Mutter gepflanzt. Es waren ihre Lieblingsblumen gewesen und sie standen jetzt in voller Blüte. Sam lächelte Eric dankbar an, als sie zusammen zurück zu dem Weg schlenderten, der zu dem kleinen Parkplatz hinter der Kirche führte.

Eric Chambers wurde im Dorf allgemein der »Colonel« genannt. Obwohl Sam ihn schon einige Jahre kannte, wusste sie nicht genau warum und sie mochte ihn auch nicht fragen. Sie nahm an, dass es etwas mit seiner äußeren Erscheinung und seinem Auftreten zu tun hatte. Erics Ansichten waren, wie seine Kleidung, recht merkwürdig und altmodisch. Er war ein überzeugter Junggeselle in den Siebzigern, sah aber zehn Jahre jünger aus, und war zweifellos rüstiger als die meisten anderen in seinem Alter. Er lebte allein in dem kleinen Cottage, in dem er aufgewachsen war, umgeben von Familienerbstücken und Nippes, die zusammen mit ihrem Besitzer alterten und verstaubten. Nichtsdestotrotz wirkte er nicht so traurig und einsam, wie man es eigentlich erwartet hätte, denn seine Tage waren angefüllt mit einer Vielzahl von Projekten und Aufgaben. Eric war nicht nur der Gemeindevorsteher und Chorleiter, sondern unterrichtete auch Musik und gab – untypischerweise – Computerkurse in mehreren Clubs und Colleges der Umgebung. Er hatte es sogar geschafft, Reverend Andrews beizubringen, wie man mit einem Computer umging. Er hatte ihm geholfen, alle Akten und Aufzeichnungen der Pfarrgemeinde auf Disketten zu speichern, und war entschlossen, ihn als Nächstes in die Geheimnisse des Internets einzuführen.

Häufig pflegte er zu seinen Schülern, Kirchenmänner eingeschlossen, zu sagen: »Ich mag vielleicht etwas tatterig sein, aber mein Verstand und mein Aussehen sind noch immer jung.«

Sam konnte dem nur zustimmen. Das Dorfleben, dachte sie, würde ohne das Organisationstalent von Eric Chambers nicht dasselbe sein. Seine größte Leistung war allerdings, nach Sams Meinung, der Garten seines Cottages: klein zwar, aber wunderbar farbenprächtig und voller berauschender Düfte. Sie hatte den Garten im vergangenen Sommer besucht und war von seiner Gestaltung und seiner Vielfalt überwältigt gewesen. Eric schien außerdem jede Blume beim Namen zu kennen und sich zu erinnern, wann und warum er sie gepflanzt hatte. Der Garten war wie eine in Blumen verfasste Biografie seines Lebens. Er hatte ihr großzügig verschiedene Ableger geschenkt, die jetzt in einem Winkel ihrer eigenen blühenden Schöpfung wuchsen.

»Meine Mutter ist dort drüben begraben.« Er wies zur anderen Seite des Friedhofs. »Ein schlichtes Grab ohne bewegende poetische Inschriften, aber ein angenehmes Plätzchen unter der Eibe.«

Sam nickte verständnisvoll. »Was ist mit Ihrem Vater?«

Eric schüttelte den Kopf. »Keine Ahnung, was aus ihm geworden ist. Die alte Geschichte, fürchte ich. Er verliess uns, als ich noch klein war, brannte mit einem Mädchen aus der Gegend durch. Ich habe weder ihn noch sie jemals wieder gesehen.«

»Das tut mir Leid«, sagte Sam in mitfühlendem Ton.

»Mir nicht. Ein schlimmes Schicksal, laut meiner Mutter. War nicht das erste Mal, dass es passierte, nur dass er sich diesmal entschied, nicht mit eingezogenem Schwanz zurückzukommen. Wir haben uns irgendwie durchgeschlagen.« Er hüstelte und wechselte das Thema. »Ich hörte, Sie sind mit dem Tod von Simon Vickers befasst?«

Sam sah ihn verwirrt an.

»Der junge Mann, der bei dem Autounfall auf Herdan Hill getötet wurde.«

Endlich dämmerte Sam, von wem er sprach. »Nein, ich nicht. Trevor Stuart kümmert sich darum.«

»Aber ich dachte, Sie wären die Gerichtsmedizinerin des Countys«, entgegnete Eric überrascht.

»Das bin ich auch, nun, wenigstens eine davon. Trevor ist der andere.«

Eric nickte. »Oh, ich verstehe. Schreckliche Geschichte. Simon war in einem meiner Computerkurse, er war überaus brillant. Verbrachte viel Zeit mit seinem Freund Dominic Parr. Was für eine Verschwendung. Hatte eine hervorragende Zukunft vor sich. Schien nie zu der Sorte zu gehören, die Autos stehlen. Aber ich schätze, so etwas kann man keinem ansehen.«

Sam schüttelte bekümmert den Kopf. »Nein, das kann man nicht.«

»Weiss man schon, wie er gestorben ist?«

Sam zuckte die Schultern. Eigentlich wollte sie keinen

Kommentar zu etwas abgeben, von dem sie nichts wusste. »Die gerichtliche Untersuchung der Todesursache ist für morgen früh angesetzt. Wahrscheinlich wird es in der Abendzeitung stehen.«

Eric nickte, sichtlich unzufrieden mit Sams Antwort. Er hustete wieder verlegen. »Wahrscheinlich hatte er zahlreiche Verletzungen. Hoffen wir, dass er nicht gelitten hat.« Plötzlich versteifte er sich, blickte zu den Sternen hinauf und betrachtete sie einen Augenblick. Dann kehrte er zum Thema zurück. »Hoffentlich war er schon tot, bevor das Feuer ausbrach.«

Er hätte gerne noch mehr erfahren und Sam wollte ihn nicht enttäuschen, aber ihre Antwort blieb vage. »Ich nehme nicht an, dass er viel davon mitbekommen hat.«

Eric nickte, endlich zufrieden mit Sams Antwort. »Gut, gut. Unsere Gedanken sollten dann der Familie gelten. Es sind immer die Lebenden, die am meisten leiden. Die Toten haben's hinter sich, aber die Lebenden...« Er zuckte die Schultern. »Ihre Trauer währt ewig.«

Sam sah ihn an, gerührt von der offenkundigen Tiefe seiner Gefühle. »Ewig?«

Ewig schien eine deprimierend lange Zeit zu sein und Sam hatte gehofft, dass ihre eigene Trauer bald nachlassen würde. Aber Eric schien davon überzeugt zu sein.

»Oh ja. Mit der Zeit lernt man natürlich damit zu leben, aber man hört nie auf zu trauern und sich zu erinnern. Wahrscheinlich werde ich meine Mutter auch dann noch vermissen, wenn ich auf meinem eigenen Totenbett liege. Ohne eine Hand, die ich halten kann, wenn Sie wissen, was ich meine.«

Sam nickte. Trotz seines ausgefüllten Lebens war Eric eine einsame Seele.

»Eigentlich ist es komisch. Ich war erst vorige Woche mit Reverend Andrews dort oben und habe mir die alte Kirche angesehen.«

Sam war erstaunt. »Warum?«

»Er überlegt, sie neu zu weihen und für Festivals und Ähnliches zu nutzen. Um den albernen Geschichten ein Ende zu machen, die über den Hügel und auch die Kirche im Umlauf sind.«

»Klingt nach einer sehr guten Idee.«

Sam hoffte nur, sie würde nicht im Winter dort oben singen müssen. Schließlich erreichten sie das Tor, das auf den Parkplatz führte.

»Sehe ich Sie dann nächste Woche?«

Eric nickte. »Gewiss werden Sie das, ich versäume keine Probe. Sie könnten Ihren Wecker nach mir stellen.«

Er nickte höflich und ging davon. Nach ein paar Schritten blieb er kurz stehen und blickte zurück. »Übrigens, was machen die Ableger von mir?«

»Sie sind wunderschön. Sie sollten im Frühling vorbeischauen und sie sich ansehen.«

Mit einem Wink seines Stockes nahm er ihre Einladung an und verschwand in die Nacht.

Sam stampfte hart mit den Füßen auf die kalten Betonstufen, die zum Untersuchungsgericht führten, um die Blutzirkulation in ihren Beinen anzuregen, aber es war vergeblich. Die Temperatur war den ganzen Morgen kaum über den Gefrierpunkt gestiegen und Sam war dafür nicht angezogen. Obwohl sie eigentlich schon lange genug im County lebte, um zu wissen, dass es im Winter der kälteste Ort in England war. Die eisigen Winde tosten ungehindert von den sibirischen Ebenen über das flache Norfolk und ließen alles und jeden gefrieren, der das Pech hatte, ihren Weg zu kreuzen. Selbst Ely, ein Ort, den sie normalerweise liebte, sah kalt und abweisend aus.

Interessiert beobachtete Sam, wie ein Angestellter Weihnachtsdekorationen an den Lampen und Wänden anbrachte, aber selbst dieser fröhliche Anblick konnte ihre Lebensgeister nicht wecken. Normalerweise hätte sie mehrere Kleidungsstücke übereinander angezogen und ihre Beine und Füße mit dicken Lederstiefeln geschützt; die ostenglischen Winter hatten ihr jeden Hang zur Eitelkeit, der vor langer Zeit zu ihren Eigenschaften gezählt haben mochte, ausgetrieben. Doch Trevor Stuart hatte sie zu einer Matinee in die Ely Cathedral und einem anschließenden Mittagessen in einem der besseren hiesigen Hotels eingeladen. Und so hatte sich Sam verpflichtet gefühlt, sich ein wenig herauszuputzen. Sie war in ein kurzes schwarzes Kleid geschlüpft und trug schwarze Strumpfhosen und Pumps. Darüber hatte sie ihren schönen schwarzen Wollmantel an. Doch selbst diese eigentlich ausreichende Bekleidung konnte sie nicht vor der schneidenden Kälte schützen. Allerdings hätte es keine Rolle gespielt, wenn Trevor pünktlich gewesen wäre.

Die gerichtliche Untersuchung der Todesursache von Simon Vickers verlief offenbar nicht so glatt, wie er erwartet hatte. Sam hätte ihre Position nutzen und im zentralgeheizten Gerichtssaal Platz nehmen können, aber sie hatte es sich zur Regel gemacht, an keiner Untersuchung teilzunehmen, mit der sie nicht persönlich betraut war. Sie war viel zu engagiert, um sich mit der Rolle einer bloßen Zuschauerin zufrieden zu geben. Sie musste den Drang unterdrücken, sich mit jedem Fall zu beschäftigen, von dem sie hörte, vor allem, wenn ein relevanter wissenschaftlicher Punkt fehlinterpretiert oder irrigerweise angefochten wurde. Sam war sich der Bedeutung einer korrekten Beweisführung bewusst. Sie hatte zu viele wichtige Fälle erlebt, die geplatzt waren, weil die Beweise entweder falsch vorbereitet oder nicht richtig vorgetragen wurden. Man konnte so fachmännisch und so gut arbeiten, wie man wollte, aber wenn man ein Gericht oder einen Untersuchungsrichter nicht überzeugen konnte, waren all diese Stunden hingebungsvoller Arbeit eine völlige Zeitverschwendung.

Sam sah auf ihre Uhr. Viertel nach zwölf, das Konzert hatte bereits angefangen. Wie ein kleines Kind, das seinen Willen nicht durchsetzen kann, stampfte sie mit den Füßen auf den Boden, um ihrem Ärger über die Verspätung ihres Freundes Luft zu machen. Endlich verrieten ihr gedämpfte Stimmen in dem Gebäude, dass der Fall abgeschlossen war und das Untersuchungsgericht auseinander ging. Sie beobachtete, wie die üblichen Leute herauskamen: Polizisten, Pressevertreter und

Mitarbeiter des Untersuchungsrichters. Plötzlich wurden die gedämpften Stimmen von lautem und verzweifeltem Weinen übertönt. Das Schluchzen einer Frau hallte durch die dunkel getäfelten Gänge und hohen Büros, bevor es auf die Straße drang und vom kalten Dezemberwind fortgetragen wurde. Für Sam war der Klageschrei eines trauernden Menschen ein vertrauter Laut, und doch würde sie sich nie daran gewöhnen.

Schließlich trat ein Paar mittleren Alters aus der großen Eichentür des Gerichtsgebäudes. Es wurde von einer dritten Person begleitet, die Sam als John Gordon erkannte, ein sehr fähiger Rechtsanwalt aus dem Ort, mit dem sie selbst bei der einen oder anderen Gelegenheit aneinander geraten und dabei nicht immer als Siegerin hervorgegangen war. Plötzlich hatte sie Mitleid mit Trevor. Gordon sprach leise auf das Paar ein, bevor er den beiden freundlich die Hand schüttelte und davonging. Als er fort war, wandte sich der Mann seiner Frau zu und zog sie an sich. Sie legte ihren Kopf verlegen, fast beschämt an seine Schulter und schluchzte heftig. Sam war von dem gequälten Ausdruck auf dem Gesicht des Mannes betroffen. Er sah erschöpft aus und unter seinen Augen lagen dunkle Ringe. Sam hatte erlebt, wie Menschen über Nacht gealtert waren, weil die Seelenqualen ihren Tribut forderten. Der Mann mochte erst Ende vierzig sein, aber der Kummer ließ ihn zehn Jahre älter erscheinen. Die Ankunft von Trevor Stuart schreckte Sam aus ihren Überlegungen auf.

»Wenn du bereit bist, wir sind schon zu spät.«

Sam funkelte ihn einen Moment an, verärgert über seinen sarkastischen Ton. Als sie die Treppe hinunterstiegen, sah sich Sam noch einmal zu dem Paar um. Der Mann bemerkte ihren Blick und schien in ihrem Gesicht nach Antworten auf seine Fragen zu suchen, Antworten, die sie ihm nicht geben konnte. Sam drehte hastig den Kopf weg, peinlich berührt und verlegen, und näherte sich der riesigen Kathedrale, die vor ihr emporragte.

Das Konzert war interessanter gewesen, als Sam erwartet hatte. Das East Anglian Philharmonic galt nicht als eins der großen Orchester des Landes, aber es spielte recht gut und hatte ein breites Repertoire. Sie hatten mit Barbers »Adagio für Streichinstrumente« begonnen, das Sam liebte, und mit Mozarts Symphonien Nummer 40 und 41 geendet, die sie so weit entspannten, dass sie das anschließende Mittagessen genießen konnte.

Trotz seiner Enge war das White Lamb Hotel and Restaurant beeindruckend. Es bot nicht nur ein erstklassiges Menü, das von einem der besten Köche der Umgebung zubereitet wurde, sondern auch zehn romantische Zimmer mit Baldachinbetten und viktorianischen Bädern. Sam war mit Tom ein paar Mal hier gewesen, um besondere Anlässe zu feiern, und selbst er war von der Einrichtung begeistert gewesen.

Nachdem sie eingetreten waren, wurden sie zu einem Tisch am anderen Ende des Restaurants geführt. Er stand glücklicherweise direkt an einem Heizkörper. Sam hatte sich nach dem langen Warten vor dem Untersuchungsgericht in der zugigen alten Kathedrale nicht aufwärmen können. Sie streifte die Schuhe ab und drückte ihre eisigen Füße gegen die Heizung. Schon immer hatte sie an kalten Füßen gelitten. Als Kind waren Frostbeulen der Fluch ihres Lebens gewesen. Ihr Vater hatte abends stundenlang ihre Füße gerieben. Sam war überzeugt, dass es diese Zeiten der Intimität gewesen waren, weshalb sie sich ihm so nahe gefühlt hatte. Als sie noch mit Tom zusammen gewesen war, wollte er es ihrem Vater nachmachen, aber seine Bemühungen waren nie so erfolgreich gewesen.

Sam und Trevor wählten sorgfältig ihre Speisen aus und da sie beide den Rest des Tages frei hatten, beschlossen sie, sich eine Flasche guten Wein zu gönnen. Als der erste Gang serviert wurde, beendete Sam die müßige Plauderei über die Aufführung des Orchesters und gab ihrer Neugier nach.

»Ich nehme an, das waren die Eltern vor dem Gericht?«
»Wer?«

»Die beiden, die so verzweifelt aussahen, die Frau, die geweint hat?«

»Oh, die.« Trevors Stimme bekam einen gereizten Unterton, als er begriff, wen Sam meinte. »Ja, das sind die Eltern des Jungen. Sie sind schuld daran, dass wir all die Probleme hatten.«

»Was für Probleme?«

»Sie haben ihren eigenen Anwalt mitgebracht, um die Beweise zu prüfen. Gott weiß warum, es war ein klarer Fall.«

»Wie lautete das Urteil?«

»Tod durch Unfall, das einzige Urteil, das möglich war.«

»Und die Umstände?«

Sam war plötzlich ganz kühl und geschäftsmäßig geworden. Trevor hatte sie zu oft in dieser Stimmung erlebt, um den Versuch zu machen, ihre Aufmerksamkeit auf andere Dinge zu lenken. Er hatte gelernt, dass es viel besser war, Sam entgegenzukommen, als ihr zu widersprechen.

»Er ist abends ausgegangen, offenbar, um einen Freund zu treffen, aber stattdessen hat er sich betrunken, ein Auto gestohlen und ist damit auf Herdan Hill gegen einen Baum gefahren.«

»Aber warum haben seine Eltern dann ihren eigenen Anwalt mitgebracht?«

»Weil sie meinten, dass ihr Sohn so etwas niemals tun würde. Du kennst die Sorte: Ihr kleiner Junge fuhr nicht, wenn er getrunken hatte, war ehrlich und anständig.«

»Vielleicht glauben sie es wirklich.«

Trevor machte ein verächtliches Gesicht. »Würde mich nicht wundern, aber er war bereits vorbestraft, also müssen sie eine Vorstellung davon haben, wie er war.«

Es war das zweite Mal innerhalb von weniger als vierundzwanzig Stunden, dass Sam diese Meinung hörte. Sie stellte weitere Fragen. »Wofür wurde er verurteilt?«

Trevor zuckte die Schultern. »Körperverletzung, was sonst?«

»Demnach bist du von seiner Schuld überzeugt?«

»Ich bin Pathologe. Ich gebe mich nicht mit Meinungen ab, ich konzentriere mich auf die Fakten und schreibe Berichte.«

»Seit wann hast du keine Meinung mehr?«

»Okay, wenn es das ist, worauf du hinauswillst. Ich denke, dass Eltern nicht immer wissen, wie ihre Kinder wirklich sind oder was sie treiben. Du kannst jeden Tag der Woche in eine beliebige Zeitung schauen und wirst einen Artikel finden, der genau das bestätigt.«

»Du klingst nicht sehr mitfühlend.«

»Offen gesagt, Sam, das bin ich auch nicht. Wer loszieht und stiehlt, hat meiner Meinung nach alles verdient, was er bekommt.«

Sam sah ihn leicht schockiert an. »Sogar den Tod?«

»Das ist das Risiko, das sie eingehen. Zumindest hat es diesmal den Übeltäter und nicht irgendeinen armen unschuldigen Außenstehenden getroffen.«

»Irgendwelche Probleme bei der Autopsie?«

»Keine. Multiple Verletzungen, wie sie für einen Frontalzusammenstoß mit dem Auto typisch sind. Mit an Sicherheit grenzender Wahrscheinlichkeit war er tot, bevor ihn die Flammen erreichten, und er hatte drei- oder viermal mehr Alkohol im Blut als erlaubt. Verdammter Idiot.«

»Schlimme Verbrennungen?«

»Schlimm genug. Sie haben die Autopsie erschwert. Du weißt, wie es ist, du hast es oft genug selbst erlebt.«

Sam nickte.

»Da deine Neugier jetzt befriedigt ist, können wir uns nun dem Grund zuwenden, aus dem ich dich zu diesem recht teuren Mittagessen eingeladen habe?«

»Aha, es steckt also was dahinter?«

Trevor blickte auf. »Kann ein Freund und Kollege seine Partnerin nicht hin und wieder ausführen, ohne dass sie seinen Motiven misstraut?«

Sam lächelte, als sie seinen gekränkten Gesichtsausdruck bemerkte. »Mein Misstrauen war bisher immer berechtigt.«

»Du hast stets eine kluge Bemerkung parat.« Er schwieg einen Moment lang und stieß dann hervor: »Ich denke daran, wieder zu heiraten.«

Sam war von dieser Offenbarung weniger schockiert als fasziniert. Nur wenig von dem, was Trevor tat, überraschte sie noch. »Wo hast du sie kennen gelernt? Beim Müttergenesungswerk?«

Trevor runzelte die Stirn. »Sie ist Röntgenassistentin im Park Hospital.«

»Also nicht die große Blonde, Claire, nicht wahr?«

Sams Scharfsinn flößte Trevor Unbehagen ein und er nickte verlegen. »Eigentlich heißt sie Emily, und sie ist es nicht.«

Sam schüttelte den Kopf. Die Röntgenassistentinnen galten als die begehrtesten Frauen im Krankenhaus. Sam vermutete, dass es etwas mit der Reinheit zu tun hatte, die ihnen ihre kurzen weißen Kittel verliehen.

»Und wie alt ist sie?«

Trevor starrte auf seine Suppe, um Sams missbilligendem Blick auszuweichen.

»Vierundzwanzig, aber sie wirkt viel reifer und erfahrener.« Trevor spürte, wie er rot wurde.

»Das muss sie auch sein. Wann ist der glückliche Tag?«

»Im Juni. Wir dachten, wir sollten im Sommer heiraten. Wir hoffen, dass wir uns in der Trinity Chapel trauen lassen können, weil ich doch so ein alter Knabe bin und so.«

»Sehr romantisch. Und die Flitterwochen ... Club Achtzehndreißig?«

Sams spöttische Bemerkung verletzte Trevor. »Ich habe dich zum Essen eingeladen, weil ich dich um deinen Rat fragen und dich bitten wollte, meine Trauzeugin zu sein, und nicht, damit du deinem Hang zur Komik nachgeben kannst.«

Das Angebot nahm Sam den Wind aus den Segeln. Sie war gleichzeitig geschmeichelt und überrascht. »Ich weiß nicht, was ich sagen soll. Wäre das nicht die Sache eines Mannes, eines Bruders oder besten Freundes?«

Er lächelte sie an. »Du bist mein bester Freund, Sam.«

Sam wurde ernst. »Hör mal, es tut mir Leid, wenn ich wie deine Tante klinge, aber bist du sicher, dass du das Richtige tust?«

Als die Kellner die Teller abräumten und den zweiten Gang servierten, schüttelte Trevor den Kopf. »Natürlich bin ich nicht sicher, aber ich würde es gern versuchen.«

»Der Altersunterschied beträgt über zwanzig Jahre.«

»Ja, und?«

»Eine Menge Leute könnten Anstoß daran nehmen. Wie denken zum Beispiel ihre Eltern darüber?«

»Ihr Dad starb vor ein paar Jahren, nur ihre Mum ist noch am Leben und ich scheine bereits ihr Herz erobert zu haben.«

»Ihr habt wahrscheinlich eine Menge gemeinsam.« Sam legte Messer und Gabel beiseite. »Nun, du scheinst deine Entscheidung bereits getroffen zu haben.«

»Man braucht zwei zum Tangotanzen.«

Sam sah ihn an und überlegte, was sie antworten sollte. Trotz seiner vielen Fehler mochte sie Trevor. Im Lauf der Jahre war er ein guter Freund und Vertrauter geworden und hatte ihr oft aus der Klemme geholfen. Schließlich nickte sie. »Ja, ich wäre sehr gern deine Trauzeugin.«

Trevor strahlte. Er beugte sich über den Tisch und küsste sie. »Du bist die Beste, Sam.«

Trevors Kompliment ließ Sam erröten. Er bemerkte es und fügte scherzhaft hinzu: »Verlier bloß nicht den Ring.«

Sam schüttelte den Kopf und grinste. »Das werde ich nicht. Versprochen.«

Es hatte angefangen zu schneien, als sich Sam auf die Heimfahrt machte. Die kleinen weißen Flocken wurden von einem eisigen Wind, der sich scheinbar nicht entscheiden konnte, wohin er wehen sollte, in alle Richtungen gewirbelt. Sie klebten einen Moment lang an Sams Windschutzscheibe, bevor sie über das Glas krochen und weggewischt wurden. Als sie den kleinen Marktplatz hinter sich gelassen hatte, warf Sam einen Blick zurück zur Kathedrale. Dunkelgraue Wolken waren von Osten her aufgezogen und ballten sich drohend über dem riesigen Gebäude zusammen. Die Kathedrale hob sich deutlich von dem dunklen, schneeverhangenen Himmel ab.

Sam mochte den Schnee nicht; er ließ ihre Füße frieren und durchkühlte sie völlig. Auf Weihnachtskarten war er in Ordnung, aber das war auch schon alles. Allerdings musste sie eingestehen, dass sie es schön fand, wenn er die schmutzigsten Straßen und schlammigsten Felder weiß, sauber und frisch erscheinen ließ.

Als sie von der Hauptstraße abbog und den unbefestigten Weg zu ihrem Haus hinauffuhr, fiel der Schnee in großen Flocken und hatte den Boden bereits bedeckt. Sam war froh, dass der Bauer, der ihr die Durchfahrtsrechte zu ihrem Cottage einräumen musste, sich endlich entschlossen hatte, den Weg auszubessern und die Schlaglöcher, die sich täglich zu vermehren schienen, aufzufüllen. Außerdem war sie froh, dass sie ihre Limousine gegen den allradgetriebenen Range Rover eingetauscht hatte, den sie jetzt fuhr. Trevor hatte geglaubt, der Wagen wäre nur eine weitere Modetorheit, doch das stimmte nicht. Angesichts der unsicheren Wetterbedingungen in dieser Gegend und der unwirtlichen Orte, die sie oft gezwungen war aufzusuchen, hatte Sam ihn schätzen gelernt.

Obwohl ihr Trevor und seine bevorstehende Hochzeit nicht aus dem Sinn gingen, waren es nicht die einzigen Dinge, an die sie dachte. Aus unerfindlichen Gründen gelang es ihr nicht, das Bild des Vaters vor dem Untersuchungsgericht aus ihrem Kopf zu vertreiben. Sein Ausdruck der Verzweiflung und Hoffnungslosigkeit verfolgte sie. Sie hatte schon mehr als genug Traurigkeit gesehen, sowohl in ihrem Berufs- als auch ihrem Privatleben, und hielt sich inzwischen für stark genug, um mit allem fertig zu werden. Dem Vater des Jungen jedoch war es gelungen, eine Lücke in ihren fest gefügten Abwehrmechanismen zu finden.

Schließlich verließ Sam den Feldweg und hörte den Kiesbelag ihrer Zufahrt beruhigend unter den Reifen knirschen. Sie schloss den Wagen ab, zog die Kapuze ihres Mantels über den Kopf und wandte sich zur Haustür, um es sich dann doch anders zu überlegen. Sie ging hinter das Haus, wo sie nach Erics Ablegern sehen wollte.

Im Winter war der Garten ein trister und eintöniger Ort, der aber dennoch eine Menge Arbeit erforderte, um ihn für den Frühling und Sommer vorzubereiten. Mit Beginn des Winters verschwanden viele der anregenden Düfte, die Sam brauchte, um ihre Paranoia zu besänftigen. Es war eine bedrückende Zeit, die sie manchmal in Panik versetzte, da sie nicht länger Trost in ihrem Garten finden konnte. So viele ihrer Kollegen, Trevor eingeschlossen, hatten bereits ihren Geruchs- und damit auch einen Großteil ihres Geschmackssinns verloren. Ihr war es rätselhaft, wie man damit zurechtkam. Es waren jedoch nicht die Gerüche der Leichen, die den Geruchssinn schädigten. Obwohl unangenehm, waren sie völlig natürlich und nicht schlimmer als der Mist, mit dem sie seit Jahren ihren Garten zu düngen pflegte. Es waren die verdammten Chemikalien, die die Pathologen benutzten und die ihre Nervenenden abtöteten. Langsam und unmerklich verlief dieser Prozess – und ohne Schmerz.

Sie blickte hinauf zum klaren Nachthimmel und bemerkte einen kleinen Lichtfleck, der über die Sternbilder zu wandern schien und jedem von ihnen eine seltsame und unerwartete Dimension verlieh, bevor er sich zum nächsten weiterbewegte. Sam glaubte zuerst an eine Sternschnuppe, bis ihr dämmerte, dass es einer der vielen Satelliten war, die in der oberen Atmosphäre kreisten.

Sie blieb noch einen Moment stehen, dann ging sie zum Treibhaus, wo sie Erics Ableger vor ein paar Monaten untergebracht hatte, und öffnete die Tür. Sam hatte gehofft, sie vor Einbruch des Winters draußen einpflanzen zu können, war aber nie dazu gekommen. In Anbetracht der derzeitigen Wetterbedingungen war das auch gut so, denn sonst wären sie sicherlich längst eingegangen. Sie betrat das Treibhaus und schloss schnell die Tür hinter sich, bevor sie die kleine elektrische Lampe anknipste. Sam suchte die Regale mit den Pflanzen und Blumen nach Erics Ablegern ab. Sie hatte schon länger keine Zeit mehr gehabt, sich um sie zu kümmern, und es beschlich sie das Gefühl, dass es äusserst peinlich wäre, wenn Eric sie besuchen und entdecken würde, dass seine kostbaren Ableger nicht mehr existierten.

Schliesslich wurde sie in der Mitte des Treibhauses fündig. Die Pflanzen sahen grün und gesund aus und waren um mehrere Zentimeter gewachsen. Erleichtert kniete sie nieder, um eine *Amaryllis belladonna* »Hathor« zu begutachten. Das spektakuläre Gewächs hatte im warmen Klima des Treibhauses wunderschöne zarte, schneeweisse Blüten hervorgebracht. Sam atmete tief den berühmten Duft der Blume ein. Dann stutzte sie. Der Duft dieser Amaryllis war ihr wohl vertraut und obwohl er noch immer da war, war er nicht so stark, wie sie erwartet hatte. Sie hielt die Blume noch näher an ihre Nase und atmete erneut tief ein. Doch der Duft war eindeutig schwächer als gewöhnlich. Vielleicht, hoffte sie, lag es nur daran, dass die Blume allmählich verblühte.

Sie stand wieder auf, ging ein paar Schritte und beugte sich zu einem prachtvollen Jasminstrauch hinunter, der in voller Blüte stand, eine Pflanze, deren Duft stark und unverwechselbar war. Sie hielt einen Zweig an ihre Nase und atmete wieder tief ein. Obwohl sie den Duft erkennen konnte, war er nicht so intensiv, wie er eigentlich hätte sein sollen. Sam hatte das Gefühl, als hätte ihr jemand einen Schlag versetzt. Ihr wurde übel und Tränen liefen ihr über die Wangen. Tief durchatmend versuchte Sam ihre Gefühle unter Kontrolle zu bringen. Ihre grösste Angst war wahr geworden. Es kam nicht völlig unerwartet, denn schon seit einiger Zeit bemerkte sie, dass ihr Geruchs- und auch Geschmackssinn schwächer wurden. Sie hatte es einfach geleugnet, das Unvermeidliche hinausgeschoben und allem Möglichen die Schuld daran gegeben, angefangen von Erkältungen bis hin zu Heuschnupfen. Jetzt musste sie sich der Wahrheit stellen, es gab keine Ausflüchte mehr. Ihre kostbarsten Sinne liessen sie im Stich und es gab wenig, wenn überhaupt, was sie tun konnte, um diesen Prozess aufzuhalten.

Sam verließ das Treibhaus und betrachtete ihren geliebten Garten. Ob ihre Beziehung zu ihm davon unberührt bleiben würde? Sie fühlte sich wie ein Mensch, der plötzlich blind geworden war, und sie fragte sich, ob es ihr gelingen würde, sich an Gerüche zu erinnern, wie sich Blinde an Farben erinnerten. Sie beruhigte sich ein wenig und versuchte klar zu denken. Zuerst musste sie in Erfahrung bringen, wie groß die Schädigung bereits war und wie lange es voraussichtlich dauern würde, bis ihr Geruchssinn vollständig versagte. Sie würde Edward Cross in der Hals-, Nasen- und Ohrenabteilung des Park Hospitals anrufen und sich so schnell wie möglich einen Termin geben lassen. Tief in ihrem Innern wollte Sam es eigentlich nicht wissen, aber es würde ihr zumindest eine Ahnung verschaffen, wie viel Zeit ihr noch blieb, sodass sie für die Zukunft planen konnte. Obwohl sie nicht die geringste Vorstellung davon hatte, was sie tun sollte, abgesehen davon, dass sie ihren Beruf aufgeben müsste.

Der Schnee fiel jetzt immer dichter und bedeckte den Garten und ihre Kleidung. Sie riss sich zusammen und ging über den Gartenweg auf die einladenden Außenlichter ihres Hauses zu.

Eric Chambers stand auf der kleinen Veranda vor der Tür seines Hauses und schüttelte heftig seinen gewachsten Mantel. Die schmelzenden Tropfen aus Schnee und Eis flogen in alle Richtungen, als wäre er ein nasser Hund, der sich trocknete. Dann zog er den Mantel aus und hängte ihn zum Trocknen über die Rückenlehne eines alten Korbsessels, der in der Ecke des kleinen Vorbaus stand. Ehe er den warmen, trockenen Flur betrat, rieb er seine beiden Hunde mit einem alten Handtuch ab. Als beide trocken und sauber waren, öffnete er zufrieden die Tür und ließ die bellenden Tiere ins Haus.

Er war völlig durchgefroren und freute sich auf ein heißes Getränk. Gerne hätte er etwas Stärkeres getrunken, aber er wollte für die vor ihm liegende Arbeit einen klaren Kopf behalten. Er stellte den Wasserkessel auf den Küchenherd, ging ins Wohnzimmer und blickte hinaus in seinen wie von einem Leichentuch bedeckten Garten. Alles war gleichmäßig unter einer dicken Schicht Schnee begraben. Nur die Futterplätze für die Vögel waren frei, weil er sie im Sommer mit breiten Holzdächern ausgestattet hatte. Bei diesem Wetter fanden die Vögel nicht genug Nahrung, und er mochte es, ihnen zuzusehen. Wahrscheinlich hasste er deshalb Katzen so sehr.

Sein Blick wanderte unwillkürlich zu dem großen Rhododendronbusch, der in der hinteren rechten Ecke des Gartens wuchs. Er war eine seiner ältesten Pflanzen und eine seiner prachtvollsten, wenn er blühte. Der Busch musste natürlich regelmäßig gestutzt werden, aber solange man ihn im Auge behielt, gab es keine Probleme. Er brachte ihn immer zum Lächeln, wenn er ihn betrachtete. Nicht aus Stolz, sondern wegen des schrecklichen Geheimnisses, das er verbarg.

Die Leute dachten immer, sie würden den guten alten, zuverlässigen Eric, die Stütze der Gemeinde, kennen. Sie hatten ihm sogar den Spitznamen »Colonel« gegeben, weil er so zuverlässig war. Er genoss es, ein Geheimnis zu haben, sich von dem Mann zu unterscheiden, für den ihn alle hielten. Sam Ryan hatte ihm einmal gesagt, dass sein Garten voller Überraschungen und Geheimnisse sei – wenn sie wüsste, wie viele Geheimnisse der Garten wirklich enthielt. Er lachte leise vor sich hin und fragte sich, was sie und, was das betraf, das ganze Dorf sagen würde, wenn die schreckliche Wahrheit schließlich enthüllt wurde. Vielleicht würde er zusammen mit seinem Testament ein volles Geständnis hinterlassen. Es würde dann keine Rolle mehr spielen, aber es würde zweifellos die Gemeinde in ihren Grundfesten erschüttern. Mit etwas Glück würde es die Dorfbewohner ihr gemütliches und sicheres Leben in Zweifel ziehen lassen und sie ein oder zwei Jahre lang dazu bringen, etwas genauer hinzusehen. Er goss sich eine große Tasse Tee ein, bevor er hinüber zu seinem Computer ging und ihn einschaltete. Als der

Monitor aufleuchtete, tippte er das Passwort und loggte sich in sein geliebtes Internet ein.

Sam schlüpfte durch die Hintertür und zog ihre schneebedeckten Schuhe aus, bevor sie ihren feuchten Mantel aufhängte. Im Haus war es dunkel, ihre Mitbewohner schienen sich bereits zurückgezogen zu haben. Das war Sam nur recht. Sie machte in der Küche Licht, trat vor den kleinen Spiegel und wischte die zerlaufene Wimperntusche auf ihren Wangen ab. Dann verließ sie die Küche, knipste das Licht aus und wandte sich zur Treppe, um zu Bett zu gehen. Erst da bemerkte Sam das Licht, das durch die Ritze unter der Tür ihres Arbeitszimmers fiel. Sie trat zur Tür und legte vorsichtig ein Ohr an das Holz, bevor sie sie leise öffnete und ins Zimmer schaute. Ricky saß an ihrem Schreibtisch und starrte konzentriert auf den Computermonitor, während er mit schnellen, geübten Bewegungen Befehle über die Tastatur eingab.

»So spät noch auf?«

Ricky drehte sich um und sah seine Tante an. »Das hängt davon ab, wie alt man ist.«

»Was heißt das?«

»Wenn man neunzehn ist, ist es früh, wenn man über dreißig ist, dann, schätze ich, ist es spät.«

Sam runzelte die Stirn.

»Du hast doch nichts dagegen, dass ich deinen Computer benutze, oder? Es hilft mir bei meinem Kurs und außerdem dachte ich, dass du ihn zu dieser Nachtzeit nicht brauchst.«

Ricky hatte auf Sams Rat hin und nach jahrelangem Drängen endlich einen Computerkurs belegt, während er tagsüber weiterhin bei McDonalds arbeitete.

Sam schüttelte den Kopf. »Nein, ich habe nichts dagegen, solange du mich vorher fragst und nicht versuchst, auf meine privaten Dateien zuzugreifen.«

Ricky sah wieder auf den Monitor. »Als würde ich so etwas tun. Selbst wenn, würde ich nicht ein verdammtes Wort verstehen.«

Sam trat an seine Seite. »Was machst du denn gerade?«
»Ich durchsuche die Webseiten nach Schnäppchen.«
»Einkaufen per Computer. Da hat man überhaupt keinen Grund mehr, aus dem Haus zu gehen«, meinte sie.
»Es bleibt immer noch der Sex.«
»Ich bin sicher, dass sie daran arbeiten, während wir hier miteinander sprechen.«
»Das hoffe ich, denn es würde mir all diese blöden Chatlines ersparen«, sagte Ricky grinsend.

Sam kniete nieder und musterte etwas, das wie ein sehr kleines Notebook aussah. Es hatte ungefähr die Größe eines Filofax, verfügte aber über einen eigenen Bildschirm und war durch ein langes graues Kabel mit der Rückseite ihres Computers verbunden.

»Was ist das?«

Ricky sah sie an. »Ich wusste nicht, dass du dich in Sachen Computer so wenig auskennst.«

Sam reagierte nicht auf die Bemerkung. »Sag mir einfach, was das ist.«

»Das ist ein PDA.«
»Und das bedeutet?«
»Personal Digital Assistant.«

Sam wusste, dass er versuchte, sie mit seinem Technik-Slang zu beeindrucken und zu verunsichern, aber sie ließ sich davon nicht beirren.

»Und was macht er?«
»Das ist eine Art Hi-Tech-Notebook. Man kann auf ihm schreiben oder Bilder malen und dann alles zur Muttereinheit übertragen, wo das Geschriebene fein säuberlich getippt ausgegeben wird. Er könnte das Ende der Sekretärinnen bedeuten.«

Das sollte Jean Kopfzerbrechen bereiten, dachte Sam. Sie hob das Gerät auf und studierte es sorgfältig. »Sieht teuer aus.«

Ricky beugte sich zu ihr, nahm es ihr aus der Hand und stellte es wieder auf den Schreibtisch. »Ist er auch.«

»McDonalds muss gut zahlen.«

»Ich habe gespart und einen Billigen gefunden.«

»Wo?«

»Im Web.«

Sam richtete ihre Aufmerksamkeit wieder auf den Computermonitor. »Wonach suchst du?«

»Nach einem Scanner. Falls meine Quelle noch immer aktiv ist, werde ich einen billigen finden.«

»Wer ist deine Quelle?«

»Das darf ich dir nicht sagen, streng geheim. Beziehungsweise, ich könnte es tun, aber dann müsste ich dich töten.«

»Wie charmant.«

»War nur ein Witz. Es ist eine Firma, die alles um mindestens fünfzig Prozent billiger als die Konkurrenz verkauft. Nicht schlecht, was?«

Sam nickte. »Ganz und gar nicht schlecht. Bist du sicher, dass ihre Geräte legal verkauft werden? Sie sind doch nicht von einem Lastwagen gefallen oder so?«

»Der PDA war unbeschädigt.«

»Hör auf, den Klugscheißer zu spielen. Du weißt, was ich meine. Ich möchte nicht, dass Tom Adams dich hier abholt.«

»Das wäre mal was anderes. Sonst hat er dich immer abgeholt.«

»Ricky!«

»Ja, ich bin ziemlich sicher, dass alles legal ist. Eine Menge Leute kaufen bei der Firma.«

»Wie heißt sie?«

»Sie heißt HTTP, Doppelpunkt, Schrägstrich, Schrägstrich, WWW, Punkt, Be, Punkt, CO, Punkt, UK, Schrägstrich, PDA, Schrägstrich.«

»Eingängiger Name. Und wie nimmst du Kontakt mit diesen Schrägstrich-Leuten auf?«

Ricky grinste sie an. »Man benutzt eine Suchmaschine, um ihre Webseiten zu finden. Dann tippt man ein, was man sucht, etwa ›Scanner kaufen‹, und mit etwas Glück findet man, was man braucht.«

»Und wie geht es weiter?«

»Normalerweise bekommt man ein Webformular präsentiert, das man einfach ausfüllt, übers Netz abschickt und wartet, ob sie den Auftrag ausführen können.«

»Wie bezahlt man?«

»Mit Kreditkarte, wenn man eine hat.«

»Du hast aber keine.«

»Ich bezahle normalerweise bar.«

»Die Firma ist also hier in der Gegend?«

Ricky nickte. »In etwa.«

»Nun, denk bloß daran, was ich dir über Tom Adams gesagt habe. Ich meine es ernst.«

Ricky zuckte die Schultern. »Ich habe dir schon gesagt, dass ich jetzt ein großer Junge bin.«

Sam sah ihn skeptisch an. »Wir werden sehen. Und bleib nicht die ganze Nacht auf.«

Ricky lächelte sie an und sein Blick ruhte ein wenig länger auf ihr als normal. »Geht es dir gut?«, fragte er.

»Ja, natürlich, warum sollte es mir nicht gut gehen?«

Ricky blinzelte. »Nur so. Ich werde nicht zu lange machen.«

Sam nickte und verließ verlegen den Raum. Sie kam sich ein wenig töricht vor. Ihr Versuch, ihren Kummer zu verbergen, war offenbar gescheitert.

2

Die an den Betonwänden des mehrstöckigen Parkhauses angebrachten Videokameras folgten Sams Range Rover, während er langsam durch das dunkle und schmale Parkdeck des Hospitals rollte. Als sie schließlich ihren reservierten Platz erreichte und einparkte, erwachte die Kamera, die ihr am nächsten war, surrend zum Leben und zoomte auf das Nummernschild des Fahrzeugs. Zufrieden drehte der unsichtbare Kontrolleur die Kamera wieder in ihre ursprüngliche Position. Obwohl die Videokameras die Sicherheit des Parkhauses erhöht hatten und die grelle Beleuchtung das triste Innere in Helligkeit tauchte, fühlte sich Sam jedes Mal unwohl, wenn sie hier parken musste. Trotz der Bemühungen des Krankenhauses gab es noch immer dunkle Winkel, die sich mit dem bloßen Auge nicht durchdringen ließen, und sie nährten nach wie vor Sams düsterste Albträume.

Sie nahm ihren Alarmgeber in die Hand, um sich zu beruhigen, und behielt den Daumen am Panikknopf, als sie den Wagen abschloss und zum Aufzug hinüberging. Sie war nicht völlig von der Wirksamkeit dieses Alarmgeräts überzeugt und bezweifelte, ob die Sicherheitskräfte überhaupt reagieren würden, wenn sie es auslöste. Wahrscheinlich würden sie ihm genauso viel Beachtung wie den Autoalarmanlagen schenken. Notfalls, dachte sie, konnte sie einen Angreifer damit schlagen. Sam war für die Legalisierung von CS-Gas oder anderen Reizgassprays, damit Frauen sich verteidigen konnten, ohne ein Strafverfahren fürchten zu müssen.

Der Aufzug brauchte ein Weilchen, bis er das gewählte Stockwerk erreichte. Als er anhielt, gaben die Türen den Blick auf einen langen, hell erleuchteten Korridor frei. Kurz darauf erreichte Sam die Tür ihres Büros und trat ein. Jean, ihre Sekretärin, saß an ihrem Schreibtisch und gab Sams kaum lesbare handgeschriebene Autopsieberichte in den Computer ein. Sam vermutete, dass sie schon einige Stunden hier war und den Berg an Arbeit abtrug, der sich in den letzten Monaten aufgetürmt hatte.

»Morgen, Jean.«

Jean blickte zu ihrer Chefin auf und ihre strengen Gesichtszüge verzogen sich zu einem breiten Lächeln. »Morgen, Doktor Ryan. Kaffee?«

Sam nickte nachdrücklich. Obwohl Jean seit vielen Jahren ihre Sekretärin und Freundin war, wollte sie nicht auf die förmliche Anrede verzichten. Sie nannte Sam sogar dann »Doktor«, wenn sie hin und wieder zusammen etwas trinken gingen. Sam hatte den Versuch aufgegeben, ihre Beziehung zu verändern, und akzeptierte inzwischen, dass sie für Jean immer »Doktor« sein würde, Punkt. Jean war das Produkt einer anderen Zeit, einer Zeit, in der Formalitäten, genau wie dicke blaue Strümpfe, lebenswichtig für das Wohlergehen des Krankenhauses und Staates waren, und sie war in ihren Gleisen viel zu eingefahren, um das jetzt noch zu ändern.

»Danke, und machen Sie ihn stark.«

»Harte Nacht?«

Sam schüttelte den Kopf. »Eigentlich nicht, nur eine schlimme. Ich habe immer wieder denselben Traum geträumt.«

Sam war an beunruhigende Träume gewöhnt, eine Folge ihres Berufs. Aber normalerweise waren diese Träume vage und nach dem Aufwachen sofort vergessen; ihre Themen variierten und waren schwer fassbar. Doch dieser hatte sich ständig wiederholt, sie geweckt und ihr den Schlaf geraubt.

Jean schaute sie interessiert an. »Handelte er von irgendwelchen großen, düsteren, gut aussehenden Fremden?«

»Wenn es so wäre, würde ich mich bestimmt daran erinnern. Außerdem sehen sie auf dem Autopsietisch nicht ganz so attaktiv aus.«

»Wovon handelte er dann?«, fragte Jean hartnäckig.

»Das ist eine merkwürdige Sache.« Sam runzelte die Stirn. »Er hat mich ständig aus dem Schlaf geschreckt, aber ich kann mich an keine Einzelheit erinnern, nur an einzelne Bilder. Je mehr ich mich darauf konzentriere, desto mehr verblassen sie.«

Jean schüttelte den Kopf. »Woher wissen Sie dann, dass es derselbe Traum war?«

»Ich weiß es einfach.«

»Irgendetwas bedrückt Sie«, sagte Jean mitfühlend. »Ich denke, ich mache Ihnen am besten einen sehr starken Kaffee.«

Sam nickte zustimmend. Dann ging sie in ihr Zimmer, wo sie einen großen, jungen und gut aussehenden Mann antraf, der konzentriert an ihrem Computer arbeitete.

»Morgen, Schätzchen, ich bin in einer Minute fertig, tut mir Leid, dass ich Sie aufhalte.«

Jean war im Nu an Sams Seite. »Tut mir Leid, Doktor Ryan, ich vergaß. Sie installieren irgendein neues Programm auf den Krankenhauscomputern. Ich fürchte, es wird auch in den nächsten Tagen einige Störungen geben.«

Sam seufzte und nickte verstehend, bevor sie an ihren Schreibtisch trat und ihre Aktentasche auf dem Boden abstellte.

Der Mann stand auf. »So, das sollte erst mal genügen.«

Sam sah ihn an. »Kann ich ihn jetzt benutzen?«

»Nein, tut mir Leid, Schätzchen, erst in ein paar Stunden.«

Sam hasste den Ausdruck »Schätzchen«, aber sie verkniff sich eine Bemerkung. Als er durch die Tür verschwand, ließ sie sich auf ihren hochlehnigen Stuhl sinken und betrachtete den großen Haufen Papierkram, der wie üblich in ihrem Eingangskorb lag. Die Aussicht, ihn abarbeiten zu müssen, war entmutigend, aber sie wusste, dass es getan werden musste. Als sie den ersten Bericht studierte, klopfte Jean an und betrat mit einer dampfenden Tasse Kaffee in der rechten Hand das Büro.

Sam blickte auf. »Danke, Jean.«

»Er sah gut aus, nicht wahr?«, sagte Jean, während sie die Tasse auf den Schreibtisch stellte.

Ohne aufzublicken erwiderte Sam: »Wer?«

»Na wer schon? Der junge Mann, der am Computer gearbeitet hat, sah gut aus.«

»Ist mir gar nicht aufgefallen, ehrlich«, meinte Sam schulterzuckend. »Er war bloß im Weg.«

Jean erkannte, dass sie hier nichts ausrichten würde, und wandte sich wieder ihren beruflichen Pflichten zu. »Möchten Sie jetzt Ihren Terminplan und die Telefonanrufe durchgehen?«

»Nur, wenn es einen Notfall gibt. Wir werden das am Nachmittag machen, nach dem Essen. Wenn ich diesen Papierkram nicht erledige, gibt es Ärger mit den höheren Stellen.«

Jean lächelte zustimmend und verließ das Büro, damit Sam sich konzentrieren konnte.

Nachdem sie sich erst einmal in die Arbeit vertieft hatte, verging die Zeit wie im Fluge. Erst der Lärm vor ihrem Büro schreckte Sam auf. Sie sah auf die Uhr. Es war Mittag und sie hatte über drei Stunden gearbeitet. Trotz der dicken Eichentür zwischen ihrem und Jeans Büro konnte Sam deutlich die laute und entschlossene Stimme ihrer Sekretärin hören, mit der sie einer unsichtbaren Person erklärte, dass »Doktor Ryan beschäftigt ist« und »Sie sich einen Termin geben lassen müssen«. Schließlich flog die Tür auf und Jean kam herein. Sie war rot im Gesicht und aufgebracht, was ganz und gar nicht zu ihr passte.

»Da draußen sind zwei Leute«, sagte sie mit verächtlicher Miene, »die darauf bestehen, Sie zu sprechen.«

Sam reckte den Hals, um einen Blick in Jeans Büro zu werfen, aber sie konnte nur die Rücken des Paares sehen. Sam bedeutete Jean, die Tür zu schließen.

»Wer sind sie?«

Sam war nicht daran gewöhnt, dass irgendwelche Leute in ihr Büro platzten und ein Gespräch verlangten. Um genau zu sein, mit Ausnahme des einen oder anderen penetranten Police Officers und natürlich Trevor Stuarts konnte sie sich nicht erinnern, dass es schon einmal vorgekommen war.

»Sie sind sehr aufdringlich.«

Sam zog ungeduldig die Brauen hoch.

»Mr. und Mrs. Vickers. Sie haben keinen Termin und wollen mir nicht einmal sagen, warum sie Sie sprechen wollen. Soll ich den Sicherheitsdienst rufen und sie entfernen lassen?«

Vickers, Vickers ... Sam kannte den Namen, konnte ihn aber nicht einordnen. Dann fiel es ihr ein. Sie waren das Paar, das sie am Vortag vor dem Untersuchungsgericht gesehen hatte, der Mann, dessen Gesicht sie seitdem verfolgte. Dann erinnerte sich Sam, dass sie in der vergangenen Nacht von Mr. Vickers geträumt hatte. Sie klappte die vor ihr liegende offene Akte zu und warf sie zurück in den Eingangskorb.

»Schicken Sie sie herein!«

Jean blickte sie überrascht an. »Sind Sie sicher? Ich meine ...«

Sam sah sie an und seufzte tief, womit die Debatte beendet war. Jean machte mit missbilligender Miene kehrt und tat, wie ihr geheißen wurde.

»Würden Sie bitte hereinkommen? Doktor Ryan will Sie doch sprechen.«

Sie führte die beiden in Sams Büro. Als sie eintraten, erhob sich Sam von ihrem Stuhl und ging ihnen entgegen, um sie zu begrüßen. Es war seltsam, sie hier zu sehen, diese Leute, die sie so sehr bedrückt hatten und die jetzt einen völlig normalen Eindruck machten. Sie waren im Grunde die Sorte Leute, denen man auf der Straße begegnete oder in einem Zug gegenübersaß, ohne ihre Existenz überhaupt zu bemerken. Mr. Vickers war groß, etwa ein Meter fünfundachtzig. Er war schlank, hatte durchdringende grüne Augen und dichte dunkelbraune, grau melierte Haare, die an der Stirn zurückgingen. Er trug einen dunkelblauen Anzug und darüber einen schäbigen braunen Regenmantel. Seine Frau war etwa zehn Zentimeter kleiner als er und wesentlich fülliger. Sie war gut, aber konservativ gekleidet – Tweedjacke, langer, dunkler Rock und kniehohe braune Stiefel. Dunkle Schatten hingen wie Säcke unter ihren Augen, ließen ihr Gesicht älter erscheinen und verbargen die Schönheit, die sich in ihrem selbstbewussten Lächeln verriet. Als sie das Büro betraten, bemerkte Sam, dass Mrs. Vickers Halt suchend nach der Hand ihres Mannes griff und sie so fest drückte, dass seine Knöchel weiß hervortraten. Sam streckte ihre Hand aus und Mr. Vickers schüttelte sie.

»Ich bin Doktor Samantha Ryan. Ich freue mich, Sie kennen zu lernen.«

Sam versuchte ruhig und freundlich zu klingen, nachdem die beiden von der resoluten Jean so abweisend behandelt worden waren. Sie führte sie durch ihr Büro zu den Stühlen vor ihrem Schreibtisch.

»Möchten Sie vielleicht Tee oder Kaffee?«

Die Frau warf ihrem Mann einen nervösen Blick zu, als würde ihr selbst diese banale Entscheidung schwer fallen. Mr. Vickers las die Antwort in den Augen seiner Frau.

»Tee, wenn es keine Umstände bereitet, mit Milch, aber ohne Zucker.«

»Kein Problem.«

Sam sah zu Jean hinüber, die die Vickers noch immer mit einer Mischung aus Argwohn und Feindseligkeit anstarrte.

»Könnten Sie sich bitte darum kümmern, Jean?«

Jean reagierte nicht, sondern starrte weiter das Paar an, das es gewagt hatte, ohne Einladung in ihre Domäne einzudringen.

»Jean!«

Diesmal blickte Jean auf, verließ naserümpfend den Raum und schloss mit einem ungehörigen Knall die Tür hinter sich.

Sam nahm wieder Platz und setzte ihr freundlichstes Lächeln auf. »Nun, was kann ich für Sie tun?«

Nachdem sich Mr. Vickers mit einem Blick zu seiner Frau vergewissert hatte, dass sie einverstanden war, ergriff er das Wort. »Es tut uns beiden schrecklich Leid, dass wir Sie belästigen müssen, aber ich fürchte, wir sind inzwischen ein wenig verzweifelt. Und da wir nicht zu den Menschen gehören, die häufig mit derartigen Dingen zu tun haben, wussten wir nicht, wie wir uns verhalten sollen. Wenn wir ungelegen kommen, können wir uns auch, wie Ihre Sekretärin sagte, einen Termin geben lassen. Wir waren nur so aufgebracht, dass wir unbedingt mit jemandem sprechen wollten, der sich anhört, was wir zu sagen haben.«

Sam nickte. »Nun, jetzt haben Sie Gelegenheit dazu.«

Mr. Vickers sah wieder seine Frau an, bevor er fortfuhr. »Es war unser Anwalt, Mr. Gordon, der vorschlug, dass wir uns an Sie wenden sollten ...«

Sam unterbrach ihn. »Warum hat er sich nicht selbst mit mir in Verbindung gesetzt? Schließlich weiß er, wie man sich in derartigen Angelegenheiten verhält.«

»Er sagte, es wäre vielleicht besser, wenn wir es erzählen.« Mr. Vickers zuckte die Schultern.

Die Gefühlsschiene, registrierte Sam, sehr gerissen, fast ein wenig hinterhältig. Sie nickte ermutigend und bat ihn fortzufahren.

»Wir sind die Eltern von Simon Vickers.«

»Ich weiß, ich habe Sie vor dem Untersuchungsgericht gesehen«, sagte Sam. »Es tut mir sehr Leid.«

»Nun, sehen Sie, deshalb sind wir hier. Was vor dem Untersuchungsgericht gesagt wurde, war völlig falsch. Simon hätte nie etwas Derartiges getan. Er war mehr an seinen Computern interessiert als an Autos.«

»Und er hat nicht getrunken, das wissen wir mit Sicherheit«, warf Mrs. Vickers ein.

»Er hasste Autos«, sagte Mr. Vickers. »Er war der Meinung, sie zerstören die Atmosphäre und vergiften die Menschen. Er hat uns sogar dazu gebracht, ein Auto zu kaufen, das bleifreies Benzin verbraucht. Er war einfach nicht der Typ dafür.«

»Menschen machen alle möglichen Dinge, von denen selbst ihre engsten Verwandten nichts wissen«, sagte Sam und lehnte sich auf ihrem Stuhl zurück. Sie bemühte sich, nüchtern und professionell zu klingen, während Mr. Vickers' Stimme verriet, dass er immer erregter wurde.

»Verstehen Sie uns nicht falsch, wir behaupten nicht, dass Simon ein Heiliger war, ganz und gar nicht, er war ein normaler Teenager. Aber wir standen ihm sehr nahe, es war schon immer so, von dem Moment seiner Geburt an. Er war unser einziges Kind, alles, was wir hatten. Wir haben ihm keine Beschränkungen auferlegt und er war immer ehrlich zu uns. Das war eine Art Vereinbarung zwischen uns und die hat immer gut funktioniert.«

»Menschen verändern sich.«

»Nicht Simon«, sagte Mrs. Vickers mit Nachdruck. Ihre Augen füllten sich mit Tränen. Sie wischte sie mit einem kleinen, bestickten Taschentuch ab, das sie aus ihrem Ärmel gezogen hatte.

»Wenn er von einem Auto überfahren worden oder bei einem Flugzeugabsturz ums Leben gekommen wäre, hätten wir uns damit abfinden müssen«, sagte ihr Mann.

»Und das können Sie nicht, weil er am Steuer eines gestohlenen Autos gestorben ist?«, fragte Sam.

»Nein.« Mr. Vickers schüttelte heftig den Kopf. »Wie ich schon sagte, er hätte sich nie ans Steuer eines Autos gesetzt, ob nun seines eigenen oder dem eines anderen. Wir hatten schon Mühe, ihn zu überreden, in unseren Wagen zu steigen. Alles, was wir wollen, ist die Wahrheit, Doktor Ryan. Sobald wir sie kennen, können wir weiter um ihn trauern und unser Leben fortsetzen.«

»Ich weiß nicht, was ich tun kann. Die Polizei und der Untersuchungsrichter werden alles, was möglich ist, unternommen haben.«

»Mr. Gordon sagt, Sie wären sehr gut darin, die Wahrheit herauszufinden, und wenn es irgendwelche Zweifel gäbe, wären Sie in der Lage, den Dingen auf den Grund zu gehen.«

Sam fühlte sich geschmeichelt. Sie hatte in der Vergangenheit mehrfach für die Kanzlei Peters, Walton und Gordon auf Seiten der Verteidigung gearbeitet und war recht erfolgreich gewesen, obwohl Trevor noch immer ihre erste Wahl zu sein schien. Die Jungs halten eben zusammen, dachte sie, und fragte sich erneut, warum sich John Gordon nicht persönlich bei ihr gemeldet hatte.

»Was soll ich für Sie tun?«

»Eine zweite Autopsie durchführen. Wir würden gern eine andere Meinung über den Tod unseres Sohnes einholen.«

Plötzlich wusste Sam, warum sich John Gordon nicht direkt mit ihr in Verbindung gesetzt hatte. Trevor hatte die erste Autopsie vorgenommen und angesichts Gordons langjähriger Beziehung zu Trevor, die er sicher nicht aufs Spiel setzen wollte, war es für alle einfacher, wenn sich die Eltern direkt an sie wandten.

Sam kehrte zum Thema zurück. »Mit welcher Begründung?«

Mr. Vickers sah seine Frau an, bevor er antwortete. »Das Urteil des Gerichts ist falsch, das wissen wir. Wir glauben nicht, dass Simon, wie das Gericht behauptet, bei einem Unfall getötet wurde.«

»Wie wurde er Ihrer Meinung nach dann getötet?«

»Wir haben keine Ahnung, deshalb hoffen wir, dass Sie sich mit dem Fall befassen. Wir haben die Beerdigung vorerst ausgesetzt.«

»Wir sind bereit, dafür zu bezahlen«, beeilte sich Mrs. Vickers zu sagen.

Ihr Mann nickte zustimmend. »Wir erwarten nicht, dass Sie es umsonst tun. Wir sind keine reichen Leute, müssen Sie wissen, Doktor Ryan, aber wir haben einiges zur Seite gelegt, und da Simon jetzt nicht mehr lebt, haben wir keine Verwendung mehr dafür.«

»Was ist, wenn ich zu keinem anderen Ergebnis komme?«

»Dann werden wir wissen, dass wir alles getan haben, was in unserer Macht steht, und damit wäre die Sache abgeschlossen.«

Sam lehnte sich auf ihrem Stuhl zurück und betrachtete ihre verzweifelten Gesichter. Schließlich traf sie eine Entscheidung und sagte: »Zu diesem Zeitpunkt bin ich nicht bereit, eine zweite Autopsie durchzuführen ...«

Das Paar sah mit einem Mal derart niedergeschlagen aus, dass Sam hastig erklärte: »Aber ich werde mir alle relevanten Unterlagen und Berichte ansehen und wenn ich irgendetwas finde, das mich nicht völlig überzeugt, werde ich die zweite Autopsie für Sie vornehmen.«

»Das ist alles, worum wir bitten, Doktor Ryan, eine zweite Meinung. Wir wollen nur die Wahrheit wissen, ganz gleich, wie sie aussieht.«

»Wie viel wird es voraussichtlich kosten?«, fragte Mrs. Vickers nervös.

»Lassen Sie mich zuerst die Berichte lesen, dann sehen wir weiter.«

Jean kam mit dem Tee herein und stellte ihn auf den Tisch, während Sam überlegte, wie sie Trevor ihre Entscheidung beibringen sollte.

Der Tod seines Freundes hatte Dominic Parr weit mehr getroffen, als er zunächst gedacht hatte. Ihm war nicht bewusst gewesen, wie nahe sie einander standen, bis Simon nicht mehr da war, und jetzt vermisste er ihn. Simon war der Aktivere von beiden gewesen, der Mann mit den vielen guten Ideen. Dominic war immer stiller gewesen, ruhiger, introvertierter, wie es sein Lehrer einmal genannt hatte. Trotzdem gab ihm Simon nie das Gefühl, ein Anhängsel zu sein, sondern teilte seine Leidenschaft für Computer und das Internet. Er ermutigte und schmeichelte Dominic und bewunderte ihn manchmal für das, was er konnte. Oft löste Dominic Probleme oder machte bei irgendwelchen Projekten mit, nur um Simon zu gefallen. Er wusste, dass er dadurch das Lob einheimsen würde, das er von seinen Eltern nie bekommen hatte. Dominic war nicht einmal sicher, ob sie ihn liebten, und wenn doch, dann verstanden sie ihn bestimmt nicht so gut wie Simon. Sie wollten nur, dass er irgendeinen normalen Job mit normalen Leuten machte und in ihrer normalen Welt lebte. Solange seine Stelle sicher war und er am Ende eine Rente bekommen würde, war ihnen alles recht. Jesus, was wussten sie schon! Er war nicht so, nicht tief in seinem Innern. Trotz seiner Introvertiertheit liebte er es, aufregende und interessante Leute um sich zu haben, und Simon war so aufregend und interessant, wie man es sich nur wünschen konnte.

Dominic hatte sich eine Zeit lang gefragt, ob er ihn liebte. Wenn er im Bett lag, dachte er ständig über diese Frage nach. Manchmal blickte er sogar unter die Decke, um nachzusehen, ob der Gedanke an seinen Freund ihn erregte, aber das war nicht der Fall. Schließlich gelangte er zu dem Schluss, dass er Simon wahrscheinlich liebte, ohne ihn körperlich zu begehren. Sie standen über all diesen Dingen, ihre Freundschaft war auf einer anderen Ebene angesiedelt und viel wichtiger als eine erotische Beziehung mit all ihren Problemen und kleinlichen Eifersüchteleien. Obwohl es eine emotionale Beziehung war, war es auch eine praktische; wenn die beiden zusammen waren, bildeten sie eine Einheit, und diese Einheit war darauf aus, ihr Bewusstsein durch das Netz zu erweitern. Sie hatten ihre eigene Sprache entwickelt, eine Art Enigma-Code, damit sie sich gegenseitig ihre Nachrichten schicken konnten, ohne Angst haben zu müssen, dass andere sie mitlasen.

Die Frage, die Dominic immer wieder durch den Kopf ging, war: Warum? Warum hatte Simon das getan, was hatte er beweisen wollen? Wie sehr er auch versuchte, es zu verstehen, er konnte es nicht. Es kam ihm völlig verrückt vor. Er hatte nicht die leiseste Ahnung, was er ohne Simon tun sollte. Sie hatten solch große Pläne für die Zukunft gehabt und es gab noch immer so viel zu tun, aber mit wem sollte er das alles jetzt teilen? Wie würde das Leben ohne Simon sein? Würde es ohne ihn überhaupt ein Leben geben? Dominic hatte, zumindest für eine Weile, mit dem Gedanken an Selbstmord gespielt, aber dafür war er viel zu feige, und ganz gleich, wie hart das Leben erscheinen mochte, so war es immer noch sein Leben. Schließlich entschied er sich, dass er all seine Arbeit

Simons Andenken widmen würde, damit die Leute ihn oder sein Genie nicht vergaßen. Er setzte sich an seinen Schreibtisch und schaltete den Computer ein. Er hatte eine Aufgabe zu erledigen und bisher noch keine Zeit dafür gehabt. Eigentlich hatte er bis nach Simons Beerdigung damit warten wollen, aber aus irgendeinem Grund war sie verschoben worden, und es gab noch keinen konkreten Termin. Diese Verzögerung hatte ihn gezwungen, die Mitteilung über das Netz zu verbreiten, damit all ihre Freunde, die bekannten und unbekannten, sowie jeder andere, der sich in sein persönliches Memorial einloggte, informiert waren.

Es war später Nachmittag, als Sam in Doktor Cross' Klinik eintraf. Einer der wenigen Vorzüge ihres Berufs bestand darin, jederzeit einen Spezialisten aufsuchen zu können. Sie ging zur Rezeption und wurde von dort in sein privates Büro geschickt. Cross erwartete sie bereits. Sam kannte ihn nicht besonders gut, sie hatten sich bei einigen gesellschaftlichen Anlässen getroffen. Außerdem hatte er eine ihrer Vorlesungen besucht und sie später dafür gelobt, aber das war auch schon alles. Er war einer der besten HNO-Experten und das Park Hospital konnte sich glücklich schätzen, ihn bekommen zu haben. Sie klopfte leise an seine Tür.

»Kommen Sie herein, Sam.«

Sie öffnete die Tür und sah hinein. Das Sprechzimmer war wahrscheinlich doppelt so groß wie ihres, wobei die eine Hälfte als Büro und die andere als eleganter Untersuchungsraum eingerichtet war. Sam betrat das Zimmer und schloss leise die Tür hinter sich.

»Danke, dass Sie mir so schnell einen Termin gegeben haben, Edward.«

Er lächelte sie an. »Sie klangen so verzweifelt, dass ich keine andere Wahl hatte.«

»Klang ich wirklich so schrecklich?« Sam verzog das Gesicht.

Er nickte. »Ich fürchte ja. Sollen wir anfangen?«

Sam zog ihren Mantel aus und machte es sich auf dem altmodischen Metallstuhl in der Mitte seines Zimmers so bequem wie möglich. Er nahm ein Nasenspekulum von einem kleinen Metalltablett und begann mit der Untersuchung.

Die ganze Prozedur dauerte etwa eine halbe Stunde und war viel gründlicher, als Sam erwartet hatte. Als Cross fertig war, forderte er sie auf, zusätzlich Röntgenaufnahmen und eine Computertomographie machen zu lassen. Er winkte Sam hinüber zu seinem Schreibtisch. Sie musste nicht lange auf seine Diagnose warten.

»Ihre Nase ist in einem schlechten Zustand.«

»Wie schlecht?«

»Ziemlich. Viel zu viele Polypen, die ich sehen kann, und wahrscheinlich eine Menge weitere, die ich nicht sehen kann. Die Schädigung ist bereits recht weit fortgeschritten.«

»Ist sie irreversibel?«

Cross nickte. »Ich fürchte ja. Es gibt außerdem noch einen anderen negativen Befund.«

Sam spürte, wie sich ihr Herz zusammenzog.

»Es besteht die große Wahrscheinlichkeit, dass es auch Ihren Geschmackssinn beeinträchtigen wird.«

Sie wusste, dass beide Sinne in einem engen Zusammenhang standen, und der Gedanke, beide zu verlieren, erfüllte sie mit Verzweiflung.

»Und es gibt nichts, was ich dagegen tun kann?«

Cross' bislang ernstes Gesicht erhellte sich ein wenig. »Oh, es gibt eine Menge, was Sie tun können. Wie ist Ihr Geruchssinn im Moment?«

Sam zuckte die Schultern. »Er ist noch immer da, nur nicht so stark. Eher so, als würde ich alles durch ein Tuch riechen.«

»Und Ihr Geschmack?«

Sam hatte in dieser Hinsicht bislang keine Veränderung bemerkt und schüttelte den Kopf. »Mir ist nichts aufgefallen.«

Cross nickte wissend. »Wenn Sie das, was von Ihren Sinnen übrig ist, bewahren wollen, müssen Sie mit der Pathologie aufhören und sich vielleicht einem anderen Zweig der Medizin zuwenden.«

Der Schock über Cross' Ratschlag und die nüchterne Art, mit der er ihn vortrug, erschütterten Sam bis ins Mark. Das Zimmer schien plötzlich dunkler zu werden und sich um sie zu schließen. Doch dann besann sie sich auf ihren Verstand und begann sein Urteil anzuzweifeln.

»Sicherlich gibt es keinen Grund, die Pathologie völlig aufzugeben. Ich meine, wenn ich mich peinlich genau an alle Gesundheits- und Sicherheitsvorschriften halte und etwas vorsichtiger bin, dann ...«

Cross fiel ihr kopfschüttelnd ins Wort. »Nein. Vorsichtiges Verhalten wird es vielleicht hinauszögern, Ihnen etwas Zeit verschaffen. Aber dieses Tuch vor Ihrer Nase, wie sie es ausdrückten, wird immer dicker werden, bis Sie schließlich nichts mehr wahrnehmen.« Er schwieg einen Moment und gab Sam Zeit, das Gesagte zu verarbeiten. »Sie haben eine einfache, aber harte Entscheidung zu treffen. Entweder geben Sie die Pathologie auf oder Sie verlieren Ihren Geruchssinn.«

»Wie lange habe ich Zeit dafür?«

Cross machte ein nachdenkliches Gesicht. »Nicht lange. Die Schädigung wird mit jeder Autopsie, die Sie durchführen, voranschreiten, ganz gleich, wie vorsichtig Sie sind, bis Sie schließlich nichts mehr riechen und schmecken können. Im Grunde ist es gar nicht so schlimm, Sam.« Er sah sie verständnisvoll an. »Es gibt Dutzende anderer medizinischer Bereiche, in denen Sie glänzen könnten. Himmel, dieser Abteilung fehlen gute Leute, und es ist eine befriedigende Arbeit.«

»Ich habe Medizin studiert, um Pathologin zu werden«, sagte Sam mit entschlossener Stimme. »Ich habe nie daran gedacht und werde auch nie daran denken, etwas anderes zu tun.«

»Sie könnten ja auch in dem Beruf weiterarbeiten, nur an anderer Stelle. Vielleicht als Dozentin? Wir wissen, dass es einen großen Mangel an qualifizierten Leuten gibt, die der nächsten Generation von Einfaltspinseln beibringen müssen, was man mit einem geschärften Skalpell macht.«

»Nein. Sie wissen doch, was man sagt: Jene, die es können, können nicht unterrichten.«

Cross sah sie mitfühlend an. »Hören Sie, all das muss ein ziemlicher Schock für Sie sein. Warum nehmen Sie sich nicht ein paar Tage frei und überdenken Ihre Möglichkeiten? Es ist nicht das Ende der Welt, nur ein Richtungswechsel, und in ein paar Jahren werden Sie Ihre neu gefundene Rolle genauso mögen, wie Sie die Pathologie gemocht haben. Himmel, ich wollte Gehirnchirurg werden und war am Boden zerstört, als ich feststellte, dass ich es nicht schaffen würde! Jetzt verbringe ich den Großteil meiner Zeit damit, den Leuten in die Nasen zu schauen, und es gefällt mir.«

Trotz Cross' ermutigender Worte hörte Sam schon nicht mehr zu. Sie stand auf und wandte sich zur Tür. »Danke für die Untersuchung, Edward. Wenn Sie Ihre Rechnung an Jean schicken, werde ich dafür sorgen, dass sie umgehend bezahlt wird.«

»Zum Teufel mit der Rechnung, es war das Allermindeste, was ich für eine Kollegin tun konnte, vor allem für eine, die so talentiert ist wie Sie.«

Sam nickte dankend. »Ich würde es außerdem vorziehen, Stillschweigen darüber zu bewahren. Je weniger Leute davon wissen, desto besser. Ich bin mir nicht sicher, ob ich im Moment all die gut gemeinten Ratschläge ertragen könnte.«

»Ich verstehe«, nickte Cross.

Sam drehte sich um und verließ das Sprechzimmer. Eigentlich hatte sie in ihr Büro zurückkehren wollen, um sich ihrem Papierkram zu widmen, aber nach dieser Untersuchung fehlte ihr die Kraft dafür. Sie wusste, dass es eine Menge gab, worüber sie nachdenken musste. Als Erstes brauchte sie etwas Zeit für sich allein, um den Schock zu verarbeiten, einen klaren Kopf zu bekommen und ihre Möglichkeiten abzuwägen.

Obwohl Sam den starken Wunsch verspürte, sofort nach Hause zu gehen, tat sie es nicht. Stattdessen entschloss sie sich, trotz Schnee und Eis auf den Herdan Hill zu fahren und den Unfallort zu untersuchen. Normalerweise besuchte sie den Tatort nicht, nachdem die Leiche abtransportiert worden war, aber in diesem Fall glaubte sie, dass sich die Mühe lohnen könnte.

Die Streuwagen waren unterwegs und die Straße war weitgehend frei. Nachdem sie den Kamm des Hügels erreicht und das Tempolimit-Schild passiert hatte, fuhr sie auf der anderen Seite langsam hinunter, bis sie auf einem kleinen unbefestigten Halteplatz am Straßenrand stoppte. An derselben Stelle hatte sie im vergangenen Sommer gehalten, als sie mit ihrer Schwester Wyn ein Picknick gemacht hatte. Damals hatte die Sonne geschienen und der Hügel war voller Menschen gewesen.

Sie knöpfte ihren Mantel bis zum Kragen zu, zog ihre dunkle Wollmütze tief ins Gesicht und stieg aus. Herdan Hill war eine der wenigen Anhöhen in der Umgebung und bot eine herrliche Aussicht über das Land bis zum Meer. Sie blieb am Rand des Hanges stehen, ließ sich den kalten Wind ins Gesicht wehen und genoss die verschiedenen Düfte, die ihr in die Nase drangen. Sam fragte sich, wie lange sie diese Düfte wohl noch bemerken und unterscheiden konnte, und dachte erneut, ob sie sich noch an sie erinnern würde, wenn sie fort waren. Die verschneite weiße Landschaft erstreckte sich kilometerweit, bis sie in der Ferne verschwamm. Nur die dunklen Straßen und Mauern stachen hervor. Sie durchzogen die vollkommen glatte Oberfläche wie Sprünge in einer Glasscheibe.

Es war eine der seltenen Gelegenheiten in Sams Leben, dass sie vollkommene Stille erlebte. Niemand sonst war dumm genug, sich bei diesem Wetter auf den Herdan Hill zu wagen, und ihr wurde mit einem Mal bewusst, dass sie wahrscheinlich in einem Umkreis von Kilometern der einzige Mensch war. Der Schnee verschluckte und dämpfte alle Laute und ließ die Landschaft auf eine fast unheimliche Weise friedvoll erscheinen.

Sam steckte ihre Hände unter die Arme und folgte der Straße zum Unfallort. Dabei ging ihr die Frage durch den Kopf, wie sie sich entscheiden sollte. Sie konnte sich nicht vorstellen, etwas anderes als Pathologin zu sein. Gleichzeitig gefiel ihr jedoch die Vorstellung überhaupt nicht, sowohl ihren Geruchs- als auch ihren Geschmackssinn zu verlieren. Vielleicht, überlegte sie, sollte sie eine zweite Meinung einholen. Es könnte ja sein, dass Cross zu vorsichtig war und nur das denkbar schlimmste Szenario in Betracht zog. Aber vielleicht klammerte sie sich auch nur an Strohhalme. Schließlich hatte sie gerade Cross gewählt, weil er der Beste war, und sie wusste, dass er nicht übertrieben oder einen Fehler gemacht hatte. Ihre Gedanken drehten sich im Kreis und sie hatte keine Ahnung, wie sie ihn durchbrechen könnte.

Nach einer Weile erreichte Sam ihr Ziel, eine große, geschwärzte Eiche. Sie hob sich wie ein Skelett von dem jungfräulich weißen Schnee ab. Ein grimmiges Denkmal für Simons letzte Momente. An der Seite des Baumes lehnten zwei Blumensträuße. Einer stammte zweifellos von einem Floristen, ein kunstvolles Arrangement aus importierten Treibhausblumen in einer Zellophanhülle. Der andere war eine schlichte Mischung aus grünen Zweigen und ein paar Winterblumen, wie man sie in jedem Garten finden konnte, zusammengehalten von einem braunen Gummiband. Sam kniete im Schnee nieder und betrachtete die Karte, die an dem großen Bukett befestigt war. Sie stammte von Simons Eltern und war ihrer Ansicht nach mit selbst verfassten Worten beschrieben, da sie in dem Text keinen Auszug aus einem Gedicht erkannte: »Nur noch einen weiteren Blick, o Herr, nur eine weitere Berührung. Um ihn am Abend in den Armen zu halten oder in der Nacht seine Wange zu küssen.«

Der zweite Strauß war anonym, ohne Karte oder Widmung, die seine Herkunft verriet. Einen Moment lang betrachtete Sam die Blumen. Dann wandte sie sich wieder der Straße zu, die sie instinktiv nach irgendwelchen Hinweisen auf den Unfall absuchte. Doch obwohl sie die Umgebung sorgfältig studierte, entdeckte sie nichts. Keine Brems- und keine Reifenspuren, die entstanden sein mussten, als der Fahrer verzweifelt versucht hatte, die Kontrolle über den rutschenden Wagen zurückzugewinnen, bis es zu dem tödlichen Aufprall gekommen war.

Es war natürlich eine vergebliche Hoffnung, denn seit dem Unfall waren vier Wochen vergangen. Höchst unwahrscheinlich also, dass sie nun noch etwas Signifikantes finden würde. Sam fiel es schwer zu glauben, dass Simon überhaupt nicht reagiert hatte, bevor er von der Straße abgekommen war, und bei der ursprünglichen Untersuchung des Unfalls hätte eigentlich jeder etwaige Hinweis auffallen müssen. Das Wetter zur Zeit des Unfalls war schlecht gewesen, sodass ein Teil der Beweise vernichtet worden sein musste. Verbranntes Gummi und Rutschspuren blieben allerdings eine Weile identifizierbar und selbst schwerer Schneefall hätte derartige Indizien nicht vernichten können.

Während Sam mit Blicken weiter die Straße absuchte, dachte sie an die Tatsache, dass Beweise, deren Vorhandensein man erwarten konnte, die aber nicht da waren, genauso viel Bedeutung hatten wie jene, die man tatsächlich gefunden hatte. Sam nahm sich vor, sich mit dem Verkehrspolizisten in Verbindung zu setzen, der den Unfall aufgenommen hatte.

»Ich hoffe, Sie haben nicht vor, sie zu klauen, denn ich habe lange gebraucht, um sie zu finden.«

Sam fuhr zugleich erschrocken und überrascht herum. Vor ihr stand ein hoch gewachsener, schäbig gekleideter Mann, der sich offenbar seit Wochen nicht mehr rasiert hatte. Er trug ein abgewetztes Tweedjackett, abgetragene Cordhosen und eine schmutzige Mütze, die er sich tief ins Gesicht gezogen hatte. Und er hatte das größte Paar Wellington-Stiefel an, das Sam je gesehen hatte. Doch weitaus beunruhigender war das doppelläufige Schrotgewehr, das er schräg vor seiner Brust hielt. Sam schwieg, während sie fieberhaft überlegte, woher er gekommen sein konnte. In dem einen Moment war sie noch allein gewesen und im nächsten war er wie eine Art Waldgeist aufgetaucht. Sie sah sich rasch nach einem Fluchtweg um und schätzte die Entfernung bis zu ihrem Wagen ein.

Als würde er Sams Gedanken lesen, sagte der Mann: »Tut mir Leid, Mädchen, ich habe Ihnen Angst gemacht.«

Sam sagte noch immer kein Wort. Er hatte ihr tatsächlich Angst gemacht, aber das wollte sie nicht zugeben, obwohl ihr Verhalten deutlich verriet, wie ihr zu Mute war.

»Nun, falls es Sie irgendwie beruhigt, Sie haben mir ebenfalls Angst gemacht.«

Sams Mut kehrte zurück. »Was machen Sie hier?«

Er lächelte auf sie hinunter. »Meinen Job, Mädchen.«

»Und der wäre?«

Sein Lächeln wurde breiter. »Sagen wir, ich spiele den Country Gentleman.«

Sam vermutete, dass dies nur eine höfliche Umschreibung für Wilderer war. »Ein bisschen kalt für diese Arbeit, nicht wahr?«, sagte sie.

Er sah sie frech an. »Nun ja, es ist mein Job. Wenn ich nicht arbeite, kann ich nicht essen. Jetzt wissen Sie über mich Bescheid, aber was ist mit Ihnen? Was machen Sie hier? Ich hoffe, Sie wollen nicht die Blumen klauen.«

Bei diesen Worten tätschelte er seine Schrotflinte und Sam stellte fest, dass sie wieder nervös und ängstlich wurde.

»Nein, ich habe sie nur bewundert. Dr. Ryan ist mein Name. Ich bin Ärztin.« Dies entsprach nicht ganz der Wahrheit, aber aus irgendeinem Grund wollte sie ihm nicht verraten, was sie wirklich machte.

»Eine Ärztin, tatsächlich?« Er musterte sie skeptisch. »Nun, Sie kommen etwas zu spät, um dieser armen jungen Seele zu helfen. Ich dachte, Sie wären bloß eine weitere Schaulustige. Es sind einige nach dem Unfall hier aufgetaucht. Verdammte Gaffer. Man sollte meinen, dass die Leute etwas Besseres mit ihrer Zeit anzufangen haben, nicht wahr?«

Sam blickte wieder zu dem Baum hinüber. Sie war eine Voyeurin des Todes, aber sie hatte sich noch nie zuvor als Gaferin gesehen.

»Ich bin keine Gafferin.«

Der Mann war noch immer nicht zufrieden. »Was machen Sie dann hier?«

»Die Aussicht. Ich wollte sehen, wie sie bei all dem Schnee wirkt.«

Der Wilderer nickte und blickte über die Landschaft. »Es ist eine großartige Aussicht, klarer Fall, aber Sie haben einiges riskiert, wenn sie nur deswegen auf den Hügel gefahren sind.«

»Eigentlich nicht. Mein Wagen hat Vierradantrieb.«

»Ich wette, der junge Bursche hat sich auch einen Vierradantrieb gewünscht, als er den Hügel runterrutschte. Ich denke, der arme Kerl hat auf der verschneiten Straße die Kontrolle über seinen Wagen verloren und ist deshalb gegen den Baum geprallt. Aber schon komisch, das Auto hat bis zum Aufprall kein Geräusch gemacht. Danach hat es einen gewaltigen Lärm gegeben. Außerdem war er weiß wie Schnee.«

Sam war verwirrt. »Wer?«, fragte sie.

»Der Fahrer, er war weiß wie Schnee. Wahrscheinlich wusste er, was ihn erwartete. Verbrennen ist keine angenehme Todesart. In der Lage hätte er gut den Pfarrer brauchen können, den ich hier oben häufig sehe.«

»Reverend Andrews?«

»Da ich kein Kirchgänger bin, kenne ich seinen Namen nicht. Er hat in der alten Kirche herumgeschnüffelt. Hatte jemand dabei, der Fotos machte.«

»Ich glaube, er will die Kirche wieder weihen.«

»Wirklich? Ich kapier nicht, warum die Leute die Dinge nicht in Ruhe lassen können. Ständig treiben sich irgendwelche Leute hier rum und verscheuchen das Wild. Sie nehmen mir meinen verdammten Lebensunterhalt.«

Sam kehrte eilig zum Thema zurück. »Demnach haben Sie den Unfall gesehen?«

»Oh ja, ich habe ihn gesehen und er hat mir den ganzen Tag verdorben.«

Wenn er die Wahrheit sagte, konnte er ein wichtiger Zeuge sein. Sam entschloss sich, ihn zu testen. »Es war gegen drei Uhr morgens, nicht wahr?«

Er schüttelte den Kopf. »Eher gegen halb zwei. Ich habe auf die Uhr gesehen.«

Plötzlich wandte er sich ab, als würde ihn das Gespräch langweilen, und ging langsam in Richtung Wald. Trotz des Schnees holte ihn Sam schnell ein. Inzwischen war sie überzeugt, dass er irgendetwas wusste.

»Haben Sie der Polizei erzählt, was Sie gesehen haben?«

Er schüttelte den Kopf. »Ich habe eine Abmachung mit der Polizei. Jack Falconer belästigt sie nicht und sie belästigt Jack Falconer nicht, und so gefällt's mir.«

»Aber Sie sind der einzige Zeuge eines Unfalls, bei dem ein Junge starb.«

Er blieb stehen und hob mehrere Fasane auf, die auf dem Boden lagen. »Der einzige Zeuge? Ich war nicht der einzige Zeuge, es gab noch einen anderen.« Er streckte die Hand aus und gab Sam einen der Fasane. »Nehmen Sie das als Wiedergutmachung dafür, dass ich Ihnen einen Schrecken eingejagt habe.«

Ohne zu überlegen, nahm Sam das Tier an. »Wer hat ihn sonst noch gesehen?«, fragte sie.

Jack Falconers Miene verfinsterte sich. »Eigentlich habe ich ihn nicht gesehen, jedenfalls nicht deutlich, sondern eher gespürt.«

»Ihn gespürt? Sind Sie sicher? Ich meine ...«

Er fiel ihr ins Wort. »Ich bin mir sicher, ja.«

»Haben Sie irgendeine Ahnung, wer es gewesen sein könnte?«

Er sah sie an und seine Augen verengten sich. »Der Teufel war es, Misses, der Teufel.«

Damit wandte er sich ab und ging schnell in den Wald. Sam versuchte ihm zu folgen, aber als sie die Stelle erreichte, wo er zwischen den Bäumen verschwunden war, fehlte jede Spur von dem Wilderer. Sie blieb stehen und horchte angestrengt, aber es war kein Laut zu hören. Er war wie vom Erdboden verschluckt.

Sam kam spät nach Hause. Sie trat den Schnee von den Schuhen, hob Shaw, ihren verfroren aussehenden Kater, von der Eingangsstufe auf, öffnete die große Haustür und trat in die wohlige Wärme des erleuchteten Flures.
»Bist du das, Sam?«, rief Wyn durch den Korridor.
Sam ging durch das Wohnzimmer in die Küche und sagte: »Wenn ich's nicht bin, bist du in großen Schwierigkeiten.«
Wyn runzelte die Stirn, als Sam ihr einen Kuss gab und den Fasan hochhielt. »Was hältst du davon?«
»Wo zum Teufel hast du den her? Hast du ihn überfahren?«
»Ein Freund hat ihn mir geschenkt. Ich denke, er ist gewildert worden. Heißt es nicht, dass sie dann besser schmecken?«
»Wer hätte das gedacht? Eine bedeutende Gerichtsmedizinerin nimmt gestohlene Ware an.«
Sam lächelte. »Niemand ist vollkommen. Am besten essen wir das Beweismittel schnell auf oder wir werden vielleicht selbst wie ein Vogel im Käfig enden. Andererseits wäre es besser, ihn aufzuhängen, bis die Maden aus seinem Fleisch kriechen.«
Wyn schüttelte angewidert den Kopf. »In dieser Küche hängst du ihn jedenfalls nicht auf. Schreckliche Vorstellung.«
Sam betrat die kleine Speisekammer und hing den Vogel an einen Haken in der Ecke. Als sie zurückkam, stand Wyn über dem Herd gebeugt und gab die letzten Zutaten in den Eintopf.
»Was gibt's zum Abendbrot?«
»Wie meinst du das, ›was gibt's zum Abendbrot?‹ Riechst du das nicht?«
Die Begegnung mit dem Wilderer auf Herdan Hill hatte Sam ihre eigenen Probleme vergessen lassen, aber diese Frage brachte sie ihr wieder schmerzlich zu Bewusstsein. Der Duft von Wyns irischen Eintöpfen war normalerweise unverkennbar, durchzog das ganze Haus und nistete sich in allem ein.

Jetzt konnte sie ihn riechen, aber Sam fragte sich, ob sie wirklich den Eintopf roch oder ob ihr Gehirn ihr nur sagte, was sie zu riechen hatte. Sie setzte sich an den Küchentisch, der bereits gedeckt war, und täuschte ein lautes Niesen vor.

»Meiner Nase geht es im Moment nicht besonders gut. Ich fürchte, ich bekomme eine Erkältung. Du weißt ja, wie das ist.«

Wyn sah sie einen Moment an, als hätte sie die Lüge durchschaut, und Sam fühlte sich unbehaglich. Obwohl die Beziehung zu ihrer Schwester noch nie besonders eng gewesen war, war es Wyn nie entgangen, wenn Sam Probleme hatte oder log. Ob sie auch in diesem Fall ihre Notlüge durchschaut hatte, konnte Sam nicht sagen. Glücklicherweise hakte Wyn nicht weiter nach. Sam hätte ihr Problem gern mit ihrer Schwester besprochen und ihre Meinung dazu gehört, aber sie wusste, dass sie einen großen Wirbel darum machen würde, und das konnte Sam im Moment nicht ertragen. Also wechselte sie rasch das Thema.

»Ist Ricky nicht da?«

Wyn schüttelte den Kopf. »Nein, er sagte, er würde rechtzeitig zum Abendessen wieder zurück sein, aber der kleine Mistkerl ist noch nicht wieder aufgetaucht.«

»Wo ist er denn hin?«

»Mit seinem Fahrrad abgezischt. Zu diesem Computerkurs im Gemeindehaus.«

Das Essen war inzwischen fertig. Wyn füllte zwei Teller und trug sie zum Tisch. Die beiden Frauen begannen zu essen.

»Ricky scheint sich neuerdings sehr für Computer zu interessieren.«

»Wurde auch Zeit, dass er sich für was anderes interessiert als Mädchen und Partys.«

»Er ist jung, gib ihm eine Chance.«

»Gib ihm eine Chance? Er hatte mehr Chancen als eine Katze.«

Sam lächelte Shaw an, der sie beide aus einer Ecke des Raumes beobachtete.

»Ich habe ihn gestern Nacht dabei erwischt, wie er meinen Computer benutzt hat...«

Wyn machte ein bestürztes Gesicht. »Tut mir Leid, Sam, er hat zu mir gesagt, du hättest es ihm erlaubt.«

»Das habe ich auch«, sagte Sam. »Es ist nur so, dass er sich ein paar ziemliche teure Geräte zu kaufen scheint.«

»Woher kann er denn das Geld dafür haben? Ich glaube nicht, dass sein Job besonders gut bezahlt wird.«

»Genau das dachte ich auch.«

Wyn richtete sich abrupt auf. »Du glaubst doch nicht, dass er klaut, oder?«

Sam schüttelte heftig den Kopf. »Absolut nicht. Aber vielleicht bekommt er seine Geräte aus eher dubiosen Quellen.«

Wyn nickte in Richtung Speisekammer, wo der Fasan hing. »Wie die Tante, so der Neffe.«

»Das ist wohl kaum dasselbe. Jedenfalls wäre es ganz gut, ihn für eine Weile im Auge zu behalten.«

Wyn stieg plötzlich die Zornesröte ins Gesicht. »Warte nur ab, bis er zurück ist, dann werde ich...«

»Lass es besser sein«, meinte Sam. »Dann wird er sich nur in sein Schneckenhaus verkriechen. Und davon hat keiner was. Behalte ihn einfach für eine Weile im Auge.«

Wyn nickte zustimmend. »Okay. Aber wenn ich herausfinde...«

In dem Moment flog die Tür auf und Ricky kam herein. Wyn drehte sich zu ihm um, zeigte mit dem Finger auf ihre Uhr und sagte vorwurfsvoll: »Du kommst zu spät.«

Er setzte sich rasch zu ihnen an den Tisch. »Ich weiß, tut mir Leid.«

Sam sah ihn an. »Demnach hat es Spaß gemacht.«

Ricky nickte. »Ja, sehr. Eric Chambers war in Hochform.«

Sam hatte vergessen, dass ihr Neffe einen der vielen Kurse besuchte, die Eric leitete.

»Für einen alten Sack ist er ziemlich fit. Außerdem hat er ein paar Studenten von der Universität überredet, uns zu helfen.«

»Schön zu wissen, dass du noch immer glaubst, auch in uns ›alten Säcken‹ sei noch etwas Leben«, meinte Wyn und stellte seinen Teller auf den Tisch.

»Und er hat heute einen komischen Typ mitgebracht.«

»Wer war das?«, fragte Sam interessiert.

»Irgendein Kerl namens Moore, Edward, Edmond, etwas in der Art. Kennst du ihn?«

»Flüchtig«, sagte Sam. »Er dreht zusammen mit dem Pfarrer einen Film über das Dorf. Er wohnt noch nicht so lange hier. Wahrscheinlich hilft Chambers ihm dabei, sich unter die Leute zu mischen.«

»Nun, ich wünschte, er würde sich woanders unter die Leute mischen. Er glotzt dauernd.«

Sam sah ihren Neffen erstaunt an. »Wen glotzt er an? Dich?«

»Nicht nur mich, die meisten von uns. Ich glaube, er ist ein bisschen verrückt.«

»Wie meinst du das?«

»Weiß nicht, ich mag ihn einfach nicht. Er will im Dorf einen Judoclub gründen und möchte, dass wir mitmachen, aber ich glaube nicht, dass er viele Interessenten finden wird.«

»Wie kommt er mit den Computern zurecht?«

»Er scheint zu wissen, was er macht. Es will nur keiner mit ihm arbeiten. Das erinnert mich an etwas – kann ich heute Nacht noch einmal deinen Computer benutzen?«

»Solange du die Telefonrechnung bezahlst, wenn sie kommt. Wie du weißt, ist das Web nicht kostenlos.«

Ricky grinste. »Kein Problem, danke.«

Während er sich einen Löffel Eintopf in den Mund schob, sahen sich Sam und Wyn besorgt an.

Sam begann ihre Morgenliste mit wenig Begeisterung. Es gab achtzehn Leichen, von denen die meisten alt und aus dem einen oder anderen Grund an der Kälte gestorben waren. Zu heiß, zu kalt, und schon fielen sie dutzendweise um und landeten auf ihrem Untersuchungstisch. An der jeweiligen Todesursache bestand kein Zweifel und normalerweise hätte sie die Liste rasch hinter sich gebracht, um dann die Arbeit zu erledigen, die noch vom Vortag übrig geblieben war.

Sam hatte gehofft, dass der Schlaf ihr helfen würde, einen klaren Kopf zu bekommen, aber sie hatte nicht geschlafen, zumindest nicht richtig. Sie hatte sich im Bett hin und her gewälzt, sich etwas zu trinken geholt und sogar versucht, an ihrem Computer zu arbeiten, aber ohne Erfolg. Der Gedanke, dass sie eine dringende und ihr Leben verändernde Entscheidung treffen musste, beschäftigte sie unablässig und nichts schien sie ablenken zu können.

Während Sam im Bett lag und auf den Morgen wartete, grübelte sie über ihre seltsame Begegnung mit dem Wilderer. Sie hatte überlegt, Tom Adams anzurufen und ihm zu erzählen, was passiert war. Andererseits, wenn sie ihm die Polizei auf den Hals hetzte, würde er vermutlich verärgert sein, und sie hatte das Gefühl, dass er ihr noch mehr zu erzählen hatte. Außerdem, spann sie ihren Gedanken weiter, war er sich nicht einmal sicher, dass er in jener Nacht wirklich jemanden auf dem Hügel gesehen hatte, er hatte nur »ein Gefühl« gehabt und sie wusste, was Tom davon halten würde. Schließlich entschloss sie sich, bis nach der zweiten Autopsie zu warten. Wenn sie nichts fand, wie sie erwartete, würde sie es vergessen. Wenn doch, würde sie weitere Schritte unternehmen müssen.

Sam war sicher, dass der Wilderer in der Nähe des Hügels wohnte, wahrscheinlich in einem der kleinen Dörfer, die ihn umgaben, sodass es nicht allzu schwer sein sollte, ihn zu finden, wenn die Zeit kam. Falls er etwas gesehen hatte, würde er es sowieso eher ihr als einem Officer erzählen. Außerdem war der Fall für die Polizei abgeschlossen, es war ein Unfalltod und damit war die Sache für sie erledigt. Der Umstand, dass Sams neu entdeckter Zeuge ein Wilderer war und deshalb als unglaubwürdig gelten würde, würde ihr bei dem Versuch, die Untersuchung neu zu eröffnen, auch nicht helfen. Doch seine Bemerkung über eine zweite Person auf dem Hügel beschäftigte sie noch immer. Wer konnte es gewesen sein? Ein unbekannter Beifahrer, ein Spaziergänger? Aber warum hatte er dann den Unfall nicht der Polizei gemeldet? Vielleicht hatte er es und Sam wusste nur nichts davon. Aber womöglich war es nur eine optische Täuschung gewesen, der er in seinem Schockzustand erlegen war. Der Wilderer war von dem, was er gesehen hatte, noch sichtlich mitgenommen gewesen. Als er die Geschichte erzählt hatte, war in seinem Gesicht Angst zu erkennen gewesen. Doch andererseits, nur weil ein Mensch Angst hatte, bedeutete dies nicht, dass er sich irrte, und er schien von dem, was er gesehen hatte, überzeugt zu sein. Sie würde sich den Bericht des Untersuchungsrichters besorgen und alle Aussagen zu dem Unfall studieren müssen. Diese Gedanken beschäftigten sie, bis endlich der Schlaf kam, begleitet von verwirrenden Träumen.

Sie wurde von Fred aus ihren Überlegungen geschreckt, der einen großen Behälter mit Formalin auf den Tisch stellte, an dem sie saß. Er öffnete den Deckel, um irgendein Organ für eine spätere Untersuchung hineinzulegen. Dabei schwappte das Formalin über den Rand des durchsichtigen Plastikbehälters und spritzte auf die weiße Marmorplatte, auf Sams grüne Schürze und sogar in ihr Gesicht.

Sam fuhr sofort zu ihm herum. »Um Himmels willen, Fred, kennen Sie denn nicht die Gesundheits- und Sicherheitsvorschriften?« Sie deutete wütend auf ein schwarzes Brett. »Wenn nicht, sie hängen dort, damit alle sie lesen können, oder verschwende ich nur meine Zeit?«

Fred konnte sich nicht erinnern, wann Sam ihn zum letzten Mal auf diese Weise angeschrien hatte. Um genau zu sein, er war nicht sicher, ob sie es überhaupt schon einmal getan hatte. Die Gesundheits- und Sicherheitsvorschriften waren, von den wichtigen abgesehen, noch nie ein Thema gewesen. Er war vorsichtig und professionell in seinem Job, aber wenn man sich peinlich genau an jeden Punkt und jedes Komma der Vorschriften hielt, erschwerte es nur die Arbeit, vor allem, wenn man so wie sie unter Druck stand. Aber irgendetwas hatte Doktor Ryan aufgebracht und obwohl er entschlossen war, herauszufinden, um was es sich handelte, hielt er dies jetzt für keinen guten Zeitpunkt.

»Tut mir Leid, Doktor Ryan, ich werde in Zukunft vorsichtiger sein.«

Normalerweise hätte seine Entschuldigung gereicht, um Sam zu besänftigen, doch diesmal nicht.

»Sie müssen in Zukunft nicht vorsichtiger sein, Fred. Versuchen Sie einfach, etwas professioneller zu sein.«

Ihr Ton war eiskalt. Fred presste die Lippen zusammen, als er sich eine Antwort auf diese unbegründete Attacke verkniff. Er drückte den Deckel auf den Behälter und stellte ihn zur Seite, damit seine Chefin ihre Liste beenden konnte.

Da sich Sam plötzlich strikt an die Gesundheits- und Sicherheitsvorschriften hielt, hatte das Abarbeiten der Morgenliste viel länger gedauert als normal, was ihre Laune auch nicht gerade verbessert hatte. Während Sam durch den Korridor zu ihrem Büro marschierte, wurde ihr klar, dass sie wahrscheinlich gerade genug Zeit hatte, um ihr Mittagessen hinunterzuschlingen und die neuesten Anrufe zu beantworten, bevor sie sich wieder mit dem liegen gebliebenen Papierkram beschäftigen musste. Als sie Jeans Schreibtisch passierte, stand ihre Sekretärin auf, griff nach einer grünen Akte und folgte ihr ins Büro.

»Ich will nur die telefonischen Nachrichten, Jean, sonst nichts. Ich habe keine Zeit.«

Jean wandte sich leicht beleidigt ab. »Wie Sie wünschen, Doktor Ryan.«

Sie verschwand in ihr Büro und kehrte mit Sams Telefonnachrichten zurück. »Es sind nur zwei ...«

Sam machte sich nicht die Mühe aufzublicken, als sie die erste von vielen Akten nahm, die sich auf ihrem Schreibtisch stapelten.

»Gut, von wem sind sie?« Ihre Stimme klang noch immer scharf.

»Eine ist von Mr. Gordon, der so bald wie möglich um ein Gespräch bittet ...«

»Ich hatte noch nicht mal Gelegenheit, in seine Akten zu sehen.«

»Die andere ist von Tom Adams. Er bittet Sie, ihn umgehend zurückzurufen.«

Sam horchte auf.

»Und außerdem hat Trevor Stuarts Sekretärin die Simon-Vickers-Akte geschickt. Es tut ihr Leid, dass es länger gedauert hat, aber die meisten Computer im Krankenhaus funktionieren noch immer nicht richtig.«

Sam überflog kurz ihren Schreibtisch. »Nun, hier sehe ich sie aber nirgendwo.«

Jean rümpfte die Nase. Sams momentane Laune schien sie nicht zu beeindrucken. »Sie ist in meinem Büro. Ich hatte sie in der Hand, als Sie mich aus dem Zimmer gescheucht haben.«

Sam lehnte sich auf ihrem Stuhl zurück, als ihr dämmerte, dass sie ziemlich unfreundlich war. »Tut mir Leid, Jean, das ist heute nicht mein Tag.«

Jean nickte. »Das habe ich gehört.«

Fred musste die anderen sofort gewarnt haben, ging es Sam durch den Kopf.

»Ich nehme an, Sie wollen jetzt doch die Akte haben?«

»Ja, bitte, und könnten Sie mir auch die Akte des Untersuchungsrichters besorgen?«

»Ich habe sie bereits angefordert. Ich dachte, Sie würden sie brauchen, wenn Sie sich entschließen, den Fall zu übernehmen.«

Sam war ein wenig irritiert, dass Jean ihre Gedanken und Absichten kannte. »Woher wussten Sie, dass ich daran gedacht habe?«

»Die Tür zwischen unseren Büros ist nicht besonders dick, Doktor.«

Vor allem dort, wo sich das Schlüsselloch befindet, ist sie es nicht, dachte Sam.

Jean verließ den Raum, kam kurz darauf mit der entsprechenden Akte zurück und ließ sie einfach auf Sams Schreibtisch fallen. Dann marschierte sie wieder ohne ein Wort hinaus. Sam schüttelte den Kopf. Ihr war es heute bereits gelungen, sowohl Jean als auch Fred zu verärgern. Wer würde wohl der Nächste sein?

Als Jean das Zimmer verlassen hatte, sammelte Sam ihre Gedanken. Zu diesem Zeitpunkt sah sie keinen Grund für ein Treffen mit John Gordon. Es war sinnlos, solange sie noch keine Zeit gefunden hatte, Trevors Akten durchzusehen, und wenn sie keine Ungereimtheiten entdeckte, würde es ohnehin unnütz sein.

Tom Adams jedoch war ein anderer Fall. Sie hatte ihn nicht oft gesehen, seit er vor einigen Monaten vom Serial Crimes Squad zurückgekehrt war. Mit seiner Beförderung zum Superintendent und stellvertretenden Leiter des CID hatte er die Kontrolle über die Untersuchung aller schweren Kriminalfälle des Countys übernommen, Mord eingeschlossen. Sam rief zurück, aber er war am Untersuchungsgericht, und so hinterließ sie ihm eine Nachricht. In letzter Zeit vermisste sie ihn und machte sich viele Gedanken über ihre verflossene Beziehung. Sie freute sich schon darauf, wieder etwas Zeit mit ihm zu verbringen.

Schließlich kehrte sie in die Realität zurück und wandte sich den Akten zu. Simon Vickers' Akte sparte sie sich bis zuletzt auf und verbrachte dann den Rest des Nachmittags damit, sie Zeile für Zeile durchzugehen, um nichts zu übersehen. Auf den ersten Blick war die Autopsie ohne große Probleme verlaufen. Sie war mit Trevors Vorgehensweise und Schlussfolgerungen einverstanden. Dennoch störte sie etwas. Sam wusste nicht genau, was, aber irgendetwas stimmte nicht. Sie hoffte, dass sie nicht von den flehentlichen Bitten von Simons Eltern oder der seltsamen Aussage des Wilderers beeinflusst war, und versuchte die Angelegenheit objektiv und rational zu betrachten.

Am späten Nachmittag traf eine Kopie des Berichts des Untersuchungsrichters ein. Sie studierte ihn sorgfältig und suchte nach irgendwelchen Ungereimtheiten, aber ihr fiel nichts auf. Sowohl Trevor als auch der Richter hatten gute und kompetente Arbeit geleistet. Dennoch änderte dies nichts an dem Gefühl, dass irgendetwas nicht stimmte, und sie kam sich wie der Wilderer mit seiner irrationalen Angst vor dem Teufel vor. Sie stellte fest, dass die Person, die den Unfall gemeldet hatte, das Feuer von einer der Straßen aus gesehen hatte, die am Hügel vorbeiführten. Also hatte weder der Wilderer noch die andere mysteriöse Person, sofern es sie überhaupt gegeben hatte, eine entsprechende Meldung gemacht. Der Rest des Berichts fasste die polizeiliche Untersuchung zusammen und bestand aus verschiedenen Aussagen, die beschrieben, was zu dem Unfall und seinen letztendlichen Folgen geführt hatte. Es gab außerdem Zeugenaussagen des Besitzers des Wagens, von Simon Vickers' Eltern und einer Frau, die gemeldet hatte, auf Herdan Hill Flammen zu sehen.

Sam las ihre Aussage noch einmal durch und prägte sich den Inhalt ein. Mrs. Claire Sharp war offenbar an Herdan Hill vorbeigefahren, als sie die Explosion gehört und gesehen hatte. Sie schätzte, dass es ungefähr um ein Uhr fünfunddreißig passiert war. Sie hatte dann weitere zehn Minuten gebraucht, um ein Telefon zu finden und die Ortspolizei anzurufen. Die Polizei erreichte zusammen mit der Feuerwehr fünfundzwanzig Minuten später, um zwei Uhr fünfzehn, den Unfallort und löschte das Feuer. Trevor Stuart war nicht zu dem Unfallort gerufen worden, dafür aber der Polizeiarzt, ein Doktor Samuel Hardstaff. Er hatte den Tod um drei Uhr sechsundzwanzig bestätigt. Trevor hatte dann am nächsten Tag die Autopsie durchgeführt. Sam seufzte. Es kam ihr alles korrekt vor.

Schließlich schlug sie die Akte zu und trat an ihr Fenster. Nichts, was in den Berichten stand, ließ die Vermutung zu, dass Simon Vickers' Tod etwas anderes als ein tragischer Unfall gewesen war. Dennoch war da etwas. Etwas, das fehlte oder übersehen worden war, wie das Fehlen von Reifenspuren am Unfallort. Wenn sie herausfinden wollte, was es war, würde sie den gesamten Fall neu untersuchen müssen. Sie seufzte tief, als sie an die viele Arbeit dachte, die ihr bevorstand. Schließlich kehrte sie an ihren Schreibtisch zurück, steckte die Berichte in ihre Aktentasche, warf ihren Mantel über und verließ ihr Büro.

Sam brauchte rund eine halbe Stunde, um Cherry Hinton zu erreichen und das Haus zu finden, nach dem sie suchte. Am Straßenrand parkte ein neuer Ford Escort, wahrscheinlich der Ersatz für jenen, der von Simon Vickers gestohlen worden war. Sie stellte ihren Wagen ab, ging zur Haustür und drückte energisch auf den Klingelknopf. Kurz darauf öffnete ein großer Mann, der gerade in ein dickes Sandwich biss, die Tür. Er blickte einschüchternd auf sie hinunter.

Sam lächelte ihn an. »Mr. Enright?«
»Was wollen Sie?«
Sam zog unbeholfen ihren Ausweis aus der Handtasche. »Doktor Samantha Ryan, ich bin die Gerichtsmedizinerin des Countys.«
Sie zeigte ihm ihren Ausweis. Er warf einen beiläufigen Blick darauf und biss erneut in sein Sandwich.
»Also, worum geht es?«
»Ich bin mit dem Fall Simon Vickers befasst, der angeblich Ihren Wagen gestohlen haben soll…«
»Angeblich ist gut. Er wurde tot am Steuer des verdammten Wagens gefunden, nachdem er es geschafft hatte, ihn um einen Baum zu wickeln. Der kleine Bastard hat bekommen, was er verdient hat, wenn Sie mich fragen.«
Sam entschied, dass sie diesen Mann absolut nicht mochte, aber sie biss sich auf die Zunge und nickte nur. »Könnte ich Ihnen bitte ein paar Fragen zu dem Diebstahl stellen?«
Mr. Enright zuckte die Schultern. »Wenn Sie wollen, aber ich habe der Polizei bereits erzählt, was passiert ist. Kann dem nichts hinzufügen.«
Er stand in der Tür, als wollte er sie vor einem unerwünschten Eindringling bewachen. Ganz offensichtlich hatte er nicht vor, sie ins Haus zu bitten.

»Wo wurde der Wagen gestohlen?«

»Von der Straße, wo jetzt der neue steht. Wenigstens habe ich was davon gehabt. Obwohl Gott allein weiß, warum er ausgerechnet mein Auto genommen hat. Ein Haus weiter stand ein besseres und schnelleres.«

»War es abgeschlossen?«

»Ich selbst habe es abgeschlossen. Es hatte eins dieser neuen Computerschlösser und eine Alarmanlage. Das neueste Modell, angeblich nicht zu knacken. Eine weitere verdammte Geldverschwendung. Ich habe es erst am nächsten Tag gemerkt.«

»Und Sie sind sicher, dass es abgeschlossen war?«

Mr. Enright schien diese Frage nicht zu gefallen. »Das sagte ich doch schon, oder?«

»Ja, das sagten Sie. Können Sie sich erinnern, wann Sie es abgeschlossen haben?«

Er dachte einen Moment nach. »Gegen halb elf.«

»Und wann haben Sie bemerkt, dass das Auto verschwunden war?«

Er starrte sie an. »Gestohlen, meinen Sie.«

»Entschuldigung, gestohlen.«

»Um halb sieben am nächsten Morgen. Ich bin deswegen zu spät zur Arbeit gekommen. Allerdings meinte der Nachbar, er hätte gehört, wie es um Mitternacht weggefahren wurde.«

»Wie heißt Ihr Nachbar?«

»Clements. Er leitet die hiesige Nachbarschaftswacht. Sind wirklich verdammt nützlich, diese Leute.«

Sam konnte sich nicht erinnern, seine Aussage gelesen zu haben. »Hat er der Polizei diese Information gegeben?«

Er zuckte die Schultern. »Ich glaube nicht, er hat es mir erst vor ein paar Tagen erzählt, dabei soll er der verdammte örtliche Koordinator sein. Eine Bande nutzloser Wichtigtuer, wenn Sie mich fragen.«

Sam lächelte. »Nun, das war es auch schon, vielen Dank.«

Mr. Enright nickte, biss wieder in sein Sandwich und schlug ihr die Tür vor der Nase zu. Sam stieg in ihren Wagen und entfernte sich von dem Haus, erleichtert darüber, dass die Befragung vorbei war. Mit den meisten Leuten kam sie gut zurecht, aber Enright hatte ihr eine Gänsehaut bereitet, und sie war froh, ihn nicht mehr sehen zu müssen.

Während sie durch die Dunkelheit nach Hause fuhr, gingen ihr die Ereignisse des Tages immer wieder durch den Kopf. Sie rief sich noch einmal die Akten ins Gedächtnis zurück, dachte an ihr Gespräch mit Mr. und Mrs. Vickers und ihre Begegnungen mit dem Wilderer und Enright. Obwohl Sam wusste, dass sie keine überzeugenden Beweise hatte und sich hauptsächlich von ihren Instinkten leiten ließ, was nicht besonders wissenschaftlich war, gab es zu viel, was sie an dem Fall störte. Warum sollte ein Junge, der offenbar nie trank und Autos hasste, sich betrinken und eins stehlen? Und wo hatte er überhaupt gelernt, das Schloss eines gut gesicherten Autos zu knacken?

Sam bog in ihre Einfahrt und entschied, dass es einfach zu viele Ungereimtheiten gab, und trotz des Widerstandes, den ihr Trevor und die Polizei zweifellos entgegensetzen würden, war sie nun fest entschlossen, an Simon Vickers' Leiche eine zweite Autopsie durchzuführen.

3

Sam wusste, dass die nächsten Tage wegen der nochmaligen Autopsie schwierig werden würden. Als sie in ihrem Büro eintraf, war Jean bereits da.

»Morgen, Jean. Tut mir Leid wegen gestern. Ich war ein wenig ...«

Sie bekam keine Gelegenheit, den Satz zu beenden, denn Jean legte plötzlich einen Finger an ihre Lippen und deutete auf das Büro. Sie winkte Sam näher heran und flüsterte: »Doktor Stuart ist in Ihrem Büro und er scheint nicht gerade gut gelaunt zu sein.«

Sam zuckte zusammen; das war ganz und gar nicht das, was sie hören wollte. Sie hatte gehofft, dass ihr noch ein paar Tage bleiben würden, um sich auf die unvermeidliche Konfrontation mit Trevor vorzubereiten.

»Ich habe ihm eine Tasse Earl Grey gemacht, das sollte ihn ein wenig beruhigen«, sagte Jean.

Sam seufzte tief und sah ihre Sekretärin an. »Danke, Jean.«

»Und wenn das nicht hilft, ich habe den Schürhaken unter meinem Schreibtisch, falls er Ärger macht.«

Sam versuchte sich ein beruhigendes Lächeln abzuringen, allerdings ohne Erfolg. Schließlich straffte sie sich und betrat ihr Büro. Trevor stand am Fenster, blickte hinaus auf das Krankenhausgelände und schlürfte seinen Tee. Sam fiel auf, dass er ein wenig verloren aussah. Sie bemühte sich um einen unverfänglichen Ton.

»Morgen, Trevor, du bist heute aber schon früh auf den Beinen.«

Er antwortete nicht, sondern starrte weiter wie gebannt aus

dem großen quadratischen Fenster und überlegte, wie sie annahm, was er sagen sollte.

»Von hier aus hat man einen schönen Ausblick«, sagte er plötzlich.

Sam stellte ihre Aktentasche an die Seite ihres Schreibtischs, gesellte sich zu ihm ans Fenster, legte ihm beruhigend einen Arm auf die Schulter und folgte seinem Blick. »Deshalb habe ich das Büro ausgewählt. Im Schnee sieht es noch schöner aus, nicht wahr?«

Trevor nickte, drehte sich zu ihr um und sah ihr tief in die Augen. »Nun, hast du dich schon entschieden?«

Sam wandte sich ab und kehrte zu ihrem Schreibtisch zurück.

»Was meinst du damit?«, fragte sie in möglichst nüchternem Ton.

»Mach mir nichts vor, Sam. Ich weiß, dass Mr. und Mrs. Vickers dich gestern aufgesucht haben und dass du kurz danach eine Kopie des Autopsieberichts ihres Sohnes angefordert hast. Man muss kein Genie sein, um daraus abzuleiten, was du vorhast.«

Sam zuckte die Schultern. »Worauf willst du hinaus?«

Trevor spürte, wie in ihm der Ärger hochstieg. »Wirst du eine zweite Autopsie durchführen?«

Sam hatte gehofft, ihm ihre Entscheidung schonend beibringen und gleichzeitig ihre Gründe dafür erklären zu können. Diese Gelegenheit war jetzt vertan und so entschloss sie sich, so direkt zu sein wie Trevor.

»Ja. Ja, das werde ich.«

Trevor schüttelte ungläubig den Kopf und warf dramatisch die Arme hoch. »Um Gottes willen, warum?«

Sam zuckte die Schultern. »Weil sie mich darum gebeten haben.«

»Und du hast zugestimmt, einfach so?«, fragte Trevor mit sarkastischem Unterton.

Sam nickte.

»Siehst du denn nicht, was dahinter steckt, Sam? Wo ist

dieser Ryan-Scharfsinn geblieben, den wir alle so schätzen?«

Sam hatte nicht vor, Trevors Ton hinzunehmen, und setzte zu einer scharfen Erwiderung an. »Was haben sie deiner Meinung nach vor, Trevor?«

»Ist das nicht offensichtlich? Sie versuchen jemand anderem die Schuld zu geben. Ihr kostbarer Sohn, der nie etwas Falsches getan hätte, hat ein Auto gestohlen und sich damit tot gefahren. Sie können einfach nicht akzeptieren, dass es seine eigene Schuld war, und versuchen jetzt, sie einem anderen in die Schuhe zu schieben.«

Sam runzelte die Stirn. »Diesen Eindruck haben sie mir nicht vermittelt. Sie wirkten eher wie zwei besorgte Menschen, die versuchen, die Wahrheit über den Tod ihres Sohnes herauszufinden.«

Sam hob ihre Aktentasche auf und packte ihre Sachen auf den Schreibtisch, während Trevor verärgert fauchte: »Sie kennen die Wahrheit, sie können sie nur nicht akzeptieren.«

Sam schloss ihre Aktentasche, stellte sie auf den Boden zurück und sah ihn an. »Nun, sie scheinen anderer Meinung zu sein.«

Trevor warf ihr einen finsteren Blick zu und goss sich eine neue Tasse Tee ein. »Willst du auch eine?«, fragte er.

Sam schüttelte den Kopf. Sie hatte keine Lust, sich zu beruhigen. »Nein, danke.«

»Denkst du, dass du irgendetwas finden wirst?«, fuhr Trevor fort.

Sam zuckte die Schultern. Sie wusste, dass es eine Fangfrage war, und überlegte sich ihre Antwort genau. »Eigentlich nicht, aber es wird ihnen ihren Seelenfrieden zurückgeben.«

Damit war Trevor nicht zufrieden. »Deine Entscheidung beruht also nicht auf irgendwelchen Zweifeln, sondern auf einer Art fehlgeleitetem sozialem Verantwortungsgefühl?«

»Nicht ganz, aber ich glaube, es spielt mit eine Rolle.«

»Eltern, was zum Teufel wissen sie schon? Sind sie etwa Fachleute auf diesem Gebiet?«

»Nein, aber ich, und deshalb brauchen sie meine Hilfe.«
Trevor gab ein kurzes, verächtliches Lachen von sich. »Ich habe in dir nie einen Gutmenschen gesehen, Sam.«

»Und ich hätte nie gedacht, dass du so paranoid sein kannst, wenn es um deine Arbeit geht.«

Die Bemerkung brachte Trevor für einen Moment zum Schweigen. »Das bin ich nicht.«

»Warum dann dieses Theater, Trevor? Oder befürchtest du, dass ich vielleicht etwas finden könnte?«

»Nein, ich … ich mag es nur nicht, wenn jemand mein Urteilsvermögen anzweifelt.«

»Unser Urteilsvermögen wird jeden Tag angezweifelt. Das gehört zu unserem Beruf.«

Trevor setzte sich auf einen der Stühle vor Sams Schreibtisch. Allmählich schien er sich zu beruhigen. »Hast du irgendwelche Fehler oder Ungereimtheiten in meinem Bericht gefunden?«, fragte er.

Sam schüttelte den Kopf. »Nein, nichts. Hör zu, niemand zweifelt deine Kompetenz an, Trevor, vor allem ich nicht, und ich bin fast sicher, dass ich mit allem in deinem Bericht einverstanden sein werde. Aber ich hätte die Abteilung und seine Eltern enttäuscht, wenn ich ihre Bitte abgelehnt hätte.«

»Du glaubst also nicht, dass du mich enttäuschst, indem du es tust?«

»Nein, das glaube ich nicht. Nebenbei bemerkt, dein Freund John Gordon hat Simons Eltern geraten, sich an mich zu wenden. Wahrscheinlich dachte er, so würdest du dich weniger aufregen, als wenn er persönlich die Bitte vorgetragen hätte.«

Trevor blickte überrascht auf, als Sam fortfuhr: »Ganz gleich, was du über die Motive der Vickers denken magst, sie wollen unbedingt eine zweite Autopsie durchführen lassen.« Sam ging zu ihrem Freund hinüber und legte ihre Hände auf seine Schultern. »Nun, wen würdest du für diese Aufgabe vorziehen? Mich oder irgendeinen Außenstehenden mit einer Anwaltskanzlei im Rücken, die gut bezahlt wird und entschlossen ist, irgendetwas zu finden, nur um ihr Honorar zu rechtfertigen?«

Trevor seufzte laut, sein Ärger verrauchte. Stattdessen machte er nun einen resignierten Eindruck. »Wann wirst du es tun?«

»Ich habe mir morgen dafür freigenommen.«

Trevor nickte. »Gut, je früher, desto besser. Ich werde wohl ein Wörtchen mit John Gordon reden müssen. Es überrascht mich, dass er die Sache weiterverfolgt. Normalerweise weiß er, wann ein Fall verloren ist.«

»Er ist der Anwalt der Vickers, vielleicht hat er keine andere Wahl gehabt.«

»John Gordon und keine Wahl haben? Der Tag muss erst noch kommen.«

Sam hatte Trevors Beziehung zu Gordons Kanzlei schon immer mit Misstrauen betrachtet, ihr kam das alles ein wenig zu mauschelig vor. Sie wechselte das Thema. »Wie steht's mit deinen Hochzeitsplänen?«

Trevor lächelte plötzlich. »Sehr gut. Ich konnte keine Genehmigung für eine Hochzeit in der Trinity Chapel bekommen, da ich geschieden bin, aber sie haben einem Empfang in Old Kitchens zugestimmt, worüber ich mich sehr freue.«

»Hat sich Emily schon das Kleid ausgesucht?«

»Ja, ein wunderschönes cremefarbenes.«

»Du hast es also schon gesehen?«

»Großer Gott, nein! Ich brauche alles Glück, das ich im Moment kriegen kann, aber sie hat es mir in den leuchtendsten Farben beschrieben.«

Sam lächelte ihn an. »Ich bin sicher, es wird ein großartiger Tag.«

Trevor stellte seine Tasse ab, sah auf die Armbanduhr und wandte sich zur Tür. »Ich muss los, die Arbeit ruft. Du sagst mir Bescheid, wenn du fertig bist, ja?«

»Natürlich werde ich das.«

Trevor sah noch immer besorgt aus.

»Und hör auf, dir Sorgen zu machen, es wird alles gut«, sagte Sam.

Er rang sich ein gequältes Lächeln ab und verließ den Raum.

Jack Falconer war seit der Nacht des Unfalls mit den Nerven am Ende. Eigentlich war er ein Mann, den nichts so schnell aus der Ruhe brachte, aber in den vergangenen Wochen waren sonderbare Dinge geschehen, und wenn er ehrlich zu sich war, musste er sich eingestehen, dass er Angst hatte. Zuerst hatte er geglaubt, dass es nur daran lag, dass er den Tod des Jungen miterlebt hatte. Jene schicksalhafte Nacht ging ihm nicht mehr aus dem Sinn. Der leere Ausdruck auf dem Gesicht des Jungen, die unsichtbare Präsenz von etwas Bösem, die er gespürt hatte – all das schien sich in sein Unterbewusstsein eingegraben zu haben.

Jack schauderte und versuchte einen klaren Kopf zu bekommen. Am nächsten Morgen hatte er sich in das Dorf gewagt und eine Lokalzeitung gekauft. Aus ihr erfuhr er, dass der Name des Jungen Simon Vickers war, ein siebzehnjähriger Student aus einem der Dörfer in der Umgebung. Auf der Titelseite war ein Foto von ihm, das ihn mit einigen Freunden zeigte. Er erkannte den Jungen kaum wieder, er sah so lebendig aus, ganz anders als die Gestalt, die er am Steuer des Wagens gesehen hatte. Am stärksten hatte sich ihm der Ausdruck in seinen Augen eingeprägt. Sie blickten starr und gebannt. Wie die eines Kaninchens im Scheinwerferlicht, gelähmt und nicht in der Lage zu reagieren, während es auf sein unvermeidliches Schicksal wartete. Was für eine schreckliche Art für einen jungen Mann zu sterben, es gab keine Gerechtigkeit auf der Welt, überhaupt keine. In der Zeitung hatte gestanden, dass es ein tragischer Unfall nach dem Diebstahl eines Autos gewesen sei. Wie dumm, wie sinnlos.

Er sah sich in seinem Cottage um und lauschte nach ungewöhnlichen Geräuschen. Normalerweise tat er so etwas nicht. Wenn man so weit von der Zivilisation entfernt lebte, wurde man von niemandem belästigt, und sein Großvater hatte das Haus gerade wegen seiner Abgeschiedenheit gewählt. Doch in der letzten Zeit trieb sich irgendjemand in der Nähe herum. Die »Zwischenfälle«, wie Jack sie bezeichnete, begannen ein paar Tage nach dem Unfall. Am Anfang schienen sie nicht weiter von Bedeutung zu sein, weckten nur seinen Argwohn, aber es gelang ihm nicht, sie als bloße Einbildung abzutun. Er hatte das Gefühl, beobachtet zu werden. Als wäre wieder das Böse wie in jener Nacht präsent. Er sah nie irgendjemanden, aber er spürte deutlich, dass da etwas war, und dieses Gefühl machte ihn ruhelos, wühlte ihn auf.

Als Nächstes folgten die Geräusche. Das Haus stand am Rand eines dichten Waldes, sodass er an ungewöhnliche Geräusche gewöhnt war. Manchmal war er sogar froh darüber, da sie ihn daran erinnerten, dass er trotz seiner Isolation nicht völlig allein war. Aber diese Geräusche waren anders, sie wurden von Menschen erzeugt. Eines Nachts hörte er, wie jemand um das Haus schlich auf der Suche nach einer Möglichkeit einzudringen. Er hatte das Gefühl, sein Herz bliebe stehen, während er den Laut der Schritte hörte.

Als Jack am nächsten Morgen die Umgebung des Hauses erkundete, war unübersehbar, dass jemand dort gewesen sein musste. Wer immer es auch war, er war vorsichtig gewesen und hatte versucht, seine Spuren zu verwischen. Aber er war nicht so gut, wie er vielleicht dachte, und hatte viele Spuren hinterlassen – abgebrochene Zweige, den Teil eines Fußabdrucks. Wenigstens war dieser menschlich und kein Huf, sagte er sich, also hatte er es nur mit einem Menschen und nicht mit etwas Übernatürlichem zu tun. Von da an stellte Jack seine geladene Schrotflinte neben das Bett, wenn er schlafen ging. Er beobachtete sein Haus aus der relativen Sicherheit des Waldes, bevor er sich ihm näherte und es wagte, seine eigene Tür zu öffnen. Es war eine neue Erfahrung für Jack; normalerweise war er der Wilderer, aber jetzt hatte er das Gefühl, das Wild zu sein.

Der Rest von Sams Tag verlief ohne besondere Vorkommnisse. Sie arbeitete die Liste der neu eingelieferten Leichen ab, die aufgrund der kalten Witterung länger als gewöhnlich war, und fand außerdem Zeit, noch einmal Trevors Autopsiebericht durchzusehen. Sie versuchte irgendwelche Fehler zu finden, stieß aber nur auf ein paar falsche Zeichensetzungen. Er war klar, präzise und scheinbar zutreffend, ohne dass etwas ausgelassen, übersehen oder fehlinterpretiert worden war. Zum ersten Mal, seit sie sich zur Durchführung der zweiten Autopsie entschlossen hatte, beschlichen Sam Zweifel. Womöglich hatte ihr diesmal wirklich ihre Arroganz einen Streich gespielt und dies war ein Kreuzzug, der es vielleicht nicht wert war, dass sie ihn führte.

Gegen acht Uhr beschloss sie, nach Hause zu fahren. Auf dem Weg zum Parkhaus überlegte sie sich, die Vickers persönlich über ihre Entscheidung zu informieren. Eigentlich hätte sie es telefonisch getan, aber sie hatte das Gefühl, dass in diesem Fall ein Besuch passender sei.

Die Fahrt vom Hospital bis zum Haus der Vickers in Impington, das unweit von Cambridge lag, hätte normalerweise nur eine halbe Stunde gedauert. Doch wegen der Wetterverhältnisse bewegten sich die Autos auf der Straße nur noch im Schneckentempo vorwärts und sie brauchte für die Fahrt doppelt so lange. Eine Stunde später bog Sam in den vom Schnee geräumten Gladstone Drive und zählte die Hausnummern ab. Schließlich erreichte sie die Nummer achtundzwanzig und hielt an. Die Häuser entlang der Straße stammten aus den sechziger Jahren, ohne Fantasie erbaut und von quadratischem Grundriss. Es war eine der besseren Wohngegenden, aber Sam fragte sich unwillkürlich, was hinter den ordentlich angebrachten Gardinen an Abgründigem lauern mochte.

Sam drückte energisch auf den Klingelknopf. Während sie wartete, bewegten sich die Vorhänge in einigen der anderen Häuser. Wahrscheinlich die Nachbarschaftswacht, dachte sie. Kurz darauf öffnete Mr. Vicker die Tür. Er schien zugleich erfreut und erstaunt, sie zu sehen.

»Doktor Ryan, was für eine Überraschung! Treten Sie ein, treten Sie ein.«

Als Sam über die Schwelle trat, rief Mr. Vickers durch eine offene Tür: »Edna, es ist Doktor Ryan!«

Er führte sie zum Wohnzimmer. »Bitte, kommen Sie herein. Es ist nicht ganz aufgeräumt, wir hatten keinen Besuch erwartet.«

Als Sam den Raum betrat, stemmte sich Mrs. Vickers aus einem Sessel hoch. Sie sah verhärmt und müde aus.

»Verzeihen Sie die Unordnung, Doktor Ryan, aber wir haben nicht damit gerechnet ...«

Sam lächelte beruhigend. »Kein Problem. Hier ist es sicherlich viel ordentlicher als in meinem Haus.«

Als sie sich in dem Zimmer umsah, bemerkte sie ein Foto von Simon, das auf dem Fernseher stand. Sie griff nach dem versilberten Rahmen und betrachtete das Gesicht. Ihr lächelte ein gesund aussehender, hübscher Junge mit langen hellen Haaren und kristallblauen Augen entgegen. Er war von seinen Freunden umringt, die alle strahlten, offenbar zufrieden mit ihrem Leben und von der Zuversicht der Jugend erfüllt.

»Er war ein gut aussehender Junge.«

Mrs. Vickers riss Sam den Rahmen fast aus der Hand, als hätte sie Angst, ihren wertvollsten Besitz zu verlieren. »Ja, das war er. Das Bild wurde vor einem Jahr aufgenommen, als er in einem Lager von Umweltschützern in Devon war. Es war immer unser Lieblingsfoto.« Sie stellte das Foto vorsichtig zurück an seinen Platz und richtete ihre Aufmerksamkeit wieder auf Sam.

»Ich denke, Sie ahnen wahrscheinlich, warum ich hier bin«, sagte sie.

Beide sahen sie erwartungsvoll an.

»Eigentlich wollte ich Sie anrufen, aber ich dachte, es wäre besser, persönlich vorbeizukommen.«

Die Vickers schauten sie weiter schweigend an, gespannt auf ihre Entscheidung.

»Ich habe mich entschlossen, die zweite Autopsie an Simon vorzunehmen«, verkündete sie.

Mrs. Vickers ergriff die Hand ihres Mannes und drückte sie fest. »Oh, Gott sei Dank, Gott sei Dank.«

Mr. Vickers war sichtlich bemüht, seine Gefühle unter Kontrolle zu halten, als er fragte: »Sie denken also, dass an seinem Tod etwas ungewöhnlich war?«

»Ich bin mir nicht sicher, deshalb möchte ich auch nicht, dass Sie sich allzu große Hoffnungen machen.«

»Aber warum tun Sie es dann?«, hakte Mr. Vickers nach.

Sam schluckte. Wie sollte sie das Unerklärliche erklären? Doch Mrs. Vickers kam ihr zu Hilfe.

»Wir bekommen, was wir wollen, Derek, also lass uns einfach dankbar dafür sein.« Sie wandte sich wieder an Sam. »Wann werden Sie es tun?«

»Morgen. Ich werde Sie anrufen, sobald ich fertig bin, und Sie darüber informieren, was die Autopsie ergeben hat.«

Mr. Vickers, noch immer mit seinen Gefühlen kämpfend, streckte Sam seine Hand entgegen. Sie ergriff sie. »Danke, Doktor Ryan, vielen Dank. Wir wissen, dass Sie die Wahrheit für uns herausfinden werden.«

Sam fühlte sich unbehaglich angesichts des rückhaltlosen Glaubens der Vickers in ihre Fähigkeit, eine Wahrheit herauszufinden, von der sie glaubten, dass sie nur noch auf ihre Entdeckung wartete.

»Ich weiß, wie wichtig dies für Sie ist, aber bedenken Sie bitte, dass es sehr unwahrscheinlich ist, dass ich etwas finde, das Doktor Stuarts Bericht widerspricht oder die Polizei zu einer neuen Untersuchung veranlasst.«

»Das ist uns bewusst«, sagte Mr. Vickers und nickte, »aber wenigstens werden wir eine zweite Meinung hören und uns damit zufrieden geben, ganz gleich, wie das Ergebnis lautet.«

Sam lächelte das bekümmerte Paar an. Plötzlich fürchtete sie sich vor dem nächsten Tag.

Seit ihrem Treffen mit Trevor hatte sich sein Verhalten verändert. Statt ihr weiter zu grollen, wie Sam erwartet hatte, war er vernünftig geworden. Vielleicht hatte ihre Bemerkung die erhoffte Wirkung gezeigt, dass es besser wäre, wenn sie die zweite Autopsie durchführte und nicht irgendein anderer, womöglich feindseliger Pathologe. Sie waren Freunde, seit Sam ins Park Hospital gekommen war, und obwohl ihm bewusst war, dass sie keine Kompromisse eingehen würde, wusste er auch, dass sie die Autopsie fair und unvoreingenommen durchführen würde. Hätte die Verteidigung irgendeinen anderen Pathologen beauftragt, würde das möglicherweise nicht der Fall sein.

Sam traf früh im Krankenhaus ein, um die Autopsie vorzunehmen. Sie hatte es geschafft, Fred zu überreden, ihr zu assistieren, und ihm im Gegenzug einen freien Tag versprochen. Es war noch immer dunkel, als sie ankam, und das Parkhaus war leer. Ihre Schritte hallten durch das verlassene Gebäude und wurden von den grauen Betonwänden und -decken wie seltsame Echos zurückgeworfen, die diesen Ort noch unheimlicher als sonst erscheinen ließen. Sam ging eilig zum Aufzug, wobei sie sich ständig in alle Richtungen umsah. Sie ging gar nicht erst in ihr Büro, obwohl sie fast sicher war, dass selbst zu dieser frühen Morgenstunde Jean mit einem Kaffee am Computer saß und einen ihrer Autopsieberichte abtippte. Sam fragte sich oft, ob ihre Sekretärin jemals nach Hause ging oder ob sie im Büro heimlich eine Art Feldbett aufbewahrte und es nie verließ. Als sie die Leichenhalle erreichte, stellte sie erfreut fest, dass Fred bereits da war und eine Tasse Tee einschenkte.

Sam nahm ihm die Tasse aus der Hand. »Danke, Fred.«

»Wer hat gesagt, dass der Tee für Sie ist?«, fragte er verdutzt.

Sam zuckte die Schultern. »Tut mir Leid, Fred, aber ich brauche ihn.«

»Harte Nacht?«

Sam schnitt eine Grimasse und nickte. »Konnte nicht schlafen. In der letzten Zeit passiert mir das öfter. Wahrscheinlich habe ich zu viel um die Ohren.«

»Das habe ich gehört.«

Sam sah ihn durchdringend an. »Was haben Sie ›gehört‹?«

Fred legte einen Finger an seine Nase. »Ich habe gehört, dass Ihr Geruchssinn nicht mehr das ist, was er einmal war.«

In Sam kochte plötzlich Ärger darüber hoch, dass ein Außenstehender in ihre Privatsphäre eindrang. Verdammt, dachte sie, wenn Fred es weiß, dann ist die Chance groß, dass das gesamte Krankenhaus informiert ist. Sie zwang sich jedoch, ruhig zu bleiben.

»Wie haben Sie erfahren ...?«

»Krankenhaustrommeln. Sie wissen doch, wie es hier zugeht, nichts bleibt lange geheim.«

Das Klatsch- und Tratschnetzwerk des Krankenhauses bestand hauptsächlich aus den medizinischen Sekretärinnen. Da sie für die Versendung und den Empfang der meisten Hospitalpost verantwortlich waren, gab es wenig, was ihnen entging. Und da sie alle aus der »Versprich mir, dass du es nicht weitersagen wirst«-Schule des Klatsches kamen, blieb kaum ein Geheimnis lange geheim.

»Tut mir Leid wegen neulich, als ich das Formalin verschüttet habe. Das war nicht sehr professionell«, sagte Fred.

Sam lächelte ihren zerknirschten Assistenten an. Ihr Zorn verrauchte. »Nein, mir tut es Leid. Ich hätte Sie nicht so anfahren dürfen.«

»Hätte ich es gewusst, wäre ich vorsichtiger gewesen.«

»Hätte ich es Ihnen gesagt, wären Sie es bestimmt gewesen. Aber ich denke, dass wir uns generell mehr an die Gesundheits- und Sicherheitsvorschriften halten sollten. Sie haben Ihren Geruchssinn verloren, nicht wahr, Fred?«

Er nickte. »Bis vor ein paar Jahren hatte ich ihn noch. Aber er ist zum größten Teil wieder zurückgekehrt.«

Sam sah ihn überrascht an. »Wie kam das? Haben Sie Weihwasser aus Lourdes getrunken oder so?«

»Nein, nichts in dieser Richtung, aber ich muss zugeben, dass es trotzdem eine Art Wunder war.«

»Also, was haben Sie gemacht?«, drängte Sam.
»Alternative Medizin. Ich hatte von dieser Frau in Chinatown gehört, Madam Wong ...«
»Bestimmt die letzte Tür rechts in der Straße der Tausend Augen«, fiel Sam ihm skeptisch ins Wort.
Fred lachte kurz auf. »Nein, im Ernst, es stimmt. Mein Geruchs- und damit auch mein Geschmackssinn waren völlig dahin. Alles, selbst Bier, schmeckte komisch.«
»Was das Ende Ihres bisherigen Lebens bedeutete.«
»Genau. Jedenfalls habe ich diese Madam Wong aufgesucht und sie hat mich behandelt.«
»Das klingt mir ein wenig dubios. Was hat sie gemacht?«
»Pillen und Heilkräuter. Sie wissen schon, solche chinesischen Sachen.«
Sam war noch immer skeptisch und wurde zunehmend ungeduldig. »Was ist denn nun genau passiert?«
Fred setzte sich auf einen der Stühle und verschränkte mit ernstem Gesicht die Arme. »Nun, zugegeben, es hat eine Weile gedauert, aber nach und nach sind mein Geruchs- und Geschmackssinn zurückgekehrt. Zuerst war es das würzige Zeug, wissen Sie, Curry und so weiter. Dann, Gott sei Dank, das Bier ...«
»Das muss ein Festtag für Sie gewesen sein.«
»Das war es auch«, sagte Fred. »Jedenfalls sind beide Sinne größtenteils wiederhergestellt.«
»Größtenteils?«
»Nun, nicht vollständig. Ich würde sagen, zu über siebzig Prozent. Verstehen Sie mich nicht falsch, ich kann die meisten Sachen schmecken und riechen ...« Er schnüffelte in der Luft. »Vor allem hier, aber die Gerüche sind nicht mehr so intensiv wie früher.«
»Als würden Sie sie durch ein Tuch riechen?«
Fred nickte. »Ein dünnes Tuch, ja, so könnte man es ausdrücken.«
Normalerweise hielt Sam nicht viel von alternativen Heilmethoden, aber die meisten verzweifelten Leute waren bereit,

alles zu versuchen, wenn es helfen könnte, und sie war eindeutig verzweifelt.

»Haben Sie Madam Wongs Telefonnummer?«

Fred schüttelte den Kopf. »Sie hat kein Telefon, man muss sie persönlich aufsuchen. Ich kann Ihnen ihre Adresse geben, wenn Sie möchten.«

»Das wäre schön.«

»Sie können sich aber keinen Termin geben lassen, Sie müssen einfach hingehen und wie alle anderen warten. Ich an Ihrer Stelle würde früh hingehen, denn die Warteschlange ist immer sehr lang.«

»Danke, Fred.« Sie sah auf ihre Armbanduhr. »Ich denke, wir sollten jetzt anfangen.«

Er nickte, stellte seine Tasse ab und die beiden machten sich an die Arbeit.

Fred hatte Simon Vickers' Leiche schon vorbereitet. Abgesehen von den Umrissen ähnelte der geschwärzte und verdrehte Leichnam kaum noch einem Menschen, sondern sah eher wie ein trockenes, zu lange gebratenes Stück Fleisch aus. Er bildete einen scharfen Kontrast zu der weißen Marmorplatte, auf der er lag. Sam betrachtete die Überreste von Simon Vickers und erinnerte sich an den attraktiven und lebenslustigen Jungen, den sie bei ihrem Besuch im Haus der Vickers auf dem Foto gesehen hatte.

»Haben Sie die Röntgenaufnahmen, Fred?«, fragte sie.

»Sie liegen neben dem Leuchtkasten.«

Sam ging hinüber und hielt sie nacheinander hoch, während Fred zusah.

»Der Körper ist in einem schrecklichen Zustand. Himmel, es muss verdammt heiß gewesen sein.«

Sam nickte.

Fred deutete auf die zahlreichen hellen Flecken, die den Körper zu überziehen schienen. »Wofür halten Sie das?«

Sam studierte die Röntgenaufnahmen. »Splitter, die durch die Druckwelle der Explosion in den Körper getrieben wurden, nehme ich an.«

»Was für Splitter?«

»Metall, Glas, Plastik, jedes harte Objekt, das sich mühelos in Fleisch bohrt.«

»Doktor Stuart hat sich nicht die Mühe gemacht, sie zu entfernen.«

»Was hätte das auch für einen Sinn gehabt?«, erwiderte Sam. »Er hätte einige für eine Analyse herausholen können, aber um alle zu entfernen, braucht man Stunden. Vielleicht hätte er es getan, wenn es ein Bombenanschlag gewesen wäre und man die Bombe hätte rekonstruieren wollen. Aber Autounfälle ...« Sam zuckte die Schultern. »Dennoch ist etwas seltsam.«

Fred sah sie an. »Was?«

»Die Position der Splitter. Die meisten sind von vorn in den Körper eingedrungen.«

»Was ist daran seltsam?«

»Die meisten Autoexplosionen, mit denen ich es bisher zu tun hatte, gingen vom Benzintank aus. Der befindet sich normalerweise im Heck des Wagens, sodass man die meisten Splitter im Rücken des Opfers findet.«

»Vielleicht war es die Einspritzpumpe. Die befindet sich vorne.«

»Vielleicht«, meinte Sam.

Sie schaltete den Leuchtkasten aus und trat wieder zu Simon Vickers' verkohlten Überresten. Sam untersuchte sorgfältig jeden Teil des Körpers und wägte die verschiedenen Probleme ab, die eine Autopsie mit sich bringen würde. Die Leiche war, wie die Röntgenaufnahmen gezeigt hatten, voller kleiner Splitter, die sich in den Körper gebohrt hatten, als das Auto explodierte, um dann in der Hitze zu schmelzen, sich mit dem weichen Gewebe zu verbinden und integraler Bestandteil von Simon Vickers' Körper zu werden. Teilweise waren die Gewebe- und Muskelschichten völlig zerstört und gaben den Blick auf das darunter liegende geschwärzte Skelett frei. Die beiden Unterschenkel sowie der rechte Arm fehlten. Seine Lippen und sein Mund waren ebenfalls verbrannt und entblößten seine erstaunlich gut erhaltenen Zähne, sodass es wie ein erstarrtes, grausiges Lachen aussah. Die Zähne waren immer schwer zu zerstören. Selbst wenn alles andere unkenntlich geworden war, blieben sie meistens erhalten und ermöglichten die Identifizierung eines Opfers, was manchmal sogar zur Verhaftung eines Verdächtigen führen konnte. Sam zog das über ihr in der Luft hängende Mikrofon näher heran und begann zu diktieren:

»Sechs Uhr dreißig morgens, Montag, der 15. Dezember 1997. Zweite Autopsie an Simon Vickers. Ein männlicher Weißer, siebzehn Jahre alt und vorher bei guter Gesundheit, ein Meter achtzig groß und zweiundsiebzig Kilo schwer.«

Fred reichte Sam das Skalpell und sie machte sich an die eigentliche Arbeit.

Endlich erreichte Eric Chambers den Kamm des Hügels oberhalb von Sams Cottage. Er blieb einen Moment stehen, um die herrliche Aussicht zu genießen, die man von hier oben hatte. Alles sah so frisch und rein aus. Er liebte diesen Blick, hatte ihn aber seit vielen Jahren nicht mehr im Winter genossen. Normalerweise hätte er bei so einem Wetter sein Auto genommen, aber irgendetwas hatte ihn heute dazu gebracht, den Hügel zu Fuß zu erklimmen. Den Hunden schien es auch zu gefallen. Auf der Straße betrug die Entfernung sieben oder acht Kilometer, aber wenn man querfeldein spazierte, halbierte sich die Strecke. Einige Feldwege führten zu Sams Haus und die Umgebung war wunderschön. Sie hatte sich zweifellos an einem der reizvollsten Plätze im County niedergelassen.

Eric liebte diese Landschaft, aber er wusste auch, dass sie zu bestimmten Jahreszeiten unwirtlich, ja fast hässlich wirken konnte. Doch wenn Schnee fiel, was in Ostengland oft passierte, bot sie einen spektakulären Anblick. Schnee zu Weihnachten machte ihn immer glücklich. Eric zog ein Taschentuch aus der Tasche und wischte sich die feuchte Nasenspitze ab. Dann rief er nach seinen Hunden, die gerade aufgeregt versuchten, einen Kaninchenbau auszugraben.

»Monty, Rommel, kommt her! Es reicht jetzt!«

Die Hunde wandten sich gehorsam von dem Loch ab und rannten mit wedelnden Schwänzen den Hügel hinunter, wobei sie dunkle Pfotenspuren im Schnee hinterließen. Eric zog sich den Wollschal enger um den Hals, bohrte seinen Spazierstock in den Schnee und machte sich auf den Weg.

Nach zwanzig Minuten zügigem Gehen erreichte er das Gartentor von Sams Haus. Er stieß es auf, scheuchte seine Hunde hindurch und folgte ihnen, wobei er das Tor sorgfältig hinter sich schloss. Der Garten war unter einem dicken Teppich aus Schnee und Eis begraben. Er ging zur Hintertür des Hauses und spähte durch das Fenster, ob er irgendwelche Lebenszeichen entdecken konnte; doch da war niemand. Daraufhin hob er seinen Stock und klopfte mit dem versilberten Griff fest gegen die Tür. Er hatte gehofft, dass entweder Sam oder ihre Schwester, die er nie kennen gelernt hatte, zu Hause sein würden. Doch es folgte keine Reaktion und er wollte sich schon auf den kalten Heimweg machen, als Wyn plötzlich in der Tür auftauchte.

»Kann ich Ihnen helfen?«

Eric nahm seinen Hut ab. »Es tut mir Leid, dass ich Sie störe, aber ist Doktor Ryan da?«

»Nein, leider nicht, sie arbeitet. Ich nehme an, dass sie erst spät nach Hause kommt.«

»Oh, ich verstehe.« Er schwieg einen Moment, unsicher, was er als Nächstes sagen sollte. Dann setzte er seinen Hut wieder auf. »Wären Sie bitte so freundlich und würden ihr ausrichten, dass Eric Chambers vorbeigeschaut hat? Ich lebe im Nachbardorf.«

Wyn nickte. »Haben Sie ein bestimmtes Anliegen?«

»Nichts Wichtiges, ich wollte nur nachsehen, wie es meinen Pflanzen geht.« Er wies mit seinem Stock auf den Garten. »Es ist eigentlich nicht die richtige Zeit dafür, aber was soll man machen?«

»Sind Sie der Gentleman, der den Computerkurs im Gemeindehaus leitet?«

»Ja, das stimmt.« Eric nickte.
»Ich bin Rickys Mutter, Sams Schwester.«
»Natürlich, tut mir Leid, ich war mir nicht sicher...«
»Ob ich nicht die Putzfrau bin?«
Eric senkte verlegen den Blick.
»Ist schon in Ordnung, viele Leute glauben das. Und in gewisser Hinsicht bin ich es auch.«
»Ein kluger Junge, Ihr Ricky, er dürfte es weit bringen«, sagte Eric, der sich wieder gefangen hatte. »Ein Genie, wenn es ums Web geht.«
Allmählich erwärmte Wyn sich für ihn. Er wirkte nicht gefährlich, aber er sah durchgefroren aus. »Möchten Sie eine Tasse Tee, bevor Sie sich auf den Heimweg machen?«
Eric wollte nicht aufdringlich erscheinen, aber das Angebot, sich ein Weilchen hinzusetzen und etwas Warmes zu trinken, war verlockend. »Wenn es Ihnen keine Umstände macht. Meine alten Knochen könnten einen Tee gut gebrauchen.«
Wyn trat von der Türschwelle zurück und bedeutete ihm, ins Haus zu kommen. »Wenn es Umstände machen würde, hätte ich Sie nicht gefragt. Aber Sie könnten diese beiden Kerle auf der Veranda lassen.« Sie deutete auf Erics Hunde.
»Natürlich, natürlich, ich bin sicher, dass sie gerne hier draußen bleiben. Rommel, Monty, Platz, Platz.«
Die beiden Hunde blickten ihn etwas verwirrt an, aber schließlich legten sie sich in einer Ecke des Vorbaus hin. Wyn führte Eric durch die Küche und in das warme Wohnzimmer.

Sam hatte sich für Simon Vickers' Autopsie viel Zeit genommen und alles sorgfältig überprüft. Alle Angaben in Trevors Bericht waren korrekt, aber dennoch wurde ihr immer klarer, dass er sich in einem wesentlichen Punkt zutiefst geirrt hatte. Simon Vickers war nicht an den Folgen eines Autounfalls gestorben, sondern ermordet worden. Sam wusste, dass sie sich damit weit vorwagte, und wenn sie sich nicht den Kopf abreißen lassen wollte, musste sie sich ihrer Sache absolut sicher sein.

Zum Glück hatte sie ihre Entdeckung in einem frühen Stadium der Autopsie gemacht und nachdem sie ihre Schlussfolgerung gezogen hatte, wandte sie sich wieder dem freiliegenden Hals zu. Das Zungenbein war gebrochen; sie wusste nicht genau, ob direkt durch externen Druck oder mit Hilfe einer Schnur, doch die Verletzung war zweifellos nicht die Folge des Unfalls. Sam hatte Hunderte von Autounfallopfern untersucht, aber bei keinem von ihnen ein gebrochenes Zungenbein diagnostiziert. Selbst wenn der Körper einem plötzlichen, heftigen Aufprall oder der intensiven Hitze eines Feuers ausgesetzt war, blieb das Zungenbein meistens unversehrt. Obwohl Sam andere Erklärungen in Erwägung zog, war die einzige vernünftige Hypothese, die ihr dazu einfiel, dass Simon Vickers stranguliert worden war.

Wie die meisten Pathologen schätzte es Sam, mehr als einen Beweis vorbringen zu können, weil sich dann die Skeptiker leichter überzeugen ließen. Doch auf Grund des Zustands der Leiche erwies sich dies als unmöglich. Alle charakteristischen Anzeichen wie die Beschädigung des Speiseröhrenknorpels, Blutergüsse und andere Verletzungen der Kehle und Zunge sowie des Schilddrüsen- und Kehlkopfknorpels waren nicht mehr feststellbar, da das Feuer sie zerstört hatte. Sam wandte sich an Fred, der auf der anderen Seite des Raumes einer der größeren Splitter präparierte, die Sam aus Simon Vickers' Leiche entfernt hatte.

»Fred, haben Sie jemals mit einem Autounfallopfer zu tun gehabt, bei dem das Zungenbein gebrochen war?«

Er ging zu dem Marmortisch hinüber und untersuchte Simon Vickers' Hals. »Nein, niemals, aber dies bedeutet nicht, dass es unmöglich ist, oder?«

»Aber es ist ungewöhnlich.«

»Ungewöhnlich heißt nicht unmöglich«, entgegnete Fred. »Sie wissen, wie die Spielregel lautet ...«

»Sag niemals nie, sag niemals immer.«

Er lächelte und nickte. »Richtig.«

Dann sah er auf den freiliegenden Hals der Leiche hinunter

und untersuchte selbst das Zungenbein. Er war zwar kein ausgebildeter Pathologe, doch die Erfahrung hatte ihn zu einem fähigen Assistenten gemacht. »Aber Sie haben Recht, es ist ungewöhnlich.«

Sam trat für einen Moment von der Leiche zurück, betrachtete sie und versuchte die Folgen ihrer Entdeckung abzuschätzen. Schließlich wandte sie sich an Fred. »Ich denke, Sie rufen besser die Polizei. Ich bin mir ziemlich sicher, dass wir es hier mit einem Mord zu tun haben.«

Fred blickte überrascht drein, als ihm die Tragweite von Sams Worten bewusst wurde. »Meinen Sie das im Ernst?«

»Unglücklicherweise ja«, sagte Sam nickend.

Fred ging zur Tür. Als er sie erreichte, blieb er stehen und drehte sich noch einmal um. »Soll ich auch Doktor Stuart informieren?«

Sam schüttelte den Kopf. »Nein, das übernehme ich selbst.«

Fred sah sie einen Moment lang mitfühlend an, drehte sich dann um und verließ den Raum. Sam trat wieder zu der Leiche. Was sie jetzt brauchte, war Zeit, um sich zu überlegen, wie sie es Trevor am besten beibringen konnte. Sie wusste, dass es nicht leicht werden würde, ganz gleich, wie sie es formulierte.

Es dauerte nicht lange, bis Tom Adams und sein Kollege in der Leichenhalle eintrafen. Sam hatte sich nicht die Mühe gemacht, sich umzuziehen, sondern die Zeit im Büro der Leichenhalle verbracht, wo sie noch einmal die Berichte von Trevor und dem Untersuchungsrichter durchgegangen war und fieberhaft nach etwas gesucht hatte, das ihre Entdeckung untermauern könnte.

»Superintendent Adams und Inspector White, Doktor«, meldete Fred.

Sam blickte auf, als die beiden Männer ihr Büro betraten. »Tom, Chalky«, begrüßte sie sie.

Sie setzten sich auf die beiden harten Stühle am anderen

Ende des Raums und machten es sich bequem. Tom sah zu Sam hinüber und schenkte ihr ein breites Lächeln. Ihre einst enge Beziehung war schon seit langem zu Ende, doch durch die Arbeit hatten sie immer wieder Kontakt miteinander. Sam schmeichelte sich mit dem Gedanken, dass Tom liebend gern dort weitermachen würde, wo sie aufgehört hatten, und gelegentlich, wenn sie ehrlich zu sich war, räumte sie ein, dass dies auch für sie galt. Doch ehe sie weiter darüber nachdenken konnte, kam Tom zum Thema.

»Also, Sam, was hast du diesmal für uns?«

»Einen Mord.«

Tom schien ihre Antwort nicht zu verwundern. Er hatte dies schon geahnt, als er den Anruf bekommen hatte. Sam war keine Zeitverschwenderin und würde ihn nur anrufen, wenn sie es für wichtig hielt. »Ich nehme an, wir sprechen von Simon Vickers?«, fragte er.

Sam nickte. »Ja.«

»Ich dachte, die Todesursache wäre bei der Untersuchung festgestellt worden. Ein Unfall, nicht wahr?«

»Untersuchungsrichter machen Fehler.«

»Und Trevor?«

»Pathologen auch.«

Tom schwieg einen Moment und versuchte einzuschätzen, wie überzeugt Sam von ihrer Behauptung war. Dann sagte er: »Okay, am besten erzählst du uns, was du entdeckt hast.«

»Wie du vielleicht weißt, ist Simon Vickers' Familie mit den Ermittlungen der Polizei und des Untersuchungsgerichts nicht zufrieden ...«

»Ich habe davon gehört.«

»Als Folge dieser Unzufriedenheit baten mich die Vickers, eine zweite Autopsie durchzuführen, zu der ich mich bereit erklärte. Ich habe die Autopsie heute Morgen vorgenommen und bin jetzt überzeugt, dass Simon Vickers nicht durch einen Autounfall starb, sondern in Wirklichkeit ermordet und wahrscheinlich nach seinem Tod in den Wagen gesetzt wurde, um es wie einen Unfall aussehen zu lassen.«

Chalky White sah skeptisch zu seinem Chef hinüber. Tom bemerkte den Blick, aber er kannte Sam zu gut, um irgendetwas von dem, was sie sagte, nicht ernst zu nehmen.

»Wie bist du zu dieser Schlussfolgerung gelangt, wo doch alle anderen an einen Unfall glauben?«

»Das Zungenbein in seinem Hals ist gebrochen.«

White warf skeptisch ein: »So wie viele andere Knochen auch. Was macht das Zungenbein so besonders?«

Tom sah ihn an. »Normalerweise ist es nur gebrochen, wenn eine Person erwürgt wurde. So ist es doch, Doktor Ryan?«

Sam nickte. »Ich bin froh, dass du dir einige der Dinge gemerkt hast, die du im Lauf der Jahre gesehen hast.«

Ihr gönnerhafter Ton amüsierte Tom. »Du denkst also, dass Simon Vickers erwürgt wurde? Aber könnte es nicht bei dem Aufprall gebrochen sein? Wie der Rest seiner Knochen?«

Sam schüttelte den Kopf. »In all meinen Jahren als Pathologin habe ich noch nie erlebt, dass nach einem derartigen Unfall ein Zungenbein gebrochen war. Aber ich habe zahlreiche Mordfälle untersucht, bei denen das Opfer mit den Händen oder einem Strick erwürgt wurde, wo das Zungenbein auf dieselbe Weise gebrochen war.«

»Gibt es noch andere Beweise, die deine Behauptung untermauern könnten?«

»Nein, das Feuer hat zu viel Schaden angerichtet.«

»Bist du *sicher*, dass das Zungenbein nicht bei dem Unfall gebrochen sein kann? Wie ich hörte, war er ziemlich schlimm.«

Sam zuckte die Schultern. »Diese Möglichkeit besteht immer, aber zweifellos haben wir es hier mit Wahrscheinlichkeiten zu tun, und die Wahrscheinlichkeit, dass das Zungenbein bei dem Unfall gebrochen wurde, ist sehr gering.«

»Aber es ist nicht unmöglich?«, unterbrach White.

»Unwahrscheinlich. Ich habe etwas Derartiges noch nie gesehen.«

»Also nicht unmöglich?«, fragte Tom.

Sam runzelte die Stirn. »Die Umstände hätten sehr ungewöhnlich sein müssen.«

»Ich denke, das waren sie.« Obwohl Tom im Lauf der Jahre gelernt hatte, Sams Instinkt zu vertrauen, brachte der Chefposten zusätzliche Verantwortung mit sich, und er benahm sich inzwischen immer mehr wie sein alter Boss Farmer. War er zu einem Zauderer geworden oder war er bloß verantwortungsbewusst? Er wusste es selbst nicht genau.

»Ich kann die Einleitung eines Morduntersuchungsverfahrens nicht mit dieser Art Beweis rechtfertigen«, sagte er. »Hast du irgendeine Vorstellung davon, wie viel es kosten würde?«

Sam schüttelte den Kopf. »Wie teuer ist Gerechtigkeit, hm?«

»Diese schnippische Bemerkung solltest du den Steuerzahlern dieses Countys an den Kopf werfen. Mal sehen, was sie dazu sagen werden«, konterte Tom, verärgert über Sams Sarkasmus. »Wenn du mich dazu bringen willst, Personal und Geld für eine derartige Untersuchung einzusetzen, musst du mir mehr bieten als nur einen gebrochenen Knochen. Außerdem, wenn es so wichtig ist, warum hat es dann Trevor in seinem Bericht nicht erwähnt?«

»Ich weiß es nicht, er muss es übersehen haben.«

»Oder er hielt es für so unwichtig angesichts des schlechten Zustands der Leiche, dass er sich nicht die Mühe gemacht hat, es zu erwähnen.«

Sam spürte, dass sie in die Defensive geraten war, und das ärgerte sie. »Das bezweifle ich.«

»Wenn du mir etwas mehr zu bieten hast, lass es mich wissen, und vielleicht werde ich dann aufgeschlossener sein, aber im Moment sehe ich keinen Grund, eine Morduntersuchung einzuleiten.«

Sam dachte kurz daran, ihre Begegnung mit dem Wilderer zu erwähnen, aber sie entschied erneut, dass dies mehr Probleme bringen als lösen würde.

»Was ist mit der Tatsache, dass Simon Autos ablehnte?«, fragte sie.

White sah sie an. »Sagt wer?«

»Seine Eltern. Er hasste Autos. Er war so eine Art Ökokrieger. Also, warum sollte ein Junge, der Autos hasste, eins stehlen?«

White schüttelte den Kopf. »Eltern wissen nicht alles über ihre Kinder. Das glauben sie zwar, aber es stimmt nicht.«

»Und Cherry Hinton ist kilometerweit von Impington entfernt. Warum so weit fahren, um ein Auto zu stehlen, wenn es in seiner Gegend genug geeignete Fahrzeuge gegeben hat?«

»Um den Verdacht von sich zu lenken. Du weißt doch, wie es heißt – mach es nie in deinem eigenen Hinterhof.«

»Was ist mit dem Knacken des hoch entwickelten Autosicherheitssystems? Das war nicht das Werk eines Amateurs.«

»Wer sagt, dass er ein Amateur war?«, fragte White. »Er war doch vorbestraft, oder?«

»Einmal, wegen leichter Körperverletzung, und das war passiert, als er an einer Demonstration gegen den Autowahn teilgenommen hatte.«

»Hören Sie, nur weil wir ihn vorher nicht erwischt haben, heißt das noch lange nicht, dass er kein Krimineller war. Es gibt Hunderte dort draußen, die wir nie erwischt haben und wahrscheinlich nie erwischen werden, aber das bedeutet nicht, dass sie keine richtigen Verbrecher sind.«

»Sam«, mischte sich Tom ein, »Eltern denken immer das Beste von ihren Kindern. Täten sie es nicht, wäre dies das Eingeständnis, versagt zu haben, und damit lässt sich schwer leben. Weißt du über alles Bescheid, was Ricky macht, wenn er ausgeht?«

»Er ist mein Neffe, nicht mein Sohn.«

»Hör auf mit der Haarspalterei, du weißt, was ich meine. Ich behaupte nicht, dass sie schlechte Eltern sind, ich bin sicher, dass dies nicht zutrifft. Aber ich weiß, dass ich mich an Tatsachen halten muss, denn wenn ich es nicht tue, wird mein Kopf auf dem Schafott liegen, nicht deiner. Und im Moment hast du mir einfach nicht genug zu bieten.«

Sam rang verzweifelt die Hände. Tom stand auf und der getreue Inspector White folgte seinem Beispiel.

»Wer war der Verkehrspolizist, der den Unfall aufgenommen hat?«, fragte Sam.

Tom dachte einen Moment nach. »Brian Williams. Du findest ihn im Verkehrsdezernat. Er ist ein sehr erfahrener Sergeant, also sei vorsichtig mit dem, was du sagst.«

Sam nickte. »Ich will nur einen Blick in den Unfallbericht werfen, das ist alles.«

Tom zuckte die Schultern. »Das muss er entscheiden. Aber da ich dich kenne, bin ich sicher, dass du ihn dazu überreden wirst.«

Als sich Tom zum Gehen wandte, stand Sam von ihrem Stuhl auf. »War da nicht noch was anderes?«, fragte sie.

Tom schaute sie fragend an.

»Du hast eine Nachricht hinterlassen.«

»Eine persönliche Sache. Ich rufe dich heute Abend an.«

Sam nickte und sah den beiden Detectives hinterher, als sie den Raum verließen. Obwohl sie von Simon Vickers' Ermordung überzeugt war, dämmerte ihr, dass es nicht so leicht werden würde, andere, selbst Tom, ebenfalls davon zu überzeugen.

4

Wie gewöhnlich war es spät, als Sam nach Hause kam. Da ihre normale Arbeitslast von Jahr zu Jahr größer wurde, war es inzwischen schwierig, auch noch außerplanmäßige Fälle zu übernehmen, vor allem einen wie Simon Vickers. Doch trotz der zusätzlichen Belastung zog die Geschichte Sam an wie ein helles Licht eine Motte. Ihr außergewöhnliches Denkvermögen wollte regelmäßig gefordert werden und die bloße Routine ihres Berufs war niemals abstrakt genug, um sie zufrieden zu stellen. Für Sam gab es nichts Interessanteres als das Seltsame und Ungewöhnliche, auf das sie ihre Gedanken konzentrieren konnte.

Ihr allradgetriebener Wagen arbeitete sich den Feldweg zu ihrem Cottage hinauf. Obwohl es endlich aufgehört hatte zu schneien, war die Luft noch immer eiskalt. Während Sam in die Einfahrt bog, konnte sie das Eis unter dem Gewicht der schweren Räder knirschen hören. Als sie die Wagentür öffnete, schaltete sich die Innenbeleuchtung nicht wie erwartet ein. Sam seufzte. Diese kleinen Ärgernisse des Lebens nervten sie. Jetzt würde sie daran denken müssen, das Licht reparieren zu lassen, und es würde eine weitere dieser Aufgaben sein, um die sie nie herumzukommen schien.

Sie schloss das Auto ab und ging zum Haus. Vor der Tür blieb sie stehen und schaute zum klaren Nachthimmel hinauf. Der weite Himmel über Norfolk und die saubere Luft waren die beiden Dinge, die Sam an dem County am meisten liebte. In Sommernächten lag sie oft in ihrem Garten, sah hinauf in die Dunkelheit und betrachtete die Sternbilder, die über den Himmel verstreut waren und wie Pailletten auf einem riesigen Kleid zu ihr hinunterfunkelten.

Manchmal entdeckte sie den orangefarbenen Schweif einer Sternschnuppe, die über das Firmament blitzte und dann für immer erlosch. Einmal hatte sie einen Meteorschauer gesehen, der weiß glühend durch die Atmosphäre schoss. Sam hatte stundenlang den Kometen Hale-Bopp beobachtet, wie er sich langsam über den Himmel bewegte, dank seines lang gestreckten, dunstigen Schweifes von den anderen Sternen deutlich zu unterscheiden. Sie hatte sich sogar ein Teleskop gekauft, um einen besseren Blick auf ihn zu erhaschen. Er bot einen wundervollen Anblick, von dem sie wusste, dass sie ihn mit dem Rest der Welt teilte. Er vermittelte ihr das Gefühl, völlig unbedeutend zu sein.

Im Licht des Mondes suchte Sam verzweifelt nach ihrem Schlüsselbund. Schließlich fand sie ihn in einem der zahllosen Seitenfächer ihrer Tasche. Sie schloss die Tür auf und ging ins vordere Zimmer. Wyn saß auf der Couch und las im Licht einer kleinen Tischlampe in einer Zeitschrift.

Als Sam den Raum betrat, blickte sie auf. »Du kommst spät.«

»Tut mir Leid, aber du weißt ja, wie das ist.«

Wyn konzentrierte sich wieder auf die Zeitschrift und versuchte so zu tun, als wäre es ihr gleichgültig. »Nun, dein Abendessen steht schon seit Stunden im Backofen und ist wahrscheinlich zu Asche verbrannt.«

Sam warf ihren Mantel über einen Sessel und stellte ihre Aktentasche auf den Boden. »Tut mir Leid, Wyn, es war ein anstrengender Tag. Ich werde mir später ein Sandwich machen.«

»Jetzt versteh ich, wie es dir gelingt, diese Figur zu halten.«

Sam ließ sich gegenüber ihrer Schwester in einen Sessel fallen. »Nervöse Energie und Gartenarbeit.«

Wyn blickte auf. »Da du vom Garten sprichst – ein Freund von dir war heute hier.«

»Tom?«, fragte Sam neugierig.

Wyn sah sie mit einem wissenden Lächeln an. »Du bist noch immer hinter dem Polizisten her, nicht wahr?«

»Nein, er hat nur versucht, mich zu erreichen, und …«, entgegnete sie verlegen.

»Das glaube ich dir gern«, unterbrach Wyn sie.

Sam ertappte sich dabei, wie sie den Blick von ihrer Schwester abwandte und errötete.

»Jedenfalls war es nicht dein amouröser Polizist, sondern Eric.«

»Eric Chambers?«

Wyn nickte. »Ja, ein netter Mann. Er wollte sich irgendwelche Ableger ansehen, die er dir letzten Sommer geschenkt hat, und wissen, wie sie sich entwickeln.«

»Sie sind im Treibhaus und ihnen scheint es gut zu gehen. Ich bin überrascht, dass er nicht bis zum Frühjahr gewartet hat. Ist er lange geblieben?«

»Eine Weile. Ich konnte ihn schlecht abweisen, nachdem er so weit zu Fuß gegangen war, um dich zu besuchen.«

Sam schüttelte den Kopf. »Zu Fuß! Eines Tages wird man ihn erfroren auf einem Feld finden. Ich denke, er mutet sich mehr zu, als sein Körper leisten kann.«

»Tun wir das nicht alle? Er schien übrigens sehr interessiert an diesem Fall zu sein, mit dem du befasst bist.«

»Simon Vickers?«

»Ja, er hat eine Menge Fragen gestellt.«

»Simon war einer seiner Schüler.«

»Ja, das sagte er. Simon kam immer zu den Kursen im Gemeindehaus.«

»Wo auch Ricky hingeht?«

Wyn nickte.

»Komisch, er hat nie etwas gesagt.«

»Du weißt doch, wie Jugendliche sind. Sie interessieren sich nur für sich selbst.«

»Das klingt ziemlich hart, Wyn, aber eigentlich hätte er etwas sagen müssen.«

»Wie auch immer«, fuhr Wyn fort, »es gibt noch etwas, das ich dich fragen wollte. Wäre es schlimm, wenn Ricky und ich dieses Jahr Weihnachten bei Tante Maude in Harrogate verbringen würden? Sie hat uns gebeten, sie zu besuchen. Ich vermute, sie fühlt sich ein wenig einsam.«

Tante Maude war die Schwester ihrer Mutter und lebte seit dem Tod ihres Mannes vor fünf Jahren allein. Sie war zu gebrechlich, um zu reisen, sodass sie eine Fahrt in den Norden auf sich nehmen mussten, wenn sie mit ihr in Kontakt bleiben wollten. Obwohl Sam die Vorstellung nicht gefiel, Weihnachten allein zu sein, wusste sie nicht, was sie sonst sagen konnte.

»Natürlich habe ich nichts dagegen. Ich bin sicher, dass Maude sich freuen wird. Wann fahrt ihr?«

»Heiligabend.« Wyn sah ihrer Schwester an, dass sie enttäuscht war. »Warum kommst du nicht mit? Es sind nur ein paar Tage.«

Sam schüttelte den Kopf. »Ich habe zu viel zu tun.«

»Wie immer.«

Sam hob verzweifelt die Arme. »So ist es, aber fahr ruhig, es macht mir nichts aus.«

Ein lautes Klopfen an der Tür unterbrach das Gespräch. Während Sam in die Küche ging, betrat Wyn den Flur und öffnete vorsichtig die Tür.

»Hallo, Wyn, lange nicht gesehen.«

Tom Adams' lächelndes Gesicht blickte auf sie hinunter.

»Nun, wenn man vom Teufel spricht.«

Adams beugte sich zu ihr und küsste sie auf die Wange. »In meinen Ohren hat's auch geklingelt. Ist Sam da?«

Wyn sah ihn mit gespielter Enttäuschung an. »Und ich dachte, du wärst wegen mir gekommen. Sie ist in der Küche.«

Wyn führte ihn durch den Flur und ins Wohnzimmer.

»Wer ist es, Wyn?«, rief Sam. »Ich ... Oh, hallo, Tom, was für eine nette, wenn auch nicht ganz unerwartete Überraschung.«

Er durchquerte den Raum und küsste sie. »Nun, ich bin froh, dass du es noch immer für eine nette Überraschung hältst, Sam.«

Wyn nahm den Kessel, trat an die Spüle und füllte ihn am

Wasserhahn, bevor sie ihn auf die Herdplatte stellte. Währenddessen ging Tom zu dem Fasan hinüber, der mittlerweile in einer Ecke der Küche an einem Haken hing.

»Wo hast du den her, Sam? Ich wusste gar nicht, dass schon Saison ist. Hoffentlich bist du nicht unter die Wilderer gegangen.«

»Ich habe ihn tot am Straßenrand gefunden«, antwortete Sam. »Da er zu schade war, um ihn einfach liegen zu lassen, habe ich ihn mit nach Hause genommen. Das ist doch okay, oder?«

Tom nickte. »Denke schon. Wann findet die Autopsie statt?«

Sam lächelte ihn unschuldig an, bevor sie zum Küchentisch ging und sich setzte. Tom folgte ihr.

»Also, was kann so dringend sein, dass du in einer eiskalten Dezembernacht den ganzen Weg bis hierher fährst?«

»Brauche ich einen Grund?«

»Nein, aber da du in den letzten Tagen versucht hast, mich zu erreichen, muss man nicht Sherlock Holmes sein, um zu vermuten, dass es nicht nur um den Austausch von Weihnachtsgrüßen geht.«

»Ursprünglich wollte ich dich zum Abendessen einladen...«, begann Tom.

»Und jetzt?«

»Ich würde noch immer gern mit dir essen gehen, aber ich habe mich auch gefragt, was du noch tun wirst, um die Untersuchung des Vickers-Falls durchzusetzen.«

»Ich verstehe. Ich werde alles tun, um dich zu überzeugen, dass Simon Vickers ermordet wurde und nicht bei einem Autounfall starb.«

»Gibst du eigentlich jemals zu, dass du dich irren könntest?«

»Manchmal, aber nicht in diesem Fall«, sagte Sam grinsend.

Tom schüttelte den Kopf. Er wusste, dass es wenig Sinn hatte, sie zu überreden, den Fall aufzugeben. »Wenn es dir irgendwie hilft, schick mir, was du hast, und ich werde es mir noch mal ansehen. Aber erwarte nicht zu viel.«

Sam war erleichtert, dass Tom ihre Theorie nicht als völligen Unsinn abtat. »Es wird ein oder zwei Tage dauern«, sagte sie. »Bei uns funktioniert fast kein Computer mehr, weil im Moment irgendeine Umprogrammierung im Gange ist.«

Tom lächelte. »Das trifft sich gut. Unsere sind auch ausgefallen. Es muss etwas in der Luft liegen. Wie wäre es mit Samstagabend?«

»Ich glaube nicht, dass mein Bericht bis dahin fertig sein wird. Ich ...«

Tom sah sie verzweifelt an. »Ich meine das Essen.«

»Oh, tut mir Leid, ja, das klingt gut, danke.«

»Soll ich dich um acht abholen?«

Sie nickte.

»Wunderbar.«

Als Tom sich erhob, um zu gehen, blickte Sam zu ihm auf. »Trevor weiß noch nichts davon. Ich würde es ihm gern selbst erklären, wenn du nichts dagegen hast.«

»Kein Problem. Viel Glück. Ich denke, du wirst es brauchen können.«

Sam zuckte zusammen. Sie wusste, dass er Recht hatte.

Sam entschloss sich, Trevor so bald wie möglich aufzusuchen, um mit ihm über ihre Erkenntnisse zu sprechen. Sie hatte gestern Abend versucht, ihn anzurufen, ihm aber nur eine Nachricht auf dem Anrufbeantworter hinterlassen können. Selbst jetzt, als sie sich auf den Weg zu ihrem Treffen machte, war sie nicht sicher, ob Trevor auf ihre Nachricht reagieren würde, sie am frühen Morgen zu sehen. Da sie nicht in der formellen Atmosphäre des Krankenhauses mit ihm sprechen wollte, hatte sie das Travers ausgesucht, ein hübsches Restaurant am Ufer des Flusses Cam hinter der Magdalene Bridge.

Als sie die Trinity Bridge überquerte, nickte sie höflich dem Pförtner zu, der den Eingang zum New Court bewachte, und stellte ihren Wagen in der letzten freien Parklücke neben einem schäbigen, uralten schwarzen Mercedes ab. Sie begab sich in die Abgeschiedenheit von Nevile's Court und ging dann durch das eichenholzgetäfelte Innere der Great Hall, bevor sie hinaus auf den prächtigen Great Court trat. Sam hatte den Hof des Colleges noch nie zuvor von Schnee bedeckt gesehen. Der Anblick war wahrhaft überwältigend. Da die Studenten in den Ferien waren, wurde die Reinheit des Bildes nur von den Fußspuren der Fellows befleckt, die den Hof wie ein Zickzackmuster überzogen. Im Gegensatz zu den Studenten und anderen unwürdigen Personen durften die Fellows kraft uralten Rechtes die schneebedeckten Rasenflächen des Hofes überqueren.

Sam stieg die Treppe hinunter und folgte dem Weg entlang dem Rasen zum Great Gate. Als sie es passiert hatte, bog sie nach links in die Trinity Street und dann wieder nach links Richtung Magdalene Bridge, um schließlich durchfroren, durchnässt und hungrig das Travers zu erreichen.

Obwohl sie sich verspätet hatte, war Trevor noch nicht eingetroffen, was ihr gelegen kam. Sie zog ihren feuchten Mantel aus und wählte einen Tisch auf der gegenüberliegenden Seite des Restaurants, von dem aus man den Fluss überblicken konnte. Kaum hatte sie es sich bequem gemacht, trat eine junge hübsche Kellnerin mit einem Block in der Hand an ihre Seite, um ihre Bestellung aufzunehmen. Aber zunächst nahm sie nur einen Kaffee. Als die Kellnerin weggegangen war, blickte Sam durch das Fenster zum Magdalene College und zur Brücke hinüber. Ein Stechkahn mit drei dick vermummten japanischen Touristen an Bord glitt unter der Brücke hervor, entschlossen, selbst unter den widrigsten Umständen alles aus ihrem »Cambridge-Erlebnis« herauszuholen. Sams Gedanken wanderten mit ihnen den Fluss hinunter. Obwohl ihr ständig die Autopsie und ihre Entdeckung durch den Kopf gingen, wusste sie immer noch nicht genau, wie sie Trevor die Sache beibringen sollte. Sollte sie es ihm ohne Umschweife sagen oder erst einmal um den heißen Brei herumreden in der Hoffnung, dass er ihre Hinweise verstehen würde? Bevor sie Zeit hatte, eine Entscheidung zu treffen, drang eine vertraute Stimme in ihre Gedanken.

»Morgen, Sam, tut mir Leid, dass ich mich verspätet habe. Ein furchtbarer Verkehr. Kaum schlägt das Wetter um, kommt alles zum Stillstand. Eigentlich hätten wir uns inzwischen daran gewöhnen müssen, nicht wahr?«

Sam lächelte ihn mitfühlend an. »Keine Sorge, ich bin auch gerade erst gekommen. Ich wusste nicht genau, ob du meine Nachricht erhalten hast.«

»Warum sollte ich nicht?«

»Oh, ich weiß nicht. Du hättest schließlich auch Emily den Hof machen können. Ich weiß, wie junge Paare sind.«

Sams Versuch, die Atmosphäre aufzulockern, schlug fehl.

»Sollen wir gleich zum Thema kommen, Sam?«

»Willst du vielleicht erst einen Kaffee?«

Trevor nickte. »Schwarz.«

»Wie deine Stimmung?«

Trevor rang sich ein kurzes Lächeln ab. Die Kellnerin hatte seine Ankunft bemerkt und kehrte zurück. Er warf einen flüchtigen Blick auf die Speisekarte und legte sie zur Seite. »Nur Kaffee, bitte.« Dann sah er Sam an.

»Ich habe schon bestellt, danke.«

Die Kellnerin zog sich zurück und Trevor kam wieder zum Thema.

»Nun, du denkst also, dass Simon Vickers ermordet wurde?«

Sam schwieg einen Moment, von Trevors Frage überrascht und verwirrt. Immerhin, dachte sie, löste dies ihr Problem, wie sie es ihm beibringen sollte. »Ja. Wer hat es dir erzählt?«

»Spielt das eine Rolle?«

Sam spürte, wie Ärger in ihr hochstieg. »Ja, um ehrlich zu sein, das tut es.«

»Nun, wenn du es unbedingt wissen willst, die Polizei hat mich gestern Nacht angerufen und mich über deine Entdeckung informiert.« Der sarkastische Ton in Trevors Stimme war unüberhörbar.

»Was hat man dir gesagt?«

»Was zu erwarten war. Du hast die zweite Autopsie durchgeführt und bist daraufhin zu dem Schluss gelangt, dass Simon Vickers ermordet wurde, erwürgt, wenn ich es richtig verstanden habe, was bedeutet, dass meine Feststellungen falsch und deine richtig waren. Stimmt das in etwa?«

»Das ist nicht genau das, was ich gesagt habe.«

»Ach nein?«

»Nein.«

»Was hast du dann gesagt, Sam? Erzähl es mir.«

Wenn Trevor nicht so ein alter, guter Freund gewesen wäre, hätte sie jetzt das Restaurant verlassen. Doch so fühlte sie sich gezwungen, die Ruhe zu bewahren.

»Sein Zungenbein war gebrochen.«

»Wie die meisten seiner Knochen, wenn ich mich recht erinnere. Knochen brechen nun einmal bei Unfällen, das ist völlig normal. Ich dachte, das wüsstest du, Sam.«

Sam schüttelte den Kopf. »Nicht das Zungenbein. Wenigstens habe ich noch nie erlebt, dass eins unter diesen Umständen gebrochen wurde. Und du mit Sicherheit auch nicht.«

Er zuckte die Schultern. »Vielleicht nicht, aber dies bedeutet nicht, dass es unmöglich ist.«

»Ich habe so etwas nur bei Strangulationsopfern gesehen, was bedeutet, dass eine hohe Wahrscheinlichkeit besteht, dass Simon nicht in Folge des Unfalls getötet, sondern ermordet wurde. Das ist sicherlich eine weitere Untersuchung wert.«

Trevor schien wenig beeindruckt. »Tut mir Leid, Sam, aber das kann ich nicht akzeptieren.«

»Hast du die Verletzung bei deiner Autopsie bemerkt?«

»Ich kann mich nicht erinnern, es ist schon eine Weile her. Ich habe seitdem viele andere durchgeführt.«

»Es ist nur so, dass du es in deinem Bericht nicht erwähnt hast.«

»Vielleicht hielt ich es für so unbedeutend, dass ich mir nicht die Mühe gemacht habe, es zu erwähnen.«

Sam spürte, wie sie allmählich die Beherrschung verlor. »Oh, komm schon, Trevor. Wenn du bemerkt hättest, dass das Zungenbein gebrochen war, hättest du es auf jeden Fall erwähnt.«

Trevors Gesicht schien sich plötzlich zu verdüstern. In all den Jahren, die Sam ihn schon kannte, hatte sie ihn noch nie so wütend erlebt.

»Willst du mich etwa als inkompetent bezeichnen?«

Seine Stimme hatte einen Unterton, der Sam nervös machte, sie sogar ein wenig ängstigte, aber sie ließ sich nicht einschüchtern. »Nein, Trevor. Ich bezeichne dich nicht als inkompetent, aber ich behaupte, dass du in diesem Fall vielleicht etwas übersehen hast. Das passiert uns allen mal.«

»Selbst dir?«

»Uns allen.«

Trevor sprang auf, das Gesicht rot vor Wut. »Ich habe nichts übersehen und wenn du denkst, dass ich mich freiwillig auf dem Altar deiner Arroganz opfern werde, dann irrst du dich gewaltig.«

Einen Moment lang war Sam schockiert. »Trevor, das führt zu nichts, lass uns vernünftig darüber reden und zu einer gemeinsamen Lösung gelangen.«

Trevor zog zornig seine Brieftasche aus der Jacke und warf einen Fünfpfundschein auf den Tisch. »Behalt den Rest!«

Er wandte sich ab und stürmte aus dem Restaurant. Sam, die die ganze Zeit versucht hatte, ruhig zu bleiben, lehnte sich erschöpft auf ihrem Stuhl zurück. Sie wich den Blicken der anderen Gäste aus, die plötzlich auf ihren Tisch gerichtet waren.

Die Begegnung mit Trevor war nicht ganz wie gewünscht verlaufen. Statt ihn auf ihre Seite zu ziehen, war es Sam gelungen, ihn völlig zu verärgern. Allerdings bezweifelte sie, ob es ihr überhaupt hätte gelingen können, ein anderes Ergebnis zu erzielen. Sie war noch immer wütend auf Tom, weil er Trevor angerufen und ihn vor ihrem Treffen gewarnt hatte, vor allem, da sie ihn ausdrücklich darum gebeten hatte, es nicht zu tun. Trevor musste die ganze Nacht gebrütet haben. Nachdem er nach draussen gestürmt war, hielt es Sam nicht länger in dem Restaurant. Sie bezahlte die Rechnung und liess Trevors fünf Pfund als grosszügiges Trinkgeld liegen. Zumindest die Kellnerin schien glücklich zu sein, was man von Sam nicht behaupten konnte.

Sie ging zum New Court zurück und fuhr dann nach Impington zu den Vickers. Sie hatte überlegt, sie nach der Autopsie anzurufen, hatte aber das Gefühl, dass sie es verdienten, persönlich informiert zu werden. Sie hoffte nur, dass Tom oder einer seiner Kollegen nicht bereits mit ihnen gesprochen hatte.

Sam hielt vor ihrem Haus an, stieg aus dem Range Rover, ging zur Haustür und klingelte. Zunächst geschah nichts und Sam wünschte sich schon, sie hätte vorher angerufen, um sich zu vergewissern, dass sie zu Hause waren. Doch gerade als sie gehen wollte, schwang die Tür auf.

»Doktor Ryan«, begrüsste sie Mr. Vickers. »Tut mir Leid, ich habe im Garten Schnee geräumt.« Er musterte ihr ernstes Gesicht. »Sie haben also Neuigkeiten?«

»Ja.«

Mr. Vickers rührte sich nicht, sondern sah sie unverwandt an, suchte in ihrem Gesicht nach irgendeinem Hinweis und wartete darauf, dass sie ihm die Neuigkeiten an der Tür mitteilte.

Doch Sam hatte nicht die Absicht, dies in aller Öffentlichkeit zu tun. »Kann ich hereinkommen?«

»Natürlich können Sie das, Entschuldigung...«, beeilte sich Mr. Vickers zu sagen und trat zur Seite.

Sam ging ins Wohnzimmer, wo sie erwartete, Mrs. Vickers vorzufinden. Aber der Raum war leer. »Mrs. Vickers ist nicht da?«, erkundigte sie sich.

»Nein, sie ist einkaufen gegangen, wird aber bald wieder zurück sein. Bitte, setzen Sie sich.«

Sam nahm in dem Sessel gegenüber dem Fernseher Platz, auf dem das Foto des jungen Simon stand, der sie auffordernd anzublicken schien. Mr. Vickers setzte sich auf den Rand des

Sofas und wartete ungeduldig auf ihren Bericht. Sam konnte seine Anspannung spüren.

»Was ich zu sagen habe, könnte für Sie und Ihre Frau nicht ganz leicht sein. Sollen wir auf sie warten, damit ich es Ihnen beiden erzählen kann?«

Mr. Vickers schüttelte den Kopf. »Nein, mir ist es lieber, wenn Sie es mir sofort sagen. Edna muss es schonend beigebracht werden, wenn Sie wissen, was ich meine.«

Sam nickte und sagte: »Ich glaube, Simon wurde ermordet.«

Mr. Vickers starrte sie einen Moment lang an und versuchte die Tragweite dessen zu erfassen, was sie gerade gesagt hatte. Dann blickte er zu der Fotografie seines Sohnes hinüber. »Ich habe dir gesagt, dass wir Gerechtigkeit bekommen werden. Ich werde dich nicht noch einmal im Stich lassen.«

Seine Gefühle waren seltsam gemischt. Obwohl es das war, was er sich erhofft hatte, wollte er es in Wirklichkeit gar nicht wissen. Es war, als würde ihm dieses Wissen am Ende jede Hoffnung rauben, dass alles nur ein schrecklicher Traum sei, aus dem er jeden Moment erwachen würde. Er wandte sich wieder Sam zu. Tränen rannen über seine Wangen.

»Entschuldigung, der Schock, wissen Sie. Es ist alles so furchtbar. Haben Sie Kinder, Doktor Ryan?«

Sam schüttelte den Kopf. »Nein.«

»Sehen Sie, wenn sie geboren werden, ist es, als hätte man einen Vertrag geschlossen. Sie bereiten einem riesige Freude und man verspricht, auf sie aufzupassen, sich um sie zu kümmern, ihnen die besten Chancen für ein gutes Leben zu bieten. Ich habe meinen Teil des Vertrags nicht eingehalten, ich habe ihn im Stich gelassen, ihn nicht richtig beschützt. Jetzt kann ich nur noch versuchen, es wieder gutzumachen, aber ich bin nicht sicher, ob es mir je gelingen wird.«

»Sie haben niemand im Stich gelassen. Er war kein Kind mehr, er war ein junger Mann und Sie müssen irgendwann loslassen, während Ihre Kinder lernen müssen, auf eigenen Füßen zu stehen. Es gab nichts, was Sie hätten tun können. Es gibt nur einen Menschen, der für den Tod Ihres Sohnes verantwortlich ist, und zwar der, der ihn ermordet hat.«

Sam war nicht überzeugt, ob sie zu ihm durchdrang, aber sie hoffte, ihm helfen zu können. Einem Mann wie Mr. Vickers musste es schwer fallen zu weinen. Er war in einer Zeit aufgewachsen, in der es als Schwäche galt, irgendwelche Gefühle zu zeigen. Ihr eigener Vater, der jetzt nur etwas älter gewesen wäre, war genauso gewesen und obwohl Sam wusste, dass er sie liebte, hatte er es nur selten gesagt.

Manche Dinge mussten gesagt werden, nicht unbedingt um ihrer selbst willen, sondern um anderer willen. Sam hatte ebenfalls Schwierigkeiten, ihre Gefühle zu zeigen, ein Erbe ihres Vaters, und sie war überzeugt, dass dies mit ein Grund für ihre Unfähigkeit war, eine dauerhafte Beziehung einzugehen. Sie hatte versucht, sich zu ändern, doch ohne Erfolg. Diese Unfähigkeit gehörte wohl genauso zu ihr wie seinerzeit der Wunsch, Pathologin zu sein.

»Wie ist er gestorben?«

Jetzt kommt der schwierigste Teil, dachte Sam. »Er wurde erwürgt.«

»Dann ist es schnell gegangen? Ich meine, er hat nicht leiden müssen?«

»Nein, er hat nicht leiden müssen, es ist sehr schnell gegangen«, log Sam.

In Wahrheit hatte sie keine Ahnung, wie lange Simon gelitten hatte. Das hing von der Person ab, die ihn erwürgt hatte. Vielleicht war es schnell gegangen, vielleicht aber auch nicht. Es war seltsam und traurig zugleich, dass Mr. Vickers' einziger Trost jetzt in der Hoffnung bestand, der Tod seines Sohnes sei nicht schmerzhaft gewesen.

»Was hat Sie zu diesem Schluss gebracht? Ich meine, man sagte uns, er wäre nach dem Feuer in einem ziemlich schlimmen Zustand gewesen. Deshalb hat uns wohl auch die Polizei nicht erlaubt, ihn zu sehen.«

»Das Zungenbein in seinem Hals war gebrochen.«

»Und es kann nicht bei dem Unfall gebrochen sein?«

Sam schüttelte den Kopf. »Nein. Er wurde definitiv erwürgt.«

»Und was passiert jetzt? Wird die Polizei die Ermittlungen wieder aufnehmen?«

Dies war ein wunder Punkt für Sam und sie wusste, dass sie behutsam vorgehen musste. »Sie ist noch nicht von meiner Schlussfolgerung überzeugt.«

Mr. Vickers blickte überrascht drein. »Wie meinen Sie das, sie ist nicht überzeugt? Sie haben der Polizei doch erzählt, was Sie entdeckt haben, oder? Wie kann sie Ihnen, der Expertin, widersprechen?«

Sam zuckte die Schultern. »Ich fürchte, sie kann es. Die Polizei meint, dass sie mehr Beweise braucht, bevor sie eine umfassende und kostspielige Morduntersuchung einleiten kann.«

»Das ist lächerlich, sein Zungenbein war gebrochen, er ist erwürgt worden. Wie hätte es sonst passieren können? Was braucht die Polizei noch mehr, um Gottes willen? Ich meine, wenn sie Ihnen nicht glaubt, was hat es dann für einen Sinn, dass Sie Autopsien durchführen?«

Er hatte Recht, was hatte es für einen Sinn? Sam versuchte das nicht zu Rechtfertigende zu rechtfertigen. »Morduntersuchungen können einen großen Teil des Polizeibudgets verschlingen. Ich denke, sie will hundertprozentig sicher sein, bevor sie irgendetwas unternimmt.«

Mr. Vickers schüttelte den Kopf. »Das Leben meines Sohnes wird im Kassenbuch irgendeiner gesichtslosen Polizeibehörde als finanzielles Risiko abgetan. War er denn nicht mehr wert?« Er sank auf dem Sofa in sich zusammen. »Nun, wenigstens wissen wir jetzt, was mit ihm passiert ist, das ist immerhin etwas, denke ich.« Er sah zu Sam hinüber. »Vielen Dank für Ihre Bemühungen, Doktor Ryan, vielen, vielen Dank.«

Sam konnte seine Verzweiflung fast spüren.

»Sie schicken mir Ihre Rechnung, ja?«

»Das wird nicht nötig sein.«

»Wir wollen keine Almosen, Doktor Ryan, wir haben immer für alles bezahlt und schulden niemand etwas. Ich möchte, dass es auch so bleibt.«

»Wir müssen uns damit nicht abfinden, wissen Sie, wir können kämpfen.«

»Gegen die Polizei kämpfen? Das bezweifle ich.«

»Mit Ihrer Erlaubnis würde ich gern ein paar weitere Untersuchungen über den Tod Ihres Sohnes vornehmen. Vielleicht finde ich genug Beweise, um die Polizei davon zu überzeugen, ihre Meinung zu ändern.«

»Ich kann mir nicht vorstellen, dass die Polizei davon begeistert sein wird. Werden Sie sich damit keinen Ärger einhandeln?«

»Wahrscheinlich, aber es wird nicht das erste Mal und bestimmt auch nicht das letzte Mal sein.«

»Nun, wenn Sie so entschlossen sind, haben Sie natürlich unsere Erlaubnis.«

Sam entschied, ihre Absichten näher zu erläutern. »Sie müssen verstehen, Mr. Vickers ...«

»Derek, mein Name ist Derek«, unterbrach er sie. »Wir müssen doch jetzt nicht mehr so förmlich sein.«

Sam nickte. »Derek, Sie und Ihre Frau müssen verstehen, dass ich nicht garantieren kann, weitere Beweise zu finden. Ich arbeite auf mich allein gestellt. Meine Mittel sind begrenzt und ich habe nur sehr wenig Zeit. Ich kann nur versprechen, dass ich mein Bestes tun werde, aber es kann sein, dass ich nicht sehr weit komme.«

Derek Vickers lächelte, wenn auch gezwungen. »Ihr Bestes ist alles, worum wir bitten. Sie haben für uns bereits mehr als genug getan und wir wissen das sehr zu schätzen. Gibt es irgendetwas, das wir tun können?«

Sam war ein wenig amüsiert über die Art, wie Mr. Vickers für seine abwesende Frau sprach. Ob sie selbst jemals eine Beziehung haben würde, in der das Vertrauen so groß war, dass der eine Partner mit völliger Sicherheit für den anderen sprechen konnte?

»Ein paar Dinge, um ehrlich zu sein«, antwortete sie.

Mr. Vickers war ganz Ohr.

»Zunächst – können Sie alles aufschreiben, was in der Nacht passiert ist, in der Simon verschwand? Lassen Sie nichts aus, ganz gleich, wie trivial es Ihnen erscheinen mag.«

»Kein Problem. Ich werde diese Nacht nicht so schnell vergessen.«

»Ja, das glaube ich Ihnen«, sagte Sam. »Ich brauche außerdem eine Liste all seiner Freunde, seiner ehemaligen Freundinnen und aller Leute, die er vielleicht in der letzten Zeit getroffen hat, selbst der Leute, die er erwähnt, die Sie selbst aber nie kennen gelernt haben.«

»Es gab nur einen Menschen, mit dem er eng befreundet war.«

»Wer war das?«

»Dominic ...«

»Dominic Parr?«

Mr. Vickers nickte überrascht. »Woher kennen Sie Dominic?«

»Ich kenne ihn nicht. Ein Freund von mir, der Ihren Sohn unterrichtete, erwähnte einmal, dass Dominic sein Freund war. Haben Sie zufällig seine Adresse?«

»Irgendwo in Milton. Ich werde sie für Sie heraussuchen.«

»Es ist nicht so dringend. Rufen Sie mich an, wenn Sie sie haben.«

»Entweder war Dominic hier oder Simon war bei ihm. Die beiden waren fast ständig zusammen. Aber ich habe ihn seit Simons Tod nicht mehr gesehen. Eigentlich hätte er uns besuchen müssen, nicht wahr?«

Sam lächelte ihn mitfühlend an. »Ich würde auch gern wissen, ob Simon im letzten Jahr an irgendwelchen Klassenfahrten teilgenommen oder Urlaub gemacht hat und welchen Vereinen oder Organisationen er angehörte. Außerdem alles, was in der letzten Zeit passiert ist und Ihnen, auch im Nachhinein, ein wenig ungewöhnlich vorkommt.«

Mr. Vickers nickte nachdrücklich. »Kein Problem, aber das könnte ein oder zwei Tage dauern.«

Sam nickte. »Nun habe ich noch eine Bitte. Wäre es wohl möglich, dass ich mir Simons Zimmer anschaue?«

»Aber sicher«, sagte Mr. Vickers. »Kommen Sie, ich zeige es Ihnen.«

Simons Zimmer war groß und für das eines Teenagers bemerkenswert ordentlich. An den Wänden hingen die üblichen Poster und Bilder. Eins davon zeigte Guns 'n' Roses bei einem Konzert und ein anderes die Mannschaft von Cambridge United FC; alle übrigen hatten mit Umweltschutz zu tun. Doch was als Allererstes ins Auge fiel, war Simons Computer, ein großes und teuer aussehendes Modell.

»Der Rechner sieht ziemlich leistungsstark aus«, bemerkte Sam.

Mr. Vickers nickte. »Einer der besten auf dem Markt. Zumindest hat Simon das gesagt. Ich verstehe nicht viel von diesen Dingen.«

»Hat er ihn selbst gekauft?«

»Nein. Er hatte nicht so viel Geld, nur das, was wir ihm gaben und er mit seinem Wochenendjob verdiente. Wir haben ihm den Computer zu seinem letzten Geburtstag geschenkt. Er war sehr zufrieden damit.«

Sam lächelte und spielte mit der Tastatur. »Das war ein sehr großzügiges Geschenk. Hatte er Internet?«

»Oh ja. Wir haben ihm gleichzeitig den Anschluss installieren lassen. Er hat Stunden damit verbracht, Leute zu kontaktieren und Informationen auszudrucken.«

»War das nicht ziemlich kostspielig?«

Mr. Vickers zuckte die Schultern. »Wir hatten einen separaten Anschluss und er hat seine Rechnungen alle selbst bezahlt. Um ehrlich zu sein, ich weiß nicht, wie hoch sie waren.«

»Ich dachte, Sie sagten, er hätte nicht viel Geld gehabt?«

»Er schien genug zu haben, um seine Telefonrechnung bezahlen zu können. Jedenfalls hat er uns nie um welches gebeten.«

»Wo hat er gearbeitet?«

»Bei McDonalds in der Stadt.«

Sam blickte auf. »Seltsamer Job für einen Umweltschützer.«

»Er brauchte das Geld, schätze ich.«

Sam nickte, aber sie war nicht überzeugt. »Mein Neffe arbeitet ebenfalls dort. Sie müssen sich gekannt haben.«

»Er hat dort nur samstags gearbeitet und hin und wieder sonntags, wenn sie einen Engpass hatten.«

»Im Falle von Ricky muss man wohl eher von einem Vollzeitjob sprechen.«

»Es ist ein Job und es ist schwer genug, überhaupt einen zu finden.«

Seine Diplomatie rührte Sam. »Ich würde mir auch gern kurz Simons Computerdateien ansehen, wenn das geht, und ein paar Fotos von seinem Zimmer machen.«

Mr. Vickers nickte nervös. »Von mir aus, wenn Sie es für nötig halten.«

»Das tue ich.«

Mit besorgter Miene verfolgte er, wie Sam das Zimmer eilig nach geeigneten Motiven absuchte. Sie machte Fotos von den Postern, dem Computer, den Bücherregalen, eigentlich von allem, das ihr Interesse weckte, ganz gleich, wie unwichtig es auch erscheinen mochte. Sie konzentrierte sich besonders auf ein großes, handgemaltes Poster, das Simon neben seinem Computer an die Wand gehängt hatte. Es zeigte Zeichnungen verschiedener Tiere und Insekten, angefangen von einer Katze bis hin zu einer Fliege. Einige davon waren mit Vornamen signiert, andere anonym. Unter der Zeichnung einer riesigen Fliege sah Sam Simons Namen, unter einer großen Biene stand der Name Dominic – Dominic Parr, wie sie vermutete –, aber was sie am meisten interessierte, war eine große, monsterähnliche Ameise, die mit »Ricky« signiert war. Sie machte mehrere Nahaufnahmen von der Fliege und der Biene und zahlreiche Fotos von der Ameise, bis der Film verknipst war.

Dann steckte sie die Kamera zurück in ihre Handtasche, setzte sich an den Computer und schaltete ihn ein. Kurz darauf erschien der Message Screen. Der Computer zeigte sofort den Windows Messaging Service an, der den User informierte, dass drei noch nicht abgerufene Nachrichten darauf warteten, gelesen zu werden. In dem Versuch, Zugang zum Message Server zu bekommen, bewegte sie den Cursor rasch über den Bildschirm, bis ein kleines rechteckiges Fenster auftauchte und ein Passwort verlangte. Sam seufzte. Sie hätte sich denken können, dass ein Sicherheitscode die Dateien schützte. Wenn das System ihrem ähnelte, hatte sie drei Versuche, das richtige Passwort einzugeben, bevor sich der Computer automatisch abschaltete. Es war wahrscheinlich ein sechsstelliger Code, sodass die Möglichkeiten in die Tausende gingen. Sam starrte auf den Bildschirm, als wollte sie ihm mit purer Willenskraft die Information entlocken. Schließlich beugte sie sich nach vorn und gab FLIEGE 123 ein. Prompt erschien die Meldung »Falscher Code, bitte versuchen Sie es erneut«. Als Sam klar wurde, dass sie keine realistische Chance hatte, durch Raten auf den richtigen Code zu kommen, wandte sie sich an Derek Vickers.

»Wissen Sie vielleicht, wie Simons Zugangscode lautet?«
»Tut mir Leid, Doktor Ryan, ich habe keine Ahnung. Wie ich schon sagte, das ist nicht meine Welt.«
»Wahrscheinlich wissen Sie auch nicht, ob Simon ein Codebuch führte?«, fragte sie weiter.
Mr. Vickers runzelte die Stirn. »Ich glaube nicht. Er war klug genug, sich die meisten Dinge im Kopf zu merken. Er besaß eine Art fotografisches Gedächtnis. Aber vielleicht bringt es etwas, Dominic zu fragen. Wenn es jemand weiß, dann er.«
Sam nickte nachdenklich. »In diesem Fall wäre es besser, wenn Sie mir seine Adresse sofort geben könnten.«
Derek Vickers verließ das Zimmer und gab Sam damit Gelegenheit, sich nach etwas umzusehen, das einem Codebuch ähnelte, aber sie fand nichts. Kurz darauf kam Simons Vater zurück.
»57 Colton Road, Milton. Hier, ich habe es für Sie aufgeschrieben. Die Telefonnummer ist auch dabei. Außerdem

habe ich das hier gefunden. Ich hatte ganz vergessen, dass wir es bekommen haben, und ich weiß auch nicht, ob es Ihnen etwas nützt.«

Er gab Sam einen kleinen Zeichenblock, den sie aufschlug und durchblätterte. Die Blätter waren voller Tiere und Insekten. Das Erste zeigte eine recht bedrohliche Zeichnung einer Fliege. Sie war in einem riesigen Spinnennetz gefangen, dessen Fäden sich um den kleinen Insektenkörper gewickelt hatten und ihn festhielten. Auf die gefangene Kreatur bewegte sich eine riesige schwarze Spinne mit großen blutroten Fangzähnen zu. Darunter hatte Simon geschrieben: »Du windest dich und kämpfst, aber es gibt keinen Fluchtweg und dein Ende ist unvermeidlich.« Es war der Stoff, aus dem Albträume waren. Die übrigen Zeichnungen in dem Block waren harmlos.

Sam sah zu Mr. Vickers hinüber. »Kann ich das behalten?«

Mr. Vickers sah sie unsicher an.

»Ich werde darauf aufpassen. Ich werde eine Kopie davon machen, wenn ich wieder im Krankenhaus bin, und Ihnen das Original zurückgeben.«

Er nickte. »Okay, aber bitte so bald wie möglich. Meine Frau möchte nicht, dass Simons Sachen wegkommen, wissen Sie.«

»Natürlich. Nun, ich denke, das war's im Moment. Vergessen Sie nicht, mir diese Liste seiner Freunde und der anderen Dinge zu geben. Nehmen Sie sich Zeit und machen Sie es gründlich. Es könnte wichtig sein.«

»Ich werde nichts auslassen.«

»Da ist noch eine letzte Sache.«

Mr. Vickers sah sie erwartungsvoll an.

»Um wie viel Uhr ist Simon in der Nacht seines Todes ausgegangen?«

»Um Mitternacht.«

»Sind Sie sicher? Das kommt mir ziemlich spät vor.«

»Er ist immer spät ausgegangen. Simon war eine Nachteule. Aber in der Regel war er um zwei wieder zurück.«

»Woher wissen Sie das?«

»Ich bin sein Vater.« Er schwieg einen Moment. »Ich war es jedenfalls. Konnte nicht schlafen, bis er wieder zu Hause war. Ich habe mir immer Sorgen gemacht.«

Sam spürte, wie in ihm wieder die Gefühle hochstiegen, und beeilte, sich, ihre nächste Frage zu stellen. »War er zu Fuß unterwegs?«

»Nein, er hat sein Rad genommen. Er war immer damit unterwegs.«

Sam nickte, endlich zufrieden. Als sie vor die Haustür trat, um sich zu verabschieden, kam Mrs. Vickers vom Einkaufen zurück.

»Doktor Ryan, was in aller Welt machen Sie hier? Gibt es irgendwelche Neuigkeiten?«, fragte sie aufgeregt.

Sam war nicht sicher, was sie sagen sollte, und sah Hilfe suchend Mr. Vickers an.

»Es ist in Ordnung, Edna, ich werde es dir drinnen erklären.« Er legte seinen Arm sanft um ihre Schulter und führte sie ins Haus. »Komm, Liebes, komm rein und trink eine Tasse Tee. Dann werde ich dir alles erzählen.«

Als Sam die Fahrertür ihres Range Rovers aufschloss, drang ein lauter, durchdringender Schrei aus dem Haus. Sam hörte die Verzweiflung in ihm. Es war immer furchtbar, eine derartige Nachricht zu überbringen, dachte sie.

Eric Chambers atmete keuchend, während er seine Schippe fest in den Schnee drückte und langsam von der Straße zum Rinnstein schob. Im Grunde wusste er nicht, warum er sich die Mühe machte; niemand sonst in der Straße schien es zu tun. Es hatte mal eine Zeit gegeben, in der es fast eine Schande gewesen war, den Schnee vor dem eigenen Haus auf der Straße liegen zu lassen. Aber heutzutage war vieles anders. Die Zeit und die Menschen schritten voran, und nicht immer zu ihrem Besten. Plötzlich ertönte vom gegenüberliegenden Bürgersteig eine Stimme.

»Eric!«

Er blickte auf und spähte über die Straße. Nach einem kurzen Winken überquerte Reverend Andrews die vereiste Straße, begleitet von seinem vertrottelten Tontechniker und Kameramann Edmond Moore.

»Schön zu sehen, dass es in diesem Dorf noch so etwas wie Gemeinschaftssinn gibt. Diese Straße ist tückisch.«

Eric beäugte misstrauisch Moores Kamera. »Sie wollen mich doch nicht dabei filmen, wie ich den Schnee räume, oder? Es muss doch interessantere Dinge zum Aufnehmen geben.«

Andrews sah seinen Assistenten an. »Haben wir genug Aufnahmen von dem Dorf im Schnee, Edmond?«

Er nickte müde. »Ja, Reverend.«

»Was ist mit Leuten, die Schnee räumen?«

»Sie räumen ihn, werfen ihn, rollen ihn und rodeln auf ihm Hügel hinunter.«

»Gut, gut. In diesem Fall, Eric, wird Ihre große Chance auf Starruhm warten müssen. Aber Sie können zwei müden Wanderern etwas Warmes zu trinken machen.«

Eric war mit dem Schneeräumen noch nicht fertig, aber in der Stimme des Reverends war eine Entschlossenheit, die ihm verriet, dass er keine andere Wahl hatte.

»Vielleicht können wir dabei auch über das Konzert des Bischofs sprechen.«

Eric sah ihn überrascht an. »Welches Konzert?«

Andrews legte einen Arm um seine Schulter. »Habe ich Ihnen nichts davon erzählt? Nun, ein Grund mehr, eine Weile zu plaudern.«

Er sah zu Edward Moore zurück. »Haben wir bereits Aufnahmen von Leuten, die Tee trinken?«

Als er Moores verzweifelten Blick sah, meinte Andrews: »Gut, verzichten wir darauf.« Dann wandte er seine Aufmerksamkeit wieder Eric zu. »Hören Sie, wenn Sie wirklich beschäftigt sind, kann ich selbst reingehen und den Tee machen, während Sie Ihre Arbeit hier beenden. Ich nehme an, der Schlüssel liegt noch an seinem alten Platz?«

Eric stützte sich auf seine Schippe. »Da Sie offenbar so lange keine Ruhe geben, bis Sie Ihren Tee bekommen haben, lassen Sie uns reingehen und den Kessel aufsetzen.«

Er rief seine beiden Hunde zu sich, die ausgelassen die Straße hinauf- und hinunterrannten, Schnee aufwirbelten und wie Welpen herumsprangen. »Monty, Rommel, kommt her, Teezeit!«

Die beiden Hunde gehorchten sofort und rannten laut bellend über den Gartenweg zur Haustür, dicht gefolgt von Reverend Andrews, Eric und Edmond Moore.

Als sie im Haus waren, führte Eric seine Gäste ins Wohnzimmer, ging dann in die Küche und setzte Wasser auf. Eric war ein Mann der Gewohnheiten und mochte keine Überraschungen oder irgendetwas anderes, das seine tägliche Routine störte. Doch hin und wieder musste selbst er sich den Ereignissen fügen.

Als der Wasserkessel kochte, pfiff plötzlich ein eisiger Wind durch die Küche. Einer seiner Gäste musste aus irgendeinem Grund ein Fenster geöffnet haben, sodass jetzt kalte Luft hereinströmte. Er goss den Tee ein, stellte die Tassen auf ein Tablett und kehrte ins Wohnzimmer zurück. Zu seiner Überraschung war jedoch kein Fenster geöffnet worden, sondern die Terrassentür auf der anderen Seite des Zimmers. Er sah Moore an.

»Wer zum Teufel hat die Tür geöffnet?«

Moore, der gerade eine kostbare Porzellanfigur bewunderte, die majestätisch auf einer von Erics Vitrinen thronte, machte sich nicht einmal die Mühe aufzublicken. »Der Reverend. Er möchte gern ein paar Ableger von einer Ihrer Pflanzen haben.«

Eric stellte das Tablett ab und stürzte zur Tür. Er spähte in seinen Garten und sah Reverend Andrews vor dem Rhododendronbusch knien und den Schnee wegwischen. Zornig und mit hämmerndem Herzen trat Eric hinaus in den Garten. Er wusste, dass er keine große Szene machen durfte, weshalb er verzweifelt versuchte, sich zu beherrschen und ruhig zu bleiben.

»Können Sie mir sagen, was Sie hier draußen treiben, Reverend?«

Andrews stand auf und blickte zu seinem Gemeindemitglied hinüber, überrascht über dessen Aggression. »Entschuldigung, ich wollte nicht aufdringlich erscheinen. Ich habe mich nur umgesehen.«

Allmählich beruhigte sich Eric wieder. »Tut mir Leid, Reverend, das ist eine meiner Lieblingspflanzen und ich mache mir immer Sorgen, ihr könnte etwas passieren.«

Andrews lächelte. »Sie müssen sich keine Sorgen machen, Eric. Ich war sehr vorsichtig. Sie haben wirklich einen grünen Daumen. Bei dieser Bodenqualität dürfte der Busch eigentlich nicht so gedeihen. Wie schaffen Sie das nur?«

Eric ignorierte das Kompliment. »Keine Ahnung, da müssen Sie schon meine Mutter fragen, sie hat ihn vor vielen Jahren gepflanzt. Ich stutze ihn nur regelmäßig. Im Frühling ist er besonders schön.«

Der Reverend wirkte beeindruckt. »Sie muss eine ausgezeichnete Gärtnerin gewesen sein, Ihre Mutter. Ich versuche schon seit Jahren, einen zum Wachsen zu bringen. Eine vergebliche Mühe, fürchte ich.«

Eric rang sich ein Lächeln ab, als der Pfarrer fortfuhr: »Hätten Sie etwas dagegen, wenn ich mir ein paar Bodenproben nehme, Eric? Vielleicht liefern sie die Antworten, nach denen ich suche.«

»Im Moment besser nicht, Reverend, es ist keine gute Zeit. Ich werde Ihnen welche vorbeibringen, wenn der Schnee geschmolzen ist.«

»Das müssen Sie mir versprechen. Ich bin nämlich eifersüchtig, Eric.«

»Ihr Tee wird kalt, Reverend«, sagte Eric, »und ich möchte von diesem Konzert des Bischofs hören. Vielleicht kann ich Ihnen irgendwie helfen.«

Andrews lächelte ihn an. »In Ordnung, Eric, gehen wir rein.«

Dominic Parr wohnte in der Berwick-Siedlung in Milton. Es war eine kleine, dicht bebaute Siedlung, der es sowohl an Charme als auch an individueller Gestaltung mangelte. Sam parkte vor seinem Haus und ging zur Haustür. Sie klingelte und wartete. Dann versuchte sie es erneut, diesmal länger. Sie legte ihr Ohr an die Tür, aber dahinter war nichts zu hören. Als sie um das Haus herumgehen wollte, versperrte ihr ein großes braunes Holztor den Weg. Sam kehrte zu ihrem Wagen zurück, blickte dabei zum Schlafzimmerfenster an der Vorderseite hinüber und sah, wie sich einer der Vorhänge bewegte, als würde ihn eine unsichtbare Hand zuziehen. Sie beobachtete weiter das Fenster, konnte aber niemanden entdecken. Als sie in ihr Auto stieg, bemerkte sie eine Frau mittleren Alters, die plötzlich von der Straße abbog und die Einfahrt des Hauses betrat. Sie trug zwei schwere Einkaufstüten und schien sich mehr dahinzuschleppen als zu gehen. Als sie eine der Tüten abstellte und in ihrer Handtasche nach dem Haustürschlüssel suchte, trat Sam zu ihr und sprach sie an.

»Mrs. Parr?«

Die Frau drehte sich um und sah Sam misstrauisch an. »Wer sind Sie?«

»Entschuldigung, ich bin Doktor Ryan, Doktor Samantha Ryan vom Park Hospital.«

»Ich habe Sie nicht angerufen. Sind Sie sicher, dass Sie an der richtigen Adresse sind?«

»Ich bin gekommen, um mit Ihrem Sohn zu sprechen.«

»Ist er krank?«

»Nein, nichts dergleichen. Ich bin Pathologin.«

Sie beäugte Sam noch argwöhnischer. »Sind Sie sicher, dass Sie bei uns richtig sind? Dominic war gesund, als ich das Haus verließ, und das ist erst eine halbe Stunde her.«

»Nein, ich untersuche den Tod eines seiner Freunde, Simon Vickers. Ich dachte, dass Dominic mir vielleicht helfen kann.«

Mrs. Parrs Stimme nahm einen drohenden Klang an. »Ich will nicht, dass mein Sohn in diese Geschichte hineingezogen wird. Er hat seine Probleme, aber er würde niemals Autos stehlen.«

»Er wird in nichts hineingezogen. Ich schließe nur die Untersuchung ab, wissen Sie.«

Mrs. Parr war zwar nicht überzeugt, öffnete aber trotzdem die Tür. »Dann sollten Sie wohl besser reinkommen.«

Sam folgte ihr in den Flur. Kaum hatte Mrs. Parr das Haus betreten, schrie sie: »Dominic, du hast Besuch!«

»Ich bin mir nicht sicher, ob er da ist, ich habe ein paar Mal geklingelt und ...«

Mrs. Parr stellte die beiden schweren Tüten auf den Küchentisch, bevor sie zum Fuß der Treppe zurückkehrte.

»Er ist da, hatte wohl nur keine Lust, die verdammte Tür zu öffnen, der faule kleine Mistkerl. Dominic, wenn du nicht in dreißig Sekunden hier unten bist, komm ich rauf und zerr dich runter!«

Sie warteten. Plötzlich tauchte am oberen Ende der Treppe ein schlanker, blasser Junge von vielleicht siebzehn oder achtzehn Jahren auf.

»Da ist eine Pathologin, die dir ein paar Fragen stellen möchte!«

Dominic kam nur halb die Treppe herunter, als schien er nicht bereit zu sein weiterzugehen. Wahrscheinlich wagte er sich nicht in die Reichweite der Hand seiner Mutter, dachte Sam. Seine Augen huschten nervös zwischen ihr und Sam hin und her.

Mrs. Parr sah Sam an. »Nun, hier ist er, Sie können ihm jetzt Ihre Fragen stellen.«

Sam war nicht sicher, was für Antworten sie bekommen würde, solange Mrs. Parr dabei wäre.

»Wäre es vielleicht möglich, dass ich allein mit Dominic spreche? Ich muss ihm ein paar peinliche Fragen stellen und Sie wissen ja, wie eigen Teenager in diesen Dingen sind.«

»Wie Sie wollen.« Sie blickte zu ihrem Sohn hinauf. »Du beantwortest alle Fragen der Frau Doktor oder du bekommst es mit mir zu tun.«

Sam nickte Mrs. Parr dankend zu, die in die Küche zurückkehrte und anfing, die Tüten auszupacken.

»Sollen wir uns in deinem Zimmer unterhalten?«

Dominic nickte und Sam folgte ihm die Treppe hinauf.

Als Sam den Raum betrat, war sie überrascht, wie sehr er Simons ähnelte. Obwohl kleiner und enger, hatte Dominic dieselben Poster, Tapeten und Bettbezüge. In der Mitte des Zimmers stand ein Schreibtisch mit einem großen Computer, umgeben von teuer aussehenden Geräten. An der Seite des Computers klebte ein kleiner Notizzettel mit der Zeichnung einer Biene, die jener ähnelte, die sie in Simons Zimmer gesehen hatte. Da es nur einen Stuhl gab, setzte sich Sam auf die Bettkante, während Dominic auf der anderen Seite des Raumes stand, die Hände in den Taschen vergraben und nervös zappelnd. Zum ersten Mal ergriff er das Wort.

»Sind Sie von der Polizei?«

Sam schüttelte den Kopf. »Warum? Erwartest du sie?«

»Eigentlich nicht, aber Sie sehen wie eine Polizistin aus.«

Diese Bemerkung beleidigte Sam. Sie fand überhaupt nicht, dass sie wie eine Polizistin aussah. »Nein, ich bin nicht von der Polizei. Wie deine Mum schon sagte, bin ich Pathologin.«

Er zuckte die Schultern. »Das ist dasselbe.«

»Nein, das ist ganz und gar nicht dasselbe.«

»Sie haben also nichts mit der Polizei zu tun?«

»Ich arbeite manchmal für sie, das ist alles.«

Dominic sah nicht überzeugt aus. Sam fuhr fort: »Ich habe die zweite Autopsie an Simon durchgeführt. Und jetzt bin ich gekommen, um mit dir zu reden.«

Dominic beobachtete sie, sagte aber nichts.

»Weißt du, ich denke, dass Simon ermordet wurde.«

Dominic hörte auf zu zappeln und starrte sie ungläubig an. Er sah ehrlich schockiert aus. »Ermordet? Ich dachte, es war ein Unfall, dass er bei einem Autounfall getötet wurde.«

»Das dachten alle anderen auch, aber es stimmt nicht. Es sieht so aus, als wäre er erwürgt worden.«

Dominic geriet in Aufregung. »Wenn er ermordet wurde, warum ist die Polizei dann nicht hier?«

»Die kommt noch«, log Sam, »aber es gibt ein paar Fragen, die ich dir gerne vorher stellen würde.«

Er begann wieder zu zappeln. »Zum Beispiel?«

»Zum Beispiel, was ist in der Nacht passiert, als Simon starb?«

»Keine Ahnung, er ist nicht aufgetaucht«, sagte Dominic.

»Du wolltest dich also mit ihm treffen?«

Er nickte. »Ja, er hatte sich einen neuen Scanner gekauft und wollte, dass ich ihn mir ansehe für den Fall, dass ich auch einen kaufen will.«

»Klingt teuer. Du musst einen guten Job haben.«

»Eigentlich nicht, ich arbeite bloß in einem Lager, aber Simon kam billig an solche Sachen ran, sodass ich sie mir leisten konnte.«

»Woher bekam er sie?«

Dominic zuckte die Schultern. »Keine Ahnung, er hat's nie gesagt.«

»Und du hast ihn nicht gefragt?«

»Nein, warum sollte ich? Die Sachen waren billig.«

Sam deutete auf seinen Computer. »Wie's aussieht, hast du eine Menge Geräte hier. Die müssen ganz schön viel wert sein.«

»Der Computer ist gebraucht, er ist Simons alter. Er hat mir den Rest der Sachen viel billiger überlassen, als sie im Laden kosten.«

»Aber du musstest trotzdem dafür bezahlen. Wie hast du das gemacht? Gespart?«

»Ja, das ist richtig, gespart.«

»Du musst ein fleißiger Sparer sein.«

Dominic nickte. »Es gibt sonst nichts, wofür ich Geld brauche.«

Sam kehrte wieder zum Thema zurück. »Hat Simon dir gesagt, dass er nicht kommen würde?«

Dominic schüttelte den Kopf.

»Hat er dich früher auch schon mal versetzt?«

»Ein paar Mal …«
»Aber normalerweise gab er dir Bescheid?«
»Ja. Ich dachte, er wäre krank oder so.«
»Hast du ihn nicht angerufen, um zu fragen, wo er bleiben würde?«
»Nein. Wir benutzen das Telefon nicht, wir schicken uns E-Mails. Aber warum fragen Sie? Ich dachte, ich würde ihn am nächsten Tag im College sehen, und dann hätte er es mir erklärt.«
»Um wie viel Uhr hast du ihn erwartet?«
»Kurz nach zwölf, wie immer.«
»Das ist aber spät.«
»Die Websites sind zu dieser späten Stunde nicht so überlaufen. Man kommt besser durch.«
Sam nickte. »Wann hast du erfahren, dass er ums Leben gekommen ist?«
»Als ich vom College zurückkam, wo er auch nicht gewesen ist. Wie ich schon gesagt habe, ich dachte, er wäre krank oder so. Ich habe meine Mailbox gecheckt, aber da war nichts, also habe ich ihm zwei E-Mails geschickt und gewartet, dass er antwortet, aber das tat er nicht.«
Das erklärte zwei der Nachrichten, die Simons Computer angezeigt hatte, dachte Sam.
Dominic fuhr fort: »Dann tauchte diese neugierige Kuh von nebenan auf und sagte, sie hätte eine Meldung im Radio gehört, dass Simon tot ist. Zuerst habe ich ihr nicht geglaubt, sie erzählt ständig Sachen, die nicht stimmen. Ich wusste, dass Simon kein Dieb war, er konnte nicht einmal Auto fahren, vom Knacken ganz zu schweigen. Dann bin ich zu seinem Haus geradelt …«
»Mr. Vickers sagte, er hätte dich seit Simons Tod nicht mehr gesehen.«
»Ich bin nicht reingegangen. Da stand ein Streifenwagen vor dem Haus und das genügte mir.«
»Was hältst du von dem Gedanken, dass er ermordet wurde?«

»Es ergibt mehr Sinn, denke ich, aber wer hätte Simon töten wollen? Alle mochten ihn. Ich weiß, dass man solche Sachen immer sagt, wenn jemand den Löffel abgibt, aber es stimmt.«

»Hatte er keine Feinde?«

»Nein, jedenfalls keine, von denen ich weiß. Wie ich schon sagte, alle mochten ihn. Er war ein anständiger Kerl, mit dem sich gut auskommen ließ.«

»Er war dein Freund.«

»Ja, das war er.« Dominic schien stolz darauf zu sein.

»Du kanntest ihn demnach gut?«

Er nickte. »Ja, sehr gut.«

»Glaubst du, dass er fähig war, ein Auto zu stehlen?«

Dominic schüttelte heftig den Kopf. »Nein, das glaube ich nicht. Er hasste die verdammten Karren, deshalb waren wir auch immer mit unseren Fahrrädern unterwegs.«

»Als ich bei Simon zu Hause war, habe ich versucht, mir seine Mails anzusehen, aber ich konnte sie nicht abrufen, da sie durch ein Passwort geschützt sind. Ich nehme nicht an, dass du das Passwort kennst? Es ist sehr wichtig.«

»Tut mir Leid, keine Ahnung. Er hat solche Dinge für sich behalten«, sagte Dominic.

Sam war nicht sicher, warum, aber sie wusste, dass er log. Sie musste vorsichtig sein.

»Irgendeine Ahnung, wie es lauten könnte?«

Dominic schüttelte erneut den Kopf. »Ich habe nicht den leisesten Schimmer.«

»Wenn Simon wirklich dein Freund war, warum lügst du mich dann an? Du kennst Simons Codes. Warum verrätst du sie mir nicht?«

Er wurde zunehmend nervös. »Ich weiß es nicht, ehrlich. Wir waren Freunde, sicher, aber er hat mir nicht alles erzählt.«

»Über Computer schon.«

»Nein, hat er nicht. Er hat eine Menge Dinge für sich behalten.«

»Willst du der Polizei dieselbe Geschichte erzählen, wenn sie kommt, um dich zu befragen?«

»Klar, warum nicht? Es ist die Wahrheit.«

Sam nahm das Foto, das sie von der Fliege in Simons Zimmer gemacht hatte, und zeigte es dem Jungen. »Irgendeine Ahnung, was das bedeuten könnte?«

Er sah sich das Bild an und gab es ihr sofort wieder zurück. »Es ist eine Fliege, das war Simons Netzname.«

Sam war verwirrter denn je. »Was ist ein Netzname?«

»Wenn man mit jemand sprechen will und nicht möchte, dass derjenige erfährt, wer man ist, legt man sich einen Netznamen zu. Einen Namen, hinter dem man sich verstecken kann, wenn man im Web ist. Wenn dann jemand versucht, einen zu erreichen, schickt der den Netznamen raus und man kann darauf antworten. Deshalb muss der Netzname etwas Besonderes sein.«

Allmählich verstand Sam. »Wie ein Insekt?«

Dominic nickte. »Genau, wie ein Insekt.«

»Lautet dein Netzname Biene?«

Er sah sie erstaunt an. »Ja. Woher wissen Sie das?«

Sam reichte ihm das Foto von der Biene. »Es passt zu dem Bild an der Seite deines Computers.«

Er betrachtete es einen Moment, dann gab er es ihr zurück. Als Nächstes reichte sie ihm das Bild der Ameise. »Weißt du, wer das ist?«

Dominic schüttelte den Kopf. »Nein, keine Ahnung«, sagte er und gab es ihr wieder.

»Das ist seltsam, denn Ricky kennt dich. Ich habe vor ein paar Tagen gesehen, wie er deinen Netznamen in meinen Computer eingegeben hat.«

»Ja, ich kenne ihn«, beeilte sich Dominic zu sagen, »er besucht denselben Kurs, er ist okay, cool.«

»Aber du konntest dich nicht daran erinnern, dass sein Netzname Ameise ist?«

»Tut mir Leid, er war mir für einen Moment entfallen. Ich habe so viele Namen gespeichert, dass ich mich nicht immer an alle erinnern kann. Woher kennen Sie ihn?«

»Ich bin seine Tante.«

Er nickte, jetzt sogar noch nervöser als zuvor. Sam war frustriert – es war klar, dass er etwas vor ihr verbarg, aber was?

»Wer ist die Spinne?«

Bei der Erwähnung der Spinne schien Dominic blass zu werden. »Keine Ahnung, noch nie davon gehört.«

»Das hast du über die Ameise auch gesagt.«

»Ich weiß, aber ich habe von einer Spinne wirklich noch nie was gehört.«

»Es war eine der Zeichnungen, die Simon neben seinem Computer liegen hatte. Ich dachte, du wüsstest vielleicht, wer sich dahinter verbirgt.«

»Tut mir Leid, wie ich schon sagte, ich weiß es nicht.«

Sam beugte sich zu ihm. »Für jemand, der angeblich Simons bester Freund war, weißt du aber nicht viel.«

Dominic schluckte. »Er war in manchen Dingen ziemlich verschlossen. Ich meine, ich hätte auch nie gedacht, dass er vielleicht ein Auto klauen würde.«

Sam fühlte zunehmenden Ärger über Dominics mangelnde Bereitschaft, ihr zu helfen. »Er scheint dir nicht viel erzählt zu haben. Seltsamer Freund«, sagte sie.

Dominic antwortete nicht. Sam brachte Simons Zeichenblock zum Vorschein und zeigte ihm die Zeichnung auf dem ersten Blatt. »Kannst du dir das erklären? Merkwürdige Zeichnung, nicht wahr? Hat Simon irgendetwas bedrückt?«

»Ich weiß nicht, ich hab das noch nie gesehen«, sagte er.

»Hör auf zu lügen, Dominic, sag mir einfach, was du weißt, und dann lass ich dich in Ruhe.«

»Ich weiß nichts, ehrlich. Es war bloß ein anderer Netzname, den Simon kannte. Er hat nicht gesagt, wer sich dahinter versteckt, nur dass er ›die Spinne‹ genannt wird.«

»Du kennst ihn also?«

»Nein. Hören Sie, vielleicht hat Simon ihn ein paar Mal erwähnt, ich kann mich nicht mehr genau erinnern. Aber er hat mir nie gesagt, wer es ist.«

»Ich frage mich, was wir sonst noch versuchen könnten, damit dir was einfällt. Hatte Simon Angst vor ihm?«

»Ich weiß es nicht, er hat nichts gesagt.«
»Diese Zeichnung erweckt den Eindruck, dass er Angst hatte.«
»Vielleicht war es so, aber er hat mir nichts erzählt.«
»Dein Erinnerungsvermögen spielt dir wieder einmal einen Streich, nicht wahr, Dominic? Du musst doch irgendeine Vermutung haben. Ich kann mir nicht vorstellen, dass Simon diese Sache für sich behalten hat.«
»Er war Simons Kontakt, nicht meiner. Ich hatte nichts mit ihm zu tun.«

Dominic wurde immer aufgeregter und nervöser, und Sam war nicht sicher, ob eine weitere Befragung helfen oder alles nur noch schlimmer machen würde.

»In Ordnung, Dominic, wenn das alles ist, was du zu sagen hast. Aber denk daran, nur weil Simon tot ist, bedeutet das nicht, dass er nicht mehr deine Hilfe braucht. Wenn du irgendetwas weißt oder dir später noch etwas einfällt, ruf mich bitte an. Hilf mir, den Mörder deines Freundes zu finden, bevor er erneut zuschlägt.«

Dominic zuckte die Schultern. »Ich habe Ihnen alles gesagt, was ich weiß, ehrlich.«

Sam nahm eine Visitenkarte aus ihrer Handtasche und legte sie auf seinen Schreibtisch. »Wenn dir noch etwas einfällt, kannst du mich unter allen diesen Nummern erreichen, okay?«

Als er nicht antwortete, hakte Sam nach. »Okay?«
Er nickte und nahm ihre Karte. »Okay.«
»Ich kann demnach erwarten, bald von dir zu hören?«

Als Sam das Zimmer verließ, blieb Dominic reglos stehen. Mrs. Parr wartete auf sie am Fuß der Treppe.

»Hat er Ihnen helfen können?«
Sam nickte. »Ich denke, er hat mir alles gesagt, was er weiß.«

»Gut. Er kann nämlich manchmal ein bockiger kleiner Mistkerl sein.«

Dominic verfolgte von seinem Zimmer aus, wie Sam das

Haus verließ. Kaum war sie gegangen, setzte er sich an seinen Computer. Er zog eine Diskette aus dem Laufwerk, küsste sie und steckte sie in die Innentasche seiner Jacke. Ohne es zu wissen, hatte ihm die neugierige Pathologin gerade ein Vermögen verschafft.

5

Sam parkte ihr Auto zwischen zwei weiß-roten Streifenwagen vor der Verkehrsabteilung der Cambridger Stadtpolizei. Sie schloss den Wagen ab, ging energischen Schrittes zum Empfang und drückte auf den Klingelknopf. Kurz darauf tauchte aus dem Büro hinter dem Empfangstresen ein hoch gewachsener, traurig aussehender Mann Ende fünfzig auf. Seine schlecht sitzende und fleckige Uniform verriet Sam, dass er ein Zivilangestellter war. Diese Angestellten ersetzten die Police Officer in der Verwaltung, sodass die ausgebildeten Polizisten wieder für den Außendienst eingesetzt werden konnten. Bei den Zivilen handelte es sich größtenteils um ehemalige Polizisten, die mit ein paar zusätzlichen Arbeitsjahren ihre Pension aufbesserten, bevor sie endgültig in den Ruhestand traten. Sam fragte sich, aus welcher Abteilung wohl, dieser traurig aussehende Mann kommen mochte.

»Kann ich Ihnen helfen, Schätzchen?«

Es war das zweite Mal innerhalb kurzer Zeit, dass jemand sie »Schätzchen« nannte. Sam hasste seinen gönnerhaften Ton fast so sehr, wie »Schätzchen« genannt zu werden, aber sie brauchte seine Hilfe, und so verkniff sie sich eine entsprechende Bemerkung.

»Ich suche Sergeant Williams.«

Sein Ton blieb einsilbig und gönnerhaft. »Erwartet er Sie, Schätzchen?«

Nun brauste Sam doch auf. »Ich bin nicht Ihr Schätzchen und ich wäre froh, wenn Sie aufhören würden, mich so zu nennen. Und, ja, er erwartet mich.«

Der Mann schwieg einen Moment, als hätte ihn Sams Ausbruch schockiert. Dann kehrte er verdrossen in sein Büro zurück. Sam sah ihm nach und wartete. Kurz darauf kam Sergeant Williams mit lächelndem Gesicht auf sie zu.

»Doktor Ryan?«

Sam nickte.

»Sergeant Williams. Tut mir Leid, dass Sie warten mussten.«

Sam schüttelte ihm die Hand. »Kein Problem, ich bin gerade erst gekommen.«

Er öffnete eine Bürotür und winkte Sam hindurch. »Dann sehen wir uns jetzt am besten den Wagen an, in Ordnung? Er steht auf dem Vorhof, gegenüber der Garage, es ist nur ein kurzer Spaziergang.«

Sam ging mit ihm durch Büroräume und eine große Garage, bis sie wieder hinaus ins Licht traten. Der Vorhof war voller alter und beschädigter Autos in verschiedenen Stadien des Zerfalls.

»Ich glaube, der Wagen, den Sie suchen, steht hier drüben«, sagte Williams und näherte sich der gegenüberliegenden Ecke des Hofes.

Sam folgte ihm zu einem völlig ausgebrannten, verbogenen Wrack. Das Auto ähnelte kaum noch einem Fahrzeug. Ihr erschien es wie ein Symbol für das tragische Ende von Simon Vickers' jungem und viel versprechendem Leben.

»Nun, hier ist es. Ich weiß nur nicht, ob Sie damit noch etwas anfangen können.«

Williams zog die Brauen hoch, als Sam langsam um das Auto ging.

»Waren Sie als Erster am Unfallort?«, fragte sie.

»Fast. Vor mir waren ein paar Typen aus der Umgebung da.«

»Ist Ihnen irgendetwas aufgefallen?«

Er schüttelte den Kopf. »Nichts Ungewöhnliches, wenn es das ist, was Sie meinen.«

»Was ist mit den Bremsen und der Steuerung?«

Er zuckte die Schultern. »Schwer zu sagen, das Feuer hat zu viel zerstört.«

Sam blieb an der Kühlerhaube des Wagens stehen. »Wie schnell fuhr es, als es gegen den Baum prallte?«

»Ungefähr sechzig.«

»Woher wissen Sie das, wenn alles verbrannt ist?«

»Seitenspiegel.«

Sam sah ihn verständnislos an.

»Wenn ein Auto so plötzlich wie dieses gestoppt wird, fliegen Einzelteile wie die Seitenspiegel weiter. Sie wurden etwa zwanzig Meter vor dem Wagen gefunden, und zwar unbeschädigt, was bedeutet, dass der Wagen ungefähr sechzig Stundenkilometer fuhr.«

»Und wenn er fünfundvierzig gefahren wäre?«

»Etwa achteinhalb Meter.«

Sam lächelte ihn an. »Also basiert die Schätzung allein auf den Spiegeln.«

»So in etwa.«

Sie spähte durch die Fahrertür in das verbrannte Innere. »Welchen Gang hatte er eingelegt, als es zu dem Unfall kam?«

»Den zweiten.«

»Ein ziemlich niedriger Gang für sechzig Kilometer pro Stunde.«

»Betrunkene machen seltsame Dinge.«

Sam blickte zu ihm auf. »Aber er war nüchtern genug, um in einen niedrigeren Gang zu schalten, wie es das Schild auf dem Kamm des Hügels vorschreibt?«

»Vielleicht hatte er den niedrigen Gang noch immer eingelegt, wie es das Schild am Fuß des Hügels vorschreibt«, meinte Williams.

»Bei einem derart niedrigen Gang muss der Wagen einen ziemlichen Lärm gemacht haben.«

»Anzunehmen. Aber wer würde das schon mitten in der Nacht dort oben hören?«

Sam dachte an die Aussage des Wilderers, dass der Wagen

vor der Explosion völlig lautlos den Hügel hinuntergerollt sei. Das alles passte einfach nicht zusammen.

»Was ist mit Brems- und Rutschspuren?«

Williams schüttelte den Kopf. »Es gab keine.«

»Er hat kein Ausweichmanöver versucht? Hat er wenigstens zu bremsen versucht?«

»Nein. Er fuhr direkt den Hügel hinunter, kam von der Straße ab und prallte frontal gegen den Baum. Muss in Sekunden vorbei gewesen sein.«

Sam sah ihn fragend an. »Finden Sie das nicht auch etwas merkwürdig?«

»Nicht bei einem BF. Entschuldigung, einem betrunkenen Fahrer. Wenn man so voll ist, macht man lauter seltsame Dinge. Vielleicht ist er eingeschlafen. Er wäre nicht der erste Betrunkene, dem das passiert und der dann einen Unfall baut. Wenigstens hat er nur sich selbst getötet und nicht irgendein anderes armes Schwein.«

»Was ist mit den Reifen? Gibt es irgendetwas Erwähnenswertes?«

Williams schüttelte den Kopf. »Alles, was man untersuchen könnte, wurde von dem Feuer vernichtet. Tut mir Leid.«

Sam nickte nachdenklich und ging zum Heck des Wagens. »Was ist mit der Explosion? Wie ist es dazu gekommen?«

»Wie es normalerweise dazu kommt. Benzin läuft aus, erreicht den heißen Motor, entzündet sich, setzt den Benzintank in Brand, und bumm. Das Auto lief außerdem mit bleifreiem Benzin. Das ist leichter entflammbar.«

Sam war verwirrt. »Also ereignete sich die Hauptexplosion im Heck des Wagens?«

»Ja, im Benzintank, warum?«

Sam zuckte die Schultern. »Nur so.«

Wenn sich die Explosion im Heck des Wagens ereignet hatte, wieso hatten sich dann all die Splitter in Simons Brust gebohrt? Mit diesem Gedanken im Hinterkopf wechselte sie das Thema. »Haben Sie noch die Flasche Whisky, die man am Unfallort gefunden hat?«

»Nein, tut mir Leid, sie ist im Labor. Ich kann Ihnen die Telefonnummer geben, wenn Sie möchten.«

»Nein, ist schon gut, ich kenne sie.« Sam seufzte tief. »Sie haben also nichts Ungewöhnliches festgestellt?«

»Nein, sollte ich?«

»Vielleicht. Ich bin mir nicht sicher.«

»Sie sollten mal mit Rebecca Webber reden.«

»Wer ist das?«

»Eine der Brandexpertinnen des Countys. Sie war am Unfallort und hat sich den Wagen angesehen.«

»Warum?«

»County-Politik. Sie untersuchen jedes Feuer mit Todesopfer, ganz gleich, wo es passiert.«

»Irgendeine Ahnung, wo ich sie finden könnte?«

»Die Feuerwache wäre ein guter Anfang.«

Sam grinste. »Danke, ich werde mit ihr reden.«

Als sich die beiden auf den Weg machten, blieb Sam kurz stehen. »Eine letzte Frage.«

Williams sah sie erwartungsvoll an.

»Wissen Sie, wo Simon Vickers' Fahrrad gefunden wurde?«

»Vor dem Haus, wo er das Auto geklaut hat.«

Sam überlegte einige Sekunden. »Dieses Automodell – lässt es sich leicht stehlen?«

»Normalerweise ist es ziemlich einfach, aber dieser Wagen hier hatte ein hoch entwickeltes elektronisches Sicherheitsschloss, weshalb ich überrascht bin, dass es überhaupt geklappt hat.«

»Was ist, wenn unser Dieb eine Art Computerspezialist oder Programmierer war?«

Williams zuckte die Schultern. »Möglich, aber ich glaube, derjenige muss sich wirklich gut ausgekannt haben.«

Sam nickte zustimmend. »Ich denke, das trifft auf unseren Mörder zu.«

Trotz ihres Enthusiasmus wusste Sam, dass sie nicht selbst alle Beweise zusammentragen konnte, die sie brauchte.

Wenn sie irgendeine Chance haben wollte, Tom Adams von ihren Theorien zu überzeugen, brauchte sie Hilfe, und angesichts der derzeitigen Umstände gab es nur eine Person, an die sie sich wenden konnte: Marcia Evans.

Sam hatte Marcia schon seit längerem nicht mehr gesehen. Die beiden hatten hin und wieder miteinander telefoniert, sich sogar einige Male verabredet, aber jedes Mal hatte eine von ihnen das Treffen wegen Arbeitsüberlastung in letzter Minute absagen müssen. Wenn sie jetzt auftauchte, würde das vielleicht ein wenig zynisch erscheinen, aber sie wusste wirklich nicht, welche andere Wahl sie noch hatte. Sam hoffte nur, dass ihre Freundschaft es verkraften würde. Sie hatte in der letzten Zeit schon genug enge Freunde verloren und allmählich wurden sie knapp.

Kurz nach elf fuhr Sam über die von Bäumen gesäumte Straße, die zum kriminaltechnischen Labor in Scrivingdon führte. Obwohl die frostige, schneebedeckte Landschaft wie eine Postkartenidylle aussah, wünschte Sam, dass es endlich wärmer werden würde. Sie konnte es kaum erwarten, dass der Schnee schmolz, auch wenn der Gedanke an eine weiße Weihnacht verlockend war. Unglücklicherweise hatte die Kälte eine Reihe zusätzlicher Probleme gebracht und Tauwetter würde einige davon vielleicht wieder lösen. In der letzten Woche war ein Teenager eingeliefert worden, der an Unterkühlung gestorben war, und dann gab es noch die Unfall- und Selbstmordopfer, deren Zahl zur Weihnachtszeit immer anstieg. Leider würden die Minustemperaturen laut der Wettervorhersage noch einige Tage andauern.

Sam passierte das Sicherheitstor, stellte ihren Wagen vor dem Labor ab und ging hinein. Sie war gerne in Scrivingdon. Hier fühlte sie sich wie ein Kind in einem Spielzeugladen. Wo sie auch hinsah, untersuchten Wissenschaftler in weißen Kitteln, die Hände durch Latexhandschuhe geschützt, alle möglichen Objekte. Sie entnahmen zum Beispiel Mikroproben von Kleidungsstücken, um überzeugende Beweise zu finden, die über die Schuld oder Unschuld eines vermeintlichen Täters entschieden. Lange Zeit war Scrivingdon ein staatliches Labor gewesen, das nur für die Polizei und andere Behörden tätig war. Vor einigen Jahren war es halb unabhängig geworden und arbeitete inzwischen für jeden auf kommerzieller Basis.

Sam ging zu Marcias Labor, klopfte an die Tür und trat ein. Marcia stand am anderen Ende des Raums und untersuchte gerade die grün-braune Hose eines Kampfanzugs.

»Morgen, Marcia«, begrüßte Sam sie freundlich, »lange nicht gesehen.«

Marcia drehte sich um. »Du liebe Zeit, sieh mal an, wen der Schnee da hereingeweht hat. Gibt es irgendwelche Probleme, Doktor Ryan?«

Marcia sprach Sam immer mit ihrem Nachnamen und Titel an, wenn sie ärgerlich oder wütend auf sie war.

»Nein, eigentlich nicht. Ich bin zufällig vorbeigekommen und dachte mir, ich schau mal rein und sehe nach, wie es dir so geht.«

Marcia wandte sich wieder ihrer Arbeit zu. »Du wohnst und arbeitest am anderen Ende des Countys. Klar bist du rein zufällig vorbeigekommen.«

»Nun, ich hatte etwas im Labor zu erledigen und habe die Gelegenheit genutzt, um dich zu sehen.«

»Bei wem?«

»Wie meinst du das?«

»Bei wem hattest du ›etwas zu erledigen‹?«

Sam blickte zerknirscht drein. »Okay, okay, ich bin gekommen, um dich zu sehen. Ich brauche deine Hilfe. Bist du jetzt zufrieden?«

Marcia nickte. »Ja. Also, möchtest du mir nicht sagen, was du willst?«

»Nur wenn ich dich zum Mittagessen einladen darf.«

»Keine Bestechung, Sam. Ich habe dich seit Wochen nicht gesehen und jetzt, wo du es endlich geschafft hast vorbeizuschauen, willst du etwas von mir.«

»Tut mir Leid. Ich habe es versucht, es ist bloß so, dass ich wenig Zeit hatte.«

Marcia sah sie einen Moment lang skeptisch an. Dann seufzte sie.

»Hör zu, lass mich dich zum Essen einladen. Wir können dann über alles reden.«

Marcia hielt kurz inne und sah ihre Freundin forschend an. »Sag mir besser vorher, um was es geht.«

»Ich führe eine neue Untersuchung eines Todesfalls durch. Es handelt sich um einen jungen Mann namens Simon Vickers.«

»Der Junge, der auf Herdan Hill ums Leben kam?«

Sam nickte.

»Es stand in der Zeitung. Ich dachte, das wäre ein klarer Fall.«

»Nein, dem ist nicht so, aber ich habe Probleme, die Polizei davon zu überzeugen.«

»Ich dachte, Tom Adams wäre Wachs in deinen Händen.«

»Das dachte ich auch. Mein Charme verliert offenbar seine Wirkung.«

»Und was willst du von mir?«

»Ich kann nicht alles allein machen. Ich brauche Hilfe und ich kenne sonst niemand, dem ich trauen kann.«

Marcia nahm wieder ihre Arbeit auf. »Ich muss darüber nachdenken.«

»Schön, wenn du Zeit hast, dann komm um eins ins Dog and Duck, okay?«

Marcia blickte auf. »Das ist aber ziemlich weit weg, oder?«

»Ich denke, es ist das Beste, wenn im Moment niemand etwas von unserem Treffen mitbekommt.«

Marcia zupfte plötzlich zwei lange Haare von der Hose, die sie untersuchte. »Das dürfte genügen. Ich glaube nicht, dass er sich jetzt noch herausreden kann.«

Sam ging zu ihr. »Was hast du gefunden?«

»Mit etwas Glück ein paar Haarproben vom Tatort eines Einbruchs. Der Besitzer dieser entzückenden Haarpracht hat zusammen mit zwei Komplizen in den letzten zwei Wochen sage und schreibe fünfzig Häuser ausgeraubt. Bis jetzt und mit Hilfe ihrer ›besorgten‹ Anwälte haben sie sich geweigert, ein Wort zu sagen. Wenn diese Haare mit denen übereinstimmen, die wir am letzten Tatort gefunden haben, gehört der Mistkerl uns.«

»Ich dachte, du hast gerade von dreien gesprochen. Was ist mit den beiden anderen?«

»Marktkräfte, Sam, Marktkräfte. Seit wir in der freien Marktwirtschaft mitmischen, sind unsere Gebühren gestiegen, und da die Polizeibudgets ständig zusammengestrichen werden, können sie sich nur die Untersuchung eines Kleidungsstücks leisten.«

»Und die beiden anderen?«

»Die beiden anderen?« Sie gab ein kurzes sarkastisches Lachen von sich. »Die beiden anderen lässt man laufen.«

»Das ist doch lächerlich.«

»Nein, das ist das Gesetz. Und bevor du es sagst, ja, das Justizwesen ist von Buchhaltern und gierigen, schleimigen Anwälten übernommen worden und niemand kann etwas dagegen tun.«

Sam trat ein Stück näher zu ihrer Freundin. »Da ist noch eine andere Kleinigkeit, bei der du mir helfen könntest, wenn es dir nichts ausmacht.«

»Was?«, fragte Marcia, ohne aufzublicken.

»Am Tatort wurde eine Whiskyflasche gefunden. Könntest du sie vielleicht suchen und nachsehen, um welche Marke es sich handelt? Es wäre auch ganz hilfreich zu wissen, ob Fingerabdrücke an ihr gefunden wurden.«

Marcia sah sie einen Moment lang an. »Ich werde darüber nachdenken.«

Sam nickte nervös. »Ich sehe dich dann um eins im Pub?«

»Vielleicht.«

Sam wandte sich ab und ging.

Dominic Parr wusste, dass er rasch handeln musste. Zwar hatte Sams Besuch ihn unvorbereitet getroffen, aber er war froh über das, was die Pathologin ihm erzählt hatte. Die Tatsache, dass Simon ermordet worden war, würde sich als sehr nützlich erweisen. Spiel den Idioten, dachte er, und es ist erstaunlich, was dir die Leute alles erzählen. Die Information verschaffte ihm Möglichkeiten, von denen er bis zu diesem Moment nur geträumt hatte. Vielleicht war die beste Sache, die sein Freund je für ihn getan hatte, dass er ermordet und nicht bei irgendeinem verdammten dummen Autounfall getötet worden war. Endlich konnte er dieses Rattenloch von Haus, seine nervende blöde Mutter und sein beschissenes Leben hinter sich lassen und etwas aus sich machen. Mit dem Geld, das er jetzt bekommen würde, könnte er in Saus und Braus leben. Er könnte überall hingehen, alles tun, was er wollte.

Simon hatte vielleicht Angst vor der Spinne gehabt, aber er nicht, und jetzt musste er handeln. All die Pläne, die sie gemeinsam gemacht hatten, würden sich trotzdem realisieren lassen. Auch wenn Simon körperlich nicht dabei sein würde, so doch im Geiste. Selbst aus dem Jenseits würde er auf ihn aufpassen. Diese Vorstellung war ein wenig unheimlich, dachte er, aber Simon hatte schließlich stets gesagt, dass sie für immer Freunde sein würden.

Die einzige echte Gefahr stellten Ricky und seine neugierige Tante dar. Aber Ricky würde bestimmt den Mund halten, denn er steckte fast so tief drin wie Dominic. Doch zunächst brauchte er einen Plan. Er musste alles bis ins kleinste Detail durchdenken und durfte sich keinen Schnitzer erlauben. Obwohl er wusste, dass sein Verstand nicht an Simons heranreichte, hatte er einiges von seinem Freund gelernt und er war überzeugt, dass er es durchziehen konnte.

Zuerst musste er Simons Eltern besuchen, um sich eine Kopie von den Mails zu besorgen, die Doktor Ryan erwähnt hatte. Das dürfte nicht schwierig sein. Er würde sich einfach eine Geschichte ausdenken und sie würden ihn hereinlassen, vor allem, wenn er auf tragisch machte. Dann, sobald er die Informationen hatte, musste er sie übers Netz zur Spinne schicken, natürlich mit einer Übersetzung, um die Sache ins Rollen zu bringen. Sobald er das erledigt hatte, würden ein paar weitere Nachrichten mit seinen Forderungen genügen, um das zu bekommen, was er wollte. Er würde nicht gierig sein, nur genug verlangen, um den Rest seines Lebens im Luxus zu schwelgen.

Dominic nahm seine Jacke von der Rücklehne des Stuhles und zog sie an. Bevor er das Zimmer verließ, warf er noch einmal einen Blick auf das Foto von Simon, das über seinem Computer hing.

»Danke, Simon, danke, dass du mein Freund warst, danke, dass du dich um mich gekümmert hast.«

Er strich zärtlich mit den Fingern über das Foto und machte sich dann eilig auf den Weg in den Schuppen, um sein Fahrrad zu holen und zum Haus der Vickers zu fahren. Er hatte sich in seinem ganzen Leben noch nie so lebendig gefühlt.

Sam kam etwas verspätet ins Dog and Duck, aber trotzdem war von Marcia nichts zu sehen. Sie beschloss, etwas zu trinken und anschließend zum Park Hospital zurückzukehren und alles neu zu überdenken, wenn Marcia bis dahin nicht aufgetaucht sein sollte. Sie hatte sich gerade hingesetzt, als Marcia plötzlich an ihre Seite trat. Sie fuchtelte mit einer dünnen braunen Akte vor Sams Gesicht herum.

»Nach dem, was ich entdeckt habe, habe ich mir einen Doppelten verdient.«

Sam drückte dankbar und erleichtert ihren Arm. »Von mir aus kannst du einen Dreifachen haben. Möchtest du etwas essen?«

Marcia warf einen Blick auf ihre Uhr. »Keine Zeit, tut mir Leid, ich habe noch eine Menge zu tun.«

Sam bekam ihren Drink serviert und wandte sich wieder ihrer Freundin zu, die die Akte aufschlug und ihr das Deckblatt reichte. Sam überflog es eilig. Es war der Bericht des Fingerabdruckexperten, der die Flasche untersucht hatte und bestätigte, dass die an ihr gefundenen Fingerabdrücke von Simon Vickers stammten. Sam sah zu Marcia hinüber, die einen großen Schluck aus ihrem Glas trank.

»Woher weiß er, dass es Simons waren? Wenn ich mich recht erinnere, hatte er keine Finger mehr, von Abdrücken ganz zu schweigen.«

Marcia stellte das Glas ab. »Er hat zum Vergleich einige aus Simons Zimmer genommen. Einundzwanzig übereinstimmende Punkte. Es sind seine, klarer Fall.«

Sam kam sich ein wenig dumm vor, weil sie nicht von selbst darauf gekommen war. Marcia gab ihr zwei Fotos der Flasche, an der die Fingerabdrücke durch Puder hervorgehoben waren.

»Was hältst du davon?«

Sam betrachtete sie. »Simon Vickers' Abdrücke an einer Whiskyflasche?«

Marcia lächelte. »Richtig. Aber was ist seltsam daran?«

Sam zuckte die Schultern und schüttelte den Kopf.

»Es gibt nur ein Paar und sie sind fast perfekt. Wenn man aus einer Flasche trinkt, vor allem dann, wenn man betrunken ist, bewegt man die Hand hin und her. Die Finger bleiben nicht an derselben Stelle. Es sollte viel mehr Abdrücke an der Flasche geben, von denen die meisten verwischt sein müssten.«

»Du hast Recht«, sagte Sam. »Warum ist das dem Experten nicht aufgefallen?«

»Gary Portant. Ihm würde nicht mal sein eigener Tod auffallen. Er ist nur an seiner Pension interessiert und nach allem, was ich weiß, wurde er gebeten festzustellen, ob die Abdrücke an der Flasche Simons sind oder nicht. Er ist nicht auf den Gedanken gekommen, weitere Untersuchungen anzustellen. Es gibt auch noch ein paar andere Dinge.« Sie nahm mehrere Großaufnahmen der Abdrücke aus der Akte und reichte sie Sam. »Sieh dir das Muster der Abdrücke an. Es stimmt nicht.«

Sam sah sich die Fotos genau an, konnte aber nichts Auffälliges erkennen.

»Wenn man einen schweren Gegenstand in die Hand nimmt, zum Beispiel eine volle Whiskyflasche, muss man ihn gut festhalten. Je fester man zudrückt, desto breiter werden die Fingerabdrücke, sie werden flacher, runder.«

Marcia hauchte die Seite ihres Glases an, sodass es beschlug, drückte dann ihre Finger dagegen und zeigte es Sam. »Siehst du, sie sind sehr flach und sehr breit. Jetzt pass auf.«

Sie wiederholte den Vorgang an der anderen Seite des Glases, doch diesmal berührte sie das Glas nur kurz mit ihren Fingern. »Jetzt schau dir das an. Ich habe nur wenig Druck ausgeübt und der Abdruck ist länger und schmaler. Genau wie die an der Flasche. Sie mögen Simon Vickers' Abdrücke sein, aber jemand anders hat sie angebracht.«

Sam sah sie an und lächelte, als Marcia fortfuhr: »Außerdem gibt es noch mehrere andere, bis jetzt nicht identifizierte Abdrücke an der Flasche.«

»Unser Mörder?«

Marcia zuckte die Schultern. »Möglicherweise. Aber wahrscheinlich sind es nur die Abdrücke der Person, die die Flasche verkauft hat. Ich glaube nicht, dass unser Mörder so dumm ist, nach einem derart raffinierten Mord Fingerabdrücke zu hinterlassen, oder?«

»Wir alle machen Fehler.«

»Hm, vielleicht hast du Recht. Der Whisky ist auch seltsam. Kennst du die Marke?«

Sam schüttelte den Kopf.

»Es war ein Lagavulin, eine sehr alte und sehr teure Sorte. Warum sollte ein Teenager, der sich nur voll laufen lassen will, eine der teuersten Whiskymarken kaufen, die es gibt? Er hätte doch bestimmt die billigste genommen, oder? Sofern er nicht einfach die erstbeste Flasche aus der Bar seiner Eltern geklaut hat. Und warum wurde sie neben dem Wagen gefunden?«

Sam lächelte und schüttelte bewundernd den Kopf, als Marcias Miene aufgeregter wurde. Sie prostete ihr mit dem

Glas zu. »Wir sind uns wirklich sehr ähnlich. Du kannst einfach nichts dagegen tun, nicht wahr? Du hast eine Ungereimtheit entdeckt und musst jetzt unbedingt herausfinden, was dahinter steckt. Ja, ich habe mich auch darüber gewundert, dass die Flasche neben dem Wagen lag und keine Spuren des Feuers oder sonstige Schäden aufwies, die als Folge des Unfalls zu erwarten wären. Oder hast du eine Erklärung dafür? Und seine Eltern sind absolute Teetrinker, also hat er den Whisky mit Sicherheit nicht von zu Hause.«

»Genau das ist es, Sam, du hast Recht, wir haben es mit einem Mord zu tun, und, ja, ich bin froh, dass ich dir helfen kann.«

Sam lächelte ihre Freundin warm an. Wenn es eine Seelenverwandte für sie gab, dann kam Marcia dem näher als jeder andere, den sie kannte. Im Lauf der Jahre hatten sie viele Stunden damit verbracht, über die Beweise der Fälle zu diskutieren, an denen sie arbeiteten. Sie teilten viele Interessen und Marcias gesellige und extrovertierte Natur war die perfekte Ergänzung zu Sams eher reservierten und kühlen Art.

Marcia leerte ihr Glas und sah Sam an. »Also, was hat dein Misstrauen erregt?«

»Als ich an Simons Leiche die zweite Autopsie durchführte, stellte ich fest, dass sein Zungenbein gebrochen war.«

»Du denkst also, dass er erwürgt und der Unfall vorgetäuscht wurde, um das Verbrechen zu vertuschen?«

»Es wäre nicht das erste Mal. Erinnerst du dich an den Kerl, der seine Frau erwürgt und dann ihren Hals auf die Eisenbahnschienen gelegt hat, um es wie Selbstmord aussehen zu lassen?«

»Er ist verurteilt worden, nicht wahr?«

»Ja, aber nur auf Grund von Indizien.«

»Warum ist es Trevor nicht aufgefallen?«

Sam zuckte die Schultern. »Fehler passieren. Die Leiche war nach dem Feuer in einem schlimmen Zustand. Keine leichte Untersuchung. Das Problem bei diesem Fall ist, dass alle ihn mit einer vorgefassten Meinung untersuchen, sich auf

das Offensichtliche konzentriert und alle Hinweise ignoriert haben, die auf ungewöhnliche Umstände hindeuteten.«
»Wie denkt er jetzt darüber?«
»Er spricht nicht mit mir.«
»Das ist schlecht, hm?«
Sam nickte. »Schlimmer.«
»Ich würde mir an deiner Stelle keine allzu großen Sorgen machen. Sein männlicher Stolz ist verletzt worden, das ist alles, er wird darüber hinwegkommen.«
»Da bin ich mir nicht so sicher.«
»Ich schon. Trotz ihres ganzen Gleichberechtigungsgeschwätzes mögen sie es nicht, wenn Frauen besser sind als sie, aber sie werden sich an den Gedanken gewöhnen müssen, denn wir weichen nicht zurück und werden immer besser.«
Sam lächelte ihre Freundin an, froh über die Unterstützung.
»Bist du sicher, dass es nicht bei dem Unfall gebrochen wurde?«, fuhr Marcia fort.
»Ganz sicher.«
Marcia lehnte sich auf ihrem Stuhl zurück. »Was ist aus ›Sag niemals nie, sag niemals immer‹ geworden?«
»Für jede Regel gibt es Ausnahmen und das ist eine davon.«
Marcia kannte ihre Freundin gut genug, um mit ihr nicht über pathologische Feinheiten zu diskutieren. »Was sagt die Polizei dazu?«
»Sie will mehr Beweise sehen, bevor sie ›Mittel zur Verfügung stellt‹. Ich glaube, das ist der gängige Ausdruck dafür.«
»Und was soll ich tun?«
»Ich möchte, dass du dir zuerst den Unfallort ansiehst. Vielleicht fällt dir irgendetwas auf, das mir entgangen ist.«
»Haben das die Verkehrsjungs nicht längst getan?«
»Ja, aber sie waren vielleicht nicht gründlich genug, da sie davon ausgingen, es mit einem Unfall zu tun zu haben, nicht mit einem Mord.«
Marcia nickte. »Okay, ich habe noch ein paar Tage Urlaub,

mal sehen, was ich tun kann. Aber ich kann dir nichts versprechen. Vielleicht finde ich nichts, vor allem nach diesem Wetter.«

Sam lächelte Marcia an. »Und noch etwas. Wenn du dort bist, achte auf einen alten Wilderer.«

Marcia zog die Brauen hoch.

»Er ist aufgetaucht, als ich dort war. Er schien aus dem Nichts zu kommen.«

»Klingt wie mein Boss.«

»Er war ein Zeuge des Unfalls, aber er wollte keine Aussage machen, na ja, jedenfalls nicht offiziell. Ich denke, er weiß etwas Wichtiges. Man muss ihn nur dazu bringen, uns und, wichtiger noch, der Polizei zu erzählen, was er gesehen hat.«

»Ich werde meinen ganzen Charme bei ihm einsetzen.«

»Ich an deiner Stelle würde warten, bis ich ihn sehe, bevor ich derartige Versprechen mache.«

»So schlimm?«

Sam nickte und Marcia zuckte die Schultern. »Ich habe bestimmt schon Schlimmere getroffen.«

Sam sah sie an. »Das hast du in der Tat.«

Marcia öffnete schockiert den Mund, bevor die beiden Frauen in Gelächter ausbrachen.

Nach einigem Suchen fand Sam einen freien Parkplatz vor der Hauptfeuerwache, in der sich die Büros der Brandexperten befanden. Während Sam den Schildern zur anderen Seite des Gebäudes folgte, fiel ihr Blick auf einen neuen roten BMW Z3 Sportwagen. Sie wusste nicht, warum, aber ihr war klar, dass er Rebecca Webber gehörte. Etwas zu schnell und protzig für Sams Geschmack, aber offensichtlich das Fahrzeug einer Person, die das Leben auf der Überholspur liebte. Sam stieg die lange Treppe zu den Büros der Branduntersuchungsabteilung hinauf. Sie war froh, dass sie sich im Pub an antialkoholische Getränke gehalten hatte. Marcia neigte dazu, sich selbst dann zu betrinken, wenn sie sich ›auf ein

Glas trafen‹, und sie wusste, dass sie einen klaren Kopf brauchte, wenn dieses nachmittägliche Treffen von Erfolg gekrönt sein sollte. Zum Glück hatte sich Rebecca Webber einverstanden erklärt, sie so kurzfristig zu empfangen. Sam war sicher, dass sie selbst im umgekehrten Fall nicht ganz so entgegenkommend gewesen wäre. Sie klopfte leise an die Tür mit dem Schild »Leitende Brandinspektorin«.

»Kommen Sie rein.«

Sam stieß die Tür auf und sah sich einer hoch gewachsenen, attraktiven Frau gegenüber. Sie war Mitte dreißig und hatte lange braune, im Nacken zusammengebundene Haare und ein sehr hübsches Gesicht. Sie lächelte Sam an und streckte ihr die Hand entgegen.

»Sie müssen Doktor Ryan sein. Ich freue mich, Sie kennen zu lernen, obwohl Ihr Ruf mir das Gefühl vermittelt, eine alte Bekannte zu treffen.«

Sam nahm die Hand und schüttelte sie freundlich. »Danke, alle Schmeicheleien werden gerne akzeptiert.«

»Bitte setzen Sie sich.«

Webber führte sie zu einem Stuhl, nahm ihr gegenüber Platz und kam sofort zum Thema. »Ich habe gehört, dass Sie eine neue Untersuchung des Unfalls auf Herdan Hill durchführen?«

Sam nickte.

»Wie sind Sie mit Brian zurechtgekommen?«

»Er war sehr hilfsbereit.«

»Das ist er meistens.«

»Ist es für Brandexperten üblich, Autobrände zu untersuchen?«, fragte Sam.

»Das hängt davon ab. Aber wir untersuchen alle Brände mit Todesfolge, ob sie nun Autos betreffen oder nicht.«

»Wie Sie wissen, bin ich nicht ganz überzeugt davon, dass Simon Vickers' Tod ein Unfall war, und ich habe mich gefragt, ob ...«

»Ich Ihnen helfen könnte, Ihre Zweifel zu beweisen?«

Sam nickte. »So in etwa.«

»Tut mir Leid, das kann ich nicht. Ich habe das Auto gründlich untersucht, aber nichts Ungewöhnliches gefunden.«

Sam seufzte tief. »Es war auch nur ein Versuch.«

Webber lächelte sie warm an. »Manchmal lohnt es sich. Weiß Tom, was Sie vorhaben?«

Die Art, wie sie den Namen »Tom« aussprach, war für Sams Geschmack etwas zu warm, aber im Moment wollte sie darüber nicht weiter nachdenken. »Sie meinen Tom Adams?«

Rebecca nickte.

»Er weiß es, aber er ist noch nicht überzeugt. Er will mehr Beweise.«

»Das wollen Männer immer. Vor allem Tom.«

Ihre Vertrautheit mit seinem Namen störte Sam immer mehr. »Sie kennen Superintendent Adams demnach gut?«

»Ziemlich gut. Wir haben bei ein paar Fällen zusammengearbeitet. Er erschien mir immer recht aufgeschlossen, jedenfalls nachdem ich ihn dazu gebracht habe, die Dinge mit meinen Augen zu sehen.«

Sam rang sich ein Lächeln ab. »Das klingt, als würden Sie ihn sehr gut kennen. Ist Ihr Mann bei der Feuerwehr?«

»Er war es.«

»Geschieden?« Diese Frage war lächerlich, aber Sam musste es wissen.

»Von der Feuerwehr? Nun, in gewissem Sinne. Er kam vor ein paar Jahren bei der Fahrt zu einem Einsatz ums Leben.«

»Das tut mir Leid«, sagte Sam aufrichtig.

»Es ist schon eine Weile her, ich habe mich damit abgefunden. Was ist mit Ihnen?«

»Single. Ich kann niemanden finden, der mit meinem Lebensstil zurechtkommt.«

»Tom sagte, Sie wären eine sehr beschäftigte Frau. Getrieben, glaube ich, war das Wort, das er benutzte. Komisch, wenn Männer getrieben sind, ist es okay, aber wenn Frauen es sind, scheinen sie zu denken, dass irgendetwas mit uns nicht stimmt.«

Sam fand das Gespräch, das die beiden über sie geführt haben mussten, nicht besonders schmeichelhaft. Außerdem war sie nicht getrieben, sondern professionell.

»Nun, wenn das alles war, ich habe sehr viel zu tun.«

»Tut mir Leid, ja, ich habe bereits genug von Ihrer Zeit in Anspruch genommen. Danke, dass Sie mich empfangen haben. Und falls Ihnen noch etwas einfallen sollte ...«

»Werde ich Sie anrufen. Und geben Sie bei Tom nicht auf. Wie ich schon sagte, es kostet einige Überredung, aber normalerweise bekomme ich, was ich will.«

Als Sam bereits die Tür öffnete, rief Rebecca ihr hinterher: »Da war doch etwas.«

Sam drehte sich zu ihr um.

»Die Explosion. Ich bin überzeugt, dass sie sich vorn am Fahrzeug ereignet hat, nicht hinten, wo sich der Benzintank befindet. Es ist nicht außergewöhnlich, aber seltsam. Ich weiß nicht, ob Ihnen das hilft.«

Sam nickte. »Ja, vielleicht doch.«

Obwohl sie müde war, machte sich Sam nicht sofort auf den Heimweg. Sie beschloss, ein kleines Experiment durchzuführen. Zuerst fuhr sie zu Simon Vickers' Haus in Impington und von dort aus auf dem kürzesten Weg zum Haus von Mr. Enright, dem Besitzer des gestohlenen Wagens, auf der anderen Seite von Cherry Hinton. Für die Strecke brauchte sie etwas mehr als vierzig Minuten. Selbst wenn der Verkehr nicht besonders dicht gewesen war, musste Simon länger gebraucht haben, vielleicht die doppelte Zeit. Wenn er das Haus erst um zwölf verlassen hatte, hätte er Enrights Haus gegen eins erreichen können. Dann hatte er noch das Auto knacken müssen, bevor er hinauf nach Herdan Hill gefahren war. Was ihn mindestens eine weitere eineinviertel Stunde gekostet hatte. Das bedeutete, dass er um zwei Uhr fünfzehn dort oben angekommen war. In der Zwischenzeit hatte er irgendwo anhalten, seine Flasche Whisky kaufen, sich betrinken und dann das Auto gegen den Baum fahren müssen. Selbst wenn er die Flasche schon vorher gekauft und sich vor dem Diebstahl des Autos betrunken hatte, reichte die Zeit einfach nicht aus. Außerdem war da noch eine andere wichtige Tatsache, auch wenn sie nicht so überzeugend war. Die Frage nämlich, warum er, wenn er scheinbar so betrunken gewesen war, nicht schon einen Unfall gebaut hatte, bevor er auf Herdan Hill eingetroffen war. Die Straße, vor allem zwischen Cherry Hinton und Herdan Hill, war ausgesprochen schlecht, mit zahlreichen Haarnadel- und anderen scharfen Kurven. Warum hatte Simon nicht in einer von diesen die Kontrolle verloren, vor allem wenn man den Zustand der Straße in jener Nacht bedachte? Vielleicht hatte sie endlich ein Argument, das Tom Adams beeindrucken würde.

Als Sam nach Hause fuhr, war sie zugleich beunruhigt und froh. Beunruhigt über die mögliche Beziehung zwischen Rebecca Webber und Tom und froh, dass die Untersuchung Fortschritte zu machen schien. Sie hatte nicht nur die Unterstützung der Eltern gewonnen, sondern – was weit wichtiger war – auch noch Marcias, obwohl sie ihre Freundin seit Monaten vernachlässigt hatte.

Als Sam in die Einfahrt zu ihrem Haus bog, sah sie Tom Adams' großen blauen Rover auf ihrem Parkplatz unter der Sicherheitslampe stehen. Er hatte ihn noch nicht lange und war sehr stolz darauf. Während sie aus dem Wagen stieg, fragte sie sich, was er wohl wollte. Es war selbst für Tom etwas früh, ihre heimliche Untersuchung des Simon-Vickers-Falls bemerkt zu haben. Sie öffnete die Haustür und ging rasch ins Wohnzimmer. Tom und Wyn standen vor einem sehr großen Christbaum, den sie in einen alten Blecheimer gestellt hatten, und schmückten ihn. Wyn blickte zu ihr hinüber, nahm ein Glas Rotwein vom Kaminsims und prostete ihr zu.

»Frohe Weihnachten, Sam.«

Tom folgte ihrem Beispiel. »Ja, frohe Weihnachten.«

Sam stellte ihre Tasche ab und ging zu ihnen hinüber.
»Hübscher Baum.«

»Tom hat ihn gekauft«, erklärte Wyn. »Er sagt, in diesem Haus sei es eine Art Tradition, einen Baum mit Wurzeln zu kaufen. Außerdem hat er ein paar Geschenke mitgebracht.«

»Die aber erst Weihnachten geöffnet werden dürfen«, sagte Tom, wobei er Sam einen ernsten Blick zuwarf.

»Wo hast du ihn her?«

»Von der Forstverwaltung in Telford, erinnerst du dich?«

Sam erinnerte sich. War es wirklich schon ein Jahr her, dass sie zusammen einen Baum gekauft hatten? Es war ein klarer, frischer Morgen gewesen, als sie sich wie zahllose andere Leute auch auf die Suche nach dem bestgewachsenen Baum gemacht hatten. Eigentlich war das schon komisch: Da gab es Dutzende von Bäumen, aber dennoch schienen alle denselben haben zu wollen. Es hatte sogar einen kleinen Tumult gegeben. Währenddessen hatte die örtliche Blaskapelle Weihnachtslieder gespielt und der WRVS heißen Kaffee und Mince Pies serviert, Gebäck mit einer süßen Füllung aus Dörrobst und Sirup. Tom fand schließlich einen, der ihnen beiden gefiel. Allerdings hielt ihn bereits ein anderer Käufer in der Hand und sie waren gezwungen, um ihn herumzuschleichen in der Hoffnung, dass er ihn wieder abstellen würde. Das Problem war, dass auch mehrere andere Leute ein Auge auf den Baum geworfen hatten, und als er ihn endlich losließ, hatte Tom sehr schnell handeln müssen und war einer ziemlich wütend dreinblickenden Frau nur um einen Sekundenbruchteil zuvorgekommen.

»Ich hatte schon befürchtet, du hättest bereits einen besorgt.« Toms Stimme holte Sam in die Wirklichkeit zurück.

»Nein, keine Zeit.«

»Zu sehr mit dem Simon-Vickers-Fall beschäftigt, nicht wahr?«

Sam war klar, dass er ihr nur Informationen entlocken wollte. »Jemand muss es tun. Übrigens, hast du Trevor erzählt, dass ich die zweite Autopsie durchführen werde, obwohl ich dich ausdrücklich gebeten habe, es nicht zu tun?«

Tom schüttelte den Kopf. »Nein, es war Chalky, fürchte ich. Tut mir Leid. Ich habe mit ihm gesprochen; es wird nicht wieder vorkommen.«

»Hat er etwas gegen mich oder gegen meine Theorie?«

»Beides, denke ich. Er ist ein wenig altmodisch.«

»Altmodisch? Er ist ein sexistisches Schwein. Er hat mir wirklich große Probleme bereitet.«

Tom nickte. »Ja, das glaube ich gern. Er ist nicht gerade der diplomatischste Mensch, aber er ist ein guter Cop.«

Tom war derart loyal, dass es Sam manchmal zur Verzweiflung brachte, aber sie bewunderte ihn trotzdem dafür.

»Noch ein Glas Wein?«, unterbrach Wyn das Gespräch der beiden.

»Liebend gern, danke«, sagte Tom mit einem Lächeln.

Wyn nickte und blickte zu ihrer Schwester hinüber. »Dann werde ich doch einfach noch eine Flasche von deinem besten Roten öffnen.«

Mit diesen Worten verschwand sie in der Küche und Sam wandte ihre Aufmerksamkeit wieder Tom zu, der an seinem Glas nippte.

»Trinken im Dienst, Officer? Ts, ts, was wird wohl als Nächstes kommen?«

Tom stellte das Glas ab. »Heute ist mein freier Tag. Hin und wieder können wir uns ruhig einen gönnen, weißt du.«

Sam wechselte das Thema. »Ich habe heute mit einer Freundin von dir gesprochen.«

Tom sah sie fragend an.

»Rebecca Webber.«

»Oh, ja, die Brandexpertin«, sagte Tom in einem Ton, der möglichst beiläufig klingen sollte. »Wir haben bei ein paar Fällen zusammengearbeitet. Nette Frau.«

»Ja, sie schien sehr nett zu sein. Hat nur Gutes über dich gesagt.«

»Tatsächlich?«

»Sie sagte mir, man könnte dich zu allem überreden, wenn man sich nur bemüht.«

Tom schwieg einen Moment, blickte aber weiter verlegen drein.

»Geht irgendetwas vor, das ich wissen sollte?«

Er schüttelte ernst den Kopf. »Nein, nichts, nur eine berufliche Beziehung wie so viele andere.« Er sah Sam an und zog die Brauen hoch. »Ich fand sie sehr attraktiv.«

»Ja, das ist sie wohl.«

Er wechselte eilig das Thema. »Ich habe dich heute vermisst. Allein den Baum zu kaufen war nicht dasselbe. Zu viele Erinnerungen, denke ich.«

Das war ein extrem durchsichtiger Trick.

»Ich bin überrascht, dass du allein losgezogen bist.«

Tom ging nicht weiter darauf ein. »Sehen wir uns am Samstag?«

Sam tauchte hinter dem Baum auf. »Ja, wir sehen uns am Samstag.«

»Gut, ich hole dich dann um acht ab.«

»Ich freue mich darauf.«

Sam hätte ihm zu gern gesagt, was sie herausgefunden hatte, aber sie behielt es zunächst für sich. Sie wusste, dass sie nicht viele Gelegenheiten bekomme würde, ihn von ihrem Fall zu überzeugen, und sie wollte so viel Munition wie möglich haben, bevor sie zum entscheidenden Angriff ansetzte.

Wyn betrat mit einer neuen Flasche Wein das Zimmer und füllte die Gläser. Sie hob ihr eigenes Glas und sah die beiden anderen an. »Ich wünsche uns ein sehr frohes Weihnachtsfest.«

Tom und Sam wechselten einen kurzen Blick und hoben dann ebenfalls ihre Gläser.

»Frohe Weihnachten.«

Da es im Labor nicht viel zu tun gab und ihre momentanen Fälle langweilig und uninteressant waren, entschloss sich Marcia, den Rest der Woche freizunehmen. Sie wartete, bis die Hauptverkehrszeit vorbei war, und fuhr dann nach Herdan Hill, um sich den Unfallort anzuschauen. Ihr Wagen, ein uralter und nur selten gewarteter Ford Escort, kämpfte sich mühsam den Hügel hinauf und stotterte dann kurzatmig wie ein erschöpfter Bergläufer. Sie fand die Stelle schnell; die versengte Rinde des Baumes und die kleinen Blumengebinde markierten deutlich den Ort. Sie parkte auf dem kleinen kiesbelegten Parkplatz vor der hölzernen Aussichtsplattform und ging zum Heck des Wagens.

Obwohl die Sonne für einen Moment hinter den Wolken hervorkam, war der Wind noch immer bitterkalt und drang mühelos durch die mehreren Lagen Kleidungsstücke, die Marcia angezogen hatte. Sie öffnete den Kofferraum und tauschte ihre eleganten Stadtschuhe gegen ein Paar praktische Wellington-Gummistiefel, nahm ihre Untersuchungstasche und den langen Suchstock, den sie von einem Special-Operations-Mann ›geborgt‹ hatte, und begab sich zum Unfallort.

Die Blumengebinde waren sehr anrührend; es gab ein paar von der Familie des Jungen und seinen Freunden sowie einige anonyme Sträuße aus Wild- und Schnittblumen. Die meisten Sträuße waren bereits verwelkt, selbst jene von den Verwandten; die Leute fanden es zweifellos beschwerlich und sogar gefährlich, zu dieser Jahreszeit den Hügel hinaufzusteigen, und waren nur einmal hier oben gewesen. Die einzige Ausnahme bildete ein kleiner Strauß afrikanischer Veilchen, der offenbar erst vor kurzem hier abgelegt worden war und noch immer in voller Blüte stand. Marcia kniete nieder und bewunderte ihre leuchtenden Farben.

Plötzlich glaubte sie etwas in den Büschen hinter sich zu hören. Sie fuhr herum, aber da war nichts. Wahrscheinlich ein Tier, dachte sie. Dann nahm sie eine kleine Kamera aus ihrer Tasche und fotografierte den Unfallort und die Umgebung. Sie machte Bilder von der Straße, dem Baum, eigentlich von allem, das ihre Neugier weckte und sich später vielleicht als interessant erweisen würde. Schließlich wechselte sie den Film und führte die Kamera an der Straße entlang vom Hügelkamm zum Unfallort und weiter hinunter bis zu der Stelle, wo die Straße zwischen den Bäumen verschwand. Als Nächstes hätte Marcia die Bremsspuren untersucht, aber es gab keine. Nichts deutete darauf hin, dass der Fahrer des Wagens gebremst hatte, bevor er von der Straße abgekommen und gegen den Baum geprallt war.

Marcia drehte sich um und folgte der Straße mit den Augen. Sie war steil und machte eine scharfe Biegung nach rechts. Selbst in der Nacht musste der Fahrer die Kurve gesehen haben. Dennoch, er war betrunken, dachte sie, und vielleicht hatte er sie erst im letzten Moment bemerkt – und Bumm.

Marcia kehrte zum Straßenrand zurück und stocherte mit ihrem Suchstock im Unterholz nach etwaigen Trümmerteilen, die bei den vorangegangenen Suchaktionen übersehen worden waren. Sie fand nur ein paar kleine Glassplitter von der zerschmetterten Windschutzscheibe des Wagens, die sie vorsichtig in eine kleine Plastiktüte steckte. Erst als sie sich dem Baum näherte, bemerkte sie den seltsamen Geruch: Chemikalien. Er kam ihr irgendwie bekannt vor, aber sie konnte ihn nicht einordnen. Sie hielt ihre Nase an die versengte und geschwärzte Rinde und atmete tief ein. Jetzt war er stärker, aber so sehr sie sich auch bemühte, sie konnte ihn nicht identifizieren. Dann, nur um sicherzugehen, schnitt sie ein großes Stück Rinde ab und legte es ebenfalls in ihre Tasche. Marcia war ein wenig enttäuscht über das magere Ergebnis ihrer Suche und ärgerte sich, dass sie den Geruch nicht einordnen konnte.

Als sie ihre Tasche schloss, erregte etwas ihre Aufmerksamkeit. Es war nur ein kurzer Lichtblitz, den sie aus den Augenwinkeln wahrnahm, bevor er im nächsten Moment erlosch. Sie blieb stehen und suchte langsam die Rinde des Baumes ab. Dabei fing sich die Sonne wieder in dem Objekt und Marcia konnte es endlich lokalisieren. Irgendetwas hatte sich unter den oberen Ästen in den Stamm gebohrt. Marcia sah sich nach etwas um, mit dem sie hinaufklettern konnte, fand aber nichts.

»Brauchen Sie Hilfe, Miss?«

Jack Falconers tiefe Stimme ließ Marcia zusammenzucken. Sie fuhr herum und hob ihren Stock abwehrend wie einen Speer. Eine riesige, verwahrloste Gestalt blickte auf sie herab. Sie war nicht sicher, was sie tun sollte; sie war mitten in einem menschenleeren Gebiet allein mit einem großen, kräftig aussehenden Mann, der sich drohend vor ihr aufgebaut hatte. Obwohl er Sam nichts getan hatte, bedeutete dies nicht zwangsläufig, dass er ungefährlich war. Es war wahrscheinlich der Strauß Wildblumen in Jacks Hand, der sie beruhigte. Marcia konnte sich nicht vorstellen, dass ein Angreifer, so bizarr er auch erscheinen mochte, seinem Opfer Blumen brachte, bevor er ihm etwas antat. Sie sah ihn an und gab sich unerschrocken.

»Für mich?«

Er schien den scherzhaften Ton nicht zu bemerken, schüttelte den Kopf und nickte Richtung Baum. »Nein, für den Jungen. Ich kümmere mich um die Blumen, bis das Wetter besser wird und seine Eltern kommen und neue bringen können.«

Er ging an ihr vorbei und legte seinen Strauß zu den anderen. Sam hatte nicht übertrieben. Er war groß, hässlich und stank. Marcia war überrascht, ihn nicht gerochen zu haben, bevor sie ihn erblickt hatte.

»Haben Sie irgendetwas mit der Frau Doktor zu tun, die hier war?«

»Doktor Ryan?«

»Ja, ich glaube, das war ihr Name. Sie hat sich für den Unfall interessiert.«

»Ja, ich helfe ihr. Sie sagte, Sie hätten den Unfall beobachtet.«

Er richtete sich auf und drehte sich zu ihr um. »Ich habe ihn gesehen. Aber ich glaube nicht, dass es ein Unfall war. Das hab ich ihr auch gesagt.«

»Was ist denn Ihrer Meinung nach passiert?«

Er zuckte die Schultern. »Keine Ahnung, aber es war kein Unfall.«

»Haben Sie das der Polizei erzählt?«

Er schüttelte den Kopf. »Wie ich schon dieser Ärztin sagte, belästigt sie mich nicht und ich belästige sie nicht. So soll es auch bleiben.«

Marcia wurde immer neugieriger. »Aber was veranlasst Sie zu der Vermutung, dass es kein Unfall war?«

»Er hat sich nicht bewegt, war gelähmt wie ein Kaninchen im Scheinwerferlicht. Lebewesen bewegen sich immer, Bäume, Gras, Menschen. Selbst wenn man schläft, bewegt man sich, aber er nicht. Seine Augen waren offen, aber er hat nichts gesehen, da bin ich mir sicher.«

»Vielleicht war er betrunken?«

»Nein, ich habe genug tote Wesen gesehen und er sah nicht besser aus als sie.«

Obwohl Marcia ihm glaubte, fragte sie sich, was Tom Adams und der Untersuchungsrichter von seiner Aussage halten würden. Wahrscheinlich nicht viel, dachte sie. Doch trotz ihrer Skepsis entschloss sie sich, ihn zu überreden.

»Hören Sie, mir ist klar, dass Sie mit der Polizei nicht gut zurechtkommen, aber ich denke wirklich ...«

»Keine Chance, Miss, sie und ich stehen auf verschiedenen Seiten der Front.« Dann wechselte er das Thema. »Wonach haben Sie gesucht, als ich Sie beobachtet habe?«

Marcia fragte sich, wie lange er schon hier war. »Etwas hat sich in den Baum gebohrt und ich würde es gerne herausziehen. Es könnte wichtig sein, aber ich komme nicht dran.« Sie deutete nach oben.

»Ich sehe es. Soll ich Ihnen helfen?«

Falconer bückte sich und verschränkte seine Hände und Marcia stellte ihren Fuß darauf. Er richtete sich auf und stemmte sie nach oben. Sie streckte ihren Körper und ihre Arme, bekam schließlich das Objekt zu fassen und zog es heraus. Dann ließ Falconer sie wieder vorsichtig auf den

Boden hinunter. Marcia strich mit den Fingern über das Objekt und versuchte festzustellen, was es war. Es bestand aus irgendeinem Metall und war gezackt wie ein Granatsplitter. Sie war sicher, dass es von dem Auto stammte.

Falconer sah ihr über die Schulter. »Was ist das?«

»Ein Splitter von dem Wagen, schätze ich. Er hat sich durch die Wucht der Explosion in den Baum gebohrt. Ich werde ihn analysieren lassen, dann wissen wir mehr.«

Ein plötzliches Rascheln in den Büschen auf der anderen Straßenseite ließ Jack abrupt hochfahren und seine Schrotflinte fester umklammern. Mit zugleich besorgter und wachsamer Miene versuchte er, das dichte Gebüsch mit den Augen zu durchdringen.

»Sind Sie okay?«, fragte Marcia.

Er warf ihr einen kurzen Blick zu, antwortete aber nicht, sondern entfernte sich langsam von ihr, während er den Kopf von einer Seite zur anderen drehte, als würde er etwas suchen. Plötzlich machte er kehrt und rannte panisch in Richtung Wald.

»Einen Moment, warten Sie doch, ich bin noch nicht fertig, wo kann ich Sie finden, wo …?«, rief Marcia ihm nach.

Doch bevor sie ihren Satz beenden konnte, war er schon verschwunden. Sie suchte zwischen den Büschen und Bäumen nach dem, was ihn so in Angst versetzt hatte, doch da war nichts. Alles wirkte so friedlich wie zu dem Zeitpunkt ihrer Ankunft. Schließlich kniete sie nieder, öffnete ihre Tasche, legte das Metallstück hinein, schloss sie wieder und kehrte eilig zu ihrem Wagen zurück.

Sam war entschlossen, Freds Rat zu beherzigen und Madam Wong in London aufzusuchen, auch wenn sie weiterhin skeptisch war. Alternative Behandlungsmethoden fand sie zwar interessant, jedoch hatten sie ihrer Meinung nach noch nicht ihren wirklichen Wert für die Schulmedizin bewiesen. Sam war daher nicht ganz von der Wirksamkeit dieser Pillen und Heiltränke überzeugt; dennoch, sie war verzweifelt und verzweifelte Menschen klammerten sich an jeden Strohhalm.

Als sie in Soho ankam, fand sie in der Dean Street einen Parkplatz und stellte ihren Wagen ab. Dann ging sie am Blacks und dem Groucho Club vorbei, erreichte Chinatown und entdeckte schließlich Madam Wongs Laden. Er war nicht schwer zu finden, denn vor ihm hatte sich eine lange Warteschlange gebildet. Sie zögerte und fragte sich, ob das Warten sich lohnte. Dann sagte sie sich, wenn sie schon einmal hier war, wäre es albern, wieder zu gehen, und stellte sich am Ende der Schlange an. Nach etwa einer Stunde waren nur noch zwei Leute vor ihr.

Plötzlich fragte die Frau, die sich kurz nach ihr angestellt hatte: »Waren Sie schon mal hier?«

Sam drehte sich um und sah eine kleine, schäbig gekleidete Frau um die siebzig. Sie schüttelte den Kopf und antwortete verlegen: »Nein, ich bin zum ersten Mal hier.«

»Sie ist sehr gut, wissen Sie, die Madam Wong. Sie traut Fremden grundsätzlich nicht, aber sie ist sehr gut. Behandelt allerdings nur Nasen. Wenn man irgendwelche anderen Beschwerden hat, muss man woanders hingehen.«

Sam nickte zustimmend. »Es geht um meine Nase.«

»Gut, dann wird sie Ihnen helfen können. Wissen Sie, ich habe schon damals im Krieg in Warteschlangen gestanden. Mir gefiel das, auf die Weise habe ich Leute kennen gelernt. Die Leute hatten in jenen Tagen noch Zeit für einen, heute hat niemand mehr Zeit. Letztens habe ich eine Frau in der U-Bahn angesprochen und sie sah mich an, als wäre ich eine Straßenräuberin. Ich und eine Straßenräuberin? In meinem Alter? Ihr Geruchssinn funktioniert wohl schon lange nicht mehr, was?«

»Er ist nicht ganz...«

Die ältere Frau ließ sie ihren Satz gar nicht erst beenden. »Meiner funktioniert schon seit zwanzig Jahren nicht mehr. Ich habe viel mit Chemikalien gearbeitet, ich glaube, die sind

dafür verantwortlich. Ich bin zu meinem Arzt gegangen, aber der konnte nichts tun, und so bin ich hierher gekommen. Sie hat mir sehr geholfen.«
»Sie haben Ihren Geruchssinn wieder?«
»Zu drei Vierteln, was verdammt noch mal besser als nichts ist. Sie meinte, die Schäden wären zu groß für eine volle Wiederherstellung. All diese Chemikalien, wissen Sie, und damals gab's auch keine Versicherung.«
Nun erreichte Sam den Eingang und richtete ihre Aufmerksamkeit auf die junge Chinesin, die neben der Tür an einem Schreibtisch saß.
»Fünfundzwanzig Pfund, bitte.«
So viel betrug das Honorar für die Behandlung. Schecks und Kreditkarten wurden nicht akzeptiert. Sam legte das Geld auf den Tisch. Die Frau nahm es und warf es in eine Schublade.
»Name?«
»Samantha Ryan.«
Sie schrieb ihn in ein großes Buch, das die gesamte Tischplatte einzunehmen schien.
»Woher?«
»Cambridge.«
Nachdem sie mit dem Eintrag fertig war, gab sie Sam etwas, das wie ein altes Tombola-Los aussah, notierte sorgfältig die Nummer und schrieb ihren Namen daneben. Dann winkte sie Sam in den Laden.
Die Eingangshalle war düster und roch durchdringend nach scharfen, aber unidentifizierbaren Substanzen. Ein paar Minuten später tauchte eine andere Chinesin auf und führte Sam durch eine der Türen. Der Raum dahinter war groß und hell, hatte mehrere Fenster und weiß getünchte Wände. In Regalen standen zahllose Glasbehälter in verschiedenen Farben und Größen. In der Mitte befanden sich zwei große, bequeme Korbsessel und auf dem Boden lag ein Flickwerk aus farbenprächtigen Teppichen. Madam Wong saß am anderen Ende des Raumes an einem großen Eichenschreibtisch,

der voller Papiere, Bücher und Glasbehälter war und ihrem eigenen Schreibtisch im Krankenhaus ähnelte. Doch was Sam am meisten auffiel, war das Fehlen eines Computers. Sie konnte sich nicht erinnern, wann sie zum letzten Mal ein Büro oder das Sprechzimmer eines Arztes ohne Computer gesehen hatte. Als sie den Raum betrat, stand Madam Wong auf, kam lächelnd auf sie zu und streckte ihr die Hand entgegen.

»Samantha, ich freue mich sehr, Sie kennen zu lernen. Bitte setzen Sie sich.«

Sie führte Sam zu einem der Korbsessel und nahm ihr gegenüber Platz. Madam Wong strahlte etwas Warmes und Freundliches aus, das Sam entspannte. Sanft nahm sie Sams rechte Hand und betrachtete sie konzentriert, bevor sie sich der linken zuwandte.

»Sie sind eine Heilerin, und dennoch sehe ich viel Tod um Sie herum«, sagte sie und blickte fragend in Sams Gesicht.

»Ich bin Pathologin.«

Madam Wong nickte bedächtig. Dann hob sie die Hände zu Sams Hals und Kopf und tastete sorgfältig ihren Schädel ab, bevor sie Augen, Nase, Mund und Zunge untersuchte, wobei sie immer wieder nickte und sich kurze Notizen machte. Sam versuchte zu erkennen, was sie schrieb, aber es war alles auf Chinesisch. Als sie fertig war, lehnte sich Madam Wong in ihrem Sessel zurück.

»Ich brauche Urin-, Blut- und Speichelproben von Ihnen. Haben Sie etwas dagegen?«

Sam war nicht klar, wie sich durch diese Untersuchung ihr Zustand verbessern sollte, aber sie entschied, Madam Wong nicht mit Skepsis zu begegnen, sondern die Ergebnisse abzuwarten. Sam schüttelte den Kopf. »Nicht das Geringste, aber ich würde es vorziehen, mir selbst die Blutprobe zu entnehmen, mit meiner Ausrüstung.«

Madam Wong schien nicht gekränkt zu sein, aber sie versicherte Sam, dass ihre Ausrüstung von erstklassiger Qualität sei und von einem bedeutenden Großhändler stamme und dass Nadeln und Spritzen niemals zweimal benutzt würden. Daraufhin erklärte sich Sam mit der Entnahme einer Blutprobe einverstanden.

Madam Wong läutete mit einer kleinen Messingglocke, die auf ihrem Tisch stand. Die Chinesin, die sie vorhin hereingeführt hatte, tauchte wieder auf und geleitete sie in einen anderen Raum, in dem die verschiedenen Proben entnommen wurden. Als sie fertig war, wurde Sam gebeten, um vier Uhr wiederzukommen, um die Ergebnisse zu besprechen. Dann führte man sie durch eine Seitentür nach draußen.

Marcia wollte Jack Falconer unbedingt mehr Informationen entlocken, als er freiwillig herausgerückt hatte. Außerdem wollte sie eine Erklärung für sein seltsames Verhalten auf Herdan Hill haben. Sie sah in ihrer Karte nach und kreiste mehrere Dörfer in der Umgebung ein; wenn er ein Wilderer aus dieser Gegend war, würde er nicht weit von seinem Wild wohnen. Sobald sie ihn in seiner Höhle aufgespürt hätte, würde er sie nicht mehr so schnell loswerden wie beim ersten Mal.

Marcia fuhr von Dorf zu Dorf und klapperte die üblichen Orte ab: Postamt, Pub, Zeitungsladen und die Dorfpolizeiwache, sofern es eine gab. In den ersten beiden Dörfern hatte sie keinen Erfolg und sie zweifelte bereits ihre Vermutung an, als sie schließlich das Postamt in Market Dayton erreichte. Dort wurde Marcia von einer sehr hübschen und hilfsbereiten Postangestellten begrüßt, die den Wilderer sofort anhand der Beschreibung erkannte.

»Sie suchen Jack Falconer. Was hat er denn diesmal angestellt? Der Mann könnte in einer Stadt voller Engel für Ärger sorgen.« Sie schüttelte den Kopf. »Er ist kein schlechter Mensch, verstehen sie?« Sie zwinkerte Marcia wissend zu. »Er scheint nur nicht ohne Probleme leben zu können.« Sie lachte leise und winkte Marcia dann nach draußen. »Sie finden sein Haus etwa siebeneinhalb Kilometer außerhalb des Dorfes. Es steht am Ende eines Feldwegs zu Ihrer Rechten. Sie können es nicht verfehlen.«

Marcia dankte ihr und machte sich auf den Weg.

Sie sah den Rauch, kurz nachdem sie das Dorf verlassen hatte, aber zuerst konnte sie nicht genau erkennen, woher er stammte. Er schien aus der Richtung zu kommen, in die sie fuhr. Als sie von der Straße abbog und einem holprigen Feldweg folgte, bemerkte sie, dass sie direkt darauf zufuhr. Nach einem Kilometer fand sie Jack Falconers Cottage. Es stand in Flammen. Rauch drang durch das Reetdach und Feuer schlug aus den Fenstern. Marcia sprang aus ihrem Wagen, stieß das Tor auf und rannte auf das Haus zu; sie wusste nicht, was sie tun konnte, aber sie war entschlossen, irgendetwas zu unternehmen. Sie hatte keine Ahnung, ob Jack Falconer zu Hause war.

»Mr. Falconer, können Sie mich hören? Mr. Falconer!«, rief sie.

Sie rannte zur Rückseite des Cottages und schirmte ihr Gesicht vor der zunehmenden Hitze ab. Inzwischen brannte das gesamte Haus lichterloh und Marcia war sicher, dass jeder, der sich in ihm aufhielt, bestimmt längst tot war. Doch in dem Moment drang ein schmerzerfüllter Schrei aus dem Innern des Infernos. Sie warf sich ihre Jacke über den Kopf, um sich vor der Hitze zu schützen, kämpfte sich zur Hintertür vor, trat in dem Versuch, sie zu öffnen, verzweifelt dagegen und schrie: »Mr. Falconer, hier hinten, hier hinten!«

Plötzlich sprang die Tür auf und Marcia wurde von einem Feuerball umhüllt. Die fliegende, aus den Angeln gerissene Tür traf ihren Körper und schleuderte ihn in den verwilderten Garten.

Sam kehrte um vier in den Laden zurück und wurde direkt in Madam Wongs Sprechzimmer geführt. Nachdem sie sich in den Korbsessel gesetzt hatte, kam Madam Wong sofort zum Thema.

»Die zu Ihrem Bulbus olfactorius führenden Nerven sind geschädigt, vor allem der Teil, der mit Ihrem Geruchssinn verbunden ist. Um diese Schädigung zu beheben, müssen wir einige Ungleichgewichte in Ihrem Körper korrigieren. Zunächst müssen wir einige Spurenelemente zuführen. Sie haben zu wenig Magnesium und Zink und dieser Mangel hat die natürlichen Energieströme Ihres Körpers gestört.«

Sam hörte aufmerksam, aber auch ein wenig skeptisch zu, als Madam Wong fortfuhr: »Um diese Energieströme zu korrigieren, werden wir Ihren Körper mit einigen Spurenelementen sowie mit Kräutern und homöopathischen Mitteln versorgen.« Aus einer Schublade hinter ihrem Sessel holte sie vier Fläschchen in unterschiedlichen Farben hervor.

»Sie müssen jeweils eine davon täglich nehmen.«

Sam nahm das erste Fläschchen und nickte.

»In dem roten Fläschchen befindet sich ein Magnesiumpräparat, in dem blauen ein Zinkpräparat. Die beiden anderen in den grünen Fläschchen, von denen Sie zwei am Tag nehmen müssen, sind Kräutermischungen, die speziell für Ihren Körper und Zustand hergestellt wurden. Es wird eine Weile dauern, bis die Wirkung eintritt, also haben Sie Geduld.«

Sam betrachtete die beiden letzten Fläschchen. Dabei ging ihr der Spruch »Nur weil es chinesisch ist, bedeutet es nicht, dass es dich umbringen wird« durch den Sinn.

»Wie lange ist ›eine Weile‹?«

»Ein paar Wochen, vielleicht ein Monat.«

»Werden die Tabletten so lange reichen?«

»Oh ja, ich habe Ihnen genug gegeben.«

Sam war noch immer skeptisch. »Wie viel schulde ich Ihnen für diese Tabletten?«

Madam Wong schüttelte den Kopf. »Nichts, das ist alles im Beratungshonorar enthalten.«

»Und wenn es nicht funktioniert?«

»Dann kommen Sie bitte wieder und wir werden es noch einmal versuchen, ohne zusätzliche Kosten, aber ich denke, Sie werden mit dem zufrieden sein, was Sie bekommen haben.«

Sam stand auf und schüttelte ihr die Hand. »Vielen Dank für Ihre Mühe, ich weiß es zu schätzen.«

»Es ist nur eine Mühe, wenn Sie die Medizin nicht nehmen, die ich Ihnen gegeben habe. Es wird Sie nicht umbringen, wissen Sie.«

Sam wurde ein wenig verlegen, da es schien, als hätte Madam Wong ihre Gedanken gelesen. »Ich werde sie nehmen. Um ehrlich zu sein, habe ich wohl kaum eine Wahl.«

»Wir alle haben die Wahl, verschiedene Wege werden uns angeboten. Wir müssen versuchen, den richtigen einzuschlagen. Das ist nicht immer leicht.«

Sam warf einen letzten Blick in Madam Wongs lächelndes, zuversichtliches Gesicht. Es entspannte und beunruhigte sie; es war, als könnte sie durch ihre sterbliche Hülle direkt in ihre Seele sehen. Sam wandte sich hastig ab und verließ das Sprechzimmer.

Einige Stunden später kam Sam erschöpft und gestresst nach Hause. Sie streifte ihre Schuhe ab, ging direkt nach oben und warf sich aufs Bett. Sie schlief sofort ein. Sie wusste nicht, wie viel Uhr es war, als sie vom hartnäckigen Klingeln des Telefons geweckt wurde. Es war noch immer dunkel. Als Sam nach dem Telefon griff, stieß sie die Nachttischlampe zu Boden. Fluchend fand sie den Hörer und zog ihn zu sich unter die Decke. Wenn sie nicht Bereitschaftsdienst hatte, schaltete sie normalerweise das Telefon aus und überließ die Anrufe dem Anrufbeantworter, aber in ihrem erschöpften Zustand hatte sie es vergessen.

»Hallo, Doktor Ryan.« Ihre Stimme klang müde und matt.

Die Stimme am anderen Ende war barsch und nüchtern. Sie wusste sofort, dass es die Polizei war.

»Tut mir Leid, dass ich Sie stören muss, Ma'am, aber wir haben eine Leiche im Cam River gefunden und wollten Sie um Ihre Hilfe bitten.«

»Ich habe frei. Doktor Stuart hat Bereitschaft.«

»Ja, Ma'am, ich weiß, aber er ist bereits zu einem anderen

Fall gerufen worden. Superintendent Adams lässt Ihnen seine Grüße ausrichten und sagt, dass er es wieder gutmachen wird.«

»Wo ist die Leiche?«

»Gegenüber vom Bootshaus des Trinity Colleges. Nach meiner Information liegt sie noch immer im Wasser.«

»Ist der Polizeiarzt bereits vor Ort?«

»Er war dort und ist schon wieder weg, soweit ich weiß.«

Sam seufzte tief. »Okay, ich komme so schnell wie möglich.«

Sie schmetterte den Hörer fast auf die Gabel, bevor sie die Bettdecke zurückschlug. Dann warf sie einen Blick auf die Uhr; es war halb sechs. Das Letzte, was sie jetzt sehen wollte, war eine Leiche in einem zugefrorenen Fluss. Sie schleppte sich ins Bad und hoffte, dass eine Dusche ihre Lebensgeister wecken würde.

Eine gute Stunde später erreichte Sam das Bootshaus. Der Tatort wirkte ruhiger, als es sonst der Fall war, und es waren nur wenige Leute da. Sam parkte den Wagen, griff nach ihrer Tasche und begab sich zur Uferböschung, wo Tom Adams stand. Als sie ihn erreichte, wandte er sich um.

»Tut mir Leid, dass ich dich aus dem Bett holen musste, Sam.«

Sie ignorierte seine Entschuldigung und trat an die Böschung. »Was ist passiert?«

»Ertrunken, sieht nach einem Unfall aus. Er ist etwas weiter flussaufwärts ins Wasser gegangen und die Strömung hat ihn hier angeschwemmt.«

»Und was mache ich dann hier? Das hätte doch der Polizeiarzt erledigen können.«

»Ein Penner aus der Gegend sagte, er hätte gesehen, wie er hineingeworfen wurde, worauf die Ortspolizei entschieden hat, auf Nummer sicher zu gehen und mich zu holen.«

»Und du hast dich entschieden, die gute Nachricht an mich weiterzugeben.«

Tom lächelte. »So in etwa. Ich schätze, das Opfer hatte irgendetwas hineingeworfen und wollte nur zum Spaß die Stärke des Eises testen. Das passiert jedes Jahr. Verdammte Studenten. Sie bilden sich ein, alles zu wissen, und dabei wissen sie nichts.«

»Was ist mit der Aussage des Penners?«

»Er ist nicht gerade ein zuverlässiger Zeuge, deshalb bin ich mir nicht sicher.« Er zog den Kragen seines Mantels enger um den Hals.

»Wo ist die Leiche?«

Tom trat zur Seite und deutete mehrere Meter weiter flussabwärts von der Stelle, wo sie standen. Sam ging hinüber und konnte dicht unter dem Eis die Leiche eines jungen Mannes erkennen. In der Nähe war das Eis gesplittert und gebrochen und wies ein kleines Loch auf. Sam kniete nieder und untersuchte das Loch.

»Ich dachte, du sagtest, er wäre weiter flussaufwärts ertrunken?«

Tom nickte. »So ist es.«

»Und was macht dann dieses Loch hier?«

»PC Plod wollte ihn herausholen. Das schien auch zu klappen, bis er seinen Schlagstock in den Fluss fallen ließ, der blöde Kerl.«

Sam wischte über der Leiche den Schnee von der gesplitterten Eisdecke, um einen besseren Blick auf das Opfer zu bekommen. »Ich weiß nicht, was ich tun kann, solange er noch im Wasser ist«, sagte sie.

Tom kniete neben ihr nieder. »Wir wollten ihn nicht bewegen, bevor du eintriffst.«

»Nun, ich werde bestimmt nicht zu ihm in den Fluss steigen.«

Als Sam das Eis abwischte, kam ihr die Leiche seltsam bekannt vor. Da das Gesicht nicht deutlich zu erkennen war, wischte sie weiter mit ihren klammen Fingern über das Eis. Dann drückte Sam ihr Gesicht an das Eis und starrte durch das gefrorene Wasser, bis sie das verschwommene Gesicht

schließlich deutlich sehen konnte.
»Oh, mein Gott!«
Sie wich stolpernd zur Uferböschung zurück und fiel hin. Tom ergriff ihren Arm und zog sie auf die Beine.
»Was zum Teufel ist los?«
Sam verschränkte die Arme und blickte zum Fluss. »Es ist Dominic Parr.«
Tom sah sie verwirrt an.
»Er war Simon Vickers' bester Freund.«

6

Sam konnte wenig tun außer warten und zusehen, wie die Polizeitaucher versuchten, Dominics bleiche und gefrorene Leiche aus dem eisigen Fluss zu bergen. Es war keine einfache Aufgabe; obwohl die Eisschicht über der Leiche dick war, nahm die Temperatur unter ihr zu, sodass das Eis bereits taute. Hinzu kam, dass die Strömung die Leiche weiter flussabwärts treiben wollte, während das Eis, an dem sie klebte, sie festhielt. Sam konnte den Blick nicht abwenden. So, wie der Leichnam unter dem Eis feststeckte, sah er aus wie eine groteske Stoffpuppe, die von einem Kind weggeworfen worden war. Sam fragte sich, ob sie unabsichtlich für seinen Tod mitverantwortlich war. Vielleicht war es bloß ein tragischer Unfall, aber vielleicht hatte sie ihn auch zu stark unter Druck gesetzt und ihn derart aufgeregt, dass er Selbstmord begangen hatte. Doch wenn man dem Zeugen glauben konnte – und ihr Instinkt sagte ihr dasselbe –, war auch er möglicherweise ermordet worden. Mit Sicherheit wusste sie nur, dass sie objektiv und gründlich vorgehen und sich ihre Schlussfolgerungen von der Wissenschaft diktieren lassen musste.

Es mussten zusätzliche Löcher in das Eis gebohrt werden, damit die Polizeitaucher die Leiche an ihrer Position halten konnten, während sie vorsichtig befreit wurde. Da das Wasser eisig war, mussten die Froschmänner alle zehn Minuten abgelöst werden, damit sie keine lebensbedrohliche Unterkühlung erlitten. Während sie arbeiteten, nutzte Sam die Gelegenheit, um Wasser- und Lufttemperatur zu messen und in ihr Notizbuch einzutragen. Schließlich, nach fast einer Stunde, wurde Dominics lebloser Körper aus dem Fluss gezogen. Die Taucher trugen ihn rasch zu dem schwarzen Plastikleichensack, der auf dem Boden lag. Sam ging hinüber zu ihm. Sie kniete nieder und betrachtete sein Gesicht. Es war aschfahl, wodurch der blau verfärbte Mund noch stärker hervortrat. Die Augen waren halb offen und starrten blind ins Leere. Sam schaltete ihr Diktafon ein.

»Flussufer des Cam, gegenüber dem Trinity-Bootshaus. Sieben Uhr fünfzehn, 19. Dezember 1997. Ich untersuche die Leiche eines männlichen Weißen, neunzehn Jahre alt, vermutlich Dominic Parr.«

Sie legte die Hand an seinen Hals und bewegte vorsichtig seine Arme. »Obwohl es erste Anzeichen für Rigor mortis gibt, ist er noch nicht ausgeprägt und wurde möglicherweise durch die eisige Temperatur des Wassers verzögert.«

Sie blickte zu Tom Adams auf, der sich zu ihr und der Leiche gestellt hatte.

»Um wie viel Uhr ist er laut Aussage des Zeugen ins Wasser gegangen?«

»Gegen elf«, sagte Tom. »Aber er hat uns auch erzählt, dass er von jemand hineingeworfen wurde, dessen Beschreibung an das Frankenstein-Monster erinnert. Du kannst dir sicherlich vorstellen, dass wir ihn für keinen besonders zuverlässigen Zeugen halten.«

»Aber macht dich das nicht misstrauisch? Zumal noch die Tatsache hinzukommt, dass er Simon Vickers' bester Freund war.«

Tom atmete laut aus und schüttelte den Kopf. »Es steht noch längst nicht fest, dass Simon Vickers ermordet wurde, und selbst wenn, war Dominic Parr, soweit ich weiß, weder ein Zeuge noch sonst wie mit dem Fall verbunden. Also könnte das Motiv hier ein kleines Problem sein. Du und deine Theorien, Sam.«

»Es ist keine Theorie. Ich glaube nur nicht an diese Art von Zufällen.«

Tom kniete neben ihr nieder. »Wann hast du ihm deine Karte gegeben?« Er hielt sie, nass und zerknittert, in der Hand.

»Gestern.«

»Warum?«

»Ich hatte den Eindruck, dass er etwas verheimlicht. Ich dachte, wenn ich ihm meine Karte und etwas Zeit gebe, würde er sich vielleicht entschließen, mir zu erzählen, was er weiß.«

»Was hast du zu ihm gesagt?«

»Ich habe ihn gefragt, ob er irgendetwas über die Nacht wüsste, in der Simon gestorben ist.«

»Und, wusste er etwas?«

Sam nickte. »Ja, ich denke schon.«

»Du *denkst*. Was hat er gesagt?«

»Nichts Konkretes«, erwiderte sie schulterzuckend. »Aber wie ich schon sagte, er wusste weit mehr, als er sagte.«

»Du hast ihn also ein wenig unter Druck gesetzt?«

»Nein, habe ich nicht, ich habe ihn nur über Simon ausgefragt. Ich bin keine Polizistin.«

»Nein, Sam, das bist du nicht und du hättest nicht einmal mit ihm reden dürfen.«

»Was hätte ich denn sonst tun sollen, etwa aufgeben? Du wolltest Beweise und ich versuche welche zu finden. So einfach ist das.«

»Du nimmst lediglich unzusammenhängende Umstände und manipulierst sie, damit sie in deine Theorie passen.«

Sam ärgerte sich über Toms anhaltende negative Einstellung. Sie hätte ihm zu gern erzählt, was Marcia entdeckt hatte, wagte es aber nicht, um ihre Freundin nicht in Schwierigkeiten zu bringen. Sie brauchte noch mehr Beweise, damit Tom sich nicht wieder herauswinden und weiter untätig bleiben konnte. Gott, dachte sie, sie klang allmählich genau wie er.

»Klingt für mich wie das Einmaleins der Polizeiarbeit. Soll ich dir etwa ein Video von einem der Morde liefern?«

»Gib mir ein paar handfeste Beweise – das ist es, was ich brauche.«

»Wir haben es hier womöglich mit einem Serienmörder zu tun, und du verlangst ›handfeste Beweise‹. Gott, Tom, es gab eine Zeit ...«

»Serienmörder? Komm schon, Sam, wir sind hier in Cambridge und nicht in New York.«

»Wie kannst du das sagen, wo du doch gerade von der Serial Crime Squad kommst?«

»Ich kann das sagen, weil ich eins bei der Squad gelernt habe: dass es nur sehr wenige Serienmörder gibt und es höchst unwahrscheinlich ist, dass sie in Cambridge auftauchen.«

»Oh, dann ist ja alles in bester Ordnung. In Cambridge passiert also nie etwas Schlimmes.«

»Jetzt wirst du albern.«

»Und du bist blind. Was ist mit dir passiert, Tom? Was ist aus dem alten Bauchgefühl geworden, deiner Intuition?«

»Also gut, was war es deiner Meinung nach dann?«

Sam starrte ihn wütend an. »Ein Mord, das war es meiner Meinung nach, ein Mord!«

»Du hast wirklich eine Vorliebe für das Spektakuläre, nicht wahr? Was ist mit Selbstmord? Hast du daran schon gedacht? Er hat seinen besten, vielleicht einzigen Freund verloren, er ist deprimiert, er springt hinein. So etwas passiert jeden Tag. Könnte es sein, dass du dich ein klein wenig schuldig fühlst, weil deine Befragung ihn zu dieser Kurzschlusshandlung getrieben haben könnte?«

Sam drehte sich zu ihm um. »Nein!«

Das schloss sie eindeutig aus, aber vielleicht hatte Tom ihre Furcht gespürt, dass sie in gewisser Hinsicht für den Tod des armen Jungen mitverantwortlich sein könnte. Hatte sie Dominic mit ihrer Enthüllung über die Ermordung seines Freundes zu einer Kurzschlusshandlung veranlasst? Sie konnte nicht sicher sein, aber die mögliche Schuld lastete schwer auf ihr. Sam schwieg und ließ Tom fortfahren.

»Wie ich vorhin schon sagte, Sam, gib mir genug Beweise und ich werde sehen, was ich tun kann. Ansonsten haben wir es, soweit es mich betrifft, im Moment nur mit einem Unfalltod zu tun. Du weißt so gut wie ich, dass in der Mehrzahl der Fälle die offensichtlichste und einfachste Erklärung wahrscheinlich die richtige ist.«

Sam wandte sich verärgert von ihm ab und setzte ihre Untersuchung fort. Sie inspizierte die Vorderseite von Dominics Leiche und suchte nach irgendwelchen Spuren von Gewalteinwirkung. Als Nächstes kontrollierte sie seine Hände, die sich beim Ertrinken verkrampft hatten. Oft konnte man zwischen den Fingern der Opfer, die verzweifelt um ihr Leben gekämpft hatten, Hinweise finden. Doch in diesem Fall waren die Hände leer. Sie blickte zu einem der Polizeitaucher auf, die sich um sie drängten.

»Könnten Sie ihn bitte umdrehen?«

Der Polizeitaucher befolgte Sams Bitte, worauf sie Dominics Rücken und Nacken untersuchte. Auch dort fand sie keine Spuren von Gewaltanwendung. Sam war enttäuscht. Sie hatte gehofft, ein sichtbares Zeichen wie eine Messerwunde oder andere Spuren zu finden, die ihre Theorie stützen würden. Als sie fertig war, nickte Sam dem Taucher zu, der den toten Körper auf den Rücken drehte, und sie setzte ihren Bericht fort.

»Es gibt keine sichtbaren Spuren von Gewaltanwendung. Zu diesem Zeitpunkt scheint es sich um einen Fall von Ertrinken zu handeln, obwohl dies noch durch die Autopsie bestätigt werden muss.«

Sie steckte ihr Diktafon ein und richtete sich auf. Einer der Taucher sah sie an. »Können wir ihn jetzt einsacken und wegschaffen, Doktor?«

Sam hasste diesen Polizeijargon, aber sie schwieg und nickte. Der Taucher kniete nieder und legte die schwarze Plastikhülle um Dominics Leiche. Dann zog er den Reißverschluss zu und half den anderen, sie zum Wagen des Bestattungsunternehmers zu tragen, der vor einer halben Stunde wie ein hungriger Geier eingetroffen war. Wenn ein Opfer am Tatort für tot erklärt wurde, verzichtete man auf den Einsatz eines Krankenwagens und informierte den nächsten Leichenbestatter, der ihn in die Leichenhalle brachte. Sam war immer überrascht, wie viel Geld man in diesem Beruf verdienen konnte.

Als Dominics Überreste zur Leichenhalle transportiert wurden, wandte sie sich wieder dem Fluss zu. Trotz der frühen Stunde hatte sich am anderen Ufer bereits eine kleine Gruppe von Schaulustigen eingefunden. Als Sam zu ihnen hinüberblickte, entdeckte sie einen kleinen, dunkelhaarigen Mann, der dicht an der Uferböschung stand und eine Videokamera an sein rechtes Auge hielt. Während Sam ihn ansah, senkte er langsam die Kamera; es war Edmond Moore. Als er bemerkte, dass Sam ihn beobachtete, blickte er zu ihr hinüber und nickte mit ausdrucksloser Miene, bevor er sich abwandte und in der größer werdenden Menge verschwand. Sam rätselte, was er mit seiner Videokamera bewaffnet zu dieser morgendlichen Stunde hier machte, und sie fragte sich unwillkürlich, warum das Unglück anderer Menschen eine derartige Faszination ausübte. Dann schob sie die Gedanken an Moore beiseite, hob einen großen Stock von der Uferböschung auf und schlug damit auf den vereisten Fluss ein. Tom beobachtete sie einen Moment, bevor er zu ihr trat.

»Musst du dich abreagieren?«

Sam war bereits außer Atem, warf schließlich ihren Stock auf den Boden und drehte sich zu Adams um. »Zu dick.«

Tom blickte verwirrt drein; er wusste nicht genau, ob sie ihn oder das Eis meinte.

»Das Eis, es ist zu dick, er konnte es nicht durchdringen. Jedenfalls nicht ohne Hilfe.«

Tom blickte über den zugefrorenen Fluss. »Die Dicke variiert an verschiedenen Stellen. Vielleicht ist das Eis stromaufwärts dünner. Er hatte einfach Pech, trat auf eine dünne Stelle und konnte nicht mehr heraus.«

»Selbst wenn Dominic allein war, er war ein kräftiger, fitter Bursche. Er hätte zumindest den Versuch gemacht, sich herauszuziehen.«

»Komm schon, Sam, nicht einmal unsere Taucher konnten es in dem kalten Wasser lange aushalten. Diese Dinge passieren jedes Jahr, du solltest das besser als die meisten wissen.«

»Die Taucher haben sich kaum bewegt. Er hätte gekämpft, um sich zu befreien.«

Tom schüttelte den Kopf. »Und das ergibt für dich einen weiteren Strohhalm, an den du dich klammern kannst.«

Sie ignorierte seine Bemerkung. »Wo ist er deiner Meinung nach aufs Eis gegangen?«

»Wenn unser Penner Recht hat, etwa einen halben Kilometer flussaufwärts. Ein paar Meter vom Ufer entfernt ist ein Loch.«

»Hast du es fotografieren lassen?«

»Nein, es schien der Mühe nicht wert zu sein, aber wenn du es für wichtig hältst ...?«

Sam nickte. »Ja, das tue ich.«

»Wird sofort erledigt.«

Sam klappte ihre Tasche auf und nahm eine kleine Glasflasche heraus. Sie schraubte den Verschluss auf, kniete am Fluss nieder und füllte sie mit Wasser, bevor sie sie wieder schloss, abtrocknete und etikettierte.

»Was machst du da?«

»Ich werde die Diatomeen untersuchen.«

»Die was?«

»Mikroorganismen, die im Wasser leben. Sie variieren von Ort zu Ort und wenn er ertrunken ist und ich die verschiedenen Arten von Diatomeen im Wasser in seiner Lunge untersuche, sollte ich mit etwas Glück in der Lage sein, genau zu bestimmen, wo er untergegangen ist. Wenn du mir zeigst, wo er vermutlich aufs Eis gegangen ist, würde ich auch dort gern ein paar Proben nehmen, falls du einverstanden bist.«

»Von mir aus. Folge einfach dem Ufer, du kannst es nicht verfehlen, einer meiner Leute sollte dort sein.«

Als sich Sam zum Gehen wandte, rief Tom ihr nach: »Wenn du bei der Autopsie irgendetwas ›Zweifelhaftes‹ entdeckst, vergiss nicht, mir eine Kopie des Berichts zu schicken.«

»Wenn ich irgendetwas ›Zweifelhaftes‹ entdecke, wirst du der Erste sein, der es erfährt.«

Sam erreichte die Leichenhalle, kurz nachdem Dominic Parrs Leiche dort eingetroffen war. Sie konnte es kaum erwarten, mit der Autopsie anzufangen, und hoffte, dass sie etwas entdecken würde, das ihr half, Tom von ihren Theorien zu überzeugen. Fred war bereits da, hatte sich umgezogen und bereitete die Untersuchung ihres neuesten Falls vor. Als Doktor Ryan ihn anrief und ihre Anweisungen durchgab, erkannte er an ihrem Ton, dass es sich um mehr als nur einen Ertrunkenen handeln musste. Normalerweise machte sie nicht solch einen Wirbel um einen Unfalltoten; es klang mehr nach einem Mord, aber das war unmöglich, denn die Polizei und die wissenschaftlichen Ermittlerteams, die normalerweise eine Morduntersuchung durchführten, waren nicht zugegen.

Sam betrat den Raum, als der schwarze Leichensack auf den Autopsietisch gelegt wurde.

Fred sah zu ihr hinüber. »Soll ich den Sack öffnen, Doktor?«

»Warten Sie noch einen Moment.«

Während Fred wartete, holte Sam eine Kamera aus ihrem kleinen Büro und legte eine Filmrolle ein. Als sie fertig war, wandte sie sich an Fred. »Okay, Sie können jetzt.«

Fred sah sie einen Moment lang an, ohne sich zu rühren, bis Sam die Kamera senkte.

»Gibt es ein Problem, Fred?«

»Ja, Doktor Ryan, das gibt es. Ich habe den Eindruck, dass Sie mir etwas vorenthalten. Und als leitender Techniker in dieser Leichenhalle sollte ich erfahren, was es ist, bevor die Autopsie beginnt.«

Sam dachte kurz über seine Bitte nach. »Ich glaube, wir haben es hier möglicherweise mit einem weiteren Mord zu tun, und ich glaube auch, dass Dominic Parr, der junge Mann, der in diesem Leichensack steckt, möglicherweise das Opfer derselben Person ist, die Simon Vickers getötet hat.«

Fred sah sie schockiert an. »Weshalb sind dann die Polizei und die anderen nicht da?«

Sam zuckte die Schultern. »Sie sind noch nicht davon überzeugt und deshalb müssen wir Beweise finden, die sie überzeugen. Soweit es Sie und mich betrifft, Fred, ist Dominic ein Mordopfer und wir werden ihn, soweit das möglich ist, als solches behandeln, okay?«

»Wie Sie wollen, Doktor Ryan. Ich hoffe nur, Sie wissen, was Sie tun.«

Sam lächelte ihn an. »Vertrauen Sie mir. Sollen wir anfangen?«

Fred nickte und zog den Reißverschluss des Leichensacks auf, während Sam die erforderlichen Fotos machte. Sobald die Leiche freilag, tauschten sie die Rollen, und während Sam Dominic auszog, machte Fred die Fotos. Wegen der Leichenstarre war es schwierig, die Kleidung von seinen steifen Gliedern zu streifen. Sam untersuchte jedes Kleidungsstück und leerte die Taschen, bevor sie sie Fred reichte, der sie in durchsichtige Plastikbeutel steckte. Jedes Stück musste an der Luft trocknen, bevor die Beutel versiegelt werden konnten. Diese Prozedur verhinderte das Einlaufen und damit das Eintreten von Diskrepanzen zwischen der Position möglicher Wunden an der Leiche und etwaigen Rissen oder Löchern in der Kleidung. Als sein Hemd entfernt worden war, blieben nur noch die Socken übrig. Fred zog zuerst die rechte Socke, dann die linke aus. Als sich die zweite Socke von Dominics weißem, runzligem Fuß löste, fiel ein Objekt, das in ihr gesteckt hatte, auf den Boden neben dem Seziertisch. Sam kniete nieder und hob es auf. Es war eine Diskette. Fred beugte sich über ihre Schulter.

»Komische Stelle, um eine Diskette aufzubewahren.«

Sam nickte. »Ja, nicht wahr? Er wollte bestimmt nicht, dass jemand sie findet.«

Sie drehte die kleine, quadratische Diskette in ihrer Hand und versuchte die Aufschrift an der Vorderseite zu entziffern, aber die Tinte war verlaufen, sodass man die Buchstaben nicht mehr lesen konnte. Fred hielt ihr einen kleinen Plastikbeutel für die Diskette hin und Sam steckte sie hinein.

»Hoffen wir, dass wir sie trocknen können.«

»Sie haben bestimmt Glück.«

Als er durch die Leichenhalle zu den anderen Aufbewahrungsstücken ging, rief Sam ihm nach: »Legen Sie sie nicht zu dem Rest seines Besitzes, sondern einfach auf meinen Schreibtisch, ja? Ich will sehen, ob ich sie lesen kann, wenn sie trocken ist.«

Fred nickte und legte die Diskette zur Seite. Nun lag Dominics Leiche nackt auf der Marmorplatte. Nachdem der Körper trocken war, fuhr Sam mit einem feinen Kamm durch die Kopf- und Körperbehaarung, um etwaige Spuren auszukämmen, die sich dort verfangen hatten. Proben des Blutes, Urins und der Rückenmarkflüssigkeit wurden entnommen, bevor Sam Abstriche vom Penis und schließlich dem Anus machte. Als Sam den Anusabstrich machte, bemerkte sie Risse in der äußeren Wand des Anus. Als sie ihn genauer untersuchte, diagnostizierte sie Blutergüsse und andere kleinere Verletzungen.

»Vor dem Tod scheint es zum Geschlechtsverkehr zwischen Dominic Parr und einer unbekannten Person gekommen zu sein. Die Verletzungen in der Analregion bringen mich zu der Annahme, dass der Sex nicht einvernehmlich stattfand und dass Dominic möglicherweise vergewaltigt wurde, bevor er im Wasser landete.«

Fred reichte ihr das Skalpell.

»Ich werde in die Stelle hineinschneiden müssen, um die Tiefe der Verletzungen feststellen zu können.« Ein derartiger Schnitt war immer schwierig und Sam nahm sich Zeit dafür. »Die Verletzungen reichen bis in eine Tiefe von zehn bis zwölf Zentimetern in den Analtrakt. Ich werde jetzt Proben von diesen Bereichen für die weitere Untersuchung entnehmen.«

Sam wusste, dass gute Qualitätsproben wichtig sein würden. Sie musste bestimmen, ob Dominic regelmäßig Analverkehr gehabt hatte oder nicht, ein wichtiger Punkt, wenn es um die Feststellung einer Vergewaltigung ging. Alte Narben, so es sie denn gab, würden es beweisen.

Als Nächstes fuhr Sam mit den Analabstrichen fort. Doch da die Leiche längere Zeit im Wasser gelegen hatte, war die

Wahrscheinlichkeit gering, irgendwelche verwertbaren Sekrete für die Blut- oder DNS-Analyse zu gewinnen. Aber sie hatte früher schon Glück gehabt, und so war es ein wichtiges Verfahren.

Sobald die vorbereitenden Arbeiten abgeschlossen waren, begann Sam mit der eigentlichen Untersuchung.

»Autopsie an Dominic Parr, acht Uhr fünfundvierzig. Freitag, der 19. Dezember 1997. Er ist ein männlicher Weißer, neunzehn Jahre alt. Er wiegt sechsundsechzig Kilo bei einer Größe von ein Meter vierundsiebzig. Er scheint gut genährt zu sein und es gibt keine offensichtlichen Anzeichen für äußere Verletzungen. In seinem Mund und seinen Nasenlöchern hat sich feiner weißer Schaum gebildet, wahrscheinlich eine Mischung aus Luft, Wasser und Schleim. Fred, können Sie die Proben entnehmen?«

Sam trat zurück, während sich Fred über die Leiche beugte und mehrere Proben vom Mund und der Nase nahm. Diese Art von Schaumbildung in Mund und Nase war typisch für Fälle von Ertrinken, und Proben zu nehmen war unumgänglich, damit das Labor später nach irgendwelchen Anzeichen von Vergiftung suchen konnte. Als Fred fertig war, trat Sam wieder zu der Leiche.

»Die Haut an beiden Händen und den Sohlen der Füße ist weiß und runzlig, hervorgerufen durch das längere Verweilen des Körpers im Wasser. Seine Finger und Nägel wirken normal, ohne Anzeichen von Verletzungen.«

Finger und Nägel waren oft verletzt und beschädigt, da die Opfer versucht hatten, sich aus dem Wasser zu ziehen. Sam wandte sich an Fred und zeigte ihm Dominics Hände.

»Was halten Sie davon, Fred?«

Er untersuchte sie kurz. »Sie scheinen unversehrt zu sein.«

Sam nickte zustimmend. »Ja, in der Tat. Das dürfte eigentlich nicht sein. Ich habe erwartet, Schnitte, abgebrochene Nägel, kleinere Verletzungen zu entdecken, aber da ist nichts. Seine Hände sind glatt, unverletzt, die Nägel sind unbeschädigt. Seltsam, meinen Sie nicht auch?«

Fred nickte. »Sehr seltsam.«

Als Nächstes inspizierte Sam die Ohren und suchte nach Blutergüssen, die von Veränderungen des barometrischen Drucks hervorgerufen wurden und zu den klassischen Folgen des Ertrinkens gehörten. Sie sah zu Fred hinüber, der bereits ein Skalpell vom Tablett genommen hatte. Er reichte es ihr und sie begann langsam und methodisch den Körper von Dominic Parr zu untersuchen.

Als Sam tief in den Rumpf schnitt und die Brust und den Unterleib freilegte, drohte die Lunge wie ein großer, sich ausdehnender Schwamm durch den länglichen Schnitt hervorzuquellen. Sie betrachtete sie und bemerkte die vertrauten purpurroten Flecken, die das Organ überzogen. Sie waren typisch für diese Todesart und bestätigten, dass Dominic Parr ertrunken und nicht an Herzversagen gestorben war. Wenn der Körper ins Wasser tauchte, vor allem, wenn dieses extrem kalt war, konnte der Schock oft zum Herzstillstand und zum Tode führen, bevor das Opfer unterging.

Dann entnahm Fred Wasserproben aus Dominics Magen und Speiseröhre und Ödemproben aus der Lunge. In derartigen Proben fand man oft Algen und Pflanzenreste vom Ort des Ertrinkens und mikroskopisch kleine Diatomeen. Die Verteilung der Diatomeen war ein anderer nützlicher Indikator für die Todesursache. Wenn das Wasser in den Körper eindrang, während das Blut noch zirkulierte, wurden diese Diatomeen im ganzen Körper verteilt, fanden ihren Weg in die Organe und das Knochenmark und zeigten deutlich an, ob ein Opfer ertrunken oder schon tot gewesen war, bevor es ins Wasser gelangte. Die Diatomeen konnten aus den Organen extrahiert werden, die bei der Autopsie entnommen wurden, indem man das Organgewebe mit einer starken Mineralsäure auflöste. Die säureresistenten Silikatschalen der Diatomeen blieben zurück und konnten unter einem Mikroskop untersucht werden. Bei über fünfzehntausend Arten von Diatomeen war es möglich, in manchen Fällen fast exakt zu bestimmen, wo und wann eine Person ins Wasser gelangt war.

Nachdem Fred seine Proben entnommen hatte, gab Sam ihm ihre Anweisungen.

»Lassen Sie sie bitte möglichst schnell analysieren, Fred. Ich will sie so bald wie möglich überprüfen.«

Während er die Proben vorsichtig auf ein Labortablett legte, fuhr Sam fort: »Es sind kleine Geschwüre im Magen feststellbar, die darauf hindeuten, dass der Verstorbene zum Zeitpunkt seines Todes auch an Unterkühlung litt, die mit fast an Sicherheit grenzender Wahrscheinlichkeit durch das eiskalte Wasser hervorgerufen wurde.«

Fred verfolgte, wie Sam die Leiche Zentimeter für Zentimeter untersuchte. Er wusste, dass es ein langer Morgen werden würde.

Nachdem die Autopsie beendet war, schickte Fred die verschiedenen Proben ins Labor. Dann begann er die Leiche wieder zuzunähen. Sam zog sich in ihr Büro zurück und tippte ihre Notizen ab. Obwohl sie sie langsam und methodisch durchging, konnte sie keinen Beweis dafür finden, dass er ermordet worden war. Die Tatsache, dass er möglicherweise vergewaltigt worden war, würde vielleicht helfen, aber andererseits hatte sie vergleichbare Verletzungen bei Leuten gesehen, die einvernehmlichen Sex gehabt hatten. Sie wusste, dass sie sicher sein musste, damit Tom Adams irgendetwas unternehmen konnte. Es gab keine anderen Anzeichen von äußeren oder inneren Verletzungen, die sich nicht durch die Umstände von Dominics Ertrinken erklären ließen. Der Körper wies keinerlei Spuren einer Strangulation, Kopfwunden oder andere Merkmale von Gewalteinwirkung auf. Sofern das Labor keine neuen Erkenntnisse lieferte, hatte sie verloren. Dennoch kam es ihr äußerst ungewöhnlich vor, dass Simon Vickers' Freund – und potenziell ein wichtiger Zeuge – so kurz nach Simons eigenem Tod und Sams Befragung gestorben war. Ein Klopfen an der Bürotür lenkte sie ab. Als sie sich umdrehte, steckte Fred den Kopf durch die Tür.

»Ich habe Ihnen einen Kaffee gemacht. Ich dachte, Sie könnten einen gebrauchen.«

Er reichte Sam eine Tasse, die sie dankbar annahm. »Alles zugenäht?«

»Fast. Ich glaube nicht, dass er irgendwohin gehen wird, während ich eine kurze Pause mache.« Fred nahm ihr gegenüber Platz. »Nach Ihrem Gesichtsausdruck zu urteilen machen Sie nicht gerade große Fortschritte bei dem Fall, oder?«

Sam schüttelte den Kopf. »Es sieht so aus, als hätten wir es am Ende doch nur mit einem Zufall zu tun.«

»Obwohl Sie glauben, dass er vergewaltigt wurde?«

Sam zuckte die Schultern. »Aber wurde er es wirklich? Vielleicht hat er nur irgendwelche harten Sexpraktiken ausgeübt, mit denen er einverstanden war.«

»Dennoch ist es seltsam.«

»Seltsam wird Tom Adams nicht dazu bringen, eine Untersuchung einzuleiten.«

Fred nippte an seinem Kaffee und sah nachdenklich auf Sams Computermonitor. »Da war eine Sache, die mich ein wenig verwirrt hat, als ich ihn aufgeschnitten habe.«

Fred hatte noch nie etwas für den Fachjargon übrig gehabt, obwohl er in seinen Berufsexamen beste Noten erhalten hatte.

»Was war es?«

»Erinnern Sie sich an die Verletzungen der Muskeln über dem Schulterblatt?«

Sam nickte. »Sie sind höchstwahrscheinlich entstanden, als er versuchte, sich aus dem Wasser zu ziehen.«

Fred sah sie mit einem wissenden Lächeln an. »Wenn dies der Fall war, warum sind dann nicht seine Finger verletzt und die Nägel beschädigt? Hätte er derart verzweifelt um sein Leben gekämpft, wäre dies doch bestimmt der Fall, oder?«

Sam saß für einen Moment reglos da, während Fred fortfuhr: »Erinnern Sie sich noch an diesen Todesfall im Polizeigewahrsam, mit dem wir es letztes Jahr zu tun hatten?«

Sam nickte.

»Nun, das Opfer, das wir in der Zelle fanden, wies dieselben Verletzungen an den Armen und der Schulter auf. Dadurch hervorgerufen, dass ihm seine Arme zu weit auf den Rücken gedreht wurden. Es tut mir Leid, wenn dies ein wenig weit hergeholt klingt, aber wenn ihm die Arme auf den Rücken gedreht wurden, befand er sich vielleicht in der perfekten Position für Sex, und womöglich wurde sein Kopf auch noch unter Wasser gedrückt. Seien wir ehrlich, er war kein besonders kräftiger Kerl und hätte nicht viel Widerstand leisten können, wenn er festgehalten wurde, richtig?«

Sam dachte über Freds Worte nach. Dann sprang sie auf, nahm sein Gesicht in die Hände und küsste ihn auf die Wange. »Warum zum Teufel habe ich das nicht gesehen?«

»Sie sind dem Fall zu nahe, das passiert manchmal.«

Sam lächelte ihren Assistenten an. »Ich schulde Ihnen etwas, Fred.«

Mit diesen Worten rannte sie aus der Leichenhalle und zu den Aufzügen. Fred sah ihr nach, bevor er die Augen wieder auf seine noch immer volle Tasse richtete.

»Wieder mal zu viel Koffein.« Er lachte leise vor sich hin und kehrte in die Leichenhalle zurück, um Dominic Parrs Körper zuzunähen.

Noch bevor die Feuerwehr eintraf, war die große Eiche bereits explodiert, die Äste wurden abgesprengt und die Flammen fraßen sich in ihren Stamm. Die Blumengebinde an seinem Fuß verbrannten im Nu und verwandelten sich in Asche, die vom Feuersturm über Herdan Hill geblasen wurde. Die anderen Bäume um die Eiche herum standen ebenfalls in Flammen, die den gesamten Wald zu zerstören drohten. Doch als die Feuerwehr endlich kam, brachte sie die lodernden Flammen rasch unter Kontrolle, und nach ein paar Stunden war auch der letzte Brandherd gelöscht. Obwohl das Feuer schlimm gewütet hatte, hatte es sich nicht weit ausgebreitet, und der Wald würde sich bald erholen. Die Eiche jedoch war fast vollständig zerstört.

Brandmeister Stan Johnson hob die Überreste eines großen Benzinkanisters auf und untersuchte ihn, bevor er sich dem verkohlten und noch immer glimmenden Stumpf des Baumes zuwandte. Es war eine Schande, dass nach fünfhundert Jahren ein paar Kinder mit einer Schachtel Streichhölzer und einem Benzinkanister ein derart prächtiges Objekt zerstört hatten.

Sam musste nicht lange auf Tom Adams warten. Sie hatte ihre Nachricht absichtlich vage formuliert in der Hoffnung, dass er umgehend zu ihr kommen würde, und der Plan hatte offenbar funktioniert.

»Superintendent Adams«, kündigte Jean den Besucher an.

Jean hatte immer einen wissenden Ton in der Stimme und einen bestimmten Ausdruck im Gesicht, wenn sie Tom ins Büro führte, was Sam zunehmend ärgerte. Sie hatte Jean darauf angesprochen, aber die hatte alles geleugnet und sich einfach wie immer verhalten. Schließlich hatte es Sam aufgegeben und ihren Ärger runtergeschluckt.

Tom durchquerte den Raum und nahm auf dem Stuhl vor ihrem Schreibtisch Platz.

»Ich habe deine Nachricht bekommen. Nun, hat er auch ein gebrochenes Genick?«

Sam bemerkte seinen sarkastischen Ton, aber sie ignorierte ihn und lächelte breit. »Das nicht, aber mir sind ein paar Ungereimtheiten aufgefallen.«

»Ungereimtheiten, nun, das ist ein interessantes Wort. Versuchst du mir zu erzählen, dass er nicht ertrunken ist?«

Sam schüttelte den Kopf. »Er ist ertrunken, daran besteht kein Zweifel. Alle klassischen Anzeichen sind vorhanden, aber es war kein Unfall oder Selbstmord. Er wurde an den Armen festgehalten und unter Wasser gedrückt, bis er ertrunken war, und ich glaube, dass er möglicherweise vergewaltigt wurde, bevor er starb.«

Tom sah sie skeptisch an. »Und deine Beweise?«

»Der Anus weist starke Risswunden und Abschürfungen

auf und die Muskeln über seinem Schulterblatt sind verletzt …« Sam zeigte ihm die Stelle an ihrem Körper.

»Wie du am Tatort gesagt hast, hat er vermutlich versucht, sich aus dem Eis zu retten. Ich sehe nicht, was das beweisen soll.«

»Aber seine Hände und Fingernägel, die in Anbetracht der Umstände ebenfalls in Mitleidenschaft gezogen sein müssten, weisen keine Verletzungen auf. Es passt einfach nicht zusammen.«

Tom versank für einen Moment in nachdenkliches Schweigen. »Aber hätte er sich nicht die Verletzungen jederzeit zuziehen können? Das muss doch nicht während eines Kampfes geschehen sein. Wer weiß, was er angestellt hat. Vielleicht ist er von seinem Rad gefallen, hat sich beim Sport verletzt …«

»Ich glaube nicht, dass er viel Sport getrieben hat.«

»Das spielt keine Rolle, Sam, der Punkt ist, dass es zahllose Möglichkeiten gibt, wie er sich diese Verletzungen zugezogen haben könnte.«

»Und warum waren seine Hände dann unversehrt?«

»Vielleicht war es kein Unfall. Vielleicht hat er Selbstmord begangen und wollte gar nicht aus dem Wasser.«

»Und die Verletzungen an seinem Anus?«

»Okay, ich werde in dieser Hinsicht Nachforschungen anstellen, aber vielleicht war er einfach nur schwul.«

Sam seufzte verärgert. »Was ist nur aus dir geworden, Tom?«

»Ich bin befördert worden. Ich trage Verantwortung. Beantwortet das deine Frage?«

Jeans plötzliches Auftauchen im Zimmer durchbrach die zunehmend feindselige Atmosphäre. Sie sah von Sam zu Tom Adams. »Entschuldigen Sie, dass ich störe, Doktor Ryan, aber Doktor Stuart ist hier.«

Sam sah ihre Sekretärin genervt an. »Kann das nicht warten? Ich bin im Moment ziemlich beschäftigt.«

»Er will nicht Sie sprechen, sondern Superintendent Adams.«

Bevor Jean noch mehr sagen konnte, trat Trevor Stuart durch die Tür. »Tut mir Leid, dass ich einfach so hereinplatze, aber es wäre von Vorteil, wenn ich mit euch beiden reden könnte.«

Sam nickte Jean zu und sie ging hinaus. Trevor Stuart setzte sich neben Tom auf einen Stuhl. Sam betrachtete ihn nervös und wartete auf die Standpauke, die garantiert kommen würde.

»Zwei Dinge.« Er wandte sich an Tom. »Der alte Mann, den Sie gestern in dem ausgebrannten Cottage gefunden haben, wurde eindeutig ermordet. Er wurde stranguliert, vermutlich mit einer Art Kordel. Ich vermute, das Feuer wurde danach gelegt, um das Verbrechen zu vertuschen.«

Tom sah ihn überrascht an. »Sind Sie sicher?«

»Das ist seine Lieblingsfrage«, warf Sam ein.

»Ja, ich bin mir absolut sicher. Sein Zungenbein ist gebrochen.«

Dann richtete Trevor seine Aufmerksamkeit auf Sam. »Ich muss mich bei dir entschuldigen. Hättest du das gebrochene Zungenbein nicht bei Simon Vickers entdeckt, hätte ich es auch diesmal übersehen. Manchmal wollen alte Hunde keine neuen Tricks lernen. Mein Stolz war verletzt und ich habe mich wie ein verdammter Idiot benommen. Tut mir Leid.«

Einen Moment lang fehlten Sam die Worte. Dann lächelte sie ihren Kollegen an, erleichtert, dass ihr Streit endlich beigelegt war.

»Wie ich schon sagte, wir alle übersehen Dinge. Es hätte jedem von uns passieren können«, sagte sie.

Trevor wandte sich wieder an Tom. »In Anbetracht dieser Entdeckung bleibt mir keine andere Wahl, als mich Doktor Ryans Ansicht anzuschließen. Inzwischen bin ich ebenfalls der Meinung, dass Simon Vickers ermordet und nicht bei dem Autounfall getötet wurde, wie ich es in meinem ursprünglichen Bericht behauptet habe.«

Sam hatte ihren Partner noch nie zuvor so förmlich erlebt. Sie wusste, dass das, was er sagte, schmerzlich für ihn sein musste, aber er tat es trotzdem.

Tom Adams sah beide an. »Ihr seid das beste Duo seit Laurel und Hardy, wisst ihr das?«
Beide starrten ihn weiter schweigend an.
»Okay, okay, ich werde mir die Sache noch einmal ansehen. Ich werde Chalky und einen DC für ein paar Tage darauf ansetzen. Wenn sie irgendetwas finden, werde ich die Fälle Simon und Dominic neu aufrollen. Zufrieden?«
»Und die Kosten?«
»Ich kann sie in der Untersuchung des Wilderer-Mordes einfließen lassen.«
Das Wort »Wilderer« ließ Sam hochschrecken. »Um welchen Wilderer geht es?«
»Ein alter Knabe namens Jack Falconer, der am Rand von Middle Fen wohnte, hinter Herdan Hill. Er war seit Jahren ein Ärgernis. Einer der ersten Leute, die ich eingelocht habe, als ich ein junger PC war. Sieht aus, als wäre er jemand in die Quere gekommen.«
»Jack Falconer? Ich kenne ihn, er hat den Unfall gesehen. Er hat mir davon erzählt.«
»Ich wusste nicht, dass es einen Zeugen gab«, sagte Tom mit zusammengekniffenen Augen.
»Er wollte keine Aussage machen, zumindest nicht offiziell.«
»Aber du hast ihn überredet?«
»Nein, er hatte nur keine Angst vor mir.« Tom starrte sie finster an, aber sie fuhr fort: »Ich fand ihn, oder vielmehr, er fand mich, als ich den Unfallort untersucht habe. Er erzählte mir, dass er es auch nicht für einen Unfall hielt.«
»Und wie war seine Theorie?«
Sam wusste, dass der nächste Satz sie wie eine Idiotin erscheinen lassen würde, aber sie musste es aussprechen. »Er sagte, er würde eine Präsenz fühlen, den Teufel.«
Tom sah sie durchdringend an und nickte. »Ich verstehe. Gibt es noch einen anderen zuverlässigen Zeugen?«
»Ist es nicht ein weiterer seltsamer Zufall, dass der einzige bekannte Zeuge von Simons Tod kurz darauf ebenfalls ermordet wurde?«

»Warum hast du es nicht schon früher gemeldet?«

»Damit deine Leute ihn völlig verängstigen? Er wollte mir mehr erzählen, aber er hatte Angst.«

»Davor, dass ihn der schwarze Mann erwischt?«

»Der schwarze Mann *hat* ihn erwischt«, wandte Trevor ein.

Tom sah Trevor einen Moment lang an und richtete seine Aufmerksamkeit dann wieder auf Sam. »Jetzt kann er uns nichts mehr erzählen, nicht wahr? Das erklärt immerhin, was Marcia in seinem Cottage zu suchen hatte. Hast du sie schon gesehen?«

»Warum sollte ich?«, fragte Sam irritiert.

Tom sah Trevor Stuart an. »Es hat dir also niemand erzählt?«

Sam spürte, wie Panik in ihr hochstieg. »Was erzählt? Was ist passiert?«

»Marcia hat Falconer in seinem Haus besucht und das Feuer entdeckt. Sie hat ihn zu retten versucht und wurde von einer ziemlich hässlichen Explosion erwischt. Jetzt liegt sie auf der Verbrennungsintensivstation des Park Hospitals.«

»Was?! Wie schlimm wurde sie verletzt?«

Tom schüttelte den Kopf. »Ich weiß es nicht. Die Sanitäter haben sie eingeliefert, nachdem sie sie unter einer Tür auf Falconers Rasen gefunden haben.«

Sam griff nach ihrer Handtasche und war schon an der Bürotür, als Tom sie einholte. Ihr Gesicht war aschfahl.

»Das ist meine Schuld, das ist meine verdammte Schuld.«

Tom musste dem zustimmen, aber er sagte es nicht laut. Stattdessen bot er ihr seine Hilfe an. »Komm schon, du bist nicht in der Verfassung, dich ans Steuer zu setzen. Ich werde dich fahren.« Dann wandte er sich an Trevor. »Wir reden später miteinander, Trevor.«

»Sagen Sie mir Bescheid, wie es ihr geht.«

Tom nickte und verließ den Raum, seinen Arm fest um Sam gelegt.

Wenig später erreichten die beiden das Park Hospital. Tom hielt vor dem Haupteingang an.

»Möchtest du, dass ich mitkomme?«

Sam schüttelte den Kopf. »Nein, ich würde sie lieber allein besuchen.«

»Wenn du meinst.«

»Ja, danke, dass du mich hergefahren hast.«

»Wenn ich noch etwas für dich tun kann, du weißt, wo du mich findest.«

Sam nickte, stieg aus dem Wagen und betrat eilig das Krankenhaus. Sie folgte den scheinbar endlosen Korridoren, bis sie schließlich die Intensivstation erreichte, an den Empfangstisch trat und sich vorstellte.

»Doktor Ryan. Ich würde gern Marcia Evans sehen, wenn das möglich ist.«

Die Schwester musterte sie misstrauisch. »Sind Sie Ihre Hausärztin?«

Sam schüttelte den Kopf. »Nein, ich bin nur eine Freundin.«

»Ich muss nachsehen.«

Die Schwester ging den Korridor hinunter und redete mit einer Stationsschwester. Während Sam wartete, ließ sie ihre Blicke auf der Suche nach irgendwelchen Unterlagen über ihre Freundin über den Empfangstisch schweifen. Einen Moment später trat die Stationsschwester zu ihr. Sie war klein und mollig, mit einem strengen und offiziell aussehenden Gesicht.

»Kann ich Ihnen helfen?«

»Hallo, ich bin Doktor Ryan und möchte Marcia Evans besuchen, die, wie ich hörte, derzeit hier eine Patientin ist«, sagte Sam.

Die Schwester lächelte wichtigtuerisch. »Es tut mir sehr Leid, aber im Moment dürfen nur ihre engsten Familienangehörigen zu ihr.«

»Aber ihre Familie lebt auf der anderen Seite von London.«

»Das ist mir bekannt, aber sie ist benachrichtigt worden und ich bin sicher, ihre Verwandten werden so schnell wie möglich kommen.«

»Aber *ich* bin sicher, dass Marcia in der Zwischenzeit ein vertrautes Gesicht sehen möchte.«

Doch die Schwester ließ sich nicht erweichen. »Wie ich schon erklärte, nur ihre Familie.«

Sam verlor den letzten Rest Geduld, sah die Schwester eindringlich an und ließ ihren Gefühlen freien Lauf. »Jetzt hören Sie mal zu, Sie aufgeblasene Person. Ich bin ein führendes Mitglied des medizinischen Stabes in diesem Krankenhaus und wenn Sie nicht wollen, dass ich Ihnen mehr Ärger mache, als Sie ertragen können, zeigen Sie mir jetzt, wo Miss Evans liegt!«

Sam wusste, dass sie ungerecht und unvernünftig war und dass die Schwester nur ihren Job machte, aber sie war auch nicht in einer vernünftigen Stimmung. Als Sams Gesicht vor Zorn rot anlief, trat die Schwester einen Schritt zurück, überzeugt, dass Sam sie im nächsten Moment angreifen würde. Sie nahm all ihre Würde zusammen und nickte mit einem leichten Beben in der Stimme der Empfangsschwester zu, die in der Nähe wartete. »Zeigen Sie Doktor Ryan das Zimmer von Marcia Evans. Halten Sie Ihren Besuch bitte kurz, sie braucht Ruhe.«

Sam war noch immer nicht in versöhnlicher Stimmung und sagte nur kurz angebunden: »Vielen Dank!«

Sie folgte der Schwester zu einem kleinen Raum und wurde hineingeführt. Marcia stand voll angezogen vor dem Kleiderschrank. Beide Hände und Handgelenke waren bandagiert. Das Haar auf ihrer rechten Kopfseite war weggebrannt und die Haut blasig. Als Sam eintrat, drehte sich Marcia zu ihr um. Sie zuckte leicht zusammen.

»Danke, dass du gekommen bist. Wo sind die Weintrauben?«

»Ich dachte, du hättest vielleicht Schwierigkeiten, sie zu essen.« Sam war ungeheuer erleichtert, dass Marcia auf den Beinen und offenbar nicht ernsthaft verletzt war. Beide verbargen ihre tiefen Gefühle hinter Schnodderigkeit, aber sie konnten die emotionale Spannung dicht unter der Oberfläche ihres Geplänkels spüren.

»Du hättest mir ein paar schälen können.«

»Das werde ich beim nächsten Mal tun.«

Marcia blickte sie gespielt entsetzt an. »Beim nächsten Mal? Gott steh mir bei.«

»Es tut mir schrecklich Leid, Marcia. Ich hatte keine Ahnung, dass so etwas passieren würde.«

»Es war nicht deine Schuld, sondern meine, weil ich meine Nase zu tief in Dinge gesteckt habe, die mich nichts angehen.«

»Was ist passiert?«

»Ich bin mir nicht ganz sicher. Jedes Mal, wenn ich darüber nachdenke, scheint alles wie in Zeitlupe abzulaufen. Ich kann mich nur erinnern, dass ich das Cottage erreicht habe, als es bereits brannte. Ich lief hin, Mann, war das furchtbar, aber ich konnte wegen der Hitze und den Flammen nicht nahe genug heran. Ich weiß noch, dass ich dachte, dass niemand, der sich darin aufhält, eine Chance hat. Dann drang dieser Schrei aus dem Haus und ich dachte: Jesus, da drinnen ist noch jemand am Leben! Also zog ich mir die Jacke über den Kopf, um mich zu schützen, und wollte die Tür eintreten. Dann weiß ich nur noch, dass es einen ohrenbetäubenden Knall gab, und als Nächstes lag ich hier mit dicken Verbänden.«

»Wie schlimm sind deine Verletzungen?«

»Eigentlich sind's nur ein paar Kratzer. Ich hatte Glück. Hauptsächlich hat's die Hände und die rechte Seite meines Kopfes erwischt. Die Tür, die ich eintreten wollte, hat mich vor den Flammen geschützt, sonst könntest du mich jetzt aus einem deiner Kühlfächer ziehen.«

»Hör auf, Marcia. Ich werde es mir nie verzeihen, dich in eine derartige Gefahr gebracht zu haben. Du sagtest, du hast einen Schrei gehört. Bist du sicher?«

»Ja. Ich erkenne einen Schrei, wenn ich ihn höre.«

»Es könnte kein Tier gewesen sein, eine Katze oder ein Hund?«

»Nein, das denke ich nicht. Ich bin ziemlich sicher, dass er von einem Menschen stammte.«

»Was hast du überhaupt in dem Cottage gewollt?«

»Ich habe den alten Wilderer auf dem Hügel getroffen. Er war ziemlich hilfsbereit, aber er wollte nichts mit der Polizei zu tun haben. Also dachte ich mir, ich finde ihn und versuche ihm mit meinem enormen Charme eine Aussage zu entlocken. Nebenbei, was hat die Explosion ausgelöst?«

Sam schüttelte den Kopf. »Keine Ahnung, die Untersuchung läuft noch.«

»Ohne die Explosion hätte ich ihn vielleicht herausholen können. Ich nehme an, der arme alte Kerl ist tot?«

»Er ist wohl schon vor Ausbruch des Feuers gestorben.«

Marcia sah sie fragend an. »Was?«

»Er ist erwürgt worden. Das Feuer wurde wahrscheinlich gelegt, um das Verbrechen zu vertuschen.«

»Wie im Simon-Vickers-Fall.«

»Genau. Ich hoffe, unser Freund Tom Adams nimmt die Sache jetzt ein wenig ernster.«

Marcia schüttelte matt den Kopf. »Dann frage ich mich, wer da geschrien hat.«

Sam zuckte die Schultern. »Vielleicht der Mörder, wer weiß? Was machst du jetzt?«

»Ich gehe.«

»Bist du sicher, dass das eine gute Idee ist?«

Marcia schnitt eine Grimasse. »Wahrscheinlich nicht, aber ich muss ins Labor.«

»Warum?«

»Ich habe ein paar Dinge an dem Baum gefunden, die sich vielleicht als hilfreich erweisen werden.«

»Marcia, du bist unverbesserlich. Und was zum Beispiel?«

»Ich habe ein paar Proben von der Rinde des Baumes genommen. Sie hatte einen eigenartigen Geruch.«

»Geruch?«

»Ja, Chemikalien. Ich konnte ihn zuerst nicht richtig einordnen. Ich denke, es war die Explosion, die mich darauf gebracht hat. Ammoniumnitrat.«

Sam runzelte die Stirn, als würde sie nicht verstehen, was Marcia meinte.

»Das ist ein Bestandteil bestimmter Düngemittel, aber es wird auch zum Bau von Bomben verwendet.«

Sam riss die Augen auf. »Was?!«

»Die IRA hat es in den letzten Jahren häufig benutzt und es war auch der Hauptbestandteil der Oklahoma-Bombe.«

»Gott, hast du irgendjemand davon erzählt?«

Marcia schüttelte den Kopf. »Nein, noch nicht, ich wollte mir erst Gewissheit verschaffen. Ich will nicht wie ein Trottel dastehen, wenn ich mich irre. Ich habe einen ziemlich großen Metallsplitter aus dem Baum geholt. Wenn es eine Bombe war, sollten sich auch an ihm weitere Spuren finden lassen. Jedenfalls will ich den Splitter so schnell wie möglich analysieren. Vielleicht ist es das, wonach wir suchen.«

»Bist du sicher, dass du das schaffst?«

»Ja, bin ich, aber nur, wenn du mir einen Gefallen tust.«

»Was immer du willst.«

»Mein Auto steht noch immer an Falconers Cottage. Könntest du es zu mir nach Hause bringen? Ich glaube nicht, dass ich im Moment fahren kann.«

Sam nickte. »Sicher. Ich werde dir ein Taxi rufen.«

»Da ist noch etwas anderes.«

Sam blickte auf.

»Alle Proben, die ich vom Tatort genommen habe, sind in meiner Untersuchungstasche.«

Sam verstand noch immer nicht und so fuhr Marcia fort: »Unglücklicherweise liegt die Tasche noch immer in meinem Wagen und solange ich sie nicht habe, kann ich nichts tun.«

Sam lächelte. Es war einmal eine Abwechslung, dass ihre Freundin sie um einen Gefallen bat, und da zweifellos auch sie etwas davon haben würde, konnte sie schwerlich nein sagen.

»Ich werde ihn am Nachmittag holen. Wo soll ich ihn abstellen? Vor deiner Wohnung oder dem Labor?«

»Vor meiner Wohnung. Ich werde mich von einem der Techniker nach Hause fahren lassen.«

»Dann besorge ich dir jetzt das Taxi.«

»Je früher, desto besser.«

Sam fuhr mit einem Taxi zu Jack Falconers Haus. Der Fahrer hatte nur eine vage Vorstellung davon, wo es lag, doch letztlich musste er nur einem der vielen Streifen- und Mannschaftswagen der Polizei folgen, die in diese Richtung fuhren. Das Taxi setzte Sam kurz vor der ersten Polizeiabsperrung ab. Obwohl Marcias Wagen außerhalb der Absperrung stand, entschloss sich Sam, bei der Gelegenheit einen Blick auf den Tatort zu werfen. Sie wies sich bei dem Officer am Tor aus und wurde durchgelassen.

Das Cottage war völlig zerstört. Wölkchen aus feiner Asche wurden vom Wind aufgewirbelt, trieben wie Rauchschwaden durch die kalte Dezemberluft und verschwanden im Wald, der sich hinter dem Haus erhob. Nur der Kaminvorsprung und ein Stück Wand verrieten noch, dass hier überhaupt ein Haus gestanden hatte. Die angekohlten Überreste lagen kreuz und quer auf der Erde und hoben sich scharf von dem weißen Schnee ab, der das Land überzog. Weiß gekleidete Spurensicherungsexperten durchforschten die Trümmer und inspizierten sorgfältig alles, was auch nur im Entferntesten interessant aussah.

»Ich wusste nicht, dass dies einer Ihrer Fälle ist, Sam.«

Sam drehte sich um und sah die hoch gewachsene, hagere Gestalt von Colin Flannery auf sie hinunterblicken.

»Er ist es nicht, nun, jedenfalls nicht direkt. Trevor Stuart ist dafür zuständig.«

Flannery folgte ihrem Blick zu der abgebrannten Ruine.

»Ein ziemlicher Schlamassel, nicht wahr? Ich weiß nicht, was man nach all dieser Zeit von uns erwartet. Der Tatort ist inzwischen völlig kontaminiert. Aber man weiß ja nie, vielleicht haben wir trotzdem Glück.«

»Weiß man schon, wie das Feuer ausgebrochen ist?«

»Das kann man erst mit Sicherheit sagen, wenn das Branduntersuchungsteam hier eintrifft, aber es sieht nach mutwilliger Entzündung aus.«

Colin Flannery hatte eine Vorliebe für bürokratische Redewendungen.

»Sie meinen Brandstiftung?«

Er nickte und fügte hinzu: »Ich hörte, man hat die Überreste eines Benzinkanisters in der Ruine gefunden.«

»Sonst noch etwas?«

Flannery schüttelte den Kopf. »Nein, noch nicht, aber es ist noch früh am Tag. Übrigens, wie geht es Marcia?«

»Sie ist leicht verletzt, hat sich aber ihren Sinn für Humor bewahrt.«

Plötzlich tauchte Tom Adams an ihrer Seite auf. »Na so was, dich hier zu sehen. Du kommst zu spät, die Leiche ist schon weg.«

Sam war nicht in der Stimmung für Toms sarkastischen Humor. »Ich bin gekommen, um Marcias Wagen abzuholen. Sie hat ihn hier stehen lassen.«

»Aha. Du hast doch nichts dagegen, wenn ich kurz einen Blick hineinwerfe, bevor du ihn wegfährst, oder? Nicht dass ich dir nicht traue, aber so sind die Vorschriften.«

Flannery spürte die Spannung in der Luft und entschied, dass jetzt der richtige Zeitpunkt war, um zu verschwinden. »Wir sehen uns später.« Mit einem knappen Wink zog er sich zurück.

»Es war also Brandstiftung?«, fragte Sam.

Tom sah Flannery nach. »Ich werde mit Colin ein Wörtchen reden müssen. Er ist etwas zu geschwätzig für meinen Geschmack. Vielleicht, wir müssen auf das Branduntersuchungsteam warten, bevor wir es mit Sicherheit sagen können.«

»Dann wirst du Rebecca wieder sehen, wie schön für dich.«

Tom ignorierte die Bemerkung. »Sieht aus, als wäre jemand entschlossen gewesen, alle Spuren zu verwischen.«

»Aber Trevor hat trotzdem festgestellt, dass er erwürgt wurde.«

»Unser Mörder ist nicht so gut, wie er dachte. Das sollte mir meinen Job erleichtern.«

»Oder vielleicht hat er geglaubt, wenn er schon einmal mit einem Mord davongekommen ist, indem er die Leiche verbrannte, wird es ihm auch wieder gelingen.«

»Kann sein, aber das muss erst noch bewiesen werden. Es wird dich freuen zu hören, dass ich Chalky und ein paar andere Kollegen bereits auf den Fall angesetzt habe.«

Sam blieb stehen und sah Tom an. »Sag ihnen, sie sollen Folgendes bedenken: Simon Vickers ist gegen Mitternacht von zu Hause los, um Dominic Parr zu besuchen. Er ist nie dort angekommen. Stattdessen fuhr er mit dem Rad nach Cherry Hinton, was über eine Stunde gedauert haben muss. Er stahl dann ein Auto, betrank sich, fuhr die fünfzig Minuten nach Herdan Hill, lenkte den Wagen gegen den Baum und kam dabei ums Leben. Es kommt zeitlich nicht hin, Tom, es kommt einfach nicht hin.«

Sam hätte ihm zu gern gesagt, was Marcia ihr über das Ammoniumnitrat erzählt hatte, aber das wäre nicht in deren Sinn gewesen.

Tom sah sie nachdenklich an. »Ich werde es weiterleiten. Sollen wir uns den Wagen anschauen?«

Er war unverschlossen und die Schlüssel steckten noch im Zündschloss. Tom zog sie heraus und gab sie Sam. »Ich bin überrascht, dass sie überhaupt noch einen Wagen hat, den man abholen kann.«

Sam riss sie ihm aus der Hand. »Ich schätze, sie hatte zu dem Zeitpunkt andere Dinge im Kopf, zum Beispiel jemand das Leben zu retten.«

Tom blickte zerknirscht drein. »Tut mir Leid, war nicht so gemeint.«

Ohne ein weiteres Wort ging er zum Heck des Wagens und öffnete den Kofferraum. Obwohl er voller Müll war, angefangen von altem Bonbonpapier über Knöllchen bis hin zu abgelegter Kleidung, erregte nichts Toms Aufmerksamkeit, und so schloss er ihn nach kurzer Durchsuchung wieder. Dann inspizierte er den Rücksitz und warf einen kurzen Blick in das Handschuhfach. Alles ohne Erfolg. Während Tom den Wagen durchsuchte, wartete Sam und verfolgte sein Treiben. Schließlich griff er unter den Beifahrersitz und brachte Marcias Tasche zum Vorschein.

»Was haben wir denn hier?«

Er sah zu Sam hinüber, die die Schultern zuckte und sich verzweifelt bemühte, unschuldig dreinzuschauen. Er wandte seine Aufmerksamkeit wieder Marcias Tasche zu, öffnete sie und untersuchte ihren Inhalt. Er fand nicht nur die Rindenproben, die Marcia am Tatort entnommen hatte, sondern auch den Metallsplitter, den sie aus dem Baum gezogen hatte.

»Weißt du irgendetwas darüber?«, wandte sich Tom an Sam.

Sie schüttelte den Kopf. »Nein, nichts. Wahrscheinlich ist das etwas, an dem Marcia arbeitet.«

Adams warf alles zurück in die Tasche und schloss sie wieder. »Ich denke, ich werde sie erst mal behalten, jedenfalls bis ich Gelegenheit habe, mit Marcia darüber zu reden. Ist sie noch immer im Krankenhaus?«

»Nein, sie hat sich selbst entlassen«, sagte Sam.

»Dann ist sie zu Hause?«

»Oder im Labor.«

»Richtig, ich werde es dort versuchen. Der Wagen gehört dir. Grüße Marcia von mir, wenn du sie vorher siehst, ja?«

Sam wusste, dass Tom ein Spielchen mit ihr trieb. Aber sie würde ihm nicht die Befriedigung verschaffen, sie zu ertappen. Sie sah verächtlich in sein selbstgefällig lächelndes Gesicht, als sie in Marcias Wagen stieg. Sie ließ den Motor an, schaltete in den ersten Gang und fuhr über den schmalen Feldweg zur Straße, während sie sich fragte, was zum Teufel sie als Nächstes tun sollte.

Statt Marcias Wagen direkt zu ihrer Wohnung zu fahren, machte sie einen Abstecher nach Scrivingdon und hielt vor dem Labor an. Trotz ihrer Verletzungen arbeitete Marcia an ihrem Schreibtisch, als Sam ihr Büro erreichte. Sie klopfte leise an und trat ein. Marcia wandte sich ihrer Freundin zu und bemerkte sofort deren leere Hände.

»Wo ist die Tasche?«

Sam sah sie zerknirscht an. »Tom Adams hat sie genommen.«

»Und du hast das zugelassen?«

»Ich hatte keine große Wahl.«

Marcia stieß zischend die Luft aus. »Nein. Tut mir Leid, Sam, ich schätze, die hattest du nicht.«

»Was bedeutet das für uns? Stehen wir wieder am Anfang?«

Marcia nickte. »Ungefähr, sofern du nicht ein paar Proben von dem Wagen organisieren kannst.«

»Schwierig. Ich war schon dort und ich kann mir nicht vorstellen, dass sie tatenlos zusehen, wie ich Teile davon wegschleppe. Du könntest neue Proben von dem Baum nehmen.«

Marcia schüttelte unglücklich den Kopf. »Er ist abgebrannt.«

»Was?!«

»Heute Morgen. Es wurde in den Nachrichten gemeldet.«

»Er hat wieder seine Spuren durch Feuer vernichtet.«

»Sieht so aus«, stimmte Marcia zu.

»Ich hatte diesmal wirklich auf einen Durchbruch gehofft.«

»Ich auch.«

Einen Moment lang herrschte bedrücktes Schweigen, als würde Marcia über etwas nachdenken. Dann brach es aufgeregt aus ihr hervor: »Ich nehme nicht an, dass du irgendwelche Splitter aus Simons Leiche entfernt hast, oder?«

Sam nickte. »Doch, eine Menge.«

»Wo sind sie jetzt?«

»Sie warten auf ihre Analyse.«

»Könntest du mir ein paar besorgen?«

»Ich denke schon. Du glaubst, dass sich an ihnen noch irgendwelche Spuren befinden?«

»Es ist einen Versuch wert, wir haben nichts zu verlieren.«

Sam nickte. »Und wenn wir auf irgendwelche Probleme stoßen ...«

»Könntest du ein paar weitere aus ihm herausholen.«

»Exakt.«

»Nun, warum stehst du noch hier rum?«

Sam beugte sich zu ihrer Freundin, küsste sie und verschwand so schnell wie sie gekommen war aus dem Labor.

Sam stellte Marcias Wagen vor ihrer Wohnung ab, bevor sie sich ein Taxi zum Krankenhaus nahm. Die Proben warteten noch immer auf ihre Analyse, sodass es keinen Grund gab, in Simon Vickers' verbrannter Leiche nach weiteren Splittern zu suchen. Trotz des Protestes des leitenden Technikers sorgte sie dafür, dass etwas mehr als die Hälfte der Proben von einem Kurier zu Marcia gebracht wurde, und bezahlte die Sendung aus eigener Tasche.

Danach holte sie die Computerdiskette, die sie in Dominic Parrs Socke gefunden hatte, und untersuchte sie. Obwohl sie inzwischen getrocknet war, sah sie noch immer mitgenommen aus, und Sam war nicht sicher, ob sie ihr weiterhelfen würde. Schließlich hatte sie stundenlang in eisigem und schmutzigem Wasser gelegen.

Da betrat Fred unerwartet das Büro. »Oh, Sie sind's, Doktor Ryan. Ich dachte, wir hätten einen Einbrecher.«

»So spät arbeiten Sie noch?«

»Nein, ich habe nur meine Jacke vergessen. Haben Sie es inzwischen geschafft, die Polizei zum Eingreifen zu bewegen?«

»Noch nicht ganz, aber ich arbeite daran.«

»Ich denke, Sie haben Doktor Stuart überzeugt.«

»Das ist immerhin etwas, schätze ich. Haben Sie ihm bei Jack Falconer assistiert?«

»War das sein Name? Niemand schien ihn zu kennen, als wir ihn aufgeschnitten haben. Doktor Stuart hat seinen Hals besonders gründlich untersucht und festgestellt, dass das

Zungenbein gebrochen ist. Ich glaube nicht, dass er es ohne den Simon-Vickers-Fall getan hätte, und er weiß es.«

Sam sah ihn kurz an, dann sagte sie: »Übrigens danke für den Tipp, zu Madam Wong zu gehen.«

»Sie haben sie demnach besucht?«

Sam nickte. »Ja, vor ein paar Tagen.«

»Irgendwelche Ergebnisse?«

»Dafür ist es im Moment noch zu früh. Ich werde ein paar Wochen warten und dann weitersehen. Wie lange hat es bei Ihnen gedauert, bis Sie einen Unterschied gemerkt haben?«

»Ein paar Tage, glaube ich, aber es hat gut einen oder zwei Monate gedauert, bis das Bier anfing, wieder zu schmecken. Hat sie in Ihre Seele geblickt?«

Sam sah ihn an und suchte nach dem ironischen Grinsen, das normalerweise eine derartige Bemerkung begleitete. Aber er grinste nicht.

»Ja, das hat sie. Bei Ihnen auch?«

Fred nickte. »Unheimlich, nicht wahr?«

»Ja, ein wenig.«

Fred wechselte schnell das Thema. Er hasste es, über seine Gefühle zu reden. »Nun, der Frühling ist unterwegs. Ich bin sicher, dann werden Sie wieder viele Düfte riechen.«

»Das hoffe ich, Fred, das hoffe ich.«

»Es wird bestimmt passieren, denn die unergründliche Madam Wong bewirkt wahre Wunder. Ich muss jetzt gehen, noch ein paar Weihnachtseinkäufe in letzter Minute machen. Bis morgen.«

Als Fred weg war, warf Sam einen Blick auf die Datumsanzeige ihrer Uhr und seufzte. Wo war nur die Zeit geblieben?

Obwohl sich die Luft nicht wärmer anfühlte, zog sich der Schnee zurück und klammerte sich verzweifelt an die Ränder, taute langsam, schickte Wasserströme in die Rinnsteine und Gullys und bildete große Pfützen am Straßenrand. Sam freute sich über das Tauwetter, denn so war ihre Heimfahrt weniger beschwerlich. Es ermöglichte ihr auch einen Blick auf die neuen Schlaglöcher in dem Feldweg, der zu ihrem Cottage führte. Als sie schließlich das Haus betrat, war Wyn unterwegs, wahrscheinlich Weihnachtseinkäufe machen, dachte sie. Sam ging in die Küche und stellte den Kessel auf den Herd. Es war einer der schlimmsten Monate gewesen, an die sie sich erinnern konnte. Weihnachten war immer eine schöne Zeit für sie gewesen; wieso war diesmal alles so anders?

Sie machte sich eine Tasse Tee, bevor sie sich an ihren Computer setzte und ihn einschaltete. Es dauerte ein paar Minuten, bis es Sam gelang, Dominic Parrs Diskette in das Laufwerk zu schieben. Der Computer hatte Probleme, sie zu lesen. Schließlich tauchte eine Meldung auf dem Monitor auf: »Lesefehler auf Laufwerk A. Abbrechen oder Wiederholen.« Sam versuchte es erneut. Wieder blitzte die Meldung auf dem Bildschirm auf. Schließlich zog sie die Diskette heraus aus Angst, ihr System zu beschädigen. Wenn es irgendwelche Informationen auf der Diskette gab, dann reichte ihr begrenztes technisches Wissen nicht aus, sie ihr zu entlocken. Sam steckte sie zurück in die Schutzhülle und schloss sie in der Schreibtischschublade ein. Normalerweise verschloss sie die Schublade nie, aber dieses Objekt schien ihr so wertvoll zu sein, dass sie besondere Sorgfalt walten ließ.

7

Der Anblick von Edmond Moore, wie er am Flussufer stand und filmte, hatte Sam irritiert. Sie hatte daran gedacht, ihn direkt darauf anzusprechen, sich dann aber dagegen entschieden. Schließlich hatte er nichts Verbotenes getan und so entschloss sie sich stattdessen, Peter Andrews aufzusuchen und ihn nach einer Erklärung für Moores merkwürdiges Verhalten zu fragen. Sie klopfte an die Tür des Pfarrhauses und musste nicht lange warten, bis sein lächelndes Gesicht im Rahmen erschien.

»Sam, was für eine nette Überraschung. Treten Sie ein, treten Sie ein. Ich nehme an, es geht um das Weihnachtskonzert? Ich hoffe doch, Sie werden daran teilnehmen? Wir verlassen uns auf Sie.«

»Ich werde kommen, keine Sorge, aber darum geht es nicht.«

Andrews sah sie neugierig an und führte sie in die große Eingangshalle des Hauses. »Tee?«

Sam schüttelte den Kopf. »Nein, danke, ich kann nicht lange bleiben, ich wollte nur kurz mit Ihnen reden.«

»Über was?«

»Edmond Moore.«

Das Lächeln verschwand von seinem Gesicht und er sah plötzlich sehr ernst aus. »Sollen wir in mein Arbeitszimmer gehen?«

Sam nickte und folgte ihm in einen kleinen, dunklen, quadratischen Raum. Das Zimmer sah aus, als wäre es seit Jahren nicht mehr renoviert worden, und verströmte eine seltsam altmodische Atmosphäre. Dieser Eindruck stand im schroffen Gegensatz zu dem großen modernen Computer nebst Drucker, der auf dem viktorianischen Schreibtisch stand und den Raum beherrschte. Andrews führte Sam zu einem Stuhl, bevor er sich an seinen Schreibtisch setzte.

»Was hat Edmond denn jetzt schon wieder angestellt?«

Die Frage machte Sam ein wenig verlegen, als sei sie ein Schulkind, das bei einem Lehrer petzte.

»Er hat eigentlich nichts angestellt, es ist nur so, dass ich ihn gestern beim Filmen gesehen habe, als ich eine Leiche im Cam untersuchte. Es kam mir seltsam vor. Ich wollte wissen, ob es etwas mit dem Film zu tun hatte, den sie zusammen drehen.«

Andrews schüttelte den Kopf. »Es hat bestimmt nichts mit dem kleinen Film zu tun, an dem wir arbeiten. Es gibt dafür nur einen Drehort und der ist hier. Ich vermute, dass Edmond zufällig seine Videokamera dabeihatte und die Gelegenheit nutzte, etwas Ungewöhnliches zu filmen.«

Sam gab sich damit nicht zufrieden. »Wo arbeitet er?«

»Irgendwo im Technologiepark. Er ist Computerprogrammierer oder so etwas Ähnliches.«

»Ich nehme an, er hat ein Auto?«

Andrews nickte. »Einen weißen Volvo.«

»Er hatte also keinen Grund, am frühen Morgen am Flussufer zu sein.«

»Ich weiß es nicht. Vielleicht hatte er einen Grund. Ich werde ihn fragen, wenn Sie möchten.«

»Diskret.«

»Vertraulich.«

»Danke. Was wissen Sie eigentlich über Edmond?«

Andrews zuckte die Schultern. »Nicht viel. Er zog vor gut sechs Monaten aus London in unser Dorf, aus beruflichen Gründen. Seine Hobbys scheinen Computer und Judo zu sein, er kommt gelegentlich zum Computerkurs...«

»Ricky hat's mir erzählt.«

»Und er hofft, einen Judoclub im Dorf zu eröffnen.«

»Ricky sagt, er sei den Kursteilnehmern unheimlich.«

»Das scheint mir ein wenig hart ausgedrückt«, meinte Andrews stirnrunzelnd. »Er ist etwas merkwürdig, dem stimme ich zu, und er ist nicht gerade der sympathischste Mann, den ich kenne, aber das ist auch schon alles. Teenager können voreingenommen und grausam sein.«

Sam lehnte sich auf ihrem Stuhl zurück. »Um ehrlich zu sein, Peter, ich fühle mich in seiner Nähe auch nicht sehr wohl. Ist er verheiratet?«

Andrews schüttelte den Kopf. »Nein.«

»Eine Freundin?«

Er schüttelte wieder den Kopf. »Ich weiß, worauf Sie hinauswollen, Sam, und ich denke, dass Sie sich irren, aber selbst wenn Sie Recht haben sollten, geht uns sein Privatleben nichts an.«

»Sofern er den Kurs nicht benutzt, um an junge Männer heranzukommen.«

Andrews' Miene verdüsterte sich plötzlich. »Sie gehen sehr weit. Haben Sie irgendwelche Beweise dafür?«

»Nein, noch nicht, aber lassen Sie uns hoffen, dass es nicht schon zu spät ist, wenn ich welche habe.«

Andrews seufzte tief. »Hören Sie, Sam, wenn Sie sich in der Tat Sorgen machen, werde ich versuchen, ihn im Auge zu behalten, aber ich denke wirklich, dass Sie auf dem Holzweg sind. Er ist bloß ein wenig schüchtern in Gesellschaft, das ist alles.«

Sam war noch immer nicht überzeugt und sie wusste, dass sie Tom überreden musste, nachzuschauen, ob sein Name womöglich im Vorstrafenregister auftauchte. Doch im Moment ließ sie die Sache auf sich beruhen.

Am nächsten Morgen stand Sam früh auf, nachdem sie eine unruhige Nacht verbracht hatte, in der ihr eine Theorie nach der anderen durch den Kopf gegangen war. Außerdem musste sie immer wieder an Moore denken. Als sie schließlich nach unten in die Küche ging, strich der schnurrende Shaw Aufmerksamkeit heischend um ihre Beine. Sam nahm den Kater auf die Arme und streichelte ihn sanft hinter den Ohren. Normalerweise ließ sie ihn draußen und holte ihn nur herein, wenn sie von der Arbeit kam, aber angesichts der Minustemperaturen hatte sie ihm erlaubt, sich in der warmen Küche aufzuhalten. Sie faltete die Zeitung, die auf dem Küchentisch lag, auseinander und las die Titelseite.

»Wasserleiche im Cam entdeckt.«

Der Artikel berichtete von der Entdeckung von Parrs Leiche und davon, dass eine Autopsie durchgeführt werden würde, um die Todesursache zu bestimmen. Dann folgte eine Warnung, den zugefrorenen Cam nicht zu überqueren. Bald werden sie eine noch sensationellere Schlagzeile bekommen, dachte Sam.

»Morgen!«

Rickys fröhliche Stimme riss Sam aus ihren Gedanken. »Möchtest du Tee?«, fragte sie.

»Ja, gerne. Bleib sitzen, ich mache noch welchen.«

»Was hast du heute vor?«

»Packen. Ich opfere mich auf und besuche Tante Maude, schon vergessen?«

Sam nickte und lächelte. »Ich bin sicher, dass du eine tolle Zeit haben wirst.«

Ricky warf ihr einen finsteren Blick zu, als sie die Zeitung zusammenfaltete und zu ihm ging.

»Ich wusste gar nicht, dass du bei McDonalds mit Simon Vickers zusammengearbeitet hast.«

Ricky füllte den Kessel mit Wasser und stellte ihn auf den Herd. »Kann man so nicht sagen, er hatte nur einen Teilzeitjob. Wenn er Dienst hatte, hatte ich meistens frei.«

»Was ist mit dem Computerkurs? Hattest du dort viel mit ihm zu tun?«

Ricky zuckte die Schultern. »Nein, eigentlich nicht. Er war meistens mit Dominic zusammen…«

»Dominic Parr?«

»Ja, genau. Er hatte keine Zeit für den Rest von uns.«

»Kannte er sich gut mit Computern aus?«

»Er war brillant, nun, jedenfalls meinte das dein Freund Eric.«

»Warum hast du mir nicht gesagt, dass du Simon kanntest?«

»Warum sollte ich?«, fragte Ricky stirnrunzelnd.

»Du wusstest, dass ich an seinem Fall gearbeitet habe.«

»Und was hat das mit mir zu tun?«

Sam nahm die Zeitung und reichte sie ihm. »Hast du schon die Morgenzeitung gelesen?«

Ricky nahm sie, überflog die Titelseite und schüttelte den Kopf. »Verdammter Mist, wer hätte das gedacht?« Er gab Sam die Zeitung zurück und kümmerte sich um den Tee, wobei er sich bemühte, mit Gleichgültigkeit auf die Neuigkeit zu reagieren, aber sowohl sein Verhalten als auch seine Stimmung hatten sich geändert.

»Ist das alles, was du dazu zu sagen hast?«, fragte Sam.

Ricky sah sie an. »Ich kannte ihn nicht besonders gut. Es ist furchtbar, aber es wird mich nicht um den Schlaf bringen.«

»Er hat dich cool genannt.«

»Tatsächlich? Weiß nicht, warum, wir haben nie was zusammen unternommen oder so.«

»Wie kam Dominic mit Computern zurecht?«

»Ganz gut, aber er hat sich meistens an Simon gehalten.«

»Was ist mit dem Internet, hat er es oft benutzt?«

»Ständig. Nur darum geht es in dem Kurs, und schließlich ist es umsonst.«

»Hast du einen Netznamen, Ricky?«

Er füllte die Teekanne mit heißem Wasser. »Ameise. Jetzt lach nicht.«

Sam war froh, dass er zumindest in diesem Punkt ehrlich war. »Das werde ich nicht. Weißt du, wie Dominic und Simon hießen?«

Er zuckte die Schultern. »Keine Ahnung, aber es muss etwas mit Tieren oder Insekten zu tun haben.«

Jetzt log er, aber Sam wusste nicht, warum. »Weshalb Insekten?«

»Weil Eric wollte, dass wir uns derartige Namen zulegen. Frag mich nicht, warum, aber er hat die Rechnungen bezahlt, also haben wir nicht widersprochen. Da war ein komischer Kerl, der häufig kam und einen besonders abgedrehten Namen hatte.«

Er blickte für einen Moment nachdenklich drein und Sam fragte: »Die Spinne?«

Ricky zögerte einen Augenblick, bevor er antwortete. Sie konnte ihm ansehen, dass ihn die Frage zumindest nervös machte. »Nein, das war es nicht. Heuschrecke, etwas in der Richtung.«

»Weißt du, wer die Spinne ist?«

Ricky wandte den Blick ab. »Nie von ihm gehört.«

»Es ist nämlich so, dass Simon in seinem Zimmer verschiedene Zeichnungen von Insekten hatte«, erzählte Sam. »Eine zeigt eine riesige Spinne. Er schien sich aus irgendeinem Grund davor zu fürchten.«

Ihr Neffe zuckte wieder verlegen die Schultern. »Davon weiß ich nichts.«

Als er seine Tasse füllte, ging Sam zu ihm hinüber, nahm seinen Kopf in die Hände, drehte ihn in ihre Richtung und sah ihm tief in die Augen.

»Hör zu, Ricky, wenn du irgendetwas weißt, musst du es mir sagen. Ich dürfte dir das eigentlich nicht erzählen, aber ich denke, dass Simon und Dominic ermordet wurden, und ich denke, dass diese Spinne etwas damit zu tun haben könnte.«

Er befreite seinen Kopf aus ihrem Griff und wandte sich von ihr ab, doch Sam fuhr fort: »Du könntest womöglich verhindern, dass noch jemand zu Schaden kommt, du eingeschlossen.«

»Ich habe dir doch gesagt, dass ich nichts weiß.«

Bevor sie Gelegenheit hatte, die Sache weiterzuverfolgen, klingelte das Telefon. Sam ging ins Wohnzimmer und nahm den Hörer ab. Eine unbekannte Stimme meldete sich.

»Doktor Ryan?«

»Ja.«

»Es tut mir Leid, dass ich Sie stören muss, Doktor, mein

Name ist Gary Mitchell. Marcia sagte, ich soll sie anrufen. Ich bin ein Kollege von ihr.«

»Oh, richtig. Was kann ich für Sie tun?«

»Sie hat mich gebeten, eine Whiskyflasche zu untersuchen und Sie über das Ergebnis zu informieren.«

»Und, haben Sie etwas herausgefunden?«

»In der Tat. Es gibt nur zwei Geschäfte in dieser Gegend, die diese Whiskymarke verkaufen. Eins liegt in der Nähe des Stadtzentrums und das andere in Hardwick, etwa sechs Kilometer von der Stadt entfernt ...«

»Dann müssen sie überprüft werden«, unterbrach Sam ihn.

»Das habe ich bereits getan. Ich hoffe, Sie haben nichts dagegen einzuwenden.«

Sam war von seiner Tüchtigkeit angenehm überrascht.

»Nein, überhaupt nicht. Was haben sie gesagt?«

»Der Laden im Stadtzentrum hat seit über drei Wochen keine Flasche verkauft, aber der in Hardwick in derselben Zeit gleich drei.«

»Das ist zweifellos interessant, aber wie können wir sicher sein, dass sie in dem Hardwick-Laden gekauft wurde?«

»Ich habe von dem Mann, dem der Laden gehört, Fingerabdrücke genommen. Sie stimmen mit denen überein, die wir auf der Flasche gefunden haben. Deshalb denke ich, wir können davon ausgehen, dass die Flasche von dort stammt.«

»Das ist enttäuschend.«

»Warum?«

»Ich hatte gehofft, die Abdrücke würden unserem Mörder gehören.«

»Oh, ich verstehe.«

»Weiß er noch, an wen er sie verkauft hat?«

»Nein, unglücklicherweise nicht, aber er ist sicher, dass es kein Junge war. Er ist in diesem Punkt offenbar sehr genau. Er sagte mir, es wäre eine Marke für Genießer. Im Jahr verkauft er nur rund zwanzig Flaschen davon.«

»Aber er weiß nicht mehr, an wen er sie verkauft hat?«

»Nein, tut mir Leid.«

»Nun, vielen Dank. Es war sehr freundlich von Ihnen, sich all die Mühe zu machen.«

»Kein Problem, für Marcia tue ich alles. Übrigens, wie geht es ihr?«

»Gut, ich denke, sie wird bald wieder völlig gesund sein.«

»Ausgezeichnet, denn sie schuldet mir einen großen Drink.«

»Und ich schulde ihr einen.«

Sam legte den Hörer auf und kehrte in die Küche zurück. Rickys dampfende Tasse Tee stand auf dem Küchentisch, ihr Neffe war jedoch verschwunden. Sie rief nach ihm, aber sie wusste, dass es sinnlos war. Er war weggegangen.

Es war später Nachmittag, als Tom Adams zu Jack Falconers abgebranntem Haus zurückkehrte. Nach der hektischen Betriebsamkeit des Vortages wirkte der Ort wie verlassen. Als er seinen Wagen auf dem Grasstreifen neben dem Tor parkte, bemerkte er den neuen BMW Z3 Sportwagen, der ein paar Schritte weiter stand. Tom sah sich um, konnte aber weit und breit niemanden entdecken. Er griff nach seinem Funkgerät und schaltete es ein.

»Superintendent Adams an Zentrale, over.«

Die Antwort kam prompt. »Superintendent Adams, sprechen Sie, over.«

»Eine NPC-Abfrage, bitte.«

»Warten Sie.« Eine kurze Pause folgte, während sich der Mann in der Zentrale in den Nationalen Polizeicomputer einloggte. »Fahren Sie fort, over.«

»Roter BMW Z3 Sportwagen, Kennzeichen Papa, 735, Bravo, Tango, Delta. Ich will wissen, ob er als gestohlen gemeldet wurde und wer der Besitzer ist.«

»Einen Moment«, antwortete die von Rauschen unterlegte Stimme.

Eine weitere Pause folgte, während das Kennzeichen überprüft wurde.

»Roter BMW Z3 bestätigt. Es liegt keine Diebstahlsmeldung vor. Registrierter Halter ist eine Rebecca Webber, 73 Adbolton Drive, Apple Hill, Cambridge. Brauchen Sie einen Ausdruck? Over.«

»Nein, das ist nicht nötig.«

Tom legte das Funkgerät zur Seite und stieg aus seinem Wagen. Er ging schnell zum Gartentor, duckte sich unter das Absperrungsband und näherte sich der Ruine. Rebecca Webber stand inmitten der Trümmer und stocherte mit einem langen Stock in ihnen herum. Hin und wieder blieb sie stehen, um niederzuknien und eine Probe zu entnehmen oder ein Foto zu machen. Tom blieb am Rand der Ruine stehen.

»Morgen, Rebecca«, rief er und nickte dem BMW zu. »Neues Auto? Sehr schön.«

Sie wischte etwas Ruß von ihrem weißen Overall. »Auch Frauen können eine Midlifecrisis haben, wissen Sie.«

Tom grinste. »Ich kann mir eine derartige Krise nicht leisten.«

Selbst in ihrem Schutzanzug und den Gummistiefeln war Rebecca eine attraktive Frau. Groß und schlank, mit einem rosigen jungen Gesicht und pechschwarzen Haaren, die, wenn sie nicht unter der Kapuze eines Schutzanzugs verborgen waren, über ihre Schultern wallten.

Tom lächelte sie an, als er zu ihr ging. »Irgendetwas Interessantes gefunden?«

Sie nickte. »Sogar einiges.«

Ohne ein weiteres Wort ging sie zu ihrem Auto zurück, in der Hand mehrere Probentütchen.

Tom folgte ihr ungeduldig. »Nun, was haben Sie entdeckt?«

Sie legte die Tütchen auf das Wagendach und machte sich daran, ihren Overall abzustreifen. »Sie geben einer Frau nicht mal die Chance, sich auszuziehen. Noch nie was von Vorspiel gehört?«

Obwohl er Rebecca Webber schon einige Zeit kannte und schätzte, hatte er bisher nur rein beruflich mit ihr zu tun gehabt und war auf ihren Flirtversuch nicht vorbereitet. Er ertappte sich dabei, wie er einen Schritt zurücktrat. »Tut mir Leid«, entschuldigte er sich.

Als sie aus ihrem Overall geschlüpft war, richtete sie sich auf und sah ihn direkt an. »Okay, was wollen Sie wissen?«

Tom hustete verlegen, bevor er antwortete. »Haben wir es mit Brandstiftung oder einem Unfall zu tun?«

»Brandstiftung.«

»Sind Sie sicher?«

»Absolut, aber um Sie zu überzeugen, müssen wir wahrscheinlich trotzdem die ganze Prozedur durchführen, oder?«

»Ich bitte Sie darum.«

»Obwohl ich noch keine Gelegenheit hatte, die verschiedenen Hitzequellen wie den Kamin oder die elektrischen Leitungen zu überprüfen, denke ich, dass das Sofa der Brandherd war.«

»Wo die Leiche gefunden wurde?«

»Ja. Der Feuerschaden ist vor allem an den Fußleisten um das Sofa und an der Decke ziemlich ausgeprägt. Ich muss noch feststellen, wie schnell die verschiedenen Holzsorten brennen.«

»Was macht das für einen Unterschied?«

»Verschiedene Hölzer brennen mit unterschiedlicher Temperatur und Geschwindigkeit. Sobald wir die einzelnen Fakten haben, können wir Schlussfolgerungen ziehen. Zeitpunkt des Feuerausbruchs, Typ des Feuers, Ursachen. Außerdem habe ich in der Ruine die Überreste einer alten Gasflasche gefunden. Sie hat wahrscheinlich zu der Explosion geführt. Aber ich denke, dass für das Entzünden des Feuers Benzin benutzt wurde.«

»Was veranlasst Sie zu der Annahme?«

»Es gab überall entsprechende Spuren. Das Brandmuster im Teppich stimmte ebenfalls mit dem von Benzin überein. Allerdings ist mir aufgefallen, dass die Teppiche aus Nylon bestanden.«

»Was bedeutet das in diesem Fall?«

»Unglücklicherweise weisen Nylonteppiche ein ähnliches Brandmuster auf wie verschüttetes Benzin. Das Labor wird es überprüfen müssen, ob Benzin im Spiel ist, aber ich bin mir da ziemlich sicher. Der Rest des Teams wird nach der Mittagspause hier eintreffen, dann können wir die Schuttschichten genau untersuchen. Aber ich kann Ihnen eins mit einiger Sicherheit sagen: Wer auch immer das Feuer ausgelöst hat, er drang durch das Küchenfenster an der Rückseite des Hauses ein.«

Tom sah zu der Ruine des Hauses hinüber. »Wie zum Teufel sind Sie zu dieser Schlussfolgerung gelangt?«

»Wenn ein Feuer ausbricht, schwärzt der Rauch alle Fenster. Ob die Scheiben nun unbeschädigt sind oder auf dem Boden herumliegen, das Glas sollte dann schwarz sein. Doch wenn das Glas schon vorher zerbrochen wurde, schützt der Schutt, der danach auf die Scherben fällt, sie vor dem Rauch. Die Scherben bleiben klar, so wie im Fall des Küchenfensters. Das Glas lag außerdem im Haus, obwohl es eigentlich wie der Rest von der Druckwelle nach draußen geschleudert worden sein müsste.«

»Sie glauben also, dass er ermordet wurde?«

Sie schüttelte den Kopf. »Das habe ich nicht gesagt. Das muss der Pathologe feststellen. Ich bin nur eine einfache Feuerwehrfrau.«

»Wie lange werden Sie für Ihren Bericht brauchen?«

»Ich kann Ihnen diese Woche einen Zwischenbericht geben, aber der endgültige wird etwas länger dauern.«

Tom nickte.

»Ich habe neulich Besuch bekommen«, sagte Rebecca, »von einer Freundin von Ihnen, wie ich glaube, obwohl sie es nicht zugegeben hat.«

»Sam Ryan.«

»Ja, genau«, sagte Rebecca. »Sie ist sehr attraktiv.«

»Stimmt. Sie ist meine Verflossene.«

Rebecca lächelte. »Ach, wirklich?«

»Ja, wirklich.« Tom wandte sich ab, betrachtete die verkohlten Überreste des Cottages und murmelte vor sich hin: »Er hat seine Spuren mit Brandstiftung verwischt.«

Plötzlich kamen ihm Sams Theorien nicht mehr so weit hergeholt vor.

Da Rebecca nicht verstand, was er sagte, beugte sie sich leicht nach vorn und fragte: »Wie bitte?«

Er drehte sich zu ihr um. »Er wurde ermordet, wissen Sie. Erwürgt.«

Rebecca schüttelte den Kopf. »Ich mache diesen Job jetzt seit fünf Jahren und habe mich oft gefragt, wie viele Mörder davonkommen, indem sie die Beweise mit Feuer vernichten.«

Tom nickte. »Ich denke, ich werde es bald herausfinden.«

»Jedenfalls vor mir. Bis später.«

»Hätten Sie Lust, mit mir essen zu gehen?«, fragte Tom höflich.

Sie lächelte und nickte. »Vielleicht verstehen Sie ja doch etwas vom Vorspiel.«

Sam beschloss, im Krankenhaus vorbeizugehen, bevor sie sich nach King's Lynn begab, wo das Weihnachtskonzert stattfand. Es hatte wenig Sinn, vorher noch nach Hause zu fahren. Wyn und Ricky waren am Nachmittag nach Harrogate gefahren und ihr missfiel die Vorstellung, allein im leeren Haus zu sein. Außerdem war sie entschlossen, den liegen gebliebenen Papierkram zu erledigen. Weihnachten allein zu verbringen war keine angenehme Aussicht und wie die Dinge lagen, konnte sie sich ebenso gut in die Arbeit stürzen und hoffen, dass die Zeit schnell verging.

Das Krankenhaus war fast menschenleer; die meisten Mitarbeiter waren nach Hause gegangen, um Weihnachten zu feiern. Selbst Jean, die normalerweise als eine der Letzten Feierabend machte, war fort. Sam betrat ihr Büro und schaltete das Licht ein. Auf ihrem Schreibtisch fand sie statt des erwarteten Stapels Briefe und Papiere zwei wunderschön verpackte Weihnachtsgeschenke vor. Sie sah sich die beiden Päckchen an. Das erste war von Jean, wie der daran befestigte Brief verriet. Sam öffnete den Umschlag und las ihn.

»Ich habe Ihre Post versteckt, also bemühen Sie sich gar nicht erst, sie zu suchen. Nichts ist so wichtig, dass es nicht bis nach Weihnachten warten kann. Lassen Sie es sich gut gehen, wir sehen uns bald. Frohe Weihnachten, Jean.«

Sam lächelte und steckte den Brief in ihre Handtasche. Sie nahm Jeans Geschenk und schüttelte es vorsichtig, hörte aber nichts. Sie wollte es schon öffnen, entschied sich dann aber, bis zum Weihnachtsmorgen zu warten. Das zweite Päckchen war von Fred. Sie warf einen Blick auf die Karte.

»Ein Frohes.«

Schlicht und auf den Punkt gebracht, dachte Sam, typisch Fred. Sie bekam ein schlechtes Gewissen, weil sie den beiden nichts geschenkt hatte – und das galt auch für alle anderen. Sie hatte es noch immer nicht geschafft, auch nur ein einziges Geschenk zu kaufen, und würde es nach den Festtagen wieder gutmachen müssen. Am besten mit einer Party, wahrscheinlich im Frühling. Dann könnte sie Weihnachtsdekorationen anbringen und Geschenke verteilen; das würde bestimmt sehr lustig werden.

Da die Post und die Berichte versteckt waren, konnte Sam wenig tun, und so entschloss sie sich, doch nach Hause zu fahren. Sie überlegte einen Moment, ob Tesco Weihnachtsmenüs für eine Person zum Mitnehmen verkaufte; etwas, das sie in die Mikrowelle schieben und aufwärmen konnte. Da riss sie ein lautes Klopfen an der Tür aus ihren Gedanken. Offenbar war sie doch nicht allein hier.

»Herein!«

Trevors Gesicht erschien im Türspalt. »Ich dachte mir schon, dass das dein Wagen da draußen ist. Ich hab was für dich.«

Er streckte einen Arm durch die Tür. In der Hand hielt er ein großes Geschenk. »Frohe Weihnachten.«

Sam blickte zerknirscht drein. »Vielen Dank, Trevor. Ich habe es leider noch nicht geschafft, für dich oder sonst jemanden etwas zu besorgen.«

Er lächelte sie an. »Kein Problem. Das Geben macht Freude, nicht das Nehmen.«

»Das sagen alle, aber stimmt es auch?«

Er durchquerte das Büro, legte das Geschenk auf den Schreibtisch, ergriff sanft Sams Arme und küsste sie auf die Wange. »Natürlich stimmt es.« Dann fiel sein Blick auf die anderen Geschenke. »Und ich bin offenbar nicht der Einzige, der so denkt.«

Sam lehnte sich an ihren Schreibtisch. »Tut mir Leid, dass wir uns wegen der Simon-Vickers-Autopsie gestritten haben.«

Trevor sah sie an. »Du musst dich dafür nicht entschuldigen. Es war meine Schuld. Ich fürchte, mein Ego ist meiner Objektivität in die Quere gekommen, und das nicht zum ersten Mal.«

»Das gehört zum Berufsrisiko«, sagte Sam mitfühlend. »Ist uns doch allen schon passiert.«

»Dessen bin ich mir sicher, aber mir ist es in der letzten Zeit zu oft passiert. Deshalb habe ich mich entschlossen zu gehen.«

Trevors Ankündigung machte Sam einen Moment lang sprachlos. Sie starrte ihn nur an und wusste nicht, was sie sagen sollte.

Er schien ihre Gedanken zu lesen und lächelte. »Bevor du irgendetwas sagst – der Simon-Vickers-Fall war nur der Auslöser. Ich habe schon seit langem daran gedacht. Und jetzt, wo ich mit Emily zusammen bin und das Baby unterwegs ist...«

»Baby?!«

Ein Schock schien dem anderen zu folgen.

»Habe ich es dir nicht erzählt? Nein, offenbar nicht. Nun, wir wissen es auch erst seit Anfang der Woche. Emily ist erst seit ein paar Wochen schwanger, sodass man es ihr noch nicht ansieht.«

»Ich dachte, du wolltest keine neue Familie.«

»Das wollte ich eigentlich auch nicht, aber inzwischen habe ich mich an den Gedanken gewöhnt. Ich bin wahnsinnig aufgeregt. Es ist auch schön zu wissen, dass ich nicht mit Platzpatronen schieße!«

Tausend Fragen gingen Sam durch den Kopf. »Wie willst du deine neue Familie ernähren?«

»Es ist für alles gesorgt. Ich übernehme im März den Posten von John Osbourne.«

Osbourne war seit fünf Jahren der Chef der Abteilung. Zu dem Posten gehörte ein Professorenstuhl. Professor Trevor Stuart. Sam wusste nicht, ob sie sich jemals an den Gedanken gewöhnen würde.

»Wie du siehst, Sam, wirst du mich nicht ganz los. Ich werde weiterhin über dir schweben wie ein lästiger Mückenschwarm.«

»Werde ich dann Sir zu dir sagen müssen?«, fragte sie.

»Unbedingt.«

»Ja, dann, herzlichen Glückwunsch. Neue Frau, neues Baby, neuer Job. Midlifecrisis bewältigt.«

»Das weiß ich nicht genau, aber es sollte mich ein oder zwei Jahre lang beruhigen. Was machst du über Weihnachten?«

Sam zuckte die Schultern. »Das Übliche, zu viel essen, zu viel trinken, bei der Rede der Queen einschlafen.«

»Wyn und Ricky sind doch bei dir.«

»Sie sind weggefahren, um Tante Maude in Harrogate zu besuchen.«

»Dann bist du ganz allein.«

Sam nickte. »Sieht so aus.«

»Warum kommst du nicht vorbei und verbringst Weihnachten mit uns? Wir haben reichlich eingekauft. Es wird dir gut tun.«

Sam war davon nicht überzeugt. Trevor und seine neue Liebe zusammen zu sehen würde sie wahrscheinlich noch mehr deprimieren.

»Nein, danke, Trevor, dieses Weihnachten möchte ich gern allein bleiben. Aber danke für das Angebot.«

Er nickte verständnisvoll. »Nun, wenn du deine Meinung

ändern solltest, komm einfach vorbei. Wir werden uns freuen, dich zu sehen.«

»Das werde ich. Danke.«

Dann wechselte Trevor das Thema. »Jack Falconer.«

Endlich kam er zum eigentlichen Grund seines Besuchs. Sam blickte interessiert auf.

»Ich habe vorgeschlagen, dass du den Fall übernimmst, wenn es dir recht ist.«

Sam sah ihn überrascht an, während Trevor fortfuhr: »Ich denke, dass es eine Verbindung zwischen den Morden gibt, und es kommt mir töricht vor, die Fälle zwischen uns beiden aufzuteilen. Das bedeutet nicht, dass ich das Interesse daran verloren habe. Ich werde dich bei deiner Arbeit unterstützen. Wenn jemand dieser Sache auf den Grund gehen kann, dann bist du das. Und ich werde dir von der Seitenlinie aus bewundernd zusehen.«

»Danke, Trevor, ich weiß es zu schätzen.«

»Wenn ich sonst noch etwas tun kann, um dir zu helfen, weißt du, wo du mich findest.«

»In deinem Elfenbeinturm?«

»Genau!«

Trevor wandte sich zur Bürotür. Er hatte bereits die Hand auf die Klinke gelegt, als Sam ihm nachrief: »Kennst du zufällig jemand, der etwas von Computern versteht?«

Er drehte sich um. »Warum?«

»Ich habe eine Diskette versteckt in Dominics Socke gefunden. Er war Vickers' bester Freund, wie du dich vielleicht erinnerst. Ich habe versucht, sie mit meinem Computer zu lesen, aber der Wasserschaden ist zu groß. Ich denke, ich brauche die Hilfe eines Experten.«

»Hast du Tom Adams von deinem Fund erzählt?«

»Nein, noch nicht. Ich will zuerst feststellen, was drauf ist. Wenn es sich als unnütz erweist, wird es mir bei meiner Sache nicht helfen.«

Trevor nickte zustimmend. »Ich kenne jemand. Er arbeitet in den Computerlabors vom Fitzwilliam College. Ein brillanter Fachmann, obwohl er in seinem Leben noch nie ein Examen gemacht hat, aber manche Leute brauchen das offenbar nicht. Wenn jemand dieser Diskette Informationen entlocken kann, dann er.«

»Wie heißt er?«

»Russell Clarke. Du wirst ihn wahrscheinlich im Labor finden, er wohnt fast dort. Wenn nicht, hat er wahrscheinlich ein Zimmer im College. Der Pförtner wird dir weiterhelfen.«

»Ist er über Weihnachten nicht weggefahren?«

Trevor schüttelte den Kopf. »Nicht er, seine Vorstellung von Weihnachten ist ein leeres Labor und genau das hat er bekommen.«

»Danke, Trevor.«

Mit einem kurzen Winken verließ er das Büro und schloss die Tür hinter sich. Sam sah auf ihre Uhr: halb sieben. Es war spät geworden, aber sie hatte die Diskette bei sich und mit ein wenig Glück würde sie Russell Clarke im College antreffen und noch immer genug Zeit haben, um zu der Mitternachtsmesse zu gehen, bei der sie mit dem Chor singen sollte. Eilig machte sie sich auf den Weg.

Fitzwilliam war eins der moderneren Colleges in Cambridge und wurde von einigen Studenten und Bewohnern respektlos »alter Kasten« genannt, obwohl es erst in den sechziger Jahren errichtet worden war. Mit seinem modernen Aussehen unterschied es sich von den anderen, weitaus älteren Colleges in der Stadt und litt sehr unter dem Snobismus dieser universitären Einrichtungen. Dennoch genoss das College einen erstklassigen akademischen Ruf und galt als eine der besten Lehranstalten in Cambridge. Sam brauchte eine halbe Stunde, um die neun Kilometer vom Krankenhaus bis dorthin zu fahren, da die Straßen von Weihnachtseinkäufern, die in letzter Minute die Geschäfte plünderten, verstopft waren.

Sie stellte ihren Wagen auf dem Parkplatz ab und fand rasch die Pförtnerloge, um nach dem Weg zu fragen. Als ihr der kleine, schmächtige Pförtner den Weg durch das College erklärte, tauchte plötzlich Mr. Enright aus der Loge auf, der Mann, dessen Wagen angeblich von Simon Vickers gestohlen worden war. Da er die traditionelle graue Uniform und die schlecht sitzende Melone eines Collegebediensteten trug, arbeitete er offensichtlich hier. Er erkannte Sam zweifellos, sagte aber nichts, sondern zog sich hastig in die Pförtnerloge zurück. Obwohl Sam überrascht war, ließ sie sich nichts anmerken.

Sam fand den Block mit den Computerlabors, der an der Rückseite des Colleges lag, schnell. Sie spähte durch das Glasfenster einer Tür und sah an einem der Computer eine einsame Gestalt arbeiten, bei der es sich wahrscheinlich um Russell Clarke handelte. Er saß über die Tastatur gebeugt und schien völlig in seine Arbeit vertieft zu sein. Sam klopfte leise an und trat ein, bevor sie dazu aufgefordert wurde. Sie war in Eile und nahm sich keine Zeit für die üblichen Höflichkeiten. Als sie eintrat, drehte er seinen Stuhl zu ihr um. Ein Anflug von Ärger und Überraschung huschte über sein Gesicht. Doch Sam ließ sich davon nicht abschrecken.

»Russell Clarke?«, fragte sie.

»Was wollen Sie?«

Er war überhaupt nicht das, was Sam erwartet hatte. Mitte zwanzig, hoch gewachsen, mit pechschwarzen Haaren und gebräunter Haut. Seine Arme waren, wie der Rest von ihm, breit und kräftig, und seine kristallblauen Augen schienen zu funkeln, wenn er sprach. Er sah mehr wie ein Rockstar aus und entsprach so gar nicht dem schmächtigen, anämischen, brillentragenden Akademikertyp, den Sam anzutreffen glaubte. Trotzdem ließ sie sich nicht aus der Fassung bringen.

»Ich bin Doktor Samantha Ryan. Trevor Stuart empfahl mir, Sie aufzusuchen. Ich brauche einen Rat.«

Bei Trevors Namen lächelte Russell breit. »Ja, ich kenne Trevor. Sie sind aber nicht eine seiner Frauen, oder?«

Sam war einen Moment lang verdutzt, fing sich aber schnell wieder. »Wir arbeiten zusammen.«

»Sind Sie Pathologin?«

Sam nickte. »Das scheint Sie zu überraschen.«

Er zuckte die Schultern. »Sie sehen nur nicht danach aus.«

Sam reagierte nicht auf die pikierte Weise, die sie unter normalen Umständen an den Tag gelegt hätte, denn sie musste sich eingestehen, dass auch sie Vorurteilen zum Opfer gefallen war.

»Sie haben keinen englischen Akzent«, stellte sie fest.

»Australisch. Ich bin Austauschstudent des Commonwealth Trust.«

»Gefällt es Ihnen hier?«

»Es ist okay, aber verdammt kalt.«

Sam setzte sich zu ihm und zog die Diskette aus ihrer Handtasche. »Trevor sagte, Sie könnten mir vielleicht dabei helfen.«

Russell nahm sie vorsichtig aus ihrer Hand und untersuchte sie. »Sieht beschädigt aus. Was haben Sie gemacht, sie in die Badewanne fallen lassen?«

»Nein, sie stammt von einer Leiche. Die Diskette lag zusammen mit der Leiche ein paar Stunden im Cam. Vermutlich enthält sie ein paar Informationen, die bei einer Morduntersuchung hilfreich sein könnten.«

Er sah sie erstaunt an. »Wirklich?«

Sam nickte.

»Wenn es so wichtig ist, warum haben Sie mich dann aufgesucht und nicht die Polizei?«

»Sie ist noch nicht überzeugt davon, dass ich Recht haben könnte. Deshalb bin ich zu Ihnen gekommen.«

»Ich werde doch keinen Ärger kriegen, oder?«

Sam schüttelte beruhigend den Kopf. »Im Gegenteil, man wird Ihnen für Ihre Hilfe dankbar sein.«

Sie log, hatte aber das Gefühl, dass bei dieser Gelegenheit der Zweck die Mittel heiligte. Russell strich mehrmals mit den Fingern über die Diskette, als wäre er unentschlossen, gab sich dann aber einen Ruck, wandte sich seinem Computer zu und schob die Diskette ins Laufwerk. Seine Hände huschten über die Tastatur. Aber ganz gleich, was er auch versuchte, stets erschien dieselbe Meldung auf dem Monitor.

»Lesefehler auf Laufwerk A. Die Diskette ist möglicherweise beschädigt. Abbrechen oder Wiederholen.«

Schließlich gab Russell auf und wandte seine Aufmerksamkeit wieder Sam zu. »Größeres Problem, als ich dachte.«

Sie sah ihn besorgt an. »Heißt das, die Information ist weg?«

Er zog die Diskette heraus und betrachtete sie genauer. »Vielleicht, das lässt sich im Moment schwer sagen. Ich muss sie zuerst bearbeiten. Kann ich sie eine Weile behalten?«

Sam nickte. »Wann werden Sie es wissen?«

»Sobald ich kann. Ich werde mich morgen darum kümmern. Rufen Sie mich in ein paar Tagen an.«

»Wo kann ich Sie erreichen?«

»Hier. Ich bin immer hier. Rufen Sie die Pförtnerloge an, man wird Sie dann durchstellen.«

»Sie arbeiten über Weihnachten?«

»Für mich ist ein Tag wie der andere«, lächelte er. »Ich bin nicht sehr religiös.«

»Ich verstehe. Nun, vielen Dank.«

Als er sich wieder seinem Computer zuwandte, stellte ihm Sam eine letzte Frage. »Da ist noch etwas.«

Russel blickte interessiert auf.

»Kennen Sie einen Pförtner namens Enright?«

»Porky. Wir alle kennen Porky.«

»Wie ist er so?«

»Eine Nervensäge, um ehrlich zu sein. Ich habe ihn ein paar Mal hier erwischt.«

»Er wirkte auf mich nicht wie jemand, der sich für Computer interessiert.«

Russell lachte. »Das wohl nicht, aber im Net gibt es eine Menge Sex-Seiten. Ich denke, das ist es, was ihn interessiert. Er ist irgendwie schleimig.«

Sam nickte. »Danke.«

»War mir ein Vergnügen. Bis zum nächsten Mal dann.«

Russell winkte Sam kurz zu, wandte sich wieder seinem Computer zu und war sofort in seine Arbeit vertieft.

Nachdem Sam das Fitzwilliam verlassen hatte, musste sie sich beeilen, um noch rechtzeitig zum Weihnachtsgottesdienst in King's Lynn einzutreffen. Der dichte Verkehr, der noch zähflüssiger zu werden schien, je mehr sie sich der Stadt näherte, machte es ihr auch nicht leichter. Selbst zu dieser Stunde waren die Leute noch unterwegs. Die meisten besuchten vermutlich Weihnachtsfeiern, dachte Sam.

Weihnachten war für Pathologen immer eine geschäftige Zeit – Autounfälle, Völlerei und die Einsamkeit rafften die Menschen dahin. Die Jahreszeit schien, zumindest bei einigen, Melancholie und ein Gefühl der Isoliertheit auszulösen. Dies konnte schnell in Depression umschlagen und manche sogar in den Selbstmord treiben. Viele der Leichen, die sie untersuchte, waren zwischen alten Fotografien und Andenken an vergangene, glücklichere Zeiten aufgefunden worden, als hätten sie einen letzten Blick auf die Welt geworfen, in der sie einst gelebt und die sie dann verloren hatten. Sie waren nicht immer einsam gewesen, sie hatten einst geliebt und waren geliebt worden. Wenn die Summe des Lebens eines Menschen seine Erinnerungen waren, dann hatten viele von ihnen ein erfülltes geführt, aber wenn man nur noch ein paar Fotos hatte, um sich daran zu erinnern, konnte einem alles völlig sinnlos erscheinen.

Schließlich erreichte Sam das Marktstädtchen und nachdem sie einen Passanten nach dem Weg gefragt hatte, entdeckte sie die St. Nicholas Chapel direkt an dem alten malerischen Marktplatz. Es war eine beeindruckende und wunderschöne Kirche, fast zu beeindruckend für eine so kleine Stadt. Ostengland war von kleinen Kirchen übersät, von denen viele an völlig unpassenden Orten errichtet worden waren. Millionenschwere Baumwollhändler hatten auf diese Weise versucht, sich ihr Seelenheil zu erkaufen. Nachdem Sam weitere zehn Minuten gesucht hatte, fand sie endlich einen Parkplatz und eilte zur Kirche. Dort wurde sie bereits von Eric Chambers und Reverend Andrews erwartet.

Eric klopfte mahnend auf das Glas seiner Uhr. »Kommen Sie, Sam, Sie sind die Letzte, wir fangen in zehn Minuten an.«

»Tut mir Leid, ich hatte Riesenprobleme mit dem Verkehr und bei der Parkplatzsuche.«

Sie schlüpfte aus ihrem Mantel, gab ihn Chambers und nahm ihren Platz im Chorgestühl ein. Die anderen Mitglieder der Gruppe sahen sie freundlich an und einige zwinkerten ihr beruhigend zu, als sie ihre Entschuldigungen murmelte.

Ann Lambert, eines der älteren Mitglieder des Chors, beugte sich zu ihr hinüber und flüsterte ihr ins Ohr: »Wenn es Sie irgendwie tröstet, ich bin auch gerade erst gekommen.«

Sam drehte sich zu ihr um und lächelte dankbar. Während sie allmählich ruhiger wurde, nahm sie sich die Zeit, ihre Umgebung zu betrachten. Wie bei den meisten Weihnachtsgottesdiensten war die Kirche brechend voll; viele Besucher standen im hinteren Teil der Kirche und in den drei Gängen. Der Raum war von Kerzen erhellt, deren Flammen flackerten und tanzten, ihren typischen Geruch verbreiteten und sonderbare, unheimliche Schatten an das dunkle Mauerwerk warfen. Es war ein seltsames Gefühl, dass all diese Leute darauf warteten, dass sie und der Rest des Chors ein Lied anstimmten, in das sie einfallen konnten. Sie suchte die Gesichter der Kirchgänger nach Edmond Moore und seiner neugierigen Kamera ab, aber er war nicht da, was Sam erleichterte.

Dann trat Eric Chambers vor sie und hob seinen Taktstock. Die Mitglieder des Chors schienen gleichzeitig einzuatmen. Er blickte auf und ließ seine Blicke über ihre Gesichter wandern, wobei er jeden stumm zu ermutigen schien. Dann schwang er den Stock.

Die Messe war kurz nach elf zu Ende, nachdem der Bischof und der Kirchkapitular den Gläubigen gedankt und ihnen frohe Weihnachten gewünscht hatte. Schließlich richtete er seine Aufmerksamkeit auf den Chor.

»Das war wirklich bewegend«, sagte er mit strahlender Miene. »Ich kann Ihnen gar nicht genug danken. Ich hoffe nur, Ihnen ist jetzt klar, dass sich all die harte Arbeit auch gelohnt hat.«

Sam und alle anderen der Gruppe lächelten und nickten zustimmend. Er war wahrscheinlich nur höflich, aber das Kompliment fand dennoch Anklang.

»Ich habe für Sie alle einen kleinen Punsch vorbereitet, bevor ich gezwungen bin, sie hinaus in die kalte Weihnachtsnacht zu schicken.«

Zwei Mitglieder des Kirchkapitels trugen mehrere dampfende Gläser mit einer roten Flüssigkeit herein und verteilten sie an die Gäste, die dankbar zugriffen.

»Der Punsch ist alkoholfrei, schließlich wollen wir keinen Ärger mit der Polizei bekommen, nicht wahr? Also, auf Ihr Wohl.«

Als Sam an ihrem Glas nippte, gesellten sich Eric und Reverend Andrews zu ihr. Eric ergriff zuerst das Wort.

»Es passt gar nicht zu Ihnen, zu spät zu kommen.«

»Tut mir Leid«, seufzte Sam, »aber ich bin im Moment ziemlich beschäftigt. Es ist schon länger nicht mehr vorgekommen, dass wir gleich drei Morde innerhalb kürzester Zeit hatten.«

Eric und Peter Andrews blickten überrascht drein. »Morde?«, sagten sie gleichzeitig.

Sam konnte sich des Gefühls nicht erwehren, dass sie wie ein Duo klangen.

Eric schüttelte den Kopf. »Darüber habe ich gar nichts gelesen.«

»Das werden Sie bald«, sagte sie und nippte wieder an ihrem Glas.

»Dürfen wir fragen, wer?«, wollte Andrews wissen, wobei er flüsterte, als sei das Gespräch ketzerisch geworden.

»Noch nicht, aber ich glaube nicht, dass Sie lange warten müssen.«

Andrews blieb hartnäckig. »Können Sie uns nicht einmal einen Hinweis geben?«

Sam schüttelte den Kopf. »Tut mir Leid, wenn das bekannt würde, bekäme ich Schwierigkeiten.«

Der Reverend trat zurück, enttäuscht, aber ihre Entscheidung akzeptierend.

Eric allerdings gab nicht so schnell auf. »Es handelt sich doch nicht um den jungen Simon Vickers, oder?«

Sam schüttelte den Kopf und weigerte sich, die Frage zu beantworten.

»Ich respektiere Ihre Integrität, aber ich wette, er ist es. Der Unfall kam mir von Anfang an etwas sonderbar vor.«

Sams Aufmerksamkeit wurde plötzlich von einem Summen abgelenkt, das von hinten zu kommen schien. Sie drehte sich um und sah, wie Edmond Moore mit der Videokamera in der Hand sie und die übrigen Chormitglieder filmte. Er war also doch da. Sam empfand seine Anwesenheit als unangenehm, versuchte jedoch, sich nichts anmerken zu lassen. Sie sah zu Peter Andrews hinüber, der verlegen und peinlich berührt dreinblickte.

»Wie geht die Arbeit an dem Film voran?«, fragte sie.

»Sehr gut, wirklich sehr gut. In ein paar Tagen gehen wir in den Schneide- und Synchronisationsraum. Dieser Teil dürfte großen Spaß machen. Sie werden sich also nicht mehr lange um uns Sorgen machen müssen.« Das klang wie eine verschlüsselte Entschuldigung. Andrews fuhr fort: »Ich freue mich schon darauf, den Wespenangriff auf den alten Ted Landsden bei dem letzten Sommerfest zu sehen. Das sollte mich aufheitern, wenn alles andere versagt.«

Sam lächelte bei dem Gedanken, dass der Ortspfarrer Vergnügen daran hatte, wie der alte Ted Landsden von einem wütenden Wespenschwarm übel zugerichtet wurde. Schließlich stellte sie ihr Glas auf das Tablett zurück.

»Nun, ich muss gehen, sonst schaffe ich es nicht mehr bis zum Bett. Frohe Weihnachten Ihnen allen.«

Die angeregt plaudernde Gruppe erwiderte freundlich den

Gruß, als Sam sich abwandte. Draußen blickte sie hinauf zum Nachthimmel. Es war eine wunderschöne klare und frostige Nacht. Sie zog ihren Mantelkragen enger um den Hals, steckte die Hände tief in die Taschen und machte sich auf den Weg nach Hause.

Sam ließ sich auf dem Heimweg Zeit. Während sie über die dunklen Straßen von Norfolk fuhr, kreisten ihre Gedanken um die Untersuchung. Sie würde warten müssen, bis Ricky zurückkehrte, um noch einmal mit ihm zu reden. Vielleicht würde er dann etwas kooperativer sein. Himmel, dachte sie, ich hoffe nur, er ist nicht in die Sache verwickelt.

Die Straßen waren bei weitem nicht mehr so voll wie am frühen Abend, sodass sie trotz ihrer geringen Geschwindigkeit schnell zu Hause war. Sie bog in die Einfahrt, parkte den Wagen an der üblichen Stelle und ging hinein. Sie hatte daran gedacht, noch eine Weile aufzubleiben, aber schon während der Fahrt hatte die Müdigkeit sie übermannt, sodass sie sich entschloss, sofort zu Bett zu gehen. Als sie durch den Flur ging, bemerkte sie, dass die kleine Leselampe im Wohnzimmer noch brannte. Dies überraschte sie, denn sie war sicher, dass sie nicht an war, als sie am Morgen das Haus verlassen hatte. War Wyn vielleicht schon wieder zurück?, fragte sie sich verwirrt. Als sie den Raum betrat, blickte Tom auf.

»Abend, Sam.«

Einen Moment lang war sie überrascht, dann verärgert und schließlich froh, ihn zu sehen. »Wie bist du reingekommen?«

»Ich habe noch immer meinen alten Schlüssel. Ich dachte mir schon, dass du die Schlösser nicht ausgetauscht hast. Du kannst ihn zurückhaben, wenn du willst.«

Er hielt den Schlüssel zwischen zwei Fingern und hielt ihn ihr hin. Sie durchquerte den Raum und riss ihn aus seiner Hand. »Woher soll ich wissen, dass du nicht noch andere hast?«

»Das kannst du nicht.«

»Wie bist du hergekommen, ich habe deinen Wagen nicht gesehen.«

»Ich habe mir ein Taxi genommen.«

Sam seufzte genervt. »Du bist doch nicht betrunken, oder?«

»Nein, aber ich hoffe es bald zu sein.« Er beugte sich über die Sofalehne und griff nach einer Flasche Champagner.

Sam verschränkte trotzig die Arme. »Oh, das hoffst du, ja?«

Er nickte, während Sam ihn weiter wütend anstarrte.

»Warum bist du hier?«

»Ich war allein. Wyn sagte, dass es dir nicht anders gehen würde, und so dachte ich, es wäre vielleicht nett, wenn wir uns für eine Weile Gesellschaft leisten würden.«

»Das hast du dir also gedacht.«

Tom nickte. »Ich war einsam, erinnerte mich an ein paar vergangene Weihnachten und stellte fest, dass ich dich vermisse. Also kam ich vorbei.«

»Nun, in diesem Fall« – sie machte eine Pause, bevor sie ihren Ton änderte – »hole ich wohl besser zwei Gläser aus dem Schrank.«

Sam ging zum Barfach hinüber und nahm zwei schmale Champagnergläser heraus, während Tom die Flasche entkorkte. Sam kam mit den Gläsern zurück, und Tom füllte sie vorsichtig.

»Ach, übrigens, Jack Falconers Haus, es war Brandstiftung.«

»Und Simon Vickers und Dominic Parr wurden ermordet.«

»Das muss erst noch bewiesen werden.«

»Und in der Zwischenzeit tust du nichts?«

»Nun ja, nicht direkt nichts. Ich habe bereits von Chalky ein Team zusammenstellen lassen.«

»Was, an Heiligabend?«

»Das hat er verdient, weil er Trevor von der Autopsie erzählt hat, findest du nicht?«

Sam lächelte. »Ja, das hat er. Wie steht er inzwischen zu dem Fall?«

»Sagen wir nur, dass er nicht mehr so skeptisch wie am Anfang ist. Allerdings vor allem dank der Hinweise, die du uns geliefert hast.«

»Mit Schmeicheleien erreichst du alles.«

»Gut. Also werde ich die Angelegenheit bis nach Weihnachten in seinen fähigen Händen lassen.«

»Und was machst du bis dahin?«

»Bis dahin gehöre ich ganz dir, wenn du mich haben willst.«

Sam beugte sich zu ihm hinunter, stellte ihr Glas auf den Tisch und küsste ihn sanft auf die Lippen. »Ich will dich.«

Tom zog sie auf seinen Schoß und küsste sie weiter.

Als sie sich voneinander lösten, sah ihn Sam an. »Du wirst mich doch nicht die Treppe hinaufgehen lassen, oder? Wenn doch, würde ich es verstehen, es ist eine Weile her seit dem letzten Mal und du wirst auch nicht jünger.«

Er klemmte sich die Champagnerflasche unter den Arm, steckte das Glas in die Tasche seines Jacketts, hob Sam hoch und trug sie ohne ein weiteres Wort die Treppe hinauf in ihr Schlafzimmer.

8

Sam und Tom schienen den Großteil des ersten Weihnachtstages damit zu verbringen, sich zu lieben. Ihr war bisher nicht bewusst gewesen, wie reizvoll Sex in der Küche sein konnte, und sie war so glücklich und entspannt wie seit Monaten nicht mehr. Sex mit Tom war zweifellos besser als mit jedem anderen Mann, an den sie sich erinnern konnte. Nicht dass sie viel Erfahrung hatte, aber er schien perfekt zu ihr zu passen. Ihr Problem war – und war es immer gewesen –, dass ihre Liebe keine bedingungslose war, und sie war nicht sicher, ob Tom sie unter diesen Umständen akzeptieren konnte. Aber zumindest im Moment war all die Leidenschaft ihrer früheren Romanze zurückgekehrt, und das ohne den Druck und die Beschränkungen einer festen Beziehung, die alles verderben konnten. Diesmal wurde mit keinem Wort über Heiraten, Verloben oder Zusammenziehen gesprochen. Sie genossen einfach die Gegenwart. Wenn es früher schon so gewesen wäre, wären sie möglicherweise zusammengeblieben. Wenn sie sich mit dem zufrieden geben könnten, was sie derzeit hatten, könnte es vielleicht doch noch funktionieren.

Der Tag verlief nicht ganz ohne Störungen. Trevor rief am frühen Nachmittag an, um zu fragen, wie es ihr ging, und sie an seine Einladung zu erinnern. Sie beruhigte ihn und erklärte ihm, dass überraschend Freunde zu Besuch gekommen seien, die sich rührend um sie kümmern würden, was schließlich in etwa der Wahrheit entsprach.

Danach nahm sich Sam Zeit, ihre Geschenke zu öffnen, die unter dem Christbaum ausgebreitet waren. Sie schüttelte jedes, legte ihr Ohr an die Päckchen und versuchte festzustellen, was darin war, bevor sie sie öffnete. Das war eine Angewohnheit aus ihren Kindertagen. Sie öffnete sie vorsichtig, faltete das Papier zusammen und legte es fein säuberlich übereinander neben den Baum. Tom sah ihr dabei mit einer Mischung aus Unglauben und Verzweiflung zu. Er wusste, dass es keinen Sinn hatte, zu protestieren. Sam recycelte alles. Sie pflegte immer zu sagen: »Wenn jeder ein wenig tun würde, könnte man eine Menge erreichen«, und er hatte keine Lust, sich jetzt einen Vortrag anzuhören. Stattdessen bewunderte er die Geschenke, die sie ihm vorführte.

Trevor hatte ihr ein elegantes Paar Abendhandschuhe geschenkt und einen Zettel beigelegt, auf dem stand, dass sie vielleicht nicht dieselbe Tastempfindlichkeit wie Latex hätten, aber hübscher aussähen. Von Fred hatte sie ein Buch über Aromatherapie bekommen und von Jean ein sehr schönes Kopftuch.

Schließlich kam sie zu Toms Geschenken. Das erste war eine lange, rechteckige Schachtel. Nachdem Sam sie geschüttelt hatte, öffnete sie sie eilig. Es war das Spiel »Operation«. Es bestand darin, diverse Plastikorgane aus einer Pappfigur zu entfernen. Berührte man dabei die Seite des Körpers, klingelte eine Glocke, und man hatte verloren. Tom schlug vor, später ›Strip Operation‹ zu spielen. Da jeder von ihnen nur ein Kleidungsstück trug, würde es ein sehr kurzes Spiel werden. Toms zweites und ernsthafteres Geschenk war eine wunderschöne goldene Halskette. Seine Großzügigkeit machte Sam verlegen, aber sie wusste, dass sie ihn beleidigen würde, wenn sie das Geschenk ablehnte. So ging sie hinüber zum Spiegel und legte sich die Kette um den Hals. Trotz ihrer Bedenken hörte sie sich sagen: »Sie ist wunderschön. Danke, Tom, vielen Dank.«

Tom trat hinter sie und legte seine Arme fest um ihre Taille. »Das freut mich. Sie steht dir ausgezeichnet.«

Sam drehte sich um und küsste ihn innig, während sie langsam zu Boden sanken.

Am späten Nachmittag, mitten in einem besonders leidenschaftlichen Moment, klopfte es zuerst leise, dann lauter an der Haustür. Sam schob Tom beiseite, schlich auf Zehenspitzen ans Fenster und spähte durch die Gardinen. Es war Eric Chambers. In den Händen hielt er ein Tablett voller kleiner, halb in Weihnachtspapier eingewickelter Pflanzen. Da sie wusste, welch weiten Weg er zurückgelegt hatte, fühlte sie sich gezwungen, an die Tür zu gehen, zugleich hatte sie aber nicht die geringste Lust auf Besuch. Tom trat leise hinter sie und strich ihr mit der Hand über den Rücken, was sie erschaudern ließ.

»Wer ist das?«, fragte er.

»Eric Chambers, ein Nachbar.«

»Ich dachte, du hättest keine Nachbarn.«

»Auf dem Land, mein Junge, sind fünfzehn Kilometer Entfernung Nachbarschaft.«

»Er ist fünfzehn Kilometer gelaufen, um dich zu sehen? Das muss Liebe sein.«

»Es sind eher sieben. Er kommt über die Felder.«

»Er sieht ein wenig alt für einen derart langen Spaziergang aus.«

»Lass dich von seinem Aussehen nicht täuschen. Er ist ein zäher alter Knochen, gehörte früher zu einem Spezialkommando der Armee und hält sich fit.«

»Ich kann mir einfach nicht vorstellen, wie er mit seinem Spazierstock in die iranische Botschaft eindringt.«

Sam versetzte ihm einen Rippenstoß, während sie beobachteten, wie Eric sein Geschenk vor die Tür legte, durch den Garten ging und auf den Feldern dahinter verschwand. Kaum war er außer Sicht, wirbelte Tom Sam herum, warf sie sich über die Schulter, trug sie trotz ihres Protests die Treppe hinauf ins Schlafzimmer und trat die Tür zu.

Am zweiten Weihnachtstag waren beide erschöpft und schliefen lange. Als sie endlich aufwachten, verspürten sie einen Riesenhunger. Während Tom ein reichhaltiges englisches Frühstück zubereitete, entschloss sich Sam, in ihrer Mailbox nach Post zu sehen. Außer ein paar Weihnachtsgrüßen von Freunden aus dem ganzen Land war nichts angekommen. Sie hatte gehofft, etwas von Russell Clarke vom Fitzwilliam College zu hören. Nachdem sie sich ein paar Seiten angesehen hatte, gab Sam schließlich auf und schaltete den Computer aus. Doch als sie aufstand, bemerkte sie, dass Rickys neue Geräte samt und sonders verschwunden waren. Sie war überrascht, dass es ihr nicht schon früher aufgefallen war, wenn man bedachte, dass sie den gesamten Schreibtisch eingenommen hatten. Er konnte sie nicht mitgenommen haben, also lief Sam hinauf in sein Zimmer und durchsuchte alle Schubladen und Schränke, aber sie fand nichts. Langsam und nachdenklich ging sie wieder nach unten in die Küche, wo Tom auf sie wartete.

»Es hat doch in der letzten Zeit keine größeren Computerdiebstähle gegeben, oder?«, fragte sie ihn.

Er schüttelte den Kopf. »Nicht dass ich wüsste. Warum?«

»Es ist wegen Ricky...«

»Das dachte ich mir schon. Was hat er jetzt schon wieder angestellt?«

Sam zuckte die Schultern. »Ich bin nicht sicher, ob er irgendetwas angestellt hat. Er scheint sich nur in der letzten Zeit eine riesige, teuer aussehende Computerausrüstung gekauft zu haben.«

»Und was hat er dazu gesagt?«

»Er behauptet, sie billig von einem Kumpel oder so bekommen zu haben.«

»Billig? Ich wusste nicht, dass es so etwas billig zu haben gibt.«

»Ich auch nicht und das macht mir Sorgen.«

»Hast du mit ihm darüber gesprochen?«

»Ich habe es versucht, aber nicht viel erreicht.«

»Möchtest du, dass ich mit ihm rede?«

»Nein, noch nicht. Ich will nicht, dass er seine Tante für einen Spitzel hält. Außerdem weiß ich nicht, was das bringen soll.«

»Soll ich einen Blick auf seine Sachen werfen, bevor ich gehe? Um nachzusehen, ob sie womöglich ohne Kennzeichnung sind?«

»Ich hätte dich darum gebeten, aber sie sind verschwunden. Ich kann sie nirgendwo finden.«

Tom sah die Besorgnis auf ihrem Gesicht und versuchte sie ein wenig zu beruhigen. »Ich werde mit den zuständigen Stellen reden und nachfragen, ob etwas passiert ist, von dem ich nichts weiß. Ich werde es auch durch den Computer laufen lassen. Vielleicht hat eine andere Behörde etwas Relevantes gemeldet.«

»Wenn du schon mal dabei bist, könntest du vielleicht für mich ein paar Namen überprüfen?«

»Warum?«

»Es geht nur um zwei Leute, die mir nicht ganz korrekt erscheinen, das ist alles.«

»Hat es mit Simon Vickers zu tun?«

»Ja.«

Tom nickte. »Wer sind sie?«

»Edmond Moore ...«

»Geburtsdatum?«

Sam schüttelte den Kopf. »Ich kenne es nicht, aber er ist Ende dreißig, Anfang vierzig.«

»Adresse?«

»Irgendwo in Sowerby.«

»Das nenne ich genaue Angaben. Was ist mit dem anderen?«

»George Enright ...«

»Der Mann, dessen Auto gestohlen wurde?«

Sam nickte.

»In Ordnung, die Informationen über ihn kann ich der Anzeige entnehmen. Ich werde dich morgen anrufen und dir Bescheid geben.«

»Danke.«

Tom lächelte. »Ist mir ein Vergnügen.«

Sam zog sich an, bevor sie Eric Chambers' Geschenk von

der Eingangsstufe holte. Es war ein Saatkasten mit Knollen von seinen preisgekrönten Dahlien. Sam war gerührt und erfreut, ärgerte sich aber darüber, weil sie sie die ganze Nacht draußen gelassen hatte. Glücklicherweise war die Stelle, wo sie gestanden hatten, recht geschützt, und sie hoffte, dass sie keinen Schaden erlitten hatten. Sie trug den Kasten in die Küche.

»Hast du gesehen, was Eric mir geschenkt hat?«

Tom warf einen interessierten Blick auf den Kasten. »Oh, noch mehr Pflanzen. Das ist genau das, was du brauchst«, sagte er mit spöttischem Unterton.

Sam sah ihn stirnrunzelnd an. »Man muss sein Hobby pflegen.«

Tom lächelte und zuckte die Schultern, bevor er sich wieder dem Frühstück zuwandte.

»Das war sehr nett von ihm«, beharrte Sam.

Tom wendete ein letztes Mal den Schinken. »Was wirst du Eric schenken?«

»Dasselbe wie dir.«

»Glücklicher Mann«, sagte Tom grinsend.

»Weißt du, was dein Problem ist?«

Tom sah zu ihr hinüber. »Dass ich eingleisig denke?«

»Es tut einer Beziehung oft gut, wenn man dieselben Interessen teilt. Ich dachte, das wüsstest du.«

Tom wandte sich wieder dem Frühstück zu und lächelte verstohlen.

»Er ist wahrscheinlich hinter ein paar Knollen von meinen Alstromeirias her, er redet schon seit Jahren davon«, murmelte Sam vor sich hin.

Tom nickte müde und deckte den Tisch. »Tatsächlich? Möchtest du jetzt frühstücken?«

Sam schüttelte den Kopf. »Nein, gleich. Ich werde zuerst in den Garten gehen und die Knollen für ihn holen.«

Sie überließ Tom dem Frühstück, holte mehrere kleine Knollen aus einem geschützten Teil des Gartens, wickelte sie in altes Weihnachtspapier und arrangierte sie dann sorgfältig auf einem Holztablett.

Sam und Tom zogen sich warm an und spazierten dann querfeldein nach Sowerby. Obwohl der Boden meistens eben war, ermüdeten sie nach den Anstrengungen des vergangenen Tages schnell und waren froh, als die Spitze der St. Mary's Church in Sicht kam. Sie kletterten über den letzten Zaun und näherten sich Erics Haus, das am anderen Ende des Dorfes lag.

Als sie das Tor erreichten, blieb Tom plötzlich stehen und Fragte: »Was ist, wenn er nicht da ist und es hier keine Taxen gibt?«

»Er wird da sein.«

Tom folgte ihr zögernd. »Wir hätten vorher anrufen sollen. Das hätte uns womöglich einen weiten Weg erspart.«

Sam klopfte laut an die Tür. »Heute ist der zweite Weihnachtstag.«

Tom zuckte die Schultern. »Na und?«

»Das ist einer der beiden Tage im Jahr, an denen die Erics dieser Welt nicht ausgehen.«

»Und welcher ist der andere?«

»Der erste Weihnachtstag.«

»Aber er ist doch gestern zu uns gekommen.«

»Das war auch ungewöhnlich.«

Tom schüttelte den Kopf. »Hoffen wir, dass dies nicht einer seiner ›ungewöhnlichen‹ Tage ist.«

In dem Moment wurde die Tür geöffnet und Eric tauchte im Rahmen auf. Sam grinste Tom triumphierend an.

»Sam, was für eine angenehme Überraschung. Ich wollte Sie gestern besuchen. Ihr Auto war zwar da, aber es hat niemand aufgemacht.«

Sam zwang sich zu einer Notlüge. »Wir haben nach dem Weihnachtsessen einen kleinen Verdauungsspaziergang gemacht. Sie wissen ja, wie das ist.« Sie blies ihre Wangen auf, um dick auszusehen.

Eric lächelte. »Das weiß ich in der Tat, deswegen bin ich auch zu Fuß zu Ihnen gegangen und hinterher habe ich mich sehr viel besser gefühlt.«

»Danke für die Dahlien. Damit werde ich Ihnen bei der Blumenbörse im nächsten Jahr Konkurrenz machen.«

»Ich freue mich schon auf die Herausforderung.«

»Ich weiß, dass Sie auf die hier schon seit längerem ein Auge geworfen haben, deshalb habe ich Ihnen ein paar mitgebracht«, sagte Sam und überreichte ihm das Geschenk.

»Wundervoll, wundervoll, vielen Dank. Aber kommen Sie doch bitte herein«, forderte er die beiden auf.

Sam stellte ihren Begleiter vor, als sie in den Flur traten. »Eric, dies ist Tom, ein alter Freund von mir.«

Die beiden Männer gaben sich die Hand. »Der Polizist, wenn ich mich nicht irre.«

Tom nickte.

»Das dachte ich mir. Sie sehen auch wie ein Polizist aus. Ich erkenne sie aus einem Kilometer Entfernung. Sam scheint viel von Ihnen zu halten, also sind Sie mir auch willkommen. Wie wäre es mit einem Drink?«

»Ein Tee wäre schön«, sagte Sam.

Eric nickte und wandte seine Aufmerksamkeit wieder Tom zu. »Was ist mit Ihnen? Ich habe einen fünfundzwanzig Jahre alten Malt im Schrank, wenn Sie möchten.«

Tom schüttelte den Kopf. »Nein, danke, für mich auch lieber einen Tee.«

»Gut, machen Sie es sich doch bequem, während ich den Kessel aufsetze.«

Tom sah sich im Wohnzimmer um und nahm mit einem Blick alles Relevante und Interessante in sich auf. Dies war immer das Erste, was er machte, wenn er ein Haus oder Zimmer betrat. Er konnte nichts dagegen tun. Zu viele Jahre im Polizeidienst hatten ihn dazu gebracht, jeden für verdächtig oder nicht vertrauenswürdig zu befinden, bis er das Gegenteil bewies – eine Angewohnheit, die nicht immer unproblematisch war. Fast allen seiner Kollegen erging es genauso.

Erics Wohnzimmer war dunkel und altmodisch und voller Fotos, Porzellanfiguren und Nippes. Ein großes vergilbtes

Schwarzweißfoto, das an der Wand hing, erregte Toms Aufmerksamkeit. Er trat auf das Bild zu und sah es sich aus der Nähe an. Es zeigte einen Trupp Soldaten; drei waren Europäer, darunter Eric als junger, verwegen wirkender Mann, während die anderen asiatisch aussahen. Alle waren schwer bewaffnet mit halbautomatischen Gewehren oder gefährlich aussehenden Macheten. Er versuchte das Regiment anhand ihrer Mützenabzeichen zu identifizieren, was sich jedoch als schwierig erwies. Während er weiter das Foto betrachtete, trat Sam zur Verandatür und blickte hinaus in den Garten.

»Ich wünschte, ich könnte auch so etwas wie das hier erschaffen.«

Tom wandte sich von dem Bild ab und gesellte sich zu ihr. Er folgte ihrem bewundernden Blick und meinte: »Ich dachte, das hättest du.«

»Mein Garten ist okay, aber Erics – nun, er ist einfach wunderschön«, sagte Sam. »All diese verschiedenen Blumen und Pflanzen, diese Farbenpracht und die Düfte. Manchmal wünschte ich mir, ich könnte alles einpacken und mit nach Hause nehmen.«

Eric kam ins Zimmer zurück, in den Händen ein Tablett mit Teekanne, Tassen und Keksen. Er stellte es auf den kleinen Couchtisch und fragte Tom: »Milch und Zucker?«

Tom drehte sich um. »Milch, kein Zucker, danke.«

Eric goss den Tee ein, gab etwas Milch hinzu und reichte ihm die Tasse.

Tom bedankte sich. »Eric, dieses Foto an der Wand, wo wurde es aufgenommen?«

Eric sah zu dem Bild hinüber. »In Burma. Ist schon einige Jahre her. Ich war bei den Chindits. Wir wurden hinter den feindlichen Linien eingesetzt. Kämpften zusammen mit den Burmesen, verdammt gute Soldaten, jedenfalls die besten, die ich je gesehen habe. Attlee und die Labour-Regierung haben sie nach dem Krieg verkauft. Verdammte Schande. Haben die Japsen fast mit einer Hand aufgehalten. Wir hielten uns auch für etwas Besonderes. Nun, ich schätze, das waren wir auch. Die Zahl der Kerle, die nicht zurückgekehrt sind, beweist das. Sie sind auch nicht leicht gestorben. All diese Nahkämpfe im Dschungel, wissen Sie.«

Tom nickte beeindruckt. Eric mochte inzwischen etwas gebrechlich sein, aber in seiner Glanzzeit hätte er ihm nicht in die Quere kommen wollen. Er wandte sich wieder dem Foto zu und nahm dabei einen großen Schluck Tee. Der Whiskygeschmack war überwältigend, aber auch überraschend. Tom musste so sehr husten, dass er gezwungen war, die Tasse abzustellen und sich Halt suchend an den Kamin zu lehnen.

Sam eilte zu ihm und klopfte ihm auf den Rücken. »Bist du okay, Tom?«

Er nickte, einen Moment lang unfähig zu sprechen.

Eric lächelte Sam an. »Ich habe ihm einen kleinen Schluck in seinen Tee getan. Offenbar hat er nicht damit gerechnet. Tut mir Leid.«

Sam sah ihn verärgert an. »Ja, das würde ich auch sagen.«

Eric blickte zerknirscht drein. »Ich werde ihm eine neue Tasse machen.«

Tom schüttelte den Kopf. »Nein, lassen Sie nur, das ist schon in Ordnung. Es hat mich nur überrascht. Ich bin gleich wieder okay.«

Eric wandte sich an Sam. »Wann müssen Sie wieder arbeiten?«

»Morgen. Wahrscheinlich erwarten mich wieder die üblichen Fälle von Völlerei. Mägen voller Truthahn, Weihnachtspudding und Wein. Manchmal denke ich, dass dieses Fest mit einer Gesundheitswarnung versehen werden sollte: Weihnachten kann ernsthaft Ihre Gesundheit gefährden.«

Eric lachte. »Sind Sie mit Ihrer Morduntersuchung weitergekommen?«

Tom horchte auf. »Um welche Morduntersuchung geht es denn?«

»Der Vickers-Junge.«

Tom sah Sam herausfordernd an. »Hier scheinen sich Neuigkeiten aber schnell zu verbreiten.«

Doch Sam ging gar nicht auf ihn ein. »Wir sind uns in dieser Sache noch immer nicht einig, Eric, aber glücklicherweise bin ich voller Hoffnung, Superintendent Adams' Meinung bald ändern zu können.«

»Hören Sie, es tut mir Leid, dass ich das angesprochen habe«, sagte Eric, der die Spannung zwischen den beiden spürte. »Ich wollte nicht indiskret sein ...«

»Das sind Sie nicht, Eric«, fiel Sam ihm ins Wort. »Wie ich schon sagte, sollte es irgendwelche Probleme gegeben haben, werden sie im Lauf der nächsten Tage gelöst, also machen Sie nicht so ein verlegenes Gesicht.«

Trotz ihrer beruhigenden Worte schien Eric die Situation peinlich zu sein. Sam sah zu Tom hinüber, der während ihres Wortwechsels mit Eric irritierend still gewesen war.

»Nun, wir müssen jetzt gehen. Danke für den Tee, er hat uns wunderbar aufgewärmt.«

»Es war mir ein Vergnügen. Sie können mich ruhig öfter besuchen.«

Sam lächelte und gab ihm einen flüchtigen Kuss auf die Wange. »Wenn das Wetter besser wird, komme ich bestimmt wieder.«

»Ich werde Sie beim Wort nehmen.«

Als Sam und Tom die Straße hinunter zu dem Feldweg gingen, der nach Hause führte, hakte er sich bei ihr ein. »Ich würde dir gern ein paar Fragen stellen, wenn wir wieder daheim sind.«

»Über was?«

»Über die Weitergabe von Polizeiinterna.«

»Das ist noch nicht der Fall.« Bei dem Wort »noch« legte Sam eine dramatische Pause ein.

»Du weißt, was ich meine, Sam.«

Sie lächelte ihn frech an. »Werden Sie mich bestrafen, Sir?«

Tom blickte streng auf sie hinunter. »Worauf Sie sich verlassen können.«

Sie zog eine Braue hoch. »In diesem Fall sollten wir uns besser beeilen. Ich hasse es, Zeit zu verschwenden.«

Die beiden beschleunigten ihre Schritte und marschierten über die Felder.

Sam hatte Recht gehabt, was ihre Morgenliste betraf. Sie war lang und voller Leute, die in den Weihnachtstagen das Zeitliche gesegnet hatten. In dieser so genannten Zeit der Freude ereigneten sich seltsamerweise besonders viele Unglücke und Tragödien. Ihr eigenes Weihnachtsfest war dagegen gar nicht so übel gewesen. Tom hatte keine Forderungen gestellt und weder über langfristige Pläne noch übers Heiraten gesprochen. Sie hatte wieder angefangen, sich bei ihm zu entspannen, seine Gesellschaft und den Sex mit ihm zu genießen. Vielleicht konnten sie jetzt endlich beginnen, ihr Leben gemeinsam zu gestalten, ohne ständig die Motive des anderen anzuzweifeln.

Es war später Nachmittag, als Sam endlich fertig war. Fred hatte noch immer Urlaub, weshalb sie mit einem anderen Assistenten zusammenarbeiten musste. Sid Halpern war berüchtigt dafür, der langsamste Assistent der gesamten Abteilung zu sein. An seiner Arbeit an sich war nichts auszusetzen, er ging mit großer Sorgfalt vor, doch er war einfach nicht schnell genug. Dies machte Sam ungeduldig und führte unausweichlich zu einem Streit mit Sid, der noch dazu zu Überreaktionen neigte und prompt mit seiner Kündigung drohte.

Sie entschloss sich, das Schreiben der Berichte auf den nächsten Tag zu verschieben, eilte zu ihrem Wagen und fuhr zum Fitzwilliam College. Obwohl sie noch nichts von Russell Clarke gehört hatte, glaubte sie, dass er inzwischen etwas herausgefunden haben musste. Sam stellte ihren Wagen auf dem leeren Parkplatz ab und machte sich auf den Weg zum Computerraum.

Russell saß wie beim letzten Mal vor einem Monitor und war so sehr in seine Arbeit vertieft, dass er gar nicht hörte, wie Sam hereinkam. Sie durchquerte den Raum und nahm ihm gegenüber Platz. Als sie etwas sagen wollte, gab er ihr mit einer Geste zu verstehen, noch einen Moment zu warten. Er tippte die letzten Befehle ein und wandte sich dann mit einem zufriedenen Lächeln Sam zu.

»Warum hat sich Mr. Enright eigentlich so aufgeregt?«

Sam sah ihn verständnislos an. »Wie bitte?«

»Porky. Er kam zu mir, nachdem Sie an jenem Tag gegangen sind. Wollte wissen, was Sie wollten. Und was ich Ihnen gesagt habe.«

»Und, was haben Sie ihm erzählt?«

»Dass Sie mich wegen eines neuen Programms um Rat gefragt haben. Ich vermute allerdings, dass er mir nicht geglaubt hat. Seitdem habe ich ihn mehrmals dabei erwischt, wie er um den Block geschlichen ist.«

»Sie haben doch keine Angst vor ihm, oder?«

»Vor Porky? Nein, er macht mir keine Angst.«

Russell sah Sam mit einem selbstbewussten Grinsen an, bevor er sich wieder seinem Computer zuwandte. Sam wunderte sich über Enrights Verhalten, kam dann aber auf den Grund ihres Besuches zu sprechen.

»Und, was haben Sie herausgefunden?«

»Typisch Frau, nur an meinem Verstand interessiert.« Er tippte eine Reihe neuer Befehle ein. »Eine Menge, nachdem ich die Diskette endlich gereinigt hatte. Es hat eine Weile gedauert, bis ich Zugriff auf die Daten bekam, aber schließlich habe ich es doch geschafft. Ich habe sie in verschiedene Sektionen mit je fünfhundertzwölf Bytes geteilt. Dann habe ich ein Spezialtool benutzt ...«

Die Terminologie verwirrte Sam. »Tool?«

»Nun, ein Programm. Tut mir Leid, ich werde versuchen, mich einfach auszudrücken.«

Sie ärgerte sich über seinen gönnerhaften Ton, schwieg aber, während Russell fortfuhr.

»Jedenfalls ist es mir mit diesem Programm gelungen, jede Sektion der Diskette zu lesen, während ich sie reinigte, bis ich schließlich die Informationen wiederherstellen konnte, um die es Ihnen geht.«

»Klingt ziemlich einfach.«

Er lachte. »Vielleicht klingt es so, aber ich kann Ihnen versichern, dass es nicht so war. Nur sehr wenige Leute in diesem Land sind in der Lage, mit dieser Technologie zu arbeiten, von der Entwicklung eines Wiederherstellungsprogramms ganz zu schweigen.«

»Nun, was haben Sie entdeckt?«

Er wandte sich wieder dem Bildschirm zu. »Dann wurde es richtig schwierig. Wer auch immer die Diskette besaß, er wollte nicht, dass jemand anders die Informationen downloadet. Er hat alles in einem Computercode geschrieben.«

Sam ahnte, dass sie mit schmeichelnden Worten am meisten bei Russell erreichte. »Aber Ihnen ist es gelungen, ihn zu knacken?«

»Darauf können Sie wetten. Offensichtlich hielt er sich für clever, aber so gut war er nun auch wieder nicht. Er muss noch eine Menge zu lernen, bis er mit den großen Jungs spielen kann.«

Sam sah ihn an, ein wenig abgestoßen von seiner Arroganz. »Ich glaube nicht, dass er jemals mit den großen Jungs spielen kann. Er ist tot.«

Russell machte ein betroffenes Gesicht. »Das tut mir Leid, ich wollte niemanden beleidigen. Ich ...«

»Das haben Sie nicht, keine Sorge. Fahren Sie fort«, forderte Sam ihn auf.

Er wandte sich wieder dem Computer zu. »Jedenfalls haben sie einen ASCII-Zeichencode benutzt, auch ›Xoring Exklusiv‹ genannt.« Als er Sams verständnislosen Blick bemerkte, erklärte er: »Er benutzt Zeichen mit einem konstanten Wert.«

Sam nickte, auch wenn sie nur Bahnhof verstand. Trotzdem bemühte sie sich, ihm zu folgen. »Wie funktioniert das?«

»Man kann jede Zahl unter 256 als Konstante benutzen; sobald man die Konstante kennt, ist der Rest einfach.«

»Für ein Computergenie.«

Russell lächelte. »Richtig.«

»Nun, Sie haben demnach den Code geknackt. Was haben Sie herausgefunden?«

Er zuckte die Schultern. »Also, eigentlich nicht besonders viel. Es sind bloß Nachrichten von einem Kumpel an den anderen. Sein Freund...«

»Simon?«

»Ja. Nun, er wurde ›die Fliege‹ genannt und der andere...«

»Die Biene.«

»Sie wissen ja schon alles.«

»Ich habe hier und da was aufgeschnappt.«

»Sie schienen eine Vorliebe für Insekten zu haben.«

»Sie haben sich für Umweltschutz interessiert.«

»Richtig. Jedenfalls ging es in den meisten Mails um Computer, einiges war auch sehr interessant, aber hauptsächlich ging es um Verabredungen, um gemeinsam mit ihren Systemen zu surfen.«

»Sind Ihnen noch andere Netznamen aufgefallen?«

»Es gab noch zwei andere, die Spinne und die Ameise. Die Spinne ist ein guter Netzname. Das Spinnennetz, verstehen Sie?«

Sam musste unwillkürlich an ihren Neffen denken. Hoffentlich waren ihre Sorgen unbegründet.

»Jedenfalls scheint die Ameise nur ein Freund zu sein, mit dem sie sich in irgendeinem Kurs getroffen und Informationen ausgetauscht haben«, fuhr Russell fort. »Die Spinne allerdings ist weitaus interessanter. Er scheint eine Art Computerdiscounter zu haben. Seine Sachen waren spottbillig und von guter Qualität, kein Schrott. Wie er sie zu diesen Preisen verkaufen konnte, ist mir schleierhaft. Einige lagen unter den Herstellungskosten.«

»Sind Sie vorher schon mal auf diesen Namen gestoßen?«

Russell schüttelte den Kopf. »Nein, aber ich würde es mir wünschen. Ich hätte ein verdammtes Vermögen sparen können.«

»Sie haben also keine Vorstellung, wer es sein könnte?«

»Tut mir Leid, da kann ich Ihnen nicht helfen. Ich habe versucht, Kontakt mit ihm aufzunehmen, um mir auch ein paar Schnäppchen zu sichern, aber er hat nicht geantwortet.«

»Sie sagen dauernd er. Warum denken Sie, dass es ein Mann ist?«

»Ich weiß es nicht, ich vermute es nur. Das ist das Besondere am Net, man weiß nie genau, wer am anderen Ende der Leitung ist. Ziemlich unheimlich, was?«

Sam nickte. »Kann ich mal einen Blick drauf werfen?«

Russell machte seinen Stuhl für Sam frei. »Bitte schön, aber es ist alles ziemlich banales Zeug.«

Sam nahm Platz und blätterte durch die Nachrichten. Russell hatte Recht gehabt, es war nicht viel und das meiste davon war langweilig. Sie fand die Seiten, auf denen Dominic Parr die Spinne erwähnte, aber es gab keinen Hinweis auf seine Identität. Sam wusste nun lediglich, dass er eine Art Computerhändler mit sowohl hochwertigen als auch billigen Angeboten war. Doch weitaus bedeutungsvoller waren die Verabredungen, die er erwähnte. Die letzte Nachricht von Simon an Dominic, gesendet in der Nacht seines Todes, lautete:

»*Heute Nacht wird es etwas später werden, aber ich dürfte ein paar Überraschungen für dich haben, wenn ich komme. Die Spinne hat ein paar neue Tools; ich werde sie mir ansehen. Treffen uns am üblichen Ort.*«

Sam überflog die restlichen Nachrichten, bis sie Dominics letzte Mitteilung fand.

»*Habe die von Ihnen gewünschten Informationen. Treffen uns am Teich zur üblichen Zeit.*«

Sam war jetzt sicher, dass die Spinne ihr Mörder war. Jetzt musste sie nur noch herausfinden, wer er war. Sie prägte sich einige der Geräte ein, die Dominic und Simon erwähnt hatten. Modems, Scanner, Mikrofone, im Grunde alles, was der moderne Computerfreak für unverzichtbare Ausrüstungsgegenstände halten würde. Doch Sam glaubte, dass es noch mehr Informationen geben musste. Wenn nicht auf dieser Diskette, dann auf anderen oder vielleicht auf einer der Festplatten. Sie musste die Dateien der Jungs unter die Lupe nehmen. Schließlich, erschöpft vom Starren auf den Monitor und dem endlosen Strom banaler Mitteilungen, richtete sie ihre Aufmerksamkeit wieder auf Russell.

»Können Sie herausfinden, wer dieser User mit dem Namen Spinne ist?«

Er blickte einen Moment lang nachdenklich drein. »Sie meinen, ob ich ihn bis zu seiner Website zurückverfolgen kann?«

Sam nickte.

»Dafür muss man ein Genie sein. Also, ja, ich schätze, ich kann es.«

»Wie wollen Sie das anstellen?«

»Ich werde eine verlockende Nachricht rausschicken und warten, ob er anbeißt.«

Sam dachte kurz nach, bevor sie sagte: »Am besten geben Sie sich als achtzehnjähriger Junge aus, der das Net liebt, aber zu wenig Geld für sein Equipment hat. Das sollte genügen.«

Russell wandte sich wieder seinem Computer zu. »Klingt gut, mal sehen, was wir tun können.«

»Wie schwierig wird es sein, ihn aufzuspüren?«

»Hängt davon ab, wie gut er ist.«

»Es besteht also die Möglichkeit, dass Sie es nicht schaffen werden?«

»Ich werde ihn schon aufspüren. Letztes Jahr bin ich in das NATO-System eingedrungen, ohne erwischt zu werden. Es hängt davon ab, welche Sicherungen er eingebaut hat. Jedenfalls sollten wir zuerst versuchen, mit ihm Kontakt aufzunehmen. Anschließend werde ich sehen, was ich tun kann.«

»Wenn Sie Kontakt mit ihm aufgenommen haben, können Sie mich dann sofort informieren?«, bat Sam ihn.

»Ich rufe an und Sie kommen sofort her? Einverstanden, Doktor Ryan.«

Sam verdeutlichte ihre Bitte. »Aber nur, wenn Sie Kontakt mit der Spinne aufgenommen haben, verstanden?«

Russell nickte und lächelte. »Vielleicht komme ich so billig an neue Ausrüstung ran.«

Sam drückte seinen Arm. »Sie könnten auch sterben.«

Er hörte auf zu grinsen und machte ein ernstes Gesicht. »Tut mir Leid, dumme Bemerkung.«

»In der Tat. Mit etwas Glück und wenn Sie genau tun, was ich Ihnen gesagt habe, werden wir selbst einen Mörder schnappen.«

Russell blickte unsicher drein. »Sofern er nicht zuerst uns erwischt.«

Sam stand auf, sah ihn einen Moment an und dachte über seine letzten Worte nach. Sam wusste, dass sie durch ihre Bitte womöglich Russells Leben in Gefahr brachte. Aber ihr Wunsch, den Mörder zu finden und ihre Vermutung bestätigt zu sehen, war ihr wichtiger als alles andere, und sie glaubte, dass die Chance das Risiko wert war. Sam sah ihn zuversichtlich an.

»Aber wir werden vorsichtig sein müssen«, sagte sie.

Russell nickte und versuchte so zuversichtlich wie Sam zu wirken. »Das werden wir bestimmt sein.«

Seine Augen jedoch verrieten ihn und Sam war bewusst, dass er bereits nervös war.

Marcia hatte zwar nur eine vage Nachricht auf dem Anrufbeantworter hinterlassen, doch ihre Stimme klang aufgeregt, sodass Sam wusste, dass es dringend sein musste. Hoffentlich hatte es etwas mit den Splittern aus Simon Vickers' Leiche zu tun. Sie stellte ihren Wagen auf dem nächsten freien Parkplatz ab und eilte durch das Labyrinth der Korridore, die das innere Skelett des kriminaltechnischen Labors in

Scrivingdon bildeten, bis sie Marcias Büro erreichte. Diese erwartete sie bereits. Sam war so neugierig, dass sie ihre Freundin erst gar nicht begrüßte.

»Nun, was hast du herausgefunden?«

Marcia grinste sie an. »Ich freue mich auch, dich zu sehen.«

Sam durchquerte den Raum, ohne auf Marcias Bemerkung einzugehen. »Komm schon, Marcia, was ist es?«

»Ammoniumnitrat. Es haftete an allen Proben, die du mir gegeben hast. Muss ein ziemlicher Knall gewesen sein.«

»Düngerbombe?«

Marcia nickte. »Das Zeug ist harmlos und gefährlich zugleich. Man kann damit seine Felder düngen oder seinen Nachbarn in die Luft jagen.«

Sam nickte nachdenklich. »Ich weiß, mein Vater wurde von einer Bombe getötet, die aus dem Zeug gemacht war.«

Marcia wünschte, der Boden würde sich öffnen und sie verschlucken. »Oh, Sam, es tut mir Leid, ich wollte nicht ...«

Sam beugte sich zu ihr und umfasste ihren Arm. »Ist schon okay, ich weiß, dass du es nicht wolltest.«

»IRA?«

Sam zuckte die Schultern. »Die Täter wurden nie ermittelt. Aber es könnte auch ohne weiteres eine der protestantischen Milizen gewesen sein, die hatten für katholische Polizisten auch nichts übrig.«

Marcia nickte mitfühlend. »Auch die Oklahoma-Bombe wurde daraus gemacht. Die Regierung wollte es danach verbieten, aber ohne Erfolg.«

»Warum?«

»In Amerika gibt es ein paar sehr einflussreiche Lobbyisten, die es der Regierung ausgeredet haben. So was nennt man eine funktionierende Demokratie.«

»Nun, wer auch immer unser Bombenleger ist, er hatte bestimmt keine Probleme, hier an Dünger zu kommen. Das ganze Land schwimmt darin.«

Marcia lachte. »Meistens stehe ich bis zum Hintern drin.«
Sam lachte kurz auf. Sie wusste genau, was Marcia meinte. »Nun, wenigstens wird sich Tom nun überzeugen lassen. Ich kann mir nicht vorstellen, wie er sich jetzt noch herauswinden will.«
Marcia schüttelte ernst den Kopf. »Ich glaube nicht, dass er wirklich versucht hat, sich herauszuwinden. Er muss nur sicher sein. Es steht eine Menge auf dem Spiel, vor allem Geld.«
»Geld regiert die Welt.«
Marcia sah Sam einen Moment ernst an. »Nein, Sam, es macht sie kaputt.«
Sam spürte die zunehmende Spannung in der Luft, weshalb sie das Thema wechselte. »Wenn wir die Herkunft des Düngers ermitteln könnten, wären wir einen großen Schritt weiter.«
Marcia rutschte von ihrem Stuhl, ging zu einem Tisch hinüber, nahm einen Plastikbeutel mit mehreren Splittern und hielt ihn Sam vors Gesicht. »Ich denke, dass ich dir in diesem Punkt helfen kann. Schon mal was von Tagganten gehört?«
Sam schüttelte den Kopf.
»Mikrotagganten. Das sind Marker, mit denen sich Sprengstoffe identifizieren lassen«, erklärte Marcia. Sam sah sie interessiert an, während sie fortfuhr. »Das ist ein chemisch stabiler Stoff, der aus mehreren Schichten von Melaminpolymeren besteht, von denen jede eine bestimmte Farbsequenz hat, die abhängig von den verwendeten Farbcodes in eine Zahlenfolge übersetzt werden kann. Eins ist braun, zwei blau, drei rot und so weiter.«
»Eine Art Sprengstofffingerabdruck?«
»Exakt. Ultraviolettes Licht macht sie sichtbar und mit ein bisschen Glück sollten wir in der Lage sein, den Hersteller zu bestimmen und dann festzustellen, wohin diese bestimmte Ladung Dünger geliefert wurde.«
Marcias kriminaltechnisches Wissen und ihre unerschöpf-

liche Begeisterung für ihre Arbeit beeindruckten Sam immer wieder aufs Neue.

»Du denkst also, dass du die Spur zurückverfolgen kannst?« Sam kannte die Antwort schon, bevor sie die Frage aussprach, aber sie hatte trotzdem das Gefühl, sie stellen zu müssen.

»Absolut.«

Sam drückte ihre Freundin an sich. »Dann fangen wir am besten sofort an, oder?«

Als Sam am nächsten Morgen im Cambridger Polizeipräsidium eintraf, herrschte dort hektische Betriebsamkeit. Zahlreiche Police Officer, sowohl uniformierte als auch zivile, eilten hin und her, beladen mit Computern und Aktenschränken, Schreibtischen und Wasserspendern, kurz, mit allem, was man für eine umfangreiche Morduntersuchung brauchte. Sie freute sich zu sehen, dass Tom ihre Theorien endlich ernst nahm.

Sam hatte den Bericht der Splitteranalyse am Vortag zu ihm geschickt und dann die weitere Entwicklung abgewartet. Sie musste nicht lange warten, bis die Antwort eintraf und sie gebeten wurde, bei der nächstmöglichen Gelegenheit ins Präsidium zu kommen. Zuerst hatte sie mit dem Gedanken gespielt, Tom den Bericht persönlich zu übergeben und den Ausdruck auf seinem Gesicht zu betrachten, während er ihn las. Aber sie war nicht sicher, ob Schadenfreude ihr in diesem Stadium etwas nützen würde. Sam trat zu dem Constable am Empfangstisch und stellte sich vor.

»Doktor Ryan. Ich habe einen Termin bei Superintendent Adams.«

Der Constable lächelte. »Ja, Ma'am, er erwartet Sie. Kennen Sie den Weg?«

Sam nickte. Sie war schon so oft hier gewesen, dass sie den Weg zu seinem Büro selbst im Dunkeln gefunden hätte.

Der Constable drückte den Sicherheitsknopf, worauf Sam durch die Tür ins Präsidium trat. Sie folgte dem Korridor ein

Stück und stieg dann mehrere Treppen hinauf. Unterwegs begegnete sie jemandem, den sie zuerst für einen Mitarbeiter von Toms Dezernat hielt. Er nickte ihr im Vorbeigehen höflich zu. Sam kannte sein Gesicht, aber sein Name fiel ihr nicht ein. Doch dann fiel bei ihr der Groschen. Er war überhaupt kein Detective, sondern der Computerprogrammierer, der vor einiger Zeit in ihrem Büro gearbeitet hatte. In einem Punkt hatte Jean zweifellos Recht gehabt: Er war sehr attraktiv. Sie setzte ihren Weg durch das Labyrinth der Gänge fort, bis sie schließlich Adams' Tür erreichte. Noch bevor sie anklopfen konnte, tauchte Chalky White im Rahmen auf. Als er sie erblickte, machte er ein verlegenes Gesicht.

»Morgen, Doktor Ryan. Gute Arbeit. Tut mir Leid, wie ich mich verhalten habe. Ich war irgendwie durcheinander.«

Diese unerwartete Entschuldigung überraschte Sam, aber sie fing sich schnell wieder. Sie nickte ihm höflich zu, sagte aber nichts, da sie nicht bereit war, ihm sein Verhalten so schnell zu verzeihen.

Chalky drehte sich um und rief: »Doktor Ryan, Sir!«

Aus dem Büro drang Toms Stimme. »Komm rein, Sam!«

Chalky trat zur Seite und gab Sam den Weg in Toms riesiges Büro frei, dann schloss er hinter ihr leise die Tür. Tom wollte sich gerade von seinem Stuhl erheben und sie begrüßen, als das Telefon klingelte. Er nahm den Hörer ab.

»John, das wurde aber auch Zeit. Ich will drei SO-Einheiten am Tatort haben. Ist er schon abgesperrt worden? ... Mir ist es egal, wie lange es her ist. Ich will, dass die Sache so behandelt wird, als wäre es gerade erst passiert. Wie lange braucht die Spurensicherung, bis sie dort eintrifft? ... Nun, sorgen Sie dafür, dass sie sich beeilen. Ich will außerdem zwei weitere Tatorte gesichert sehen. ... Kommen Sie mir jetzt nicht damit! Wenn wir Überstunden bezahlen müssen, dann werden wir sie eben bezahlen!«

Er donnerte den Hörer auf die Gabel und funkelte ihn finster an, als versuchte er, seine Gedanken über die Telefonleitung zu dem Anrufer zu senden. Schließlich sah er wieder Sam an.

»Ich nehme an, du hast meinen Bericht bekommen?«, fragte sie.

Tom nickte und breitete die Arme aus. »Was kann ich sagen?«

»Dass es dir Leid tut?«

»Ich denke, das weißt du bereits. Hast du die restlichen Berichte mitgebracht?«

Sam trat an seinen Schreibtisch und warf eine große grüne Aktenmappe auf die Platte. »Hier sind deine Beweise. Ich denke, du wirst feststellen, dass es nicht nur eine Verbindung zwischen dem Vickers- und dem Parr-Fall gibt, sondern auch eine zu dem Tod des armen Jack Falconer. Wie ich schon sagte, ich denke, wir haben es hier mit einem Mehrfachmörder zu tun.«

Tom griff nach der Akte und blätterte in ihr. »Also kein Serienmörder?«

»Nein, nun, wenigstens nicht nach der FBI-Definition.«

»Drei Morde an drei verschiedenen Orten zu drei verschiedenen Zeitpunkten?«

»Nein, ich denke, wir haben es mit einem gewöhnlichen sadistischen Mörder zu tun. Diese Morde sind nicht zufällig geschehen. Sie wurden perfekt geplant und möglicherweise steckt irgendein sexuelles Motiv dahinter. Unser Mörder hat außerdem begrenzte Kenntnisse der Kriminaltechnik.«

Adams runzelte die Stirn. »Wieso begrenzt? Könnte unser Mörder nicht ein Wissenschaftler sein?«

Sam schüttelte entschieden den Kopf. »Ich glaube nicht, dafür hat er zu viele grundlegende Fehler gemacht. Er ist jedoch sehr versiert in der Computertechnik, kennt sich im Web aus und hat möglicherweise Zugang zu billiger Computerausrüstung.«

»Was bringt dich auf diesen Gedanken?«

»Steht alles im Bericht.«

»Davon bin ich überzeugt, aber ich würde es gern aus deinem Mund hören.«

Sam sammelte kurz ihre Gedanken, bevor sie zu sprechen begann. »Er hat sowohl Simon Vickers als auch Dominic Parr übers Internet kontaktiert. Als unser Mörder festgestellt hatte, dass beide männlich und jung waren, arrangierte er wahrscheinlich Treffen mit dem Versprechen, ihnen billige Computerausrüstung zu verkaufen. Ich glaube, dass er geplant hat, Simon zu töten und ihn möglicherweise vorher zu vergewaltigen. Jack wurde aus Gründen des Selbstschutzes getötet, denn der Mörder glaubte, dass er in jener Nacht etwas gesehen hätte, was ihn verraten könnte, und er hat wieder versucht, alle Beweise mit Feuer zu vernichten. In diesem Stadium kann ich nicht sagen, warum Dominic getötet wurde. Ob unser Mörder Dominic bereits als Opfer ausgesucht hatte oder ob er ihn für eine Gefahr hielt, weiß ich nicht.«

»Woher weißt du vom Internet?«

»Ich habe eine Diskette gefunden, die in Dominics Socke versteckt war. Da sie vom Wasser beschädigt war, habe ich sie reinigen und analysieren lassen. Danach sind die Dateien wieder lesbar gewesen...«

»Wann wirst du endlich lernen, dich nicht in Polizeiangelegenheiten einzumischen, Sam?«, unterbrach Tom sie.

»Wenn ich mich recht erinnere, war es zu diesem Zeitpunkt keine Polizeiangelegenheit«, fauchte Sam ihn an. »Du warst viel zu sehr damit beschäftigt, die Kosten auszurechnen, statt dich um meine Erkenntnisse zu kümmern.«

Tom lehnte sich auf seinem Stuhl zurück. Obwohl er über Sams Einmischung verärgert war, musste er zugeben, dass es keine Morduntersuchung gegeben hätte, wenn sie sich nicht der Sache angenommen hätte. »Fahre fort«, sagte er.

»Es ist uns gelungen, ein paar codierte Nachrichten zu extrahieren. Sie wurden entschlüsselt und wir entdeckten, dass die beiden Jungs mit einem Web-User namens ›die Spinne‹ in Verbindung standen. Allerdings hatte ich schon früher von der Spinne gehört.«

»Wie?«

»Es gab sowohl in Simons als auch Dominics Zimmer Hinweise auf ihn.«

»Du hast sie ebenfalls durchsucht, nicht wahr?«

Sam nickte. »Mit Erlaubnis.«

»Nicht mit meiner.«

»Die der Eltern.«

»Wer hat dir bei der Diskette geholfen?«

Sam sah ihn an, ohne zu antworten.

»Es ist okay, wer auch immer es war, bekommt keine Schwierigkeiten. Es könnte nur sein, dass ich mit ihm reden will. Du wolltest eine umfassende Morduntersuchung haben, Sam, und jetzt hast du sie. Ich denke, du solltest nun mit uns kooperieren.«

Sie dachte einen Moment lang nach. »Russell Clarke. Du findest ihn im Computerblock des Fitzwilliam Colleges.«

Tom nickte. »Danke.«

»Aber du könntest mir einen kleinen Gefallen tun. Setz dich erst mit ihm in Verbindung, nachdem ich ihm alles erklärt habe.«

»Du hast bis morgen früh Zeit, danach muss ich ein Team losschicken, okay?«

Sam nickte. »Abgemacht. Was hat übrigens die Überprüfung dieser beiden Namen ergeben?«

»Moore und Enright?«

»Ja.«

»Gegen Moore liegt nichts vor, aber Enright ist interessant – er wurde mehrfach wegen unzüchtiger Handlungen verurteilt.«

»Mit Minderjährigen?«

»Nein, mit Erwachsenen in hiesigen Toiletten. Du kennst so etwas. Aber es ist schon länger her.«

Die Information war nicht genau das, was Sam sich erhofft hatte, aber sie war trotzdem interessant.

Plötzlich beugte sich Tom auf seinem Stuhl nach vorn. »Da ist noch etwas, das du wissen solltest.«

Sam sah ihn erwartungsvoll an.

»Weißt du noch, dass du mich gebeten hast, im Computer nachzusehen, ob es irgendwelche Fälle von unaufgeklärten Computerdiebstählen gegeben hat?«

Sam nickte.

»Nun, sobald unsere Computer wieder online waren, habe ich es überprüft. In Cambridge war nichts, wie ich mir schon dachte, also habe ich in den benachbarten Countys nachgefragt ...«

»Und?«

»Es gab zwei. Ein Großer in Northampton und ein etwas Kleinerer in Suffolk. Da waren Profis am Werk. Sie haben es geschafft, die modernsten computergesteuerten Alarmsysteme zu überwinden, die teuersten Geräte zu stehlen und unerkannt zu verschwinden.«

»Hat unser Dieb nur das Equipment mitgenommen?«

Adams nickte. »Ja, und nur die guten Sachen. Sie haben Computer im Wert von vielen tausend Pfund zurückgelassen.«

»Irgendwelche Hinweise?«

»Nein, sie sind rein und wieder raus, ohne eine Spur zu hinterlassen. Aber wir haben einige der Geräte gefunden.«

»Wo?«

»In den Zimmern von Dominic und Simon. Die meisten mussten wir mitnehmen. Ich fürchte, wir haben Simons Eltern damit aufgebracht.«

Sam konnte sich vorstellen, wie Mrs. Vickers auf die Entweihung von Simons Heiligtum reagiert hatte. »Du hast keine Zeit verschwendet«, sagte sie.

»Das kann ich mir jetzt auch nicht leisten, Sam. Die Sache ist ernster, als selbst du geglaubt hast.«

Sam lehnte sich auf ihrem Stuhl zurück, zunehmend fasziniert von der Entwicklung des Falles.

»Nebenbei, hast du Rickys Equipment gefunden, nachdem ich gegangen bin?«

Sam schüttelte den Kopf.

»Wenn er zurückkommt, werde ich mit ihm darüber reden müssen, das ist dir doch klar, oder?«

Sam nickte und betete, dass Ricky nicht auch darin verwickelt war. Sie war nicht sicher, wie weit ihre Freundschaft mit Tom in diesem Punkt reichen würde. »Du sagtest, die Sache wäre ernster, als ich dachte?«

»Als ich die ungelösten Kriminalfälle in Northampton überprüft habe, fragte ich nach ungeklärten Morden und unnatürlichen Todesfällen im Zusammenhang mit Feuer...«

Sam beugte sich wieder neugierig nach vorn. »Und?«

»Es gab drei...«

Sie konnte sich kaum noch beherrschen. »Morde?«

»Ein Mord. Zwei, sagen wir, verdächtige Todesfälle.«

Sam sank auf ihren Stuhl zurück. »Himmel! In welchem Zeitraum?«

»In den letzten beiden Jahren.«

»Und der Mord?«

»Noch immer ungeklärt.«

»Wie alt war das Opfer?«

»Um die zwanzig.«

»Todesursache?«

»Strangulation.«

»Und die beiden anderen?«

»Sind verbrannt. Sie waren beide Klebstoffschnüffler, die in irgendeinem Schuppen hockten, als er in Flammen aufging. Man vermutete eine Kombination aus Klebstoff und Zigaretten als Ursache.«

»Und jetzt?«

»Ich habe eine Autopsie beantragt.«

»Möchtest du, dass ich sie durchführe?« Sam zog die Brauen hoch.

»Nein, ich bin sicher, dass sie in der Lage sind, ihre Probleme selbst zu lösen. Vor allem, da sie jetzt wissen, wonach sie suchen müssen. Aber ich fürchte, es gibt noch andere.«

Sam hatte Mühe, das soeben Gehörte zu verarbeiten, und reagierte nicht sofort.

»Nach der Information aus Northampton habe ich die Serial Crime Unit angerufen und gebeten, Nachforschungen anzustellen. Sie haben mir das hier vor einer Stunde gefaxt.«

Er reichte Sam ein Blatt Papier, das sie ihm aus der Hand riss und neugierig las. »Sechzehn!«, rief sie.

»Nur drei aufgedeckte Morde. Der Rest wurde als verdächtig oder als Unfalltod eingestuft.«

»Wie sahen die eingegebenen Profile aus?«

»Männlich, um die zwanzig, Personen, die sich für Computer interessierten und deren Leichen nach dem Tod verbrannten. Sie arbeiten noch immer daran.«

»Kann ich davon ausgehen, dass sich die Serial Crime Unit einschalten wird?«

»Das ist bereits geschehen. Sie schicken uns morgen ein Team zur Unterstützung. Aber ich habe das Gefühl, dass deine Kollegen in den nächsten Monaten sehr beschäftigt sein werden.« Tom sah sie einen Moment lang nachdenklich an. »Ich muss dich um einen großen Gefallen bitten.«

Sam erwiderte seinen Blick, sagte aber nichts.

»Dies muss eine laufende Polizeiuntersuchung gewesen sein.«

Sam sah ihn verständnislos an.

»Es muss die Polizei gewesen sein, die festgestellt hat, dass Simon Vickers und Dominic Parr ermordet wurden und nicht durch einen Unfall ums Leben kamen.«

Eigentlich hätte Sam verärgert sein müssen, aber stattdessen fühlte sie sich geschmeichelt und empfand sogar etwas wie Triumph. »Oder die Scheiße fliegt in alle Richtungen?«, sagte sie.

»Nein, nur in meine Richtung.«

Sam nickte. »Okay, aber nur, wenn du mir versprichst, mich beim nächsten Mal etwas ernster zu nehmen.«

Tom hob die Hände. »Versprochen. Und danke. Ich hoffe, es wird kein nächstes Mal geben.«

»Du musst das auch noch Marcia erklären.«

»Das habe ich bereits getan. Sie sagte, es wäre okay, wenn auch du einverstanden bist.«

Sie war nicht die Einzige, die um die Gunst anderer bemüht war, stellte Sam fest.

»Gibt es sonst noch etwas, das ich wissen sollte, bevor ich anfange, Tausende Pfund vom Geld der Steuerzahler auszugeben?«

Sam schüttelte den Kopf. »Wie ich schon sagte, es steht alles in den Akten.«

»Also gut, wenn dir noch etwas einfallen sollte, wirst du mich umgehend informieren, nicht wahr?«

Toms autoritärer Ton reizte Sam. »Wenn du sicher bist, dass du mir glauben wirst, gerne«, erwiderte sie.

Ehe Tom antworten konnte, klopfte es an der Tür und Chalky White betrat den Raum. Er sah zu Tom hinüber. »Miss Webber ist für Sie am Telefon, Sir.«

»Sagen Sie ihr, ich rufe sofort zurück.«

Sam bemerkte, dass Tom leicht errötete und verlegen wirkte. Wie ein böser Junge, der mit der Hand in der Keksdose erwischt worden war. Sam sah ihn an. »Miss Webber?«

»Sie ist die mit dem Vickers-Fall befasste Brandsachverständige«, beeilte sich Tom zu sagen. »Ich muss nur ein paar Dinge mit ihr abklären, vor allem nach der neuesten Entwicklung.«

Sam nickte. Sie war nicht sicher, ob sie ihm glauben konnte, aber vielleicht war sie nach den gemeinsam verbrachten Weihnachtstagen auch nur überempfindlich und eifersüchtig. Sie entschied sich, ihn auf die Probe zu stellen. »Ich fand Weihnachten sehr schön. Eins der besten Geschenke, die ich je bekommen habe. Beim nächsten Mal musst du es unbedingt einpacken.«

Adams lachte gezwungen und wurde schnell wieder dienstlich. »Kannst du Marcia bitten, mir alles zu schicken, was sie hat?«

Sam hatte einen derart plötzlichen Themenwechsel nicht erwartet. Jetzt war sie wirklich besorgt. »Ich werde es ihr noch heute sagen.«

»Danke. Nun, gibt es sonst noch etwas?«

Offenbar wollte er, dass sie ging. Kein Geplauder, kein Gespräch über Weihnachten oder irgendwelche Zukunftspläne. Sam spürte, wie ungute Gefühle in ihr aufstiegen, und das gefiel ihr ganz und gar nicht.

»Gut, bis später dann.«

»Okay.«

Sam ging, als Tom nach dem Telefon griff. Als sie die Bürotür hinter sich schloss, war sie versucht, stehen zu bleiben und sein Telefonat zu belauschen. Aber das erschien ihr dann doch zu albern. Tom stand am Beginn einer langwierigen Morduntersuchung und hatte keine Zeit für ein Rendezvous oder Plaudereien. Sie entschloss sich, ihn anzurufen, wenn sich die Lage etwas entspannt hatte, und ihn zu einem romantischen Abendessen einzuladen. Bis dahin musste sie ihm gestatten, so professionell zu sein, wie sie es selbst gerne war. Sie wandte sich ab und verließ das Polizeipräsidium.

9

Am Nachmittag packte Sam eine Thermosflasche Tee ein und fuhr mit dem Auto zum Cam. Unweit der Stelle, wo Dominic Parrs Leiche entdeckt worden war, traf sie Marcia. Ihre Freundin setzte sich auf den Beifahrersitz und genoss die Wärme der Autoheizung.

»Ich bin offiziell noch immer krank, weißt du«, sagte Marcia. Sie zeigte Sam ihre bandagierte Hand, wie um ihre Worte zu unterstreichen.

Sam goss ihr einen Becher Tee ein und reichte ihn ihr. »Hier, danach wirst du dich besser fühlen.«

Marcia nahm die Tasse und trank einen Schluck. »Das berühmte britische Allheilmittel. Was würden wir ohne Tee tun? Und, wie sieht der Plan aus, Boss?«

»Hast du deine Gummistiefel mitgebracht?«

Marcia nickte. »Immer dabei.«

»Wir werden an verschiedenen Stellen des Cam Proben von Diatomeen nehmen, um festzustellen, ob sie mit denen übereinstimmen, die ich in Dominic Parrs Leiche gefunden habe.«

Marcia sah sie argwöhnisch an. »Wie viele Stellen?«

»Ich weiß es noch nicht genau, aber so viele, wie wir können«, antwortete Sam.

»Nun, das ist okay, es gibt ja auch nur ein paar Hundert Kilometer Fluss und Nebenflüsse.«

»So schlimm wird es nicht werden. Ich glaube nicht, dass er allzu weit von der Stelle ertränkt wurde, wo man die Leiche gefunden hat.«

»Und die Diatomeen dort unterscheiden sich von denen an der Stelle, wo seine Leiche angeschwemmt wurde.«

Sam nickte. »Genau. Ich bin fast sicher, dass er nicht dort

ertränkt wurde, wo man seine Leiche in den Cam geworfen hat.«

»Warum? Warum hat der Täter die Leiche nicht einfach liegen lassen, wo sie war?«

Sam zuckte die Schultern. Sie konnte die Frage ihrer Freundin nicht präzise beantworten, sondern nur Vermutungen anstellen. »Dass er sich solche Mühe gemacht hat, bedeutet wahrscheinlich, dass die Stelle, wo Dominic ertränkt wurde, irgendetwas Besonderes an sich hat. Unser Mörder versucht seine Spuren zu verwischen.«

»Darin ist er gut.«

Sam lächelte. »Er *hält* sich für gut. Aber wir wissen, dass es anders ist, stimmt's?«

Marcia leerte ihren Plastikbecher und gab ihn Sam zurück. »In der Tat.«

Sam stieg eilig in ihre Gummistiefel und ging mit Marcia hinunter zum Fluss. Das Band, das die Stelle absperrte, wo Dominic Parrs Leiche entdeckt worden war, war noch immer an seinem Platz und die beiden Frauen duckten sich darunter. Marcia zog die erste der sterilisierten Flaschen aus der Tasche und reichte sie Sam.

Obwohl noch immer bittere Kälte herrschte, war der Strom eisfrei und floss wieder ungehindert. Sam watete langsam ins Wasser, bis es ihr an den Rand der Stiefel reichte, bückte sich und nahm ihre Probe.

»Fall nicht rein, sonst müssen wir dich auch noch rausziehen!«, rief Marcia ihr zu.

Sam ignorierte die Bemerkung und fuhr fort, die Flasche zu füllen. Sobald sie voll war, verschloss und trocknete sie sie ab und gab sie Marcia, damit die sie beschriftete. Als Sam den Rand des Ufers erreichte, streckte Marcia ihre Hand aus und zog sie hoch.

»Eine erledigt, dreihundert noch vor uns.«

Sam sah sie an. »Hast du vor, dich die ganze Zeit zu beschweren?«

Marcia nickte. »Wahrscheinlich.«

Sam schüttelte resignierend den Kopf, als die beiden zum Wagen zurückkehrten.

Die nächsten zwei Stunden verbrachte Sam damit, an verschiedenen Stellen im Fluss Proben zu sammeln, die Marcia etikettierte und verstaute. Dann waren beide hungrig und durstig. Da sie in der Nähe von Grantchester waren, entschlossen sie sich, ins Rupert Brooke zu gehen. Sie bestellten kleine Snacks und Getränke, fanden im hinteren Teil der Lounge zwei freie Plätze, setzten sich und warteten auf ihr Essen.

Marcia blickte gedankenverloren aus dem Fenster. »Für wie groß hältst du die Chance, dass wir die richtige Stelle finden?«

Sam zuckte die Schultern. »Ich weiß es nicht und um ehrlich zu sein, selbst wenn wir sie finden, wird es vermutlich für die Untersuchung keine große Bedeutung haben.«

»Warum machen wir uns dann die Mühe?«

»Nur für den Fall des Falles. Deshalb halten wir uns auch an die Vorschriften. Manchmal zahlt sich das aus. Kommst du mit der Analyse allein zurecht?«

Marcia nickte. »Ich komme schon klar, sofern du mich zum Labor bringst.«

»Kein Problem. Tut mir Leid, dass ich dich damit belästige, aber wenn ich nicht bald Ergebnisse liefere, werde ich ein paar peinliche Fragen beantworten müssen.«

Marcia nickte mitfühlend.

»Wann kann ich die Ergebnisse haben?«

»Ich fange sofort mit der Arbeit an. Wenn ich bis Mitternacht arbeite, kann ich sie dir übermorgen geben.«

»Hervorragend. Vielen Dank für deine Hilfe, Marcia, ich weiß es wirklich zu schätzen.«

»Es ist mir eine Freude. Ich hoffe nur, dass sich all die Mühe lohnen wird.«

»Ja, das hoffe ich auch. Und bevor noch jemand im Cam endet.«

Am nächsten Morgen fuhr Sam früh zum Krankenhaus. Sie war gerade durch die Tür gekommen, als das Telefon klingelte. Sie entschloss sich, den Anrufbeantworter eingeschaltet zu lassen und abzuwarten, ob es jemand war, mit dem sie wirklich sprechen wollte.

»Hallo, Sam?«

Es war Toms Stimme. Sie wartete auf das, was er sagen würde.

»Sam, hier ist Tom. Hör zu, komm sofort zu Eric Chambers' Cottage. Es gibt ein Problem.«

Sam zuckte zusammen. Schnell riss sie den Hörer von der Gabel. »Hallo, Tom, ich bin's, Sam, tut mir Leid, ich war im anderen Büro. Was zum Teufel ist los?«

»Nichts, worüber ich am Telefon reden kann. Ich bringe dich auf den neuesten Stand, wenn du am Cottage eintriffst. Du wirst deine Untersuchungstasche brauchen.«

»Eric ist doch nicht tot, oder?«, fragte sie aufgeregt.

Obwohl es wie eine dumme Frage klang, war es keine. Wenn jemand eine Pathologin anrief, dann nur, um ihr zu sagen, dass jemand tot war und ihre Hilfe benötigt wurde, und dies klang wie ein offizieller Anruf.

»Nein, er ist nicht tot, aber wir haben trotzdem ein paar Leichen. Kannst du kommen?«

Sam war zugleich besorgt und neugierig. »Ja, natürlich kann ich. Ich bin in einer Viertelstunde da.«

Sie griff nach ihrer Tasche und eilte ins Parkhaus des Hospitals, wo sie kurz zuvor ihren Wagen abgestellt hatte. Der Motor war noch immer warm und sprang sofort an. Sie legte den ersten Gang ein und raste zum Tatort.

Als Sam an Erics Cottage eintraf, wimmelte es dort von uniformierten Police Officers, den Kollegen von der Spurensicherung und Detectives. Es hatten sich bereits ein paar Nachbarn eingefunden, die neugierig das Treiben verfolgten, aber die Presse war noch nicht da, sodass sich Sam keine Sorgen um ihr Aussehen machen musste. Allerdings vergewisserte sie sich, dass ihre Bürste und ihr Make-up in der Tasche waren für den Fall, dass die Reporter auftauchten, bevor sie fertig war.

Das Chaos, das stets den Beginn einer Morduntersuchung begleitete, schien in diesem kleinen, verschlafenen Dorf seltsam fehl am Platz zu sein. Die Mitarbeiter der Mordkommission in ihren blau-weißen Overalls mussten auf die Dorfbewohner wie Wesen von einem anderen Planeten wirken. Sam fragte sich, wer ermordet worden war, und wünschte sich, Tom wäre am Telefon nicht so vage gewesen.

Sie parkte in der Nähe des Tatorts, ging zu dem Officer, der am Gartentor stand, und zeigte ihm ihren Ausweis.

»Doktor Ryan, Pathologin.«

Er warf einen kurzen Blick auf seine Uhr und notierte die Zeit ihres Eintreffens, bevor er das Tor für sie öffnete. »Superintendent Adams erwartet Sie bereits, Ma'am. Er ist drüben bei den Büschen.«

Er zeigte auf eine Gruppe von Detectives und Spurensicherungsexperten, die im hinteren Teil des Gartens um einen Busch standen. Sam ging zu ihnen hinüber. Als sie die Gruppe erreichte, drehte sich Tom um und winkte sie zur Seite. Er wies auf ein großes, etwa ein Meter zwanzig tiefes und zwei Meter langes Loch. Als Sam in das Loch blickte, kletterten gerade zwei stämmige Special-Operations-Officer heraus. Sie sah an ihnen vorbei und bemerkte, dass etwas am Grund der Vertiefung lag. Zuerst erblickte sie die Schädel und dann die übrigen skelettierten Überreste von zwei Leichen. Sie lagen Seite an Seite, ihre braun gefleckten Schädel waren einander zugewandt. Der Kiefer des einen Skelettes war abgebrochen und lag ein Stück weiter auf dem Boden. Der Anblick des anderen Totenschädels mit dem typischen grausig erstarrten Lächeln ließ Sam erschaudern.

Ohne den Blick von den Überresten abzuwenden, fragte sie: »Wann habt ihr sie gefunden?«

»Heute Morgen, als wir herkamen, um Eric zu den Morden an Simon und Dominic zu befragen.«

»Eric? Du machst Witze!«, rief Sam ungläubig.

»Dein Freund Russell Clarke hat die Spinne zu Erics System zurückverfolgt.«

»Ich hatte dich doch gebeten, nicht mit ihm zu sprechen, bis ich Gelegenheit habe, ihm zu erklären, was los ist.«

»Dies ist jetzt eine offizielle Morduntersuchung, Sam, ich hatte keine andere Wahl«, sagte Tom.

Sam wandte den Blick von ihm ab. »Wen hast du losgeschickt, um die Schmutzarbeit für dich zu erledigen? Chalky?«

Er nickte. »Dafür wird er bezahlt.«

»Nun, ich hoffe, er hat Russell nicht in die Mangel genommen. Vielleicht brauchen wir seine Hilfe noch.«

»Nein, das hat er nicht. Als Russell den Ernst der Lage erkannte, war er offenbar äußerst kooperativ. Ich denke, du hältst dich am besten für eine Weile fern von ihm. Ich will nicht, dass er sich fragt, wer die Untersuchung eigentlich leitet.«

Da war eine plötzliche Schroffheit in Toms Ton und Verhalten, die Sam vorher noch nie bei ihm erlebt hatte, und das gefiel ihr nicht.

»Jedenfalls hat Chalky mich angerufen und wir haben Eric einen Besuch abgestattet.«

»Hat er gestanden?«

Adams schüttelte den Kopf. »Noch nicht, aber das tun sie am Anfang selten.«

»Wie bist du dann darauf gekommen, ein großes Loch zu graben?«

»Chalky schlug vor, die Hunde mitzunehmen, um das Grundstück abzusuchen – nur für den Fall, dass noch weitere Leichen unter dem Rasen begraben sind. Um ehrlich zu sein, ich hielt das für reine Zeitverschwendung...«

»Aber das war es nicht?«

»Nein, sieht nicht so aus.«

»Dann mach ich mich jetzt am besten an die Arbeit. Was hast du mit Eric getan?«

»Er ist unter Mordverdacht verhaftet worden. Das Problem

ist, dass wir noch nicht wissen, wer die Toten sind. Ich hoffe, du kannst uns dabei helfen.«

Sam hätte nie für möglich gehalten, dass Eric eines Mordes fähig war. Aber am Grund der Grube lag der unwiderlegbare Beweis und grinste sie an.

»Ist Colin Flannery hier?«, fragte sie.

Adams wies zum Cottage. »Er ist im Haus, denke ich. Aber sei gewarnt, er ist nicht gerade in bester Stimmung.«

»Was ist passiert?«

»Offenbar habe ich mich nicht an die ›Vorschriften‹ gehalten, die für derartige Fälle gelten.«

Toms Imitation von Flannerys Stimme war hervorragend und Sam hätte beinahe laut losgelacht, doch es gelang ihr, sich zu beherrschen. Allerdings hatte sie auch Verständnis für Colins Einwände; er hielt sich buchstabengetreu an die Weisungen und jede Abweichung vom rechten Weg erregte seinen Unwillen. Er hatte natürlich Recht. Die Verteidiger würden jede Möglichkeit nutzen, um Einspruch zu erheben, wobei sie ihr Augenmerk vor allem auf etwaige Ermittlungsfehler richteten. Sie wusste, wenn Colin an dem Fall beteiligt war, würde es keine Verstöße gegen die Vorschriften oder Ansprüche auf Schadenersatz geben, und die Anwälte der Verteidigung würden ihre Zeit nicht damit verschwenden, nach möglichen Fehlern zu suchen, wenn sein Name in den Prozessakten auftauchte.

Sowohl im Haus als auch im Garten herrschte hektisches Treiben. Uniformierte Polizisten und Beamte in Zivil durchsuchten methodisch alle Schränke und Schubladen und beschlagnahmten eine Vielzahl von Objekten, die sorgfältig in verschieden große Plastikbeutel verpackt wurden. Die Kollegen von der Spurensicherung suchten nach Fingerabdrücken und Fasern, während Fotografen alles ablichteten.

Sam fand Colin Flannery, wie er gerade dabei war, einen großen Stapel Magazine, die man versteckt in einem Schrank gefunden hatte, in einen großen Plastikbeutel zu packen. Sam nahm eins in die Hand. Es trug den Titel *Schwule Jungs*. Eric war homosexuell? Das würde zumindest erklären, warum er niemals verheiratet gewesen war und kein besonderes Interesse an Frauen zeigte. Es war seltsam, dachte sie, selbst wenn man meinte, jemanden gut zu kennen, kannte man ihn nicht wirklich. Nachdem der Beutel versiegelt und beschriftet worden war, kam Flannery mit zornesrotem Gesicht zu ihr.

»Eine verdammte Schweinerei ist das, Sam! Sie hatten das Loch bereits ausgehoben, als wir kamen. Die Fotos sind alle falsch, die Maße wurden nicht richtig genommen und sie haben sich nicht mal die Mühe gemacht, den Kriminalarchäologen zu rufen. Gott weiß, wie viele Beweise vernichtet, bewegt oder ignoriert wurden. Wenn man nicht von Anfang an richtig vorgeht, handelt man sich später garantiert Ärger ein. Zu Farmers Zeit wäre so etwas nicht passiert. Das war noch eine Frau gewesen, die die Vorschriften kannte.«

Flannery hatte immer große Hochachtung vor Farmer gehabt und es ehrlich bedauert, als sie pensioniert worden war. Seitdem hatte er zwei andere Chefs gehabt, aber von denen hatte sich keiner seinen Respekt verdient. Sam konnte seine Verärgerung verstehen.

»Lässt sich der Schaden wieder gutmachen?«

»Ich bin nicht sicher. Das hängt davon ab, wie groß der Schaden ist.«

»Ich glaube nicht, dass es so schlimm ist.«

»Wir haben es hier mit menschlichen Überresten zu tun. Wenn sie beschädigt, verschoben oder zertreten werden, lässt sich vielleicht nicht mehr feststellen, was ihnen zugestoßen ist.«

Sam wartete geduldig, bis sich Flannery wieder beruhigt hatte. Dann fragte sie: »Haben Sie irgendwelchen Dünger gefunden?«

Er nickte. »Es befinden sich mehrere Beutel im Schuppen.«

»Genug, um daraus eine Bombe zu machen?«

»Eine kleine, aber wirksame, würde ich sagen.«

»Können Sie sie so schnell wie möglich zur Untersuchung ins Labor bringen lassen?«, fragte sie. »Je früher wir herausfinden, ob es dieselbe Sorte ist wie die, mit der Simon Vickers in die Luft gejagt wurde, desto besser.«

»Sie sind bereits unterwegs.«

»Gut. Haben Sie einen Overall für mich, Colin? Ich muss so schnell wie möglich in die Grube.«

Flannery nickte. »Ja, natürlich. Ich bin froh, dass sich wenigstens einer an die Vorschriften hält. Ich hole Ihnen den Overall.«

Als Flannery das Haus verließ, griff Sam seufzend nach dem Beutel mit den Schwulenmagazinen, den er gerade beschriftet hatte. Sie hatte großen Respekt vor Eric gehabt. Es war nicht die Tatsache, dass er schwul war, die sie störte. Sie hatte Eric trotz seiner polternden Art immer für einen liebenswerten Menschen und Gentleman gehalten. Die plötzliche Erkenntnis, dass er sehr wahrscheinlich ein brutaler Mörder war und damit ihr normalerweise zuverlässiges Urteilsvermögen versagt hatte, flößte ihr Unbehagen ein.

Als Flannery kurz darauf mit einem Overall zurückkam, streifte sie ihn eilig über ihre Kleidung. Dann ging sie wieder in den Garten, dicht gefolgt von Flannery. Sie bemerkte sein besorgtes Gesicht.

»Es besteht kein Grund zur Sorge, Colin, ich werde schon nichts durcheinander bringen.«

»Das weiß ich, Sam, es sind diese Schwachköpfe, die Ihnen assistieren, die mir Sorgen machen. Sie haben schon genug Schaden angerichtet, also lassen Sie uns versuchen, Schlimmeres zu verhindern.«

Sam lächelte ihn an, als sie durch den Garten gingen. Sie musste ein paar Minuten warten, während zwei Mitglieder von Flannerys Team den Tatort fotografierten und filmten.

Flannery beugte sich zu Sam hinüber und flüsterte ihr ins Ohr: »Tut mir Leid wegen der Verzögerung, aber wir sind gleich fertig.«

Sam nickte und verfolgte, wie der Mann von der Spurensicherung den Tatort filmte. Sie fragte sich unwillkürlich, ob diese Aufnahmen im Video des Pfarrers enden würden. Es wäre zweifellos eine interessante Abwechslung zu den banalen Dingen, aus denen der Rest des Films bestand. Als sie fertig waren, kletterte Colin Flannery in die Grube und legte die Ränder mit Trittbrettern aus, damit Sam an den Überresten arbeiten konnte, ohne den Boden der Grube mit ihren Schuhen zu berühren. Nun war der Tatort zu seiner Zufriedenheit präpariert worden und er stieg heraus, bevor Sam hineinkletterte.

Unten angekommen kniete Sam nieder, öffnete ihre Tasche, nahm das Diktafon heraus und begann mit der Untersuchung der Überreste. Die Beckengröße und -form des rechten Skeletts deuteten mit fast an Sicherheit grenzender Wahrscheinlichkeit darauf hin, das es weiblich war, während es sich bei dem anderen um einen Mann handeln musste. Sie begann zu diktieren.

»Neun Uhr fünfunddreißig, 29. Dezember 1997. Hintergarten von Rambling Cottage, Ewe Lane, Sowerby. Ich untersuche die skelettierten Überreste von zwei Leichen. Nach der Größe ihrer Becken zu urteilen dürfte die eine männlich, die andere weiblich sein, obwohl noch weitere Tests notwendig sind, um dies zu bestätigen. An dem weiblichen Skelett hängen die Fetzen eines vermutlich gelb-blauen Kleides. Am linken Handgelenk und am Hals befinden sich mehrere Goldschmuckstücke.«

Sam griff vorsichtig nach einem kleinen Goldmedaillon, das um den Hals des Skeletts hing, und klappte es auf. Wenn man bedachte, wie lange es unter der Erde gelegen hatte, ließ es sich erstaunlich leicht öffnen. An der rechten Seite des Medaillons klebte das Foto einer jungen Frau. Sie war recht hübsch, hatte lange dunkle Haare und große Augen und schien Anfang zwanzig zu sein. Die andere Seite des Medaillons zierte das Bild eines älter aussehenden Mannes, vielleicht Ende dreißig oder Anfang vierzig. Er war halbwegs gut aussehend und erinnerte Sam an Eric. In die Außenseite des Medaillons waren die Initialen EE eingraviert. Sam betrachtete die armseligen Überreste und fragte sich, ob sie die beiden einst attraktiven Menschen auf den Fotos waren. Dann fuhr sie mit ihrer Untersuchung fort.

»Die skelettierten Überreste rechts weisen am Unterschenkel des rechten Beines die Reste einer Hose auf. Beide Füße stecken in verrotteten schwarzen, altmodischen Lederstiefeln.«

Plötzlich unterbrach sie Toms Stimme beim Diktieren. »Hast du irgendeine Ahnung, wie lange sie schon da unten liegen?«

Sam zuckte die Schultern und musterte wieder beide Skelette. »Nicht auf den Monat oder das Jahr genau, aber es müssen schon einige Jahre sein. Du wirst warten müssen, bis ich ein paar weitere Untersuchungen durchgeführt habe, dann weiß ich Genaueres.«

»Im Moment kannst du uns nichts sagen?«

»Nur, dass sie definitiv tot sind.«

Die Männer von der Spurensicherung und die Detectives, die um die Grube standen, lachten leise, doch ein verärgerter Blick von Tom ließ sie sofort verstummen.

»Die eine Leiche ist männlich, die andere weiblich«, fuhr Sam fort. »Moment, was ist das?«

Während sie mit Tom sprach, fing sich das Licht in einem Metallstück, das mehrere Zentimeter aus dem Boden ragte, und erregte ihre Aufmerksamkeit. Sie fragte Flannery, ob sie das Objekt herausziehen dürfe. Dann bückte sie sich und grub es mit den Händen aus. Es war die Klinge eines Küchenmessers, wie es schien. Der Holzgriff war längst verrottet und hatte nur die achtzehn Zentimeter lange Klinge zurückgelassen, die von der schrecklichen Geschichte zeugte.

»Was hast du da gefunden?«, rief Tom.

»Die Überreste eines Messers.«

»Die Mordwaffe?«

Sam zuckte die Schultern. »Wer weiß. Dazu werde ich später Genaueres sagen können.«

»Haben wir es nun mit einem Mord zu tun oder nicht?«

Sam blieb ausweichend. Sie wollte sich in diesem Stadium

nicht festlegen. »Wie ich vorhin schon sagte, sie liegen hier seit einiger Zeit und nach der Art ihres Grabes zu urteilen, würde ich sagen, dass ein Verbrechen definitiv eine Möglichkeit ist.« Sie blickte zu Colin Flannery hinauf. »Wann können Sie die Überreste ins Leichenhaus schaffen?«

»Das kommt ganz darauf an. Ich würde die Leichen lieber einzeln abtransportieren, und zwar so unbeschädigt wie möglich. Passen Sie auf, dass Sie die Überreste und ihren Besitz nicht durcheinander bringen. Es wird eine Weile dauern, wenn wir unseren Job richtig machen wollen.«

Bei dem Wort »richtig« sah er viel sagend zu Tom hinüber, der seinen Blick ausdruckslos erwiderte.

»Ich schätze, es wird im besten Fall vier Stunden dauern«, sagte Flannery.

Sam wusste, dass sie schneller fertig werden könnten, aber Flannery wollte es seinen Kollegen zeigen. Sie sah auf ihre Uhr. »Sagen wir nach dem Mittagessen, um zwei?«

Tom und Flannery nickten zustimmend.

»Gut. Kann jemand die Leiter halten, während ich hinaufsteige?«

Nachdem sie den Schutzoverall ausgezogen und zurückgegeben hatte, entfernte sich Sam vom Tatort. Adams folgte ihr.

»Was weißt du über Eric Chambers?«

»Rückgrat des Dorflebens, Christ, anständiger Mann. Wenigstens dachte ich das. Wo ist er jetzt?«

»Im Zellenblock.«

»Habt ihr sonst noch was außer den Magazinen gefunden?«

»Ich denke, ich weiß, woher er seinen Webnamen hat.«

Sam blickte interessiert auf.

»Erinnerst du dich an dieses Foto, das wir im Wohnzimmer gesehen haben?«

»Das von ihm in der Armee?«

»Genau das. Erinnerst du dich, dass er sagte, er wäre bei den Special Forces in Burma gewesen und hinter den feindlichen Linien eingesetzt worden?«

Sam nickte.

»Nun, ich muss gestehen, dass ich ziemlich beeindruckt war, also habe ich ein wenig herumgeschnüffelt, um herauszufinden, was sie dort wirklich getrieben haben.«

»Und, was haben sie getan?«

»Lass mich nur sagen, dass ich lieber nicht am anderen Ende ihrer Messer gestanden hätte.«

»Das ist alles sehr interessant, Tom, aber worauf willst du hinaus?«

»Ihr Armeeabzeichen. Es war eine große schwarze Spinne.«

»Klingt so, als wärst du kurz davor, ihn festzunageln.«

»In der Tat. Ich denke, in Verbindung mit der Tatsache, dass er schwul zu sein scheint, beide Jungen kannte, eine Menge von Computern versteht und früher schon mit den Händen getötet hat...«

»Vor langer Zeit.«

»Ich denke, das ist wie mit dem Fahrradfahren. Er kannte sich im Wald wahrscheinlich genauso gut aus wie Jack Falconer, und«, schloss er triumphierend, »mit seiner Ausbildung konnte er mühelos aus dem Dünger, den wir in seinem Schuppen gefunden haben, eine primitive Bombe bauen.«

Sam war nicht so beeindruckt, wie von ihr erwartet wurde. Sie wusste nicht, warum. Die Beweise waren überzeugend, auch wenn sie größtenteils auf Indizien beruhten. Aber sie wollte einfach nicht glauben, dass Eric Chambers eines Mordes fähig war.

»Das sind alles nur Indizien, oder?«, fragte sie Tom in herausforderndem Ton.

»Oh, und natürlich haben wir zwei Leichen in seinem Hintergarten gefunden, wie ich zu erwähnen vergaß. Ziemlich handfeste Beweise, würde ich sagen.«

Sam hasste seine großspurige Art, vor allem nach seinem früheren Widerstand gegen ihre Vermutung, dass die beiden Jungen ermordet worden seien. Sie ließ sie ihm aber noch eine Weile durchgehen.

»Ich bin fest davon überzeugt, dass wir unseren Mann haben, Sam.«

»Wir werden sehen. Kommst du zur Autopsie?«

»Ich werde sie unter keinen Umständen versäumen.«

Als sie das Tor erreichten, drehte sich Sam zu ihm um. »Hättest du Lust, am Neujahrstag mit mir zu essen? Ich habe ein paar Rezepte bekommen, die ich gerne ausprobieren würde.«

Tom schüttelte den Kopf. »Tut mir Leid, klingt großartig, aber ich bin bereits verabredet.«

Sam war enttäuscht. »Kannst du das nicht absagen?«

»Nein, tut mir Leid. Ich fahre für ein paar Tage mit Freunden weg. Wir haben es schon seit Monaten geplant. Das lässt sich jetzt nicht mehr ändern.«

Sam fand es seltsam, dass er es nicht schon früher erwähnt hatte, war aber nicht bereit, so schnell aufzugeben. »Was hältst du davon, wenn ich mitkomme?«, sagte sie mit einem verführerischen Lächeln. »Du wirst es nicht bereuen.«

»Tut mir Leid, Sam, das ist zu kurzfristig. Es ist alles seit langem geplant und wenn in letzter Minute noch jemand dazukommt... na ja, du weißt, wie das ist.«

Sam war sicher, dass er log, aber sie entschied, es zunächst auf sich beruhen zu lassen.

»Okay. Dann sehe ich dich eben, wenn ich dich sehe.«

Tom nickte nervös. »Ich rufe dich an, dann machen wir etwas aus.«

Sam winkte ihm zum Abschied zu, als sie zu ihrem Wagen zurückkehrte, aber etwas sagte ihr, dass er nicht anrufen würde. Sein Verhalten nach ihrer gemeinsamen Zeit über Weihnachten verwirrte und verletzte sie. Sie waren einander so nah gewesen und Tom hatte sich solche Mühe gegeben. Warum distanzierte er sich jetzt wieder?

Sam verbrachte den Rest des Vormittags damit, die verlorene Zeit wieder einzuholen. Es gab keine Morgenliste, sodass sie Gelegenheit hatte, Schreibtischarbeit zu erledigen. Sie kam langsamer als sonst voran, da Jean nicht da war, um die wichtigen Akten von den unwichtigen zu trennen. Fred und Jean hatten noch immer Urlaub und Sam fühlte sich einsam und verlassen. Sie sah auf ihre Uhr – nur noch zwei Stunden bis zur Autopsie der beiden Leichen, die man in Erics Garten entdeckt hatte. Sie war nicht begeistert von der Aussicht, erneut mit einem fremden Assistenten arbeiten zu müssen. Erst jetzt, wo er nicht da war, wurde Sam bewusst, wie gut sie mit Fred auskam. Seit sie im Park Hospital angefangen hatte, waren sie irgendwie zusammengewachsen, und jetzt fühlte sie sich unwohl, wenn sie ohne ihn arbeiten musste. Sie hatte versucht, ihn zu Hause anzurufen, aber es hatte niemand abgenommen. Wahrscheinlich war er mit irgendeinem Mädchen unterwegs und genoss seinen Urlaub, bevor er zu einem weiteren Jahr voller Blut, Eingeweide und Hirnmasse zurückkehrte. Die meisten Leute hatten zwischen Weihnachten und Neujahr frei. Während Sam allein in ihrem Büro saß und einen weiteren Anklagebericht durchsah, stellte sie fest, dass sie sie um ihr Glück und ihre Zufriedenheit beneidete.

Das plötzliche Klingeln des Telefons verhinderte, dass sie völlig in Selbstmitleid versank. Sie nahm den Hörer ab. »Hallo, Doktor Ryan.«

Sam erkannte Toms Stimme sofort und hoffte, dass er seine Neujahrspläne doch noch geändert hatte.

»Sam, hier ist Tom. Hör zu, wir haben ein kleines Problem.«

»Nur eins?«

Tom ignorierte Sams Sarkasmus und fuhr fort: »Eric Chambers weigert sich, mit irgendjemand zu sprechen...«

»Auf den Rat seines Anwalts hin?«

»Nein, den wollte er auch nicht sehen. Er sagt, der einzige Mensch, mit dem er reden will, bist du.«

»Ich?« Obwohl sie Eric gut kannte, war Sam überrascht.

»In Anbetracht der Umstände wäre ich bereit, ihn von dir in meiner Anwesenheit über die Morde befragen zu lassen, wenn du willst.«

»Bist du sicher, dass das legal ist?«
»Trotz seiner Weigerung, einen Anwalt zu sprechen, habe ich den Pflichtverteidiger angerufen. Er meint, es wäre in Ordnung, solange Eric über seine Rechte informiert wird und sich freiwillig dazu bereit erklärt.«
»Und das ist der Fall?«
»Ich denke schon.«
Sam überlegte angestrengt, auf was sie sich da einließ. So etwas gehörte ganz gewiss nicht zu ihren normalen Aufgaben. Sie hatte das Gefühl, Trevor als neuen Chef der Abteilung anrufen zu müssen, entschied sich aber dagegen, um ihn in seinem Urlaub nicht zu stören. Da es sonst niemand gab, mit dem sie Rücksprache halten musste, traf sie ihre eigene Entscheidung. »Okay, ich komme.«
»Wie lange brauchst du?«
»Ungefähr eine halbe Stunde.«
»Danke, bis gleich.«
Sam drehte sich mit ihrem Stuhl und blickte aus dem Fenster. Sie hatte gehofft, dass Tom anrufen würde, aber es war nicht die Art Anruf gewesen, die sie erhofft hatte. Sie fragte sich, ob es vielleicht an der Zeit war, sich mehr auf einen anderen Menschen einzulassen und ihre Karriere für eine Weile in den Hintergrund zu stellen. Schließlich hatte sie alles erreicht, was sie im Moment erreichen konnte. Trevor würde in absehbarer Zukunft die Abteilung leiten und wenn er das Pensionsalter erreichte, würde ihr die Verwaltungsarbeit vielleicht attraktiver erscheinen. Sie musste wirklich so schnell wie möglich die Sache mit Tom klären. Doch in der Zwischenzeit war sie nach wie vor verärgert und voller Misstrauen, was seine Neujahrspläne anging.

Eine halbe Stunde später hielt Sam auf einem reservierten Parkplatz des Cambridger Polizeipräsidiums an. Ein junger Constable mit rosigem Gesicht erwartete sie bereits und führte sie zu Tom Adams' Büro. Er klopfte laut an die Tür.
»Herein.«

Der junge Mann öffnete die Tür und ließ Sam eintreten. Tom stand auf, als sie den Raum betrat.

»Sie werden jedes Mal jünger«, stellte Sam fest.

»Und sind immer weniger zu gebrauchen. Danke, dass du so schnell gekommen bist.«

»Du wolltest mich doch so schnell wie möglich sehen, oder?«

»Ja, aber ich wollte nicht, dass du dir unterwegs den Hals brichst.«

»Nun, wo ist Eric?«, fragte Sam.

»Im Verhörraum Nummer eins.«

»Sollten wir dann nicht auch dort sein?«

Sam hatte sich entschlossen, die Kühle zu spielen, nur um ihm zu zeigen, wie sehr sie sich über Toms Absage ärgerte.

»Ich dachte, wir sollten vorher miteinander reden.«

Sam schüttelte den Kopf. »Ich habe keine Zeit. In anderthalb Stunden muss ich zwei Autopsien durchführen und angesichts des Zustandes der Leichen habe ich eine Menge Arbeit vor mir, wenn ich sie identifizieren und ihre Todesursache feststellen soll.«

Tom sah sie durchdringend an. »Hör zu, ich will zwar nicht behaupten, dass die Autopsie nicht notwendig ist, aber vielleicht hat uns Eric schon alles erzählt, was wir wissen wollen, bevor du damit anfängst.«

Sam bedachte ihn mit einem finsteren Blick. »Erstens ist die Autopsie immer notwendig. Er könnte lügen oder sich irren. Zweitens, selbst wenn er uns alles sagt, was wir wissen wollen, könnte er seine Meinung später ändern, vor allem, wenn ein gerissener Anwalt sich seiner annimmt.«

Ihr Verhalten irritierte Tom. »Das ist mir alles klar, Sam, ich sage nur, dass es vielleicht helfen könnte, ein paar weitere Fakten zu kennen, bevor du anfängst. Ich bezweifle sehr, dass er darum gebeten hat, dich zu sehen, nur um dir Lügen aufzutischen. Das hätte er auch mir gegenüber tun können.«

»Haben Colin Flannery und sein Team noch etwas anderes im Haus gefunden?«

»Eine Computerausrüstung im Wert von mehreren Tausend Pfund.«

»Aus einem der Diebstähle?«

»Merkwürdigerweise nein.«

»Woher stammt sie dann?«

»Das überprüfen wir noch. Aber ich denke, all die anderen Beweise werden genügen.«

Das Gespräch schien sie nicht mehr weiterzubringen, sodass Sam ungeduldig aufstand. »Lass uns endlich anfangen, ja? Ich will nicht mehr Zeit als nötig verschwenden.«

Sam wusste, dass der Zorn, den sie Tom entgegenbrachte, persönlicher Natur war und nichts mit der Situation zu tun hatte. Wahrscheinlich war sie paranoid, aber allmählich fühlte sie sich betrogen, sogar benutzt. Obwohl sie keine Beweise besaß, sagte ihr Instinkt ihr, dass er eine andere hatte. Und obwohl sie wusste, dass sie kein Recht dazu hatte, hasste sie ihn dafür.

Tom stand auf und ging zur Tür. »Dann lass uns gehen.«

Sam ging durch die hell erleuchteten Korridore des Präsidiums und drei Treppen hinunter zum Verhörraum Nummer eins. Eric saß an einem kleinen Holztisch. An seiner Seite war Mr. John Gordon, der Mr. und Mrs. Vickers überhaupt erst geraten hatte, sich an sie zu wenden. Sam sah ihn an.

»Irgendwann kommt alles heraus, was, John?«

Er schenkte ihr ein kurzes Lächeln. »Das wissen wir noch nicht, Sam.«

Und du wirst damit eine Menge Geld verdienen, dachte sie.

Nun mischte sich Tom ein. »Haben Sie Ihren Klienten über seine Rechte informiert und ihm erklärt, was ihn erwartet?«

Gordon nickte. »Er ist voll informiert.«

Eric Chambers nickte zustimmend.

»Ihnen ist bewusst, Mr. Chambers, dass sie nach wie vor unter Verdacht stehen?«

Eric nickte wieder, diesmal ungeduldiger. »Ja, ja, ich kenne all meine Rechte. Können wir jetzt bitte anfangen?«

Als Sam und Tom gegenüber von Eric Chambers Platz

nahmen, beugte dieser sich nach vorn und drückte Sams Hand.

»All das tut mir Leid, Sam. Es tut mir Leid, dass ich Sie in all das hineinziehe. Aber im Moment sind Sie die Einzige, der ich trauen kann.«

Sam lächelte ihn verlegen an. Sie wusste noch nicht genau, wie sie mit der Situation umgehen sollte, und ihr fiel im Moment keine passende Antwort ein. »Ich bin nicht sicher, ob ich es verstehe, Eric. Aber ich werde mein Bestes für Sie tun.«

Tom und Gordon wechselten einen kurzen Blick. Es schien eines der bizarrsten Verhöre zu werden, die sie je geführt hatten.

»Gibt es irgendetwas, das Sie wollen …?«, fuhr Sam fort.

»Nur einen Moment, Sam«, unterbrach Tom sie. Er schaltete das Aufnahmegerät ein, das auf der Seite des Tisches stand. »Dreizehn Uhr fünf, Montag, 29. Dezember 1997. Verhör von Mr. Eric Chambers. Anwesend sind John Gordon, Mr. Chambers' Anwalt, Detective Superintendent Adams und Doktor Samantha Ryan, die County-Pathologin. Doktor Ryan wird mit der Erlaubnis aller Anwesenden das Verhör führen.« Er lehnte sich zurück und nickte Sam zu, die nun mit der Befragung begann.

»Eric, ich bin hier, um mit Ihnen zu reden, weil Sie es gewünscht haben. Ist das richtig?«

Als Chambers nur nickte, sagte Tom nachdrücklich: »Für das Band bitte, Mr. Chambers.«

»Ja.«

»Gibt es irgendetwas, das Sie mir erzählen wollen?«

Er nickte.

Adams unterbrach erneut. »Das Band.«

»Ja, tut mir Leid, ich vergaß.« Er richtete seine Aufmerksamkeit wieder auf Sam. »Ich nehme an, Sie wollen wissen, was es mit den Leichen auf sich hat?«

»Sind Sie sicher, dass Sie uns davon erzählen wollen?«

»Nach sechzig Jahren ist es eine ziemliche Erleichterung.

Aber Gott weiß, was die guten Leute von Sowerby denken werden. Die größte Sache, die im Dorf passiert ist seit dem Domesday-Buch, schätze ich.«

Sam lächelte ihn kurz an. »Also, was ist passiert?«

»Eigentlich war es meine Mutter. Sie war eine kalte, einschüchternde Frau. Sie hat sich gut um mich gekümmert, mich ernährt, die Ohren gewaschen, solche Sachen, aber Liebe war für sie ein Fremdwort. Zu meinem Vater war sie genauso. Ich denke, sie hat die Kirche ein wenig zu ernst genommen. Sehen Sie, das Problem war, dass mein Vater kein Christ war, jedenfalls kein praktizierender, und meine Mutter verachtete ihn dafür.«

»Wusste sie, dass er kein Christ war, bevor sie ihn geheiratet hat?«

»Oh ja, aber wie alle Frauen dachte sie, sie könnte ihn ändern. Dachte, sie könnte meinen Vater dazu bringen, das Licht zu sehen, zu Gott zu finden. Sie wissen schon, die Dinge, die auch die Leute absondern, die einen an der Tür bekehren wollen. Er war kein schlechter Mensch, mein Vater, er hat gut für uns gesorgt, er war bloß kein guter Christ und das konnte meine Mutter nicht ertragen.

Sex war eine andere Sache. Ich denke, mein Vater hat ihn eher genossen, aber meine Mutter bestimmt nicht. Wenn sie nicht zuhörte, nannte er sie den Eisberg. Gott allein weiß, wie ich überhaupt gezeugt wurde. Mehr Glück als Absicht, schätze ich. Sie mochte mich auch nicht besonders. Nicht, weil ich kein Kirchgänger war, ich war einer, dafür hat sie schon gesorgt. Sondern weil ich sein Kind war und ich denke, sie glaubte sein Böses in mir zu sehen.«

Eric verstummte und schien sich in seinen Erinnerungen zu verlieren.

Sam holte ihn sanft wieder zurück. »Also, was ist passiert?«

»Das Unausweichliche, er lernte eine andere kennen. Es musste einfach passieren. Ein Mädchen aus der Umgebung, Kate Edwards. Sie war ein hübsches junges Ding, um die zwanzig, wenn ich mich recht erinnere. Sie war immer voller

Leben. Sie arbeitete mit ihrer Mutter auf dem Gutshof des Dorfes als Dienstmädchen.«

»Wusste Ihre Mutter von ihr?«

»Anfangs nicht, obwohl ich denke, dass sie etwas ahnte. Er ging öfter aus, blieb lange weg, kam in manchen Nächten überhaupt nicht heim. Wenn doch, gab es schrecklichen Streit. Jedenfalls sagte er ihr am Ende, dass er sie verlassen und sich mit Kate in einem anderen Teil des Dorfes niederlassen würde.«

»Wie hat Ihre Mutter darauf reagiert?«

Eric zuckte die Schultern. »Sie war wütend.«

»Es muss sie verletzt haben.«

»Ja. Es war schon schlimm genug, dass er Ehebruch begangen hatte, und dann wollte er sich auch noch mit seiner Geliebten im selben Dorf niederlassen. Ich weiß nicht, ob sie mit der Schande hätte leben können.«

Zum ersten Mal, seit das Verhör begonnen hatte, meldete sich Adams zu Wort. »Wer hat sie getötet?«

Eric sah ihn an. »Das war meine Mutter. Bedenken Sie, dass ich erst fünfzehn Jahre alt war und in behüteten Verhältnissen aufgewachsen bin.«

»Wie ist es passiert?«

»Ich glaube nicht, dass es dazu gekommen wäre, wenn mein Vater uns einfach verlassen hätte, aber all der Zorn und die Rachsucht, die sich im Lauf der Jahre aufgestaut hatten, entluden sich schließlich, und sie fiel mit ihrer boshaften Zunge über ihn her. Dann schien er seine Meinung über das Ausziehen zu ändern. Er sagte, er würde sie und mich rauswerfen und Kate einziehen lassen. Jedenfalls bin ich mir nicht sicher, was als Nächstes geschah. Ich glaube, meine Mutter muss durchgedreht sein. Ich hörte nur noch eine Art erstickten Schrei, gefolgt von einem gurgelnden Geräusch, dann ein Poltern, als mein Vater zu Boden fiel.«

Tränen traten in Erics Augen, als Sam sich zu ihm beugte und erneut seine Hände nahm. »Wo waren Sie, als all das passierte?«

»In meinem Zimmer. Ich habe an der Tür gelauscht.«

»Sind Sie hingegangen und haben gesehen, was passiert ist?«

»Mutter rief mich nach unten und zwang mich, es zu sehen. Sie hatte ihn erstochen, das Messer war ganz durch seinen Hals gegangen und der Boden war voller Blut. Es strömte noch immer aus der Wunde, sodass ich annehme, dass er noch am Leben war, nun, jedenfalls für eine Weile. Ich habe noch nie so viel Blut gesehen, es schien alles zu bedecken und floss in großen Strömen über den Boden.«

»Was hat Ihre Mutter gesagt?«

»Mutter? Sie hat es nicht im Geringsten bereut. Sie packte mich am Genick und sagte mir, das wäre das, was mit bösen, gottlosen Menschen passiert, und wenn ich jemals ein Wort darüber verlöre, würde ich auf dieselbe Weise enden. Derartige Bemerkungen machen auf einen Fünfzehnjährigen ziemlichen Eindruck, kann ich Ihnen sagen.«

»Ich denke, sie würden jeden beeindrucken, unabhängig vom Alter«, sagte Adams. »Was wurde aus Kate?«

»Mutter gab mir einen Brief, den ich Kate überbringen sollte.«

»Was stand darin?«

»Sie sollte sofort zum Haus kommen und niemand davon erzählen. Darunter stand die Unterschrift von meinem Vater.«

»Hat sie die Handschrift nicht erkannt?«

»Sie konnte nicht besonders gut lesen. Als ich sie schließlich fand, musste ich ihr den Brief vorlesen. Sie kam mit mir zurück.«

»Und Ihre Mutter erwartete sie schon?«

Eric nickte. »Ja. Ich sollte sie ins Esszimmer führen, mein Vater war in der Küche ermordet worden, wissen Sie. Ich gehorchte. Als sie hereinkam, beschimpfte meine Mutter sie als Flittchen und stach sofort zu. Dann schien Mutter den Verstand zu verlieren und immer wieder auf sie einzustechen, Gott weiß, wie oft, sie machte immer weiter. Das arme Mädchen schrie um Gnade, flehte mich um Hilfe an, aber ich stand nur wie gelähmt da, konnte mich nicht bewegen, konnte nichts tun, es war entsetzlich. Es schien Stunden zu dauern, bis sie starb.«

»Und als sie tot war?«

»Mutter zwang mich, ihr zu helfen und ein Grab im Garten auszuheben. Wir brauchten die ganze Nacht dafür. Erst als der Morgen graute, konnten wir die Leichen hineinlegen. Das Verrückte ist, als alles vorbei war, bestand sie darauf, an ihrem Grab zu beten und Gott zu bitten, ihnen zu vergeben. Den Rest des Tages verbrachten wir damit, das Haus zu putzen. Um genau zu sein, meine Mutter verbrachte den Rest ihres Lebens damit, das Haus zu putzen. Wie Macbeth' Königin versuchte sie dauernd, die Flecken zu beseitigen. Sie schwor, dass sie noch immer da seien, selbst Jahre nachdem sie die beiden getötet hatte.«

»Warum haben Sie es niemandem erzählt?«

»Ich konnte nicht, als sie noch am Leben war, und nach ihrem Tod wollte ich ihr Andenken nicht entehren.«

Sam nickte verständnisvoll.

»Es ging mir um altmodische Werte. Nicht dass sie einem heutzutage viel nutzen. Außerdem war ich auch darin verwickelt und ich wusste nicht, wie viel Ärger ich deswegen bekommen würde. Meine Mutter redete mir ein, man würde mich hängen, und wenn nicht, würde sie es tun. Sie pflegte immer zu sagen: ›Da draußen ist Platz für drei, weißt du.‹ Sie machte mir eine Heidenangst. Ich habe noch immer Albträume deswegen.«

»Sie scheint keine besonders nette Frau gewesen zu sein.«

»Meine Mutter? Nein, das war sie nicht, sie war der Fleisch gewordene Teufel trotz all ihrer Frömmelei. Ich weiß noch, dass ich lachte, als sie starb, dass ich lachte, bis ich weinte.«

»Wie haben Sie das Verschwinden Ihres Vaters erklärt?«, mischte sich Tom wieder ein.

»Das war kein Problem. Da mein Vater und Kate verschwunden waren, dachten alle, sie wären durchgebrannt. Mutter warf seine ganze Kleidung ins Feuer. Die Leute im

Dorf waren sehr freundlich und verständnisvoll – bis auf Kates Mutter, sie glaubte nie, dass ihre Tochter weggelaufen sei. Sie wusste, dass irgendetwas nicht stimmte. Noch Jahre nach dem Tod meiner Mutter beobachtete sie mich. Ich fühlte mich gar nicht gut dabei, kann ich Ihnen sagen. Noch schlechter ging es mir, als sie starb, ohne die Wahrheit jemals erfahren zu haben. Nicht einmal der Tod meiner Mutter hat mich so mitgenommen. Ich hoffe, dass man die beiden jetzt anständig auf dem Friedhof beerdigt.«

»Was ist mit Simon und Dominic?«, fuhr Sam fort. »Haben Sie etwas mit ihrem Verschwinden zu tun?«

Eric lehnte sich plötzlich auf seinem Stuhl zurück und warf seinem Anwalt einen Blick zu. »Natürlich nicht. Was hat das denn damit zu tun?«

»Wir glauben, dass sie von einem Net-Kontakt namens die Spinne ermordet wurden«, sagte Adams. »Ich weiß, dass dies Ihr Netzname ist.«

Eric schüttelte den Kopf. »Ich fürchte, Sie irren sich. Meiner ist Käfer.«

»Wir haben den Net-User namens Spinne zu Ihrer Adresse zurückverfolgt. Ich weiß außerdem, dass die Spinne während des Krieges das Zeichen Ihres Bataillons war.«

Eric richtete sich voller Entrüstung kerzengerade auf. »Sie mag durchaus das Zeichen des Bataillons gewesen sein, aber es ist gewiss nicht mein Netzname. Ich heiße Käfer. Das können Sie überprüfen.«

»Das werden wir.«

»Sind Sie homosexuell, Mr. Chambers?«

Eric schien mit einem Mal in sich zusammenzusinken. Verlegen sah er Sam an. »Ja.«

Sam hatte plötzlich das Gefühl, Eric verteidigen zu müssen. »Es gibt keinen Grund, sich für seine sexuelle Orientierung zu schämen, Eric.«

Er rang sich ein Lächeln ab. »Heute vielleicht nicht, aber zu meiner Zeit, nun, das war eine andere Geschichte. Derartige Dinge kann man nicht so einfach abschütteln, Sam.«

Adams unterbrach erneut. »Wo haben Sie Ihre Partner kennen gelernt?«

»Im Boots and Saddles.«

»Was ist das?«

»Ein Club für alternde Schwule am Stadtrand.«

»Ich glaube nicht, dass ich ihn kenne.«

»Wahrscheinlich nicht.«

»Hatten Sie jemals sexuelle Beziehungen zu Ihren Schülern?«, fragte Adams.

Eric starrte ihn entgeistert an. »Nein, niemals. Das wäre unmoralisch und sicherlich nicht richtig.«

»Wie gut kannten Sie Simon Vickers und Dominic Parr?«

»Sie waren beide in meinem Computerkurs. Simon war klüger, aber Dominic arbeitete härter, um mitzuhalten. Ich sah sie einmal in der Woche im Gemeindehaus, das war alles.«

»Haben Sie sie getötet?«

Eric sah John Gordon an, der erklärte: »Sie müssen diese Frage nicht beantworten, wenn Sie nicht wollen.«

Eric richtete seine Aufmerksamkeit wieder auf Tom Adams und blickte ihm offen in die Augen. »Nein, das habe ich nicht.«

Adams sah ihn durchdringend an und versuchte zu erkennen, ob er die Wahrheit sagte oder nicht.

»Was haben Sie mit meinen Hunden gemacht?«, fragte Eric.

Die Frage traf Adams unvorbereitet. »Sie sind im Tierheim, denke ich.«

»In welchem?«

Darauf hatte Tom keine Antwort, da er sich nicht darum gekümmert hatte. »Ich werde es herausfinden und Sie informieren.«

»Bitte tun Sie das, sie waren noch nie von Zuhause weg.«

Adams kam wieder zum Thema. »Haben Sie je getötet?«

»Ja, als ich in der Armee war. Man musste es tun, es hieß du oder sie.«

»Haben Sie mit Ihren Händen getötet?«

»Wenn es sein musste.«
»Wie haben Sie das gemacht?«
»Normalerweise mit einem Messer.«
»Was ist mit Strangulation?«
»Ein paar Mal, als ich es für nötig hielt. Aber es ist schwerer, als es aussieht.«
»Haben Sie Simon und Dominic auf diese Weise getötet?«
Gordon griff wieder ein. »Das müssen Sie nicht beantworten.«
Chambers nickte. »Ich habe sie nicht getötet, das habe ich Ihnen bereits gesagt.«
»Was ist mit dem Bau von Bomben? Könnten Sie das auch?«
»Ja, es gehörte mit zur Ausbildung.«
»Haben Sie Simon Vickers' Auto in die Luft gejagt, nachdem Sie ihn ermordet haben?«
Erneut griff Gordon ein.
Eric warf seinem Anwalt einen Seitenblick zu. »Danke, John, Sie haben mich bereits über meine Rechte aufgeklärt und ich weiß das zu schätzen. Aber ich dachte immer, Polizeireviere wären Stätten der Wahrheit, wo die Schuldigen entlarvt und die Unschuldigen entlastet werden.«
Gordon sah seinen Klienten an und schüttelte sanft den Kopf. »Wer hat Ihnen denn das erzählt, Eric?«
Eric richtete seine Aufmerksamkeit wieder auf Tom Adams. »Ich habe keine Bombe gebaut und ich habe die beiden Jungen nicht getötet. Sie können mir die ganze Nacht Fragen stellen, aber die Antwort wird immer dieselbe sein.«
Diesmal sah Gordon Adams an. »Ich hoffe, damit ist die Sache für Sie geklärt, Superintendent?«
Doch der ließ sich nicht beirren. »Wir haben eine große Computerausrüstung versteckt in Ihrer Garage gefunden. Können Sie erklären, woher sie stammt?«
Eric Chambers rümpfte die Nase. »Erstens war sie nicht versteckt, höchstens vor Einbrechern. Zweitens habe ich die Ausrüstung von einem Händler in Ipswich gekauft und von

der Firma einen beträchtlichen Rabatt eingeräumt bekommen, weil ich große Mengen gekauft habe.«

»Haben Sie die Geräte zu Dumpingpreisen an die Jungen weitergegeben?«

»Das hängt davon ab, was Sie unter Dumping verstehen. Ich habe ihnen das berechnet, was ich bezahlt habe. Ich habe keinen Profit gemacht, wenn es das ist, worauf Sie hinauswollen.«

»Wie ist der Name der Firma?«

»The Computer Warehouse. Das ist ein Großhändler, der beim Mengeneinkauf Rabatt gewährt.«

»Was ist mit Rechnungen?«

»Sie finden sie in einer großen grünen Schachtel in meinem Büro, sofern Sie sie noch nicht entdeckt haben.«

Tom Adams lehnte sich auf seinem Stuhl zurück und versuchte seine Taktik zu ändern. »Mr. Chambers, sehen Sie es doch mal von unserer Seite. Wir haben bereits zwei Leichen in Ihrem Garten gefunden. Sie haben uns erzählt, dass diese Personen von Ihrer Mutter getötet wurden, aber das muss erst noch bewiesen werden. Ich untersuche die Morde an drei weiteren Personen, von denen Sie mindestens zwei gut kannten. Einer von diesen Jungen, Dominic Parr, hatte Analverkehr und wurde vor seiner Ermordung wahrscheinlich vergewaltigt. Ein Net-User namens die Spinne, was meines Wissens nach trotz Ihres Leugnens Ihr Netzname ist, kontaktierte beide Jungen. Diese so genannte Spinne bot ihnen billiges Computerequipment zum Kauf an. Wir haben große Mengen solchen Equipments in Ihrem Haus gefunden. Simon Vickers und Jack Falconer, beides kräftige Menschen, wurden erwürgt, dann wurden ihre Leichen verbrannt, um alle Spuren zu beseitigen. Simon Vickers' Auto wurde außerdem mit einer selbst gebastelten Bombe in die Luft gejagt. Wenn Sie all das bedenken, was ich Ihnen gerade aufgezählt habe, werden Sie zugeben müssen, dass es Sie zum Hauptverdächtigen macht. Also frage ich Sie erneut, haben Sie Simon Vickers, Dominic Parr und Jack Falconer ermordet?«

Eric setzte sich aufrecht hin. »Nein, das habe ich nicht.«

Gordon legte Eric plötzlich die Hand auf die Schulter und sah Adams an. »Mr. Chambers hat all Ihre Fragen offen und ehrlich beantwortet und ich weiß nicht, was Sie mit diesem Kreuzverhör erreichen wollen.«

Adams funkelte ihn an. »Ich denke, das kann ich am besten beurteilen.«

»Nein, das kann ich. Mr. Chambers ist ein alteingesessenes und überaus respektiertes Mitglied seiner Gemeinde und ich denke, dass er lange genug befragt wurde. Mir scheint, Superintendent, dass es sich bei Ihren so genannten Beweisen nur um Indizien handelt ...«

»Wie die Leichen im Garten?«

»Das ist eine völlig andere Angelegenheit und eine, über die sich Mr. Chambers offen und ehrlich geäußert hat. Wie ich schon sagte, was die anderen Morde angeht, halte ich Ihre Beweise für bloße Indizien von höchst bedenklicher Aussagekraft.«

Adams dachte einen Moment lang nach. Dann wandte er sich dem Aufnahmegerät zu und sagte: »Das Verhör wurde um dreizehn Uhr sechsundvierzig beendet.« Dann schaltete er das Gerät aus und richtete seine Aufmerksamkeit wieder auf Eric Chambers. »Ich denke, das war für heute alles, Mr. Chambers.«

»Heißt das, ich kann gehen?«

»Nein, tut mir Leid, Sie werden noch eine Weile bei uns bleiben müssen. Wir werden Sie wahrscheinlich noch einmal zu den Morden befragen.«

Eric sah nervös John Gordon an, der sagte: »Keine Sorge, Eric, sie werden nur in meiner Anwesenheit mit Ihnen sprechen.«

Adams drückte einen Knopf an der Seite des Tisches, worauf ein hoch gewachsener Police Officer den Raum betrat. Adams nickte ihm zu und der Constable ergriff Erics Arm und führte ihn zur Tür. Dort angekommen, wandte sich Eric an Sam.

»Es tut mir sehr Leid, dass ich Sie in all das hineingezogen habe, aber ich wusste wirklich nicht, wen ich sonst um Beistand bitten sollte.«

»Das ist schon in Ordnung, Eric, machen Sie sich keine Sorgen. Ich bin sicher, dass Mr. Gordon Ihre Interessen sehr gut vertreten wird.«

Eric nickte. »Ich bin völlig unschuldig, verstehen Sie?«

Sam nickte ermutigend, aber als Eric schließlich zurück zu den Zellen geführt wurde, fiel ihr plötzlich eine Frage ein. Sie wusste nicht, warum sie nicht schon früher daran gedacht hatte, und lief ihm hinterher. »Eric, haben Sie je von einem Ort namens der Teich gehört?«

Chambers sah sie einen Moment nachdenklich an, dann schüttelte er den Kopf. »Nein, tut mir Leid, Sam, nie davon gehört. Ist es wichtig?«

Sam zuckte die Schultern. »Ich weiß es nicht, Eric. Ich weiß es nicht.«

Sam kam später als erhofft im Park Hospital an. Das Team hatte sich bereits eingefunden und Colin Flannery klopfte ärgerlich auf seine Uhr.

»Entschuldigen Sie bitte, ich wurde leider aufgehalten.«

Sie zog sich eilig um und eilte dann in den Obduktionsraum. Die beiden Skelette waren bereits ausgepackt worden und lagen auf verschiedenen Tischen. Sam trat zu dem weiblichen Skelett und betrachtete die armseligen Überreste von dem, was einst eine lebensfrohe junge Frau gewesen war. Dann sah sie zu Flannery hinüber. »Ist alles von ihr hier?«

Er nickte. »Alles, was wir finden konnten, und ich denke, es ist der größte Teil. Sie waren ziemlich tief vergraben.«

Sam musterte wieder die Überreste. »Okay, fangen wir an.«

Sie zog das herunterhängende Mikrofon näher zu ihrem Mund und begann mit dem Bericht.

Die beiden Autopsien zogen sich bis zum frühen Abend hin. Als Sam schließlich fertig war, fühlte sie sich erschöpft. Sie ging in ihr Büro und sank auf einen Stuhl. Tom folgte ihr und nahm ihr gegenüber Platz.

»Nun?«

Sam blickte zu ihm auf. »Alles, was Eric sagte, stimmte, soweit ich es beurteilen kann. Das weibliche Skelett ist das einer Frau um die zwanzig. Nach den Verletzungen ihres Brustkastens zu urteilen wurde mehrfach auf sie eingestochen, wahrscheinlich mit dem Messer, das wir im Grab gefunden haben ...«

»Wahrscheinlich?«

»Die Furchen in den Knochen passen zu der Klinge des Messers, sodass es mehr als wahrscheinlich ist. Nach dieser langen Zeit lässt sich nur schwer Genaues sagen. Ich denke, dass sie dort irgendwo zwischen vierzig und sechzig Jahre lagen. Das andere Skelett ist das eines Mannes um die vierzig, der wahrscheinlich ebenfalls erstochen wurde. Ich habe allerdings keine Beweise gefunden, die das bestätigen können. Deswegen denke ich, dass wir uns einfach auf Erics Aussage verlassen müssen.«

»Und die Mordwaffe?«

»Wahrscheinlich dasselbe Messer.

»Gibt es irgendetwas, das nicht ins Bild passt?«

Sam schüttelte den Kopf. »Nein, eigentlich nicht. Die Stichspuren kommen mir ein wenig niedrig vor, aber damals waren die Menschen nicht so groß. Ansonsten gibt es nichts.«

Tom schwieg einen Moment nachdenklich. »Glaubst du, dass er die beiden Jungen getötet hat?«

Sam zögerte. »Die Beweise scheinen alle darauf hinzudeuten, aber mein Bauch sagt nein.«

»Dein Bauch, eh? Ich erinnere mich an eine Zeit, da hat das gesamte verdammte Dezernat mit dem Bauch gearbeitet.«

»Warum habt ihr damit aufgehört?«

»Wir haben ständig die falschen Leute eingesperrt«, lächelte er.

»Hast du die Rechnungen für die Computergeräte gefunden?«

Tom nickte. »Und den Großhändler. Zumindest in diesem Punkt hat er die Wahrheit gesagt. Wer hätte es deiner Meinung nach sonst tun können?«

»Das ist dein Job, nicht meiner«, sagte Sam schulterzuckend. »Ich würde dir nur raten, lauf nicht mit Scheuklappen herum, nur weil du Eric bereits eingesperrt hast.«

»Nein, ich werde die Untersuchung so lange fortsetzen, wie ich kann. Aber wahrscheinlich werde ich gegen Eric Anklage erheben.«

»Obwohl du ihn für unschuldig hältst?«

»Das habe ich nicht gesagt. Ich denke, dass er *wahrscheinlich* unschuldig ist. Ich will andere Möglichkeiten nicht ausschließen.« Er grinste Sam an. »Ich möchte nicht bei einer Untersuchung zweimal als Trottel dastehen.«

»Was ist mit seinem Netznamen? Hast du darüber irgendetwas herausgefunden?«

»Er hat uns auch in diesem Punkt die Wahrheit gesagt. Zumindest offiziell ist er der Käfer. Das bedeutet aber nicht, dass er nicht noch einen anderen Namen haben kann.«

»Glaubst du, dass sonst noch jemand Zugriff auf Erics Dateien gehabt haben könnte? Ich meine, vielleicht hat jemand sein Netzwerk und seinen Namen benutzt? Zumal er keinen großen Wert auf Sicherheit zu legen scheint. Der Schlüssel unter dem dritten Stein von rechts und solche Dinge. Jeder hätte ins Haus gehen, seinen Computer benutzen und wieder verschwinden können.«

»Nach dem Gespräch mit deinem Freund bin ich der Ansicht, dass er etwas gewitzter ist.«

Plötzlich klingelte das Telefon an der Wand der Leichenhalle. Sam nahm ab. Sie erkannte die Stimme sofort. Es war Russell Clarke.

»Können Sie einen Moment warten?« Sie sah zu Tom hinüber. »Wenn das alles ist ... dieses Gespräch ist privat.«

Tom nickte verstehend. »Bis morgen.«

Nachdem Tom gegangen war, legte Sam wieder den Hörer ans Ohr. »Russell, was kann ich für Sie tun?«

Er klang aufgeregt, fast hysterisch. »Ich habe eine neue Nachricht bekommen, Doktor Ryan.«

»Was?«

»Von der Spinne. Ich habe eine neue Nachricht bekommen.«

10

Sam entschied sich, Tom noch nichts von dem Anruf zu erzählen. Sie redete sich ein, dass es vielleicht gar nichts zu bedeuten hatte, und wollte ihn mitten in einer Morduntersuchung nicht mit irgendwelchen Trivialitäten belästigen. Um die Wahrheit zu sagen, obwohl die Polizei die Untersuchung übernommen hatte, fühlte sich Sam noch immer dem Fall verpflichtet und war nicht sehr begeistert davon, wie er behandelt wurde. Sie parkte in der Nähe des Fitzwilliam Colleges und ging den Rest des Weges zu Fuß, da sie befürchtete, dass sich Chalky White oder einer seiner Leute noch immer im College herumtrieb und sie dabei ertappen könnte, wie sie sich in den Computerblock schlich. Sie betrat das College durch den Hintereingang und wich so der Pförtnerloge und etwaiger neugieriger Augen aus, die vielleicht auf den Gedanken kommen würden, ihre Freunde im Polizeipräsidium anzurufen. Vor allem Enright wollte sie jetzt nicht begegnen.

Russell Clarke saß an seinem Computer, wie immer in seine Arbeit vertieft, aber diesmal hörte er sie eintreten und drehte sich sofort zu ihr um.

»Doktor Ryan, ich habe mich schon gefragt, wo Sie bleiben. Ich dachte schon, es wäre einer Ihrer Freunde von der Polizei.«

Sam lächelte ihn warm an und setzte sich zu ihm. »Das sind nicht meine Freunde. Sie haben Sie demnach schon aufgesucht?«

Er nickte. »Das kann man wohl sagen!«

»Tut mir Leid. Sie sagten, sie würden mir Gelegenheit geben, vorher mit Ihnen zu reden.«

»Aber das haben sie nicht getan.«

»Nein. Sie sind manchmal ziemlich schnell. Ich hoffe, sie haben Ihnen nicht zu viele Unannehmlichkeiten bereitet?«

Er zuckte die Schultern. »Die meisten von ihnen waren in Ordnung, aber dieser Detective Inspector White ist ein ...«

»Bastard?«

Russell nickte. »Genau.«

Sam lächelte ihn an. »Was haben Sie ihm erzählt?«

»So gut wie alles. Tut mir Leid, er hat mich sehr bedrängt.«

»Er hat Ihnen doch nichts getan, oder?«

Russell schüttelte den Kopf. »Nein, aber er hat mir in den leuchtendsten Farben beschrieben, was er mit mir tun könnte. Das hat gereicht.«

»Ja, das ist typisch für ihn. Sie meinten, Sie hätten so gut wie alles gesagt, also nehme ich an, dass Sie einige Informationen zurückgehalten haben.«

Er zog die Augenbrauen hoch. »Ich werde es Ihnen zeigen, das ist einfacher.« Er wandte sich wieder seinem Computer zu und gab einige Befehle ein. »Sehen Sie sich das mal an.« Er rückte zur Seite, während Sam auf den Monitor sah.

Habe deine Nachricht erhalten. Bin einverstanden.
Wir treffen uns wie immer am Teich. Morgen, 23 Uhr.
SPINNE

Als sie die Nachricht gelesen hatte, sah sie Russell an. »Wann haben Sie die bekommen?«

»Ein paar Minuten bevor ich Sie angerufen habe.«

»Wurde sie an Sie geschickt?«

Er schüttelte den Kopf. »Nein, ich habe sie nur aufgefangen.«

»Wie?«

»Offen gestanden bin ich mir nicht ganz sicher. Ich habe nach Nachrichten an die und von der Spinne gesucht, aber ich habe nicht gesucht, als die Nachricht eintrudelte. Wirklich seltsam.«

»Konnten Sie sie zurückverfolgen?«
Er schüttelte den Kopf. »Ich habe es versucht, aber wer auch immer es ist, er war diesmal sehr vorsichtig. Er führt mich ständig in die Irre.«
»Demnach ist es nicht Eric?«
»Ich bin mir nicht sicher. Wie ich schon sagte, konnte ich sie nicht zurückverfolgen. Außerdem sitzt er doch schon hinter Gittern, oder?« Sam nickte, während Russell fortfuhr. »Wer immer es ist, er scheint wirklich zu wissen, was er tut. Es wird schwer werden.«
»Was ist mit der Person, an die er sie geschickt hat? Gibt es irgendwelche Hinweise?«
»Nichts. Nicht einmal einen Empfängernamen. Aber das ist trotzdem unsere größte Chance.«
»Wie meinen Sie das?«
»Wenn der Empfänger reagiert und das Treffen bestätigt, kann ich ihn vielleicht festnageln.«
»Wie das?«
»Es besteht die Möglichkeit, dass der Empfänger nicht so clever ist wie der Absender, und vielleicht führt er uns zu seiner Website.«
»Könnte es sein, dass die Polizeiexperten die Nachricht ebenfalls abgefangen haben?«
»Das denke ich nicht, sie sind nicht so gut. Wenn sie es wären, würden sie nicht für die Polizei arbeiten, oder?«
Sam lächelte über seine Arroganz. »Sie haben all meine Nummern, nicht wahr?«
Er nickte.
»Sie können mich zu jeder Tages- und Nachtzeit anrufen, wenn Sie etwas Neues herausfinden. Okay?«
»Verstanden. Sie haben doch nicht vor, selbst nach diesem Kerl zu suchen, oder?«
Sam schüttelte nachdrücklich den Kopf. »Auf keinen Fall, er ist viel zu gefährlich, aber ich möchte diejenige sein, die Adams erzählt, wer der Mörder wirklich ist.«
»Könnte ich vielleicht dabei sein, wenn Sie es tun?«

Sam grinste ihn breit an. »Ich werde sehen, was ich tun kann. Nebenbei, ist Enright in der letzten Zeit hier gewesen?«

»Nein, schon seit ein paar Tagen nicht mehr. Ich schätze, er muss krank sein oder Urlaub haben.«

»Richtig, danke.«

Sam wandte sich ab und verließ den Raum.

Am nächsten Morgen stand Sam früh auf. Jean und Fred müssten wieder aus dem Urlaub zurück sein und so hoffte sie, dass sich der Arbeitsalltag wieder normalisieren würde.

Als sie ihr Büro betrat, stand Jean hastig auf und zeigte mit dem ausgestreckten Finger auf ihren Raum. »Superintendent Adams ist hier. Er wartet schon seit einer Viertelstunde.«

Sam nickte. Es musste etwas Wichtiges sein, was Tom veranlasst hatte, hierher zu kommen. Vor allem zu dieser frühen Stunde.

Tom stand am anderen Ende ihres Büros und sah aus dem Fenster. Als sie hereinkam, drehte er sich um. »Tag, Sam, wie ich hörte, hast du wieder deine eigenen Untersuchungen angestellt.«

Sam ging zu ihrem Schreibtisch. »Wie kommst du darauf?«

»Durch meine Spione im Fitzwilliam.«

Sam zuckte innerlich zusammen. Sie war offenbar nicht so vorsichtig gewesen, wie sie gedacht hatte.

»Also, warum hast du Russell Clarke besucht?«

»Um mich zu entschuldigen.« Wenn Sam in einer Sache gut war, dann im schnellen Denken.

Tom blickte leicht irritiert drein. »Für was?«

»Für Chalky Whites Benehmen.«

»Davon höre ich zum ersten Mal.«

Sam stellte ihre Aktentasche an die Seite ihres Tisches und setzte sich. »Es gibt immer ein erstes Mal.«

Da war ein sarkastischer Unterton in Sams Stimme, der Tom nicht gefiel. »Was hat er jetzt schon wieder angestellt?«, fragte er.

»Abgesehen davon, dass er unzulässigen Druck auf eine Person ausgeübt hat, die bis jetzt nichts anderes als hilfsbereit gewesen ist? Nun, er hat Russell aufgesucht, bevor ich die Gelegenheit hatte, ihm zu erklären, was vor sich geht, wie du es mir versprochen hattest.«

»Tut mir Leid. Es gab wohl eine Kommunikationsstörung.«

»Wie die, als du ihm erlaubt hast, Trevor von meinen Autopsieergebnissen zu erzählen?«

»Ich werde mit ihm reden.«

»Ich denke, das solltest du wirklich tun, bevor er einen weiteren hilfsbereiten Zeugen vor den Kopf stößt.«

»Ich kümmere mich darum.«

Sam lehnte sich auf ihrem Stuhl zurück. »Nebenbei, ich weiß nicht, ob es relevant ist, aber Enright ist in den letzten Tagen offenbar nicht im College gewesen.«

Tom zuckte die Schultern. »Das überrascht mich nicht.«

»Warum?«

»Weil er sich davongemacht hat.«

»Was?!«

»Du hast uns auf ihn gebracht. Nachdem du seinen Namen erwähnt hattest, habe ich ein wenig nachgebohrt. Das Sittendezernat war ihm bereits auf der Spur, weil er mit pornografischem Material gehandelt hat. Also sind sie gestern in aller Herrgottsfrühe zu ihm gefahren und haben sein Haus auf den Kopf gestellt.«

»Und Enright?«

»Verschwunden.«

»Haben sie viel gefunden?«

»Offenbar eine ganze Menge. Hauptsächlich schwules Zeug.«

»Woher hatte er es?«

»Sie sind sich noch nicht ganz sicher, aber er hat einiges aus dem Internet heruntergeladen und es dann kopiert. Sein Haus sah wie ein Fernsehstudio aus.«

»Irgendwelche Verbindungen zu Simon oder Dominic?«

Tom schüttelte den Kopf. »Abgesehen von der Tatsache, dass es sein Wagen war, den Simon gestohlen hat, nichts.«
»Ein ziemlicher Zufall, meinst du nicht auch?«
»Bis jetzt ist alles nur ein Zufall.«
»Irgendwelche anderen Informationen über Moore?«
»Nichts«, sagte Tom. »Nicht einmal ein Knöllchen. Nach unseren Informationen ist er sauber.«
»Und die sind unfehlbar?«
»Nein, aber sie sind alles, was wir haben.«
Sam lehnte sich auf ihrem Stuhl zurück und dachte über das nach, was ihr Tom gesagt hatte.
»Dein Freund Eric ist bis zur Gerichtsverhandlung wieder auf freien Fuß gesetzt worden«, riss Tom sie aus ihren Gedanken.
»Es wurde also noch keine Anklage gegen ihn erhoben?«
»Nein, er hat offen und ehrlich über die Skelette im Garten ausgesagt und stellt keine Gefahr für die Gesellschaft als Ganzes dar. So drückte es sein Anwalt aus, nicht ich.«
»Es stimmt wahrscheinlich, aber es überrascht mich trotzdem, dass man ihn gegen Kaution freigelassen hat.«
»Uns auch. Ich habe ein paar von meinen Jungs auf ihn angesetzt, die ihn im Auge behalten, während wir versuchen, weiteres Beweismaterial zu sammeln.«
»Viel Glück.«
»Danke, ich schätze, wir werden es brauchen.«
»Wann wurde er freigelassen?«
»Gestern Nachmittag.«
»Wo ist er nach seiner Entlassung hin?«
»Gordon hat ihn nach Hause gebracht. Soweit ich weiß, ist er noch immer dort.«
»Hat er noch seine ganze Computerausrüstung?«
»Er durfte sie behalten; wir hatten keine Handhabe, sie ihm wegzunehmen. Wir haben nur die Sachen weggeschafft, von denen wir dachten, dass sie vielleicht gestohlen wären. Sie waren es aber nicht, nebenbei bemerkt …«
»Was?«

»Gestohlen. Alles, was er gesagt hat, wurde überprüft. Er hatte auch Rechnungen für alles.«

In Anbetracht von Erics Ordnungssinn überraschte dies Sam überhaupt nicht. »Demnach hat er noch immer Zugang zum Web?«

Tom nickte. »Schätze schon.«

»Überwacht ihr es?«

»Wir überwachen es, seit er wieder zu Hause ist.«

»Hat er es gestern benutzt?«

»Ich habe keine Ahnung«, gestand Tom schulterzuckend, »aber ich kann es herausfinden. Warum?«

»Nur eine Ahnung.«

»Weibliche Intuition?«

»Eigentlich die Intuition einer Pathologin.« Sie wechselte schnell das Thema, um nicht einen verbalen Schlagabtausch zu riskieren. »Du sagtest, da wäre noch etwas anderes.«

»Ich muss mit Ricky reden. Kannst du ihn heute aufs Präsidium bringen?«, fragte Tom.

»Ja, sicher. Sie sind erst gestern Nacht zurückgekommen, sodass ich noch keine Gelegenheit hatte, mit ihm zu sprechen. Ich werde ihn gegen fünf vorbeibringen. Ist das okay?«

Tom nickte. »Klar. Tut mir Leid, dass ich dich bedrängen muss, aber du verstehst das doch, oder?«

Sam schnitt eine Grimasse. »Wir werden um drei da sein.«

Was als Tag voller guter Absichten begonnen hatte, endete damit, dass Sam in Wirklichkeit nur wenig von ihrer Arbeit erledigt hatte. Sie war viel zu sehr mit ihrem Neffen und seiner Rolle bei den Ereignissen der letzten Zeit beschäftigt. Schließlich gab sie es auf und entschied, sich den Rest des Tages freizunehmen. Sie konnte es sich eigentlich nicht leisten, aber sie war viel zu aufgewühlt, um sich auf ihre Berichte zu konzentrieren, und sie sagte sich, dass es vernünftiger sei, erst dann weiterzumachen, wenn sie in einer besseren Verfassung sein würde.

Auf der Heimfahrt entschloss sich Sam, Eric Chambers einen Besuch abzustatten und nachzusehen, wie es ihm ging.

Sie war nicht sicher, ob ein derartiger Besuch sie kompromittierte, wenn sie ihre Rolle bei der Untersuchung bedachte, aber da gegen Eric noch keine Anklage erhoben und Sam von seiner Unschuld überzeugt war, redete sie sich schließlich ein, dass ein Besuch keinen Schaden anrichten konnte.

Die Straße vor Erics Cottage schien belebter als normal zu sein. Das Haus lag am anderen Ende des Dorfes, fernab der Geschäfte und öffentlichen Einrichtungen, weshalb normalerweise nur wenige Passanten vorbeikamen. Doch jetzt, nach dem Leichenfund, herrschte dort reger Betrieb: Mehrere Leute führten ihre Hunde spazieren, Paare schlenderten vorbei und Gruppen von Kindern auf Fahrrädern versuchten einen Blick über die Hecke in den hinteren Garten zu erhaschen. Zwischenfälle wie diesen gab es in einer kleinen Gemeinde nur selten und er würde zweifellos für einige Wochen, wenn nicht Monate das Gesprächsthema Nummer eins sein.

Nachdem Sam ihren Wagen abgeschlossen und ein paar Schaulustige mit strengen Blicken in die Flucht geschlagen hatte, ging sie die Einfahrt hinauf und klopfte an Erics Tür.

Nach wenigen Sekunden rief eine besorgt klingende Stimme: »Wer ist da?«

»Ich bin's, Eric, Sam Ryan.«

Er öffnete die Tür. »Dürfen Sie denn überhaupt hierher kommen, Sam? Adams hat zwei Männer auf der anderen Straßenseite postiert, die jeden Schritt von mir beobachten.«

Sam nickte. »Ja, ich weiß. Aber wenigstens sitzen Sie nicht mehr im Gefängnis. Kann ich hereinkommen?«

Eric trat sofort zur Seite. »Ja, ja, natürlich können Sie das. Treten Sie ein, treten Sie ein.«

Er blickte forschend den Gartenweg hinunter und sah dann wieder Sam an. »Fast den ganzen Tag war die Presse hier. Ich hoffe, dass sie jetzt weg sind.«

»Sie werden wieder kommen.«

Eric führte Sam ins Wohnzimmer. Sie ging zur Verandatür an der Rückseite des Hauses und schaute hinaus. Das Loch und der Großteil des Gartens waren noch immer abgesperrt.

Eric trat an ihre Seite. »Sie haben einen ziemlichen Schlamassel angerichtet, nicht wahr? Es wird Jahre dauern, bis ich alles wieder hergerichtet habe.«

Sam sah ihn an. »Nein. Ein paar Monate dürften genügen. Ich werde kommen und Ihnen helfen, wenn Sie wollen.«

Eric lächelte sie an. »Das ist sehr freundlich, Sam, aber ich habe mich entschlossen, das Dorf zu verlassen. Ich werde umziehen.«

Sam war überrascht. Eric hatte den Großteil seines Lebens in diesem Dorf verbracht und kannte eigentlich keine anderen Orte oder Leute. »Wohin? Und warum?«

»North Devon, ich habe einen Vetter dort. Und warum? Mein Leben hier wird nie wieder dasselbe sein. Die Kinder verspotten mich schon. Ich kann mir nicht vorstellen, ins Dorf zu gehen und von allen angestarrt zu werden oder zu hören, wie sie hinter meinem Rücken über mich tuscheln. Es ist besser, ich ziehe weg und fange woanders neu an, wo man mich nicht kennt.«

»Ich glaube nicht, dass es lange dauern wird. Die Leute werden sich bald anderen Dingen und Ereignissen zuwenden.«

»So kann nur jemand aus der Großstadt reden. In dieser Gegend ist es das große Ereignis, das einzige, das wahrscheinlich je passieren wird. Sie werden es nicht vergessen. Ich bin bereits verurteilt worden.«

Obwohl Sam ihn überreden wollte, wusste sie, dass er wahrscheinlich Recht hatte. Für einen Mann wie Eric mussten diese Situation und der damit einhergehende Verlust seines guten Namens unerträglich sein.

»Wann wollen Sie weg?«, fragte sie.

»Sobald diese ganze Sache bereinigt ist. Ich denke, die Polizei ist darauf erpicht, mich bis dahin hier zu behalten.«

Sam nickte. »Ja, da werden Sie Recht haben. Gibt es irgendetwas, das ich für Sie tun kann, irgendetwas, das Sie brauchen?«

Eric schüttelte den Kopf. »Nein, im Moment komme ich zurecht.«

»Wenn es etwas gibt, werden Sie es mir aber sagen, in Ordnung?«

»Natürlich werde ich das.«

Sam wusste, dass er es nicht tun würde, aber es verschaffte ihr ein besseres Gefühl, ihm zumindest ihre Hilfe angeboten zu haben. Eine verlegene Pause folgte, die von einem lauten Klopfen an der Haustür beendet wurde.

Eric trat vorsichtig an die Tür. »Wer ist da?«

»Peter Andrews!«

Eric drehte sich zu Sam um und zog die Brauen hoch. »Wahrscheinlich ist er gekommen, um meine Seele zu läutern und mir die Beichte abzunehmen.«

Er öffnete die Tür und Reverend Andrews trat ein.

»Ich hoffe, Sie haben nicht Ihre Videokamera mitgebracht, Reverend.«

»Nein, das habe ich nicht, Eric. Ich dachte nur, Sie könnten im Moment vielleicht einen Freund gebrauchen«, sagte Andrews. Dann sah er Sam an. »Wie ich sehe, bin ich nicht der Einzige, der diesen Gedanken hatte. Hallo, Sam.«

»Peter. Ich wollte gerade gehen.«

»Nicht wegen mir, hoffe ich. Ich habe Sie doch nicht bei etwas Wichtigem gestört, oder?«

»Nein, ich muss mich sowieso auf den Weg machen«, versicherte Sam ihm. Dann sah sie Eric an. »Vergessen Sie nicht, was ich Ihnen gesagt habe.«

»Das werde ich nicht, und vielen Dank.«

Sam wandte sich an Reverend Andrews. »Ich nehme an, ich werde Sie auch bald wieder sehen.«

»Wenn Sie am Sonntag kommen, werden Sie das.«

Als sie auf die Straße trat, bemerkte sie Adams' Männer, die in einem Auto gegenüber dem Haus saßen. Als sie zu ihnen hinübersah, griff einer von ihnen nach dem Funkgerät und sprach hinein. Sie hatte keinen Zweifel, dass es um sie ging.

Sam kam gegen Mittag nach Hause und stellte fest, dass Wyns Wagen fort und das Cottage offenbar leer war. Sie hing ihren Mantel auf und ging ins Wohnzimmer. Erst dort, in der Stille des Raums, hörte sie das leise Klappern von Fingern auf einer Tastatur. Es kam aus ihrem Büro. Zuerst war sie versucht zu rufen, doch dann entschied sie sich anders und näherte sich langsam und vorsichtig der halb offenen Tür. Sie griff nach der Türklinke und stieß sie auf. Ricky fuhr abrupt herum und sah sie an. Nicht erfreut, sondern eher überrascht, ja ängstlich.

»Tante Sam, was machst du denn hier?«

Sam sah ihn überrascht an. »Dieselbe Frage könnte ich dir stellen.«

»Ich bin nur kurz ins Web gegangen, um nachzusehen, ob irgendwelche Nachrichten für mich da sind.«

Sams Gesicht blieb ausdruckslos. »Und, sind welche da?«

»Nein, überhaupt nichts. Eigentlich ist's ziemlich öde.«

Er wandte seine Aufmerksamkeit wieder dem Computer zu und klickte die »Senden«- und »Aus«-Felder an. Er versuchte so gelassen wie möglich zu wirken, aber Sam konnte die Panik in ihm spüren. Sie entschied, die Situation zu ihrem Vorteil zu nutzen und ihn weiter unter Druck zu setzen.

»Wo ist die gesamte neue Ausrüstung hin, die ich vor einiger Zeit hier gesehen habe? Sie scheint verschwunden zu sein.«

Ricky zuckte die Schultern. »Sie hat nicht richtig funktioniert, also habe ich sie zurückgebracht.«

»Wohin zurück?«

»Zu Framers in der Stadt.«

»Ich dachte, du hast sie billig bekommen?«

»Das habe ich auch. Sie war heruntergesetzt.«

Sam schwieg einen Moment und musterte das Gesicht ihres Neffen. Sie wusste, dass er log. »Wie tief bist du in all das verwickelt, Ricky?«, fragte sie.

Er senkte den Kopf, nicht in der Lage, Sams Blick standzuhalten.

»Ich denke, es ist Zeit, die Wahrheit zu sagen, meinst du nicht auch? Also, woher hast du die ganze Ausrüstung bekommen? Von der Spinne?«

Ricky schüttelte heftig den Kopf. »Nein, nicht von ihm, ich habe ihn nie getroffen, niemals.«

»Von wem dann?«

»Simon und Dominic, sie haben die Sachen für mich besorgt. Sie haben sie für alle besorgt.«

»Und woher haben sie sie bekommen?«

»Keine Ahnung. Ich weiß nur, dass es billig war.«

Sam spürte einen Anflug von Verzweiflung. »Um Gottes willen, Ricky, sie sind tot, ermordet. Also, woher zum Teufel haben sie sie bekommen?«

»Von der Spinne. Das haben sie jedenfalls gesagt.« Er schien den Tränen nahe zu sein.

»Und wer ist die Spinne?«

»Das weiß ich nicht.«

»Ricky!«

»Ich weiß es nicht, ehrlich, ich weiß es nicht!«

»Ist es Eric Chambers?«

»Ich weiß es nicht. Wir haben nur unsere Bestellungen bei Dominic oder Simon aufgegeben und sie haben die Sachen für uns besorgt. Das ist alles, was ich weiß.«

»Und du hast nie irgendwelche Fragen gestellt?«

»Es war billig.«

»Es war gestohlen! Wo sind die Sachen jetzt?«

»Im Schuppen.«

»Was wolltest du damit machen?«

Ricky zuckte die Schultern. »Keine Ahnung, ich wollte sie einfach loswerden.«

»Und all das Geld verlieren?«

»Es war nicht so viel.«

»Und du hast wirklich keine Ahnung, wer die Spinne ist?«

»Nein, ich bin nie so nah an die Quelle herangekommen. Wie ich schon sagte, es lief alles über Dominic und Simon.«

In dem Moment klingelte im Wohnzimmer das Telefon und

unterbrach das Gespräch. Sam ging hinüber und nahm den Hörer ab. »Doktor Ryan.«

Am anderen Ende meldete sich eine vertraute Stimme. »Sam, ich bin's, Tom. Eric Chambers hat gestern zwei Nachrichten von seiner Website losgeschickt.«

»Habt ihr sie verfolgen können?«

»Ja. Die eine war an einen Freund in King's Lynn gerichtet und die andere an seinen Vetter in Bath. Alles völlig harmlos, fürchte ich.«

Sam war froh über die Neuigkeit. Es hätte ihr eine Last von den Schultern genommen, die Identität des Mörders zu kennen, aber sie war erleichtert, dass es nicht Eric war.

»Danke für deinen Anruf, Tom. Sieht aus, als könnten wir wieder von vorne beginnen.«

Doch Tom klang optimistischer als sie. »Ich bin mir nicht sicher, ob ich so weit gehen würde, Sam. Es liegt noch immer eine Menge gegen Eric vor, ich habe ihn noch nicht abgeschrieben. Sehen wir uns um fünf?«

»Ja, wir werden dort sein. Bis später.«

Sie legte den Hörer auf und ging wieder zu ihrem Neffen.

»Das war Superintendent Adams. Er würde sich gern mit dir um fünf Uhr im Präsidium unterhalten.«

Ricky nickte. »In Ordnung. Wird Mum davon erfahren?«

»Ja.«

»Mist. Ich weiß nicht, vor wem ich mehr Angst habe, vor Mum oder Superintendent Adams.«

Sam lächelte ihn an. »Ich wette, vor deiner Mum.«

Ricky ließ den Kopf hängen. »Mist, Mist, Mist«, murmelte er.

Sam war nicht wohl bei dem Gedanken, Ricky allein zu lassen, aber sie hatte das Gefühl, die Vickers noch einmal besuchen zu müssen, bevor sich die Angelegenheit weiterentwickelte. Sie machte mit Ricky aus, dass sie ihn um halb drei zu Hause abholen würde, und er hatte sich bereit erklärt, die Computerausrüstung, die er im Schuppen versteckt hatte, in den Karton zu packen, den sie ihm gegeben hatte. Sam hatte die Vickers einige Zeit nicht mehr gesehen und fragte sich, wie sie mit all dem Druck fertig wurden, der jetzt auf ihnen lastete, nachdem die Wahrheit endlich ans Licht gekommen war.

Die Straße war leer, als sie sie langsam hinunterfuhr. Keine Presse oder Gaffer, Gott sei Dank. Sie hielt vor dem Haus an, ging zur Tür, klingelte und wartete. Kurz darauf erschien Mr. Vickers. Sein ernstes Gesicht leuchtete auf, als er sie sah.

»Doktor Ryan, was für eine nette Überraschung.« Er rief ins Haus: »Edna, Edna, es ist Doktor Ryan!« Dann richtete er seine Aufmerksamkeit wieder auf Sam. »Kommen Sie herein, Doktor Ryan.«

Er führte sie ins Esszimmer, wo seine Frau gerade aus der Küche kam. Sie sah Sam nervös an. »Haben Sie irgendwelche Neuigkeiten?«

Sam schüttelte den Kopf. »Nein. Es liegt jetzt alles in den Händen der Polizei. Man wird Sie bestimmt über die weiteren Entwicklungen informieren.«

»Sie haben bereits jemanden verhaftet, wissen Sie«, sagte Mr. Vickers eifrig. »Sie haben nicht lange gebraucht, nachdem Sie sie erst mal überzeugt hatten, nicht wahr?«

Sam schüttelte den Kopf. »Nein, nein, nicht lange.«

Sie war nicht sicher, ob sie wussten, dass Eric gegen Kaution freigelassen worden und dass sie von seiner Schuld nicht überzeugt war. Sie entschied sich, im Moment beides für sich zu behalten.

»Die Polizei war hier und hat unsere Aussagen zu Protokoll genommen«, berichtete Mr. Vickers. »Sie waren sehr freundlich und haben für eine Weile eine Polizistin bei uns gelassen. Nettes Mädchen, sehr warmherzig.«

»Gut, ich bin froh, dass man Sie auf dem Laufenden hält. Ich habe mich nur gefragt, ob es noch etwas gibt, das ich für Sie tun kann.«

Mr. Vickers schüttelte den Kopf. »Ich denke, Sie haben schon mehr als genug getan, und wir sind Ihnen sehr dankbar dafür. Aber da ist etwas, das ich für Sie tun kann. Ich bedaure nur, dass es so lange gedauert hat.«

Er ging zu dem Schrank an der Rückwand des Raumes, zog eine Schublade auf und nahm drei Blätter heraus, die er Sam gab. »Das ist die Liste, um die Sie mich gebeten haben. Nicht dass sie Ihnen jetzt noch von großem Nutzen sein wird, aber ich wollte sie Ihnen trotzdem zeigen.«

Sam blickte verwirrt drein.

»All seine Freunde und Bekannten, wissen Sie noch? Ich wusste nicht, ob ich sie der Polizei geben sollte oder nicht. Aber da Sie zuerst darum gebeten und die Untersuchung ins Rollen gebracht haben, dachte ich mir, es ist besser, sie Ihnen zu überlassen.«

Sam überflog die Liste auf der ersten Seite. Sie kannte einige der Namen aus dem Computerkurs, aber dass ein paar andere aufgeführt waren, etwa Edmond Moore und Peter Andrews, verwunderte sie. Allerdings hatten sie alle mit Erics Computerkurs zu tun, sodass es nicht allzu überraschend war. Sie faltete die Blätter zusammen und steckte sie in ihre Handtasche.

»Danke, aber ich werde sie der Polizei übergeben. Sie hat mehr Mittel und wird die Namen schneller überprüfen können als ich.«

Mr. Vickers nickte. »Wie Sie wollen, Doktor Ryan, Sie können damit verfahren, wie Ihnen beliebt.«

»Wie kommen Sie zurecht?«

»Besser, seit der Mann verhaftet wurde, der Simon ermordet hat.«

»Die Presse oder die Nachbarn haben Sie doch nicht zu sehr belästigt?«

»Nein, eigentlich nicht. Die Journalisten waren ein wenig aufdringlich, doch diese Polizistin hat sie vertrieben. Seitdem wurden wir nicht mehr behelligt.«

»Gut.« Sam stand auf. »Ich muss jetzt gehen. Ich wollte sowieso nur kurz vorbeischauen, um zu sehen, wie es Ihnen geht.«

Sam sah zu Mrs. Vickers hinüber, die seit ihrer Ankunft kaum ein Wort gesagt hatte. Sie hatte einfach dagesessen und das Gespräch verfolgt. Sie sah blass und deprimiert aus.

Sam lächelte sie an. »Wir sehen uns bald wieder, ja?«

Mrs. Vickers nickte und Sam wandte sich zum Gehen. Als sie die Tür erreichte, rief Mrs. Vickers ihr nach: »Sorgen Sie dafür, dass er nicht davonkommt, Doktor Ryan! Lassen Sie nicht zu, dass noch andere wie wir leiden müssen.«

Sam nickte mitfühlend, von ihren eigenen Zweifeln gequält, und verließ das Haus.

Nach ihrem Besuch bei den Vickers fuhr Sam zum kriminaltechnischen Labor in Scrivingdon in der Hoffnung, dass Marcia die Diatomeen-Analyse abgeschlossen hatte. Sie fuhr auf den Laborparkplatz, wies sich aus und ging zu Marcias Büro. Sie klopfte und Marcia winkte sie herein. Ihre Freundin wusste bereits, warum sie gekommen war.

»Das ging aber schnell. Ich habe gerade erst eine Nachricht auf deinem Anrufbeantworter hinterlassen.«

»Ich war den ganzen Morgen unterwegs.«

»Dann ist's ein glücklicher Zufall.«

»Bist du mit der Analyse fertig?«

Marcia nickte. »Ja.«

»Und, ist das Ergebnis positiv?«

»Ja. Schau es dir an.«

Marcia wies auf eins der vielen Mikroskope, die auf dem sauberen weißen Arbeitstisch im Labor standen. Sam drückte ihr Auge ans Okular und betrachtete die winzigen, aber deutlich erkennbaren Organismen.

»Brillant. Woher stammen die Diatomeen?«

»Grantchester – ausgerechnet. Es war eine der Proben, die wir kurz vor dem Mittagessen genommen haben.«

Sam richtete sich auf und drückte sanft den Arm ihrer Freundin. »Ich wusste, dass auf dich Verlass ist. Von welcher Stelle stammen sie genau?«

»Byrons Teich. Er ist etwa zehn Minuten vom Pub entfernt.«

Sam wurde plötzlich hellwach. »Byrons Teich?«

»Ja. Erinnerst du dich nicht? Er liegt am anderen Ende des Dorfes. Er hat auch eine interessante Geschichte. Dort scheinen sich alle möglichen hässlichen Dinge abgespielt zu haben. Ich habe mit dem Grundbesitzer gesprochen, nachdem ...«

Während Marcia ihren Geschichtsunterricht über Byron und seinen Teich fortsetzte, war Sam tief in Gedanken versunken. Warum sie nicht schon früher an Byrons Teich gedacht hatte, war ihr schleierhaft. Sie hatte ihn oft genug besucht. Einmal hatte sie dort sogar mitten in der Nacht nackt gebadet, wobei sie sorgfältig darauf geachtet hatte, kein Wasser zu schlucken. Der Fluss war nicht so sauber, wie er es vielleicht Anfang des Jahrhunderts gewesen war, als die Bloomsbury-Bande dort ihr Unwesen getrieben hatte. Man brauchte wohl immer jemand anderen, der einen auf das Offensichtliche aufmerksam machte.

»Du hörst mir ja gar nicht zu!«, rief Marcia sie in die Wirklichkeit zurück.

Sam drehte sich abrupt zu ihrer Freundin um, die im Labor auf und ab ging, verärgert über Sams mangelndes Interesse.

»Du hast den Teich entdeckt!«

Die Begeisterung, mit der Sam auf den Ort reagierte, verwirrte Marcia ein wenig.

»Ich denke, er ist schon lange vor mir entdeckt worden.«

Sam schüttelte den Kopf. »Entschuldigung, der Teich ist der Ort, wo dieser Spinnen-Typ die meisten seiner Treffen abzuhalten scheint. Heute Nacht um elf findet ein weiteres statt.«

»Bist du sicher?«

»Was das Treffen angeht?«

»Und den Teich.«

»So sicher, wie man nur sein kann. Ich habe die Information über das Treffen aus einer Mail von der Spinne. Er will sich am Teich treffen und dieser Ort wurde schon ein paar Mal in früheren Mails erwähnt. Außerdem haben wir jetzt noch die Information über die Diatomeen. Ich denke, es fügt sich alles zusammen.«

Marcia überlegte. »Das macht zweifellos Sinn. Wirst du es der Polizei erzählen?«

Sam nickte. »Wenn wir irgendeine Chance haben wollen, ihn heute Nacht zu schnappen, muss ich es tun. Es ist alles ein wenig gefährlich geworden. Außerdem läuft die offizielle Untersuchung und ich habe Tom versprochen, ihm alle relevanten Informationen mitzuteilen. Ich will ihn nicht vor den Kopf stoßen.«

»Er hat heute angerufen.«

»Tom?«

Marcia nickte. »Ja. Er wollte die Diatomeen-Ergebnisse ebenfalls so schnell wie möglich haben. Woher wusste er, was wir vorhaben?«

»Er hat überall seine Spione.«

»Soll ich sie ihm schicken?«

»Ich denke, wir sollten von jetzt an die offiziellen Wege beschreiten. Du hast für mich schon genug riskiert.«

»Normalerweise macht es dir doch nichts aus, der Polizei auf die Zehen zu treten.«

»Nur wenn ich dadurch etwas erreichen kann. Aber jetzt brauche ich ihre Hilfe.«

Während Sam sprach, klingelte das Telefon. Marcia nahm sofort ab. »Marcia Evans.« Sie lauschte einen Moment, bevor sie den Hörer Sam gab. »Jean. Es ist offenbar dringend.«

Sam griff neugierig nach dem Hörer. »Jean?«

»Es tut mir Leid, dass ich Sie stören muss, Doktor Ryan«, sagte ihre Sekretärin, »aber ich hatte einen Mann namens Russell Clarke vom Fitzwilliam am Telefon. Er sagt, dass er sie dringend sprechen muss. Es geht darum, dass der Empfänger einen Kontaktversuch im Net gemacht hat, was immer das auch heißen soll. Ich weiß wirklich nicht, was er...«

Sam war vor Aufregung ganz außer sich. »Ist er jetzt im College?«

»Ja, er sagte, er würde dort auf Sie warten.«

Sam schmetterte den Hörer auf die Gabel und sprang auf. »Ich muss los! Es ist etwas passiert, worauf ich die ganze Zeit gewartet habe.«

Im Höllentempo raste Sam zum Fitzwilliam College. Sie stellte ihren Wagen ab und rannte zum Computerlabor. Russell Clarke saß an seinem Platz und wartete auf ihre Ankunft. Sam machte sich nicht die Mühe anzuklopfen, sondern stürmte direkt hinein und setzte sich zu ihm.

»Nun, was haben Sie für mich?«

Russell blickte einen Moment überrascht drein, dann verzog sich sein Mund zu einem breiten Grinsen. »Jesus, Sie verlieren keine Zeit, was? Ihre Sekretärin sagte mir, Sie wären unterwegs.«

»Sie hat mich gefunden«, erklärte Sam ungeduldig.

»Tut mir Leid, dass ich mich erst so spät gemeldet habe, aber Inspector White und seine Freunde waren hier und haben mich niedergemacht, weil ich wieder mit Ihnen gesprochen habe. Außerdem haben sie mir alle möglichen schwierigen Fragen gestellt.«

»Haben Sie ihnen irgendetwas erzählt?«

»Ich habe sie nur mit wissenschaftlichen Fachausdrücken zugemüllt. Es war nicht schwer, weil sie von neuer Technologie offenbar keinen Schimmer haben.«

»Gut gemacht. Also, was haben Sie entdeckt?«

Russell wandte sich wieder seinem Computer zu. »Ich habe eine Mail abgefangen.«

Auf dem Monitor erschien eine mehrzeilige Nachricht.

Spinne. Tut mir Leid, dass es so lange gedauert hat, mich bei dir zu melden, aber ich war kurze Zeit im Urlaub. Ja, ich kann dich um elf am Teich treffen. Ich werde die Ware dabei haben. Halte bitte das Geld bereit. Ich habe ...

Sam überflog eilig die Nachricht.

»Klingt für mich, als würde jemand über den Kauf einer neuen Ladung Equipment verhandeln«, meinte Russell.

Sam nickte. »Vielleicht. Die Nachricht scheint aus irgendeinem Grund verstümmelt zu sein.«

»Ja, ich weiß nicht, wie das passiert ist. Jedenfalls konnte ich deshalb seinen Netznamen nicht feststellen, was vielleicht hilfreich gewesen wäre. Aber das macht keinen großen Unterschied, denn ich konnte ihn zurückverfolgen.«

»Das ging aber schnell. Wann ist die Nachricht eingetroffen?«

»Vor ein paar Stunden.«

»Und wohin haben Sie sie zurückverfolgt?«

»Ich kann Ihnen keinen Ort nennen, aber ich kann Ihnen eine Netadresse geben. Es ist WWW Punkt, Body Punkt, CO Punkt, UK Punkt.«

Es dauerte einen Moment, bis die Adresse in Sams Bewusstsein sickerte. Sie wusste nicht, ob es daran lag, dass sie es nicht glaubte oder dass sie es nicht glauben wollte.

»Sind Sie sicher, dass es die richtige Adresse ist?«, fragte sie.

»Ja, absolut sicher. Warum?«

»Es ist meine Adresse.«

Sams Wagen kam mit quietschenden Bremsen auf dem Hof vor ihrem Haus zum Halt. Die Kieselsteine spritzten bis gegen die weiß getünchte Front des Cottages. Nachdem sie in ihrer Handtasche vergeblich nach dem Hausschlüssel gesucht hatte, gab sie es schließlich auf und rannte zur Rückseite des Cottages, stürmte in die Küche und stürzte sich auf ihre verdutzte Schwester.

»Wo ist Ricky?«

Nachdem sich Wyn von Sams Überfall erholt hatte, sagte sie: »Er ist mit dem Fahrrad unterwegs.«

»Seit wann?«

»Seit ein paar Stunden. Er fuhr gerade los, als ich ankam. Ich habe ihm nachgerufen, aber du weißt ja, wie er ist, er hat so getan, als würde er mich nicht hören.«

»Hatte er irgendetwas dabei?«
»Nur seinen alten Pfadfinderrucksack. Weiß der Himmel, warum, er hat ihn seit Jahren nicht mehr benutzt.«
»Sah er voll aus?«
»Darauf habe ich wirklich nicht geachtet. Hör zu, Sam, was ist eigentlich los? Du machst mich allmählich nervös.«

Sam antwortete nicht, sondern machte kehrt und rannte durch den Garten zum Schuppen. Die Tür stand weit offen, was an und für sich schon ungewöhnlich war. Als sie die Tür erreichte, machte sie Licht und sah sich forschend im Innern um. Auf dem Boden lag umgekippt ein großer Karton, in dem Sam vorher Glühbirnen aufbewahrt hatte. Sie kniete nieder und drehte ihn um. Am Boden entdeckte sie ein kurzes schwarzes Computerkabel. Vermutlich der Rest des versteckten Equipments, schoß es Sam durch den Kopf. Plötzlich tauchte Wyn in der Tür auf.

»Würdest du mir bitte erklären, was verdammt noch mal vor sich geht, Sam?«

Sam richtete sich mit dem Kabel in der Hand auf und wandte sich ihrer Schwester zu. »Ich glaube, Ricky ist in ernsten Schwierigkeiten.«

Wyn sah sie verwirrt an. »Wegen der Polizei?«
»Ich wünschte, es wäre nur die Polizei. Es könnte aber viel schlimmer sein.«

Wyn schüttelte den Kopf. »Du machst mir Angst, Sam. Was zum Teufel ist los?«

»Er hatte mit Simon Vickers und Dominic Parr zu tun.«
»Die beiden Jungs, die ermordet wurden?«
Sam nickte. »Ja.«
»Und du denkst, dass Ricky der Nächste sein könnte?«

Obwohl sie ihrer Schwester keine Angst machen wollte, konnte sie Wyn nicht anlügen. »Wenn wir ihn nicht schnell finden, ja.«

Tränen traten in Wyns Augen. »Was sollen wir bloß tun, Sam, was sollen wir bloß tun?«

Sam nahm ihre Schwester fest in die Arme. »Ich werde Tom anrufen. Er wird ihn bestimmt finden.«

Tom brauchte weniger als eine Stunde, bis er bei ihnen war. Er kam allein, nicht wie üblich in Begleitung seines Schattens Chalky White oder anderer Kollegen. Wyn öffnete ihm mit geröteten Augen die Tür und führte ihn in Sams Arbeitszimmer. Sie hatte sich, zumindest im Moment, wieder gefangen und hielt ihre Tränen zurück. Tom setzte sich zu Sam. Sein Gesicht war ernst.

»Ist er inzwischen wieder aufgetaucht?«
Sam schüttelte den Kopf. »Leider nein.«
»Wie lange wird er schon vermisst?«
»Seit ein paar Stunden.«
»Nicht lange für einen Teenager.«
»Er hat seine ganze Computerausrüstung mitgenommen.«
»Die Sachen, die du Weihnachten nicht finden konntest?«
Sam nickte. »Sie waren im Schuppen versteckt. Ich habe nicht daran gedacht, dort nachzusehen.«
»Irgendeine Ahnung, wohin er sie gebracht haben könnte?«
»Zur Spinne.«
»Das ist ein wenig spekulativ, oder?«
»Eigentlich nicht«, sagte Sam. Sie entschied, dass Ehrlichkeit jetzt ihre einzige Möglichkeit war, obwohl sie wusste, dass Adams verärgert reagieren würde. »Russell Clarke hat eine Nachricht von der Spinne abgefangen, in der es um ein Treffen heute Nacht um elf Uhr am Teich geht.«
»Warum hast du mir nichts davon erzählt?«, fuhr Tom sie an.
»Ich wollte dich nicht mit unausgegorenen Dingen belästigen. Ich hatte vor, dir alles, was ich herausgefunden habe, zu erzählen, wenn ich dich mit Ricky besuche, aber dann haben sich die Ereignisse überschlagen.«
»Wäre es nicht besser gewesen, mich selbst entscheiden zu lassen, was unausgegoren ist und was nicht?«

»Im Nachhinein ja. Aber bedenke, wie viel Mühe ich hatte, dich davon zu überzeugen, dass es sich bei den Todesfällen um Morde handelt. Ich wollte dir handfeste Beweise präsentieren, um nicht wieder von dir abgekanzelt zu werden.«

Tom lächelte und nickte. Es hatte keinen Sinn, wütend auf Sam zu sein. Ohne ihre unorthodoxe und hartnäckige Art hätte er nie eine Morduntersuchung eingeleitet. »Nun, was ist seitdem passiert?«

»Russell Clarke hat eine Antwort von der Person abgefangen, an die die Spinne die Nachricht geschickt hatte. Es ging um die Bestätigung ihres Treffens. Russell konnte die Nachricht zurückverfolgen …«

»Aber er hat nicht die Originalnachricht zurückverfolgt, die von der Spinne?«

Sam schüttelte den Kopf. »Nein. Er hat es versucht, aber die Spinne war wohl zu schlau, denke ich.«

»Nun, wohin hat er die andere Nachricht zurückverfolgt?«

Sam sah Tom mit ernster Miene an. »Zu mir, zu meinem Computer.«

Tom atmete tief durch, blieb aber ruhig. »Also gut, wenn wir diesen Bastard schnappen wollen, brauchen wir die Zeit und den Ort des Treffens.«

»Dreiundzwanzig Uhr an Byrons Teich in Grantchester«, sagte Sam triumphierend.

»Woher hast du diese Information?«

»Die Zeit von Russell Clarke und den Ort von Marcia. Die Diatomeen-Proben, die wir von Dominic entnommen haben, stimmen mit den Proben aus Byrons Teich überein. Es ist nicht hundertprozentig sicher, ich weiß, aber ich bin überzeugt, dass es der Ort ist, und wir haben keinen besseren Vorschlag.«

Tom lehnte sich auf seinem Stuhl zurück. Trotz seiner Verärgerung war er beeindruckt. »Wozu brauche ich eine Mordkommission, wenn ich dich und Marcia habe?«

Doch Sam konnte sich unter den gegebenen Umständen über das Kompliment nicht freuen.

»Hast du irgendeine Ahnung, wo Ricky im Moment sein könnte?«, fuhr Tom fort.

Sam schüttelte verzweifelt den Kopf. »Nein. Wir haben es bei all seinen Freunden versucht. Sie wollten uns aber nicht viel erzählen, dafür sind sie viel zu loyal.«

»Gib mir eine Liste von ihnen und ich werde ein paar von den Jungs losschicken, um sie abzuklappern. Das sollte sie ein wenig aufrütteln. Irgendwelche anderen Vorschläge?«

»Nicht einen.«

»Besteht die Möglichkeit, dass Ricky oder die Spinne ahnt, dass du von diesem Treffen weißt?«

Sam war nicht sicher, worauf er hinauswollte, und schüttelte den Kopf. »Ich glaube nicht.«

»Gut, in diesem Fall werden wir ein paar Dinge vorbereiten müssen.« Er lächelte Sam an und zwinkerte. »Wie gut kennst du dich mit Computern aus?«

»Gut genug.«

»Genug, um der Spinne eine Nachricht zu schicken?«

Diese Bitte verblüffte Sam. »Nein, das traue ich mir nicht zu«, antwortete sie. »Russell Clarke wäre viel besser geeignet.«

Adams nickte und sprang auf. »Okay, dann nehmen wir Russell. Ich werde einen Wagen zum Fitzwilliam schicken und ihn abholen lassen.«

»Wäre es nicht einfacher, wenn wir zu ihm gingen?«

Adams schüttelte den Kopf. »Ich denke nicht. Wenn die Spinne so clever ist, wie ich vermute, wird er die Nachricht vielleicht zum College zurückverfolgen und misstrauisch werden. Wenn er sieht, dass sie von hier kommt, dürfte es keine Probleme geben.«

Schlagartig erkannte Sam, wie lächerlich ihre Frage war, und sie verwünschte sich dafür, sie überhaupt gestellt zu haben. Doch dann wurde sie neugierig. »Darf ich fragen, was du vorhast?«

»Wir müssen den Zeitpunkt des Treffens ein wenig verschieben, wenn wir können. Es etwas später ansetzen.«

»Warum?«

»Weil wir Zeit brauchen. Zeit, um Ricky zu finden und Mr. Spinne eine Falle zu stellen.«

»Und der Ort?«

»Nein, den lassen wir unverändert. Wenn dies der Ort ist, wo seine Treffen normalerweise stattfinden, wird er keinen Verdacht schöpfen. Wodurch es leichter sein wird, ihn zu schnappen. Gut, ich werde jetzt besser einen Wagen zu dem jungen Mr. Clarke schicken. Kann ich dein Telefon benutzen?«

Sam nickte. »Tu mir einen Gefallen, Tom, ja?«

Er blieb an der Tür stehen und drehte sich zu ihr um.

»Schick nicht White. Russell hat Angst vor ihm und wir müssen ihn bei Laune halten, wenn er uns helfen soll.«

Tom lächelte und nickte. »Ich werde Jim Clegg schicken, er ist eine Art Sozialarbeiter und wird das schon regeln.«

»Danke.«

Tom eilte ins Wohnzimmer, um die Aktion zu starten.

Russell Clarke wirkte eindeutig verängstigt, als er Sams Cottage erreichte. Wyn öffnete ihm die Tür und führte ihn ins Wohnzimmer. Als er eintrat, standen Sam und Tom auf und schüttelten ihm nacheinander die Hand.

»Tut mir Leid, dass ich Sie auf diese Weise herbringen lassen musste, aber wir brauchen noch einmal Ihre Hilfe«, sagte Sam.

Russell nickte und zuckte die Schultern. »Warum nicht, wenn es das letzte Mal ist? Es ist nur so, dass es im Moment meine Arbeit stört.«

»Es wird das letzte Mal sein, das verspreche ich.«

»Nebenbei, danke, dass Sie nicht Inspector White geschickt haben, um mich abzuholen.«

»Wir waren nicht sicher, ob Sie dann gekommen wären.«

»Ich wäre nicht gekommen.«

Sam warf Tom einen Blick zu, der sie wissend anlächelte.

»Also, was kann ich für Sie tun?«, fragte Russell.

Bevor Sam reagieren konnte, sagte Tom: »Wir möchten, dass Sie versuchen, für uns die Spinne zu kontaktieren.«

Russell schien von dieser Bitte nicht überrascht zu sein. Er schien sie sogar erwartet zu haben. »Warum?«

»Das Treffen heute Nacht, von dem Sie durch die Mail erfahren haben – wir müssen versuchen, ein paar Dinge zu ändern.«

»Sie wissen, dass ich seine Websiteadresse nicht habe?«

Sam nickte. »Das wissen wir. Wir werden einfach erneut eine Nachricht rausschicken müssen.«

Russell wirkte unsicher. »Das ist ein wenig riskant. Wie viel Zeit haben wir?«

Adams sah auf seine Uhr; es war halb sechs. »Fünfeinhalb Stunden, fünf, wenn man die Zeit abzieht, die wir für die Fahrt benötigen.«

»Nun, das ist nicht sehr lange. Ich werde sehen, was ich tun kann, aber ich kann nichts versprechen.«

Sam lächelte ihn an. »Mehr kann man nicht erwarten.«

Sie führte Russell in ihr Arbeitszimmer und er machte es sich vor ihrem Computer bequem. Er fuhr ihn hoch und loggte sich ins Internet ein, wobei er ein Weilchen warten musste, bis die Leitung frei war. Er ging ins Nachrichtenmenü und wartete auf weitere Anweisungen.

»Also, wir sind jetzt drinnen. Was soll ich schreiben?«

Sam dachte einen Moment über seine Frage nach, bevor sie antwortete. »Spinne. Kann nicht um elf Uhr zum Treffen kommen. Können wir es auf...« Sam wandte sich an Adams. »Welche Zeit sollen wir nehmen?«

»Ein Uhr morgens. Das sollte uns genug Zeit für die Vorbereitungen verschaffen.«

Sam sah wieder Russell an, der bereits die Information eingab.

»Soll ich einen Grund für die Verschiebung des Treffens nennen?«, fragte er. »Vielleicht will er es wissen.«

»Sagen Sie ihm, dass Sie Probleme mit Ihrer Tante haben«, warf Tom ein.

Sam funkelte ihn an, während Russell die Information eintippte.

»Wie soll ich unterschreiben? Mit Ricky?«

»Nein, unterschreiben Sie mit Ameise. Das ist Rickys Netzname. Er würde ihn auch benutzen.«

Russell tippte den Namen ein und klickte auf »Senden«.

»Das war's. Jetzt müssen Sie die Daumen drücken.«

Sam sah Tom an. Sie konnten nur warten.

Nach zwei Stunden war der anfängliche Optimismus verflogen. Tom ging im Haus wie ein eingesperrter Tiger auf und ab und murmelte etwas von richtigen Entscheidungen und korrekten Vorschriften. Währenddessen machten Sam, Wyn und Russell einen halbherzigen Versuch, sich zu entspannen, indem sie Scrabble spielten. Es funktionierte nicht, aber immerhin half es, die Zeit totzuschlagen. Schließlich, als seine Geduld erschöpft war, traf Tom seine unvermeidliche Entscheidung.

»Ich denke, wir haben lange genug gewartet. Es wird jetzt Zeit für Plan ›B‹.«

Sam blickte zu ihm hinüber. »Ich hole meinen Mantel.«

Russell sah sie enttäuscht an. »Tut mir Leid, ich habe mein Bestes getan.«

»Es muss Ihnen nicht Leid tun, Sie haben mehr als genug getan«, erwiderte Sam.

Wyn ging zu Tom hinüber und half ihm in seinen eleganten schwarzen Crombie. »Du wirst auf Ricky aufpassen, ja? Bring ihn nicht in Gefahr.«

Er nahm sie sanft in die Arme. »Seine Sicherheit steht an erster Stelle, das verspreche ich dir.« Dann sah er Sam entgegen, die ebenfalls ihren Mantel angezogen hatte und aus der Küche kam. »Können wir?«

Sie nickte, durchquerte eilig den Raum und küsste und umarmte ihre Schwester, die Mühe hatte, nicht in Tränen auszubrechen.

»Ihm wird schon nichts passieren. Ich werde auf ihn aufpassen, das weißt du.«

Wyn nickte. »Ich weiß, ich weiß.«

»Russell bleibt hier, um dir Gesellschaft zu leisten, bis wir Neuigkeiten haben. Das ist doch in Ordnung, oder, Russell?«

Er nickte. »Ja, sicher. Wir können das Spiel beenden.«

Als sie aus den Augenwinkeln einen Blick auf Toms ungeduldiges Gesicht erhaschte, löste sie sich sanft aus den Armen ihrer Schwester. In diesem Moment drang plötzlich der »Posteingang«-Signalton aus Sams Arbeitszimmer. Eine Sekunde lang bewegte sich niemand, als hätte das Geräusch sie in einen Schock versetzt. Russell war der Erste, der reagierte, von seinem Stuhl sprang und hinüberstürzte. Die anderen eilten ihm hinterher. Russell zog den Stuhl an den Computer und brachte die Nachricht auf den Bildschirm, während sich der Rest der Gruppe über ihn beugte und wartete.

Ameise. Danke für deine Nachricht. Melde dich bitte, um einen neuen Termin auszumachen. Spinne.

Russell überflog die Nachricht und die Seite mit zunehmender Erregung. »Er hat uns seine Usernummer gegeben. Sehen Sie.«

Sie folgten seinem Zeigefinger zum Anfang der Nachricht, wo die Usernummer deutlich zu sehen war.

»Können wir damit die Nachricht zum Absender zurückverfolgen?«, fragte Tom.

Russell nickte. »Ja, genau wie bei einem Telefon.«

Tom notierte sich eilig die Nummer, dann wandte er sich an Sam. »Ist das der einzige Telefonanschluss im Haus?«

Sie schüttelte den Kopf. »Nein, wir haben noch einen zweiten. Du kannst das Telefon im Wohnzimmer benutzen.«

Tom nickte und stürmte aus dem Arbeitszimmer. Russell gab die Antwort an die Spinne ein.

Spinne. Sind Zeit und Ort nicht möglich? Ameise.

Sie warteten. Nur wenig später traf die Antwort ein.

Ameise. Der Ort ist okay, aber die Zeit schlecht. Kannst du es bis Mitternacht schaffen?

Russell blickte zu Sam auf. »Nun, können wir?«
Sam lief ins Wohnzimmer, wo Adams gerade sein Telefonat beendete.
»Er will wissen, ob er es bis Mitternacht schaffen kann.«
Tom dachte einen Moment nach. »Derselbe Ort?«
Sam nickte.
»Okay, Mitternacht geht.«
Sie kehrten in Sams Büro zurück und nickten Russell zu, der seine Antwort eingab. Trotz der ernsten Situation genoss er offensichtlich jeden Moment. »Ich liebe einfach dieses Echtzeitzeug.«

Spinne. Mitternacht ist in Ordnung. Freue mich, dich zu treffen. Ameise.

Mit anzusehen, wie ein Mörder nur Zentimeter von ihr entfernt eine Mitteilung machte, ohne dass sie ihn erreichen konnte, jagte Sam einen Schauder über den Rücken. Und schon erschien die Antwort der Spinne auf dem Monitor.

Ich freue mich darauf, dich zu treffen, Ricky. Wir haben so viel zu besprechen.

Wyn stieß einen erstickten Schrei aus. »Oh Gott, er weiß, wer er ist! Woher weiß er, wer er ist?«
Sam legte einen Arm um ihre Schwester. »Ich weiß es nicht, ich weiß es einfach nicht.«
Tom machte vor Begeisterung einen Freudensprung. »Er hat angebissen, er hat verdammt noch mal angebissen!«
In dem Moment klingelte das Telefon im Wohnzimmer.

Sam nahm ab. Sie erkannte die monotone Stimme sofort, es war Chalky White.

»Ist der Boss da?«

Sie reichte Tom den Hörer. »Es ist Chalky.«

»Haben Sie etwas herausgefunden? ... Gut. Woher kam die Nachricht? ... Woher? ... Sind Sie sicher? ... Verdammt. Nun, schicken Sie sofort ein Team hin. Ich treffe Sie dort in fünfzehn Minuten. ... Was? Nein, blasen Sie die Operation noch nicht ab, man weiß nie, vielleicht verpassen wir ihn.«

Er schmetterte den Hörer auf die Gabel und sah in die erwartungsvollen Gesichter der anderen.

»Nun, wir wissen, woher die Nachricht kam. Vom Pfarrhaus in Sowerby. Es ist der Anschluss von Reverend Peter Andrews.«

Chalky White und sein Team warteten bereits vor dem Pfarrhaus, als Sam und Tom eintrafen.

»Was habt ihr unternommen, Chalky?«

»Noch nichts, Sir, ich wollte zuerst auf Ihre Ankunft warten. Im Haus ist Licht, also dürfte jemand da sein.«

Tom wandte sich an Sam. »Ist der Reverend verheiratet?«

Sein Atem zeichnete sich als grauer Dampf vor der Dunkelheit ab.

»Nein.«

»Freundin?«

Sam zuckte die Schultern. »Ich weiß es nicht.«

»Ist er schwul?«

»Nicht dass ich wüsste«, sagte sie, »aber ich kenne ihn nicht so gut. Er hat eine Haushälterin, wenn dir das irgendwie weiterhilft.«

Tom nickte und sagte zu White: »Postieren Sie ein paar von den Jungs an der Rückseite des Hauses.«

»Schon erledigt, Sir.«

Er wandte sich wieder an Sam. »Ich möchte, dass du mit reinkommst. Könnte von Vorteil sein, wenn wir ein freundliches Gesicht bei uns haben.«

Sam bemerkte aus den Augenwinkeln Chalkys missbilligenden Blick. »Von mir aus.«

»Gut. Dann gehen wir jetzt rein.«

Begleitet von Sam folgte Tom mit seinem Team dem Weg, der zur Haustür führte, und klopfte laut. Kurz darauf ging im Flur Licht an.

Tom sah Sam zuversichtlich an. »Es scheint jemand da zu sein.«

In dem Moment öffnete sich die Tür und eine dickliche Frau mittleren Alters tauchte im Rahmen auf. Ihr freundliches Lächeln wich einem Stirnrunzeln, als sie die vielen Männer auf der Veranda sah.

»Es ist in Ordnung, Mary«, beeilte sich Sam zu sagen. »Diese Gentlemen sind Police Officer. Sie würden gern kurz mit Peter sprechen, wenn das möglich ist.«

Sie musterte die Polizisten misstrauisch, bevor sie sagte: »Er ist unterwegs, Doktor Ryan.«

»Wann erwarten Sie ihn zurück?«

»Er wusste nicht genau, wann. Irgendwann nach Mitternacht, sagte er.«

»Wann ist er gegangen, Mary?«, fragte Tom.

Sie sah Tom an, dann wieder Sam. »Hören Sie, ich bin nicht sicher, ob ich Ihnen diese Dinge erzählen sollte. Ich meine, was würde der Reverend dazu sagen?«

Sam lächelte sie mitfühlend an. »Es ist okay, Mary, er hätte bestimmt nichts dagegen. Ich werde später mit ihm reden.«

»Nun, wenn Sie das sagen, Doktor Ryan, ist es wohl in Ordnung.« Sie schwieg einen Moment, als würde sie überlegen. »Er ist vor etwa einer halben Stunde mit seinem Motorrad losgefahren.«

Sam wusste, dass der nächste Punkt schwierig werden würde. »Wo hat er seinen Computer stehen, Mary?«

»In seinem Büro.«

»Ich fürchte, diese Gentlemen werden einen kurzen Blick darauf werfen müssen.«

Mary wich plötzlich in den Flur zurück, als hätte ihr Sam

einen heftigen Stoß versetzt. »Haben sie einen Durchsuchungsbefehl? Ansonsten werde ich sie ohne Erlaubnis des Reverends nicht hereinlassen.« Sie verschränkte die Arme und sah sie trotzig an.

Sam warf Tom einen Blick zu. »Warte hier einen Moment.« Sie trat zu der Haushälterin. »Hören Sie, Mary, ich würde Sie nicht darum bitten, wenn es nicht eine Frage von Leben und Tod wäre. Aber ich muss mir wirklich Peters Computer ansehen.«

Mary musterte Sam einen Moment lang, als würde sie um eine Entscheidung ringen. »Leben und Tod, sagen Sie?«

Sam nickte. Mary zögerte noch immer und dachte über die Konsequenzen ihrer nächsten Entscheidung nach. »Nun, in Ordnung, Sie können ihn sich ansehen, aber ich möchte nicht, dass die Polizisten überall im Haus herumlaufen.«

Sam sah wieder Tom an, der zustimmend nickte. Sie wandte sich erneut an die Haushälterin. »Können Sie mich zu seinem Arbeitszimmer führen, Mary?«

Mary machte kehrt und Sam folgte ihr in das kleine Büro im hinteren Teil des Hauses. Der Computer stand auf einem Schreibtisch in der Mitte des Raumes. Sam ging zu ihm und legte eine Hand an seine Rückseite; er war kalt. Dann fuhr sie ihn hoch und wartete. Wenig später erschienen die Windows-Icons auf dem Monitor. Sam hatte erwartet, dass die Usernummer tatsächlich die von Peter Andrews war, aber zu ihrer Überraschung traf dies nicht zu. Daraufhin klickte sie den Programm-Manager an und sah nach, wann der Computer zum letzten Mal benutzt worden war. Es war gestern gewesen, um siebzehn Uhr fünfzehn. Sam wandte sich an Mary.

»Gibt es noch andere Computer im Haus?«

Sie schüttelte den Kopf. »Nur im Gemeindehaus, wo er den Computerkurs für die Jugendlichen veranstaltet.«

»Ist es offen?«

»Nein, aber ich habe den Schlüssel.«

»Können Sie uns reinlassen, Mary? Wie ich schon sagte, es ist sehr wichtig.«

Da sie Sam schon in die Pfarrei gelassen hatte, machte es keinen großen Unterschied mehr, wenn Mary sie auch ins Gemeindehaus ließ. »Ich hole den Schlüssel«, sagte sie.

Zehn Minuten später waren Sam, Tom, Chalky und zwei weitere Mitglieder des Teams im Gemeindehaus. Dort gab es vier Computer, die auf Handwagen standen und in einem verschlossenen Schrank aufbewahrt wurden. Sie holten die Geräte heraus und stellten sie in die Mitte des Raumes.

Tom wandte sich an die Haushälterin. »Wissen Sie, ob das alle sind, Mary?«

Sie nickte. »Soweit ich weiß.«

Sie schlossen die Computer eilig an, fuhren sie hoch und inspizierten sie nacheinander. Es war Chalky, der schließlich jenen entdeckte, den sie suchten.

»Ich denke, ich habe ihn gefunden, Boss.«

Tom und Sam traten zu ihm. Die Usernummer war dieselbe, und er war erst vor dreißig Minuten benutzt worden.

»Wie kommt es, dass dieser Computer auf Peter Andrews registriert ist?«, fragte Tom etwas verwirrt.

Sam zuckte die Schultern. »Wenn er die Rechnungen bezahlt und den Anschluss beantragt hat, läuft er auf seinen Namen. Wahrscheinlich gilt das auch für die anderen.«

Tom richtete seine Aufmerksamkeit wieder auf Mary. »Ist der Reverend heute Abend hier gewesen?«

Sie schüttelte den Kopf. »Nicht dass ich wüsste.«

»Waren Sie in der letzten Stunde bei ihm?«

Sie nickte. »Ja. Er war in seinem Arbeitszimmer und hat an seiner Sonntagspredigt gearbeitet. Ich habe ihm etwas zu trinken gebracht.«

Tom nickte nachdenklich. »Chalky, sehen Sie sich mal um und stellen Sie fest, ob es irgendwelche Hinweise auf einen Einbruch gibt.«

White nickte und untersuchte die Fenster, Türen und Oberlichter. Dann kehrte er zu Tom zurück. »Nichts, Boss, das Haus ist sauber.«

»Wer hat sonst noch einen Schlüssel zum Gemeindehaus?«, fragte Tom die Haushälterin.

Mary blickte auf ihre Füße und dachte angestrengt nach. »Soweit ich weiß, nur eine einzige andere Person, und zwar der Küster. Oh, und Mr. Moore, der im Kurs aushilft.«

Sam saß in Toms Wagen und blickte hinaus in die kalte Nacht. Vom Fluss stieg Nebel auf, trieb in ihre Richtung und verhüllte die ganze Umgebung. Sie sah auf ihre Uhr; es war zwanzig Minuten vor elf.

Inzwischen waren sie schon seit fast zwei Stunden hier. Sie sah Tom an, der sich mit geschlossenen Augen auf seinem Sitz zurücklehnte.

»Du schläfst doch jetzt nicht, oder?«

Er rührte sich nicht, antwortete aber leise: »Ich ruhe nur meine Augen aus.«

»Ist das eigentlich immer so?«

Er nickte. »Meistens, man gewöhnt sich daran.« Er öffnete ein Auge und lächelte.

»Bist du sicher, dass dein Mann Ricky entdeckt, wenn er ankommt? Was ist, wenn er einen anderen Weg nimmt? Vielleicht ist er in diesem Nebel nicht leicht zu sehen.«

»Wir werden ihn nicht verpassen. Alle Wege werden überwacht und meine Jungs entdecken alles, was sich bewegt.«

»Wie viele Leute sind im Einsatz?« Sam war mit einem Mal gesprächig geworden und als Tom erkannte, dass er keine Ruhe finden würde, setzte er sich auf.

»Zwei Special-Operations-Einheiten und ein bewaffnetes Einsatzkommando sowie die halbe Mordkommission, ein Hubschrauber und – das ist am wichtigsten – ich.«

Seine Versicherungen befriedigten Sam nicht, aber sie ließ es auf sich beruhen und sah wieder aus dem Fenster. Plötzlich knackte es im Funkgerät, sodass sie mit hämmerndem Herzen zusammenfuhr.

»Charlie Eins an Charlie Zwei, over.«

Tom griff eilig nach dem Funkgerät. »Charlie Zwei, sprechen Sie, over.«

»Verdächtiger auf dem Fahrrad hat mit einem großen Rucksack das Dorf erreicht. Sollen wir ihn uns schnappen, over?«

»Positiv, Charlie Eins, schaffen Sie ihn so schnell wie möglich außer Sicht. Bringen Sie ihn zu mir, wenn Sie ihn haben, over.«

»Zehn-vier, Sir.«

Sam sah Tom mit erleichtertem Gesicht an. »Verdächtiger – ich bin nicht sicher, ob mir das gefällt. Ich dachte, er sei ein Zeuge.«

Tom lächelte. »Das ist bloß Polizistensprache, Sam, kein Grund zur Beunruhigung.«

Im Grunde war es Sam auch egal. Ricky war außer Gefahr und nur das zählte.

Eine halbe Stunde später hielt ein weißer Special-Operations-Transporter neben Toms Wagen an und zwei stämmige uniformierte Officer stiegen mit Ricky in ihrer Mitte aus. Tom kurbelte das Fenster herunter.

»Er soll hinten einsteigen, verstanden?«

»In Ordnung, Sir. Was sollen wir mit dem Rucksack machen? Er ist voller Computerausrüstung.«

»Legen Sie ihn auch hinten rein.«

Als Ricky einstieg, entdeckte er seine Tante. »Oh Gott, Tante Sam, es tut mir Leid. Ich dachte, ich könnte es selbst regeln. War dumm von mir.«

Obwohl sie froh war, ihn zu sehen, und ihn am liebsten in die Arme genommen und Gott dafür gedankt hätte, dass er in Sicherheit war, hielt sie sich zurück. »Kannst du dir eigentlich vorstellen, wie viel Sorgen du allen gemacht hast, vor allem deiner Mutter? Sie ist ganz außer sich.«

»Tut mir Leid.«

»Wir haben es hier nicht mit einem kleinen Dieb zu tun, Ricky, sondern mit einem Serienmörder der gefährlichsten Sorte, die es überhaupt gibt, und du warst mit Sicherheit der Nächste auf seiner Liste. Was hast du dir nur dabei gedacht?«

»Ich dachte, wenn ich herausfinde, wer er ist, könnte ich vielleicht die Sache mit den geklauten Geräten wieder gutmachen.«

»Wenn du uns wirklich helfen willst, Ricky«, warf Tom ein, »gibt es etwas, das du tun kannst, aber es erfordert einigen Mut.«

Ricky sah Adams an. »Was immer Sie wollen.«

»Ich möchte, dass du deine Verabredung mit der Spinne einhältst...«

Sam sah Tom entsetzt an. Davon hatte er nichts gesagt.

Ricky warf einen Blick auf seine Uhr. »Dafür ist es ein wenig zu spät, es ist schon nach elf.«

»Wir haben die Zeit geändert.«

»Sie haben die Spinne kontaktiert?«

Tom nickte. »Vorhin übers Net.«

Nun mischte sich Sam in das Gespräch ein. »Es tut mir Leid, Tom, aber ich werde unter keinen Umständen erlauben, dass Ricky als Köder in diesem Spiel fungiert. Das würde mir Wyn niemals verzeihen. Tut mir Leid.«

»Tante Sam, ich bin neunzehn, ich brauche keine Erlaubnis mehr. Hör auf, mich wie ein Kind zu behandeln!«

Sam sah ihn mit blitzenden Augen an. »Das werde ich, wenn du aufhörst, dich wie eins zu benehmen!«

Ricky sank auf seinem Sitz zurück und schüttelte den Kopf, während Tom für ihn antwortete.

»Sam, er ist nicht in Gefahr. Er wird die ganze Zeit von mindestens drei Polizisten überwacht. Jesus, er wird besser beschützt sein als die Queen.«

»Dinge können schief gehen.«

»Nicht, wenn ich das Sagen habe.«

Ricky war offenbar einverstanden. »Komm schon, Tante Sam, mir wird schon nichts passieren und wenn was schief geht, kann ich immer noch weglaufen. Darin bin ich gut.«

Sam wandte sich an Tom. »Wenn ihm auch nur irgendetwas zustößt, werde ich dich persönlich dafür verantwortlich machen. Hast du das verstanden?«

Tom nickte. »Absolut. Sollen wir uns jetzt ins Rupert Brooke zurückziehen? Ich habe für halb zwölf ein kurzes Briefing angesetzt.«

Tom Adams wusste, dass es für das Gelingen der Operation nicht nur unverzichtbar war, dass sie geheim blieb, sondern auch, dass sie perfekt geplant wurde. Die Tatsache, dass sie im Winter stattfand, war von unschätzbarem Vorteil. In den Sommermonaten wimmelte es am Byrons Teich von Touristen, doch jetzt waren nur sehr wenige da. An den Ein- und Ausgängen hatten sich jeweils mindestens zwei Special-Operations-Officer postiert. Am Rand des Dorfes, außer Sichtweite, parkten zwei weitere Einheiten, die den Tatort schnell erreichen konnten, aber weit genug entfernt waren, um keinen Verdacht zu erregen, falls sie entdeckt wurden. Das Sondereinsatzkommando hatte sich im Rupert Brooke einquartiert, während seine Wagen auf dem Privatparkplatz hinter dem Pub versteckt waren.

Das Briefing dauerte nur zehn Minuten. Als die Police Officer in alle Richtungen davongeeilt waren, stand Sam mit ihrem Neffen auf dem großen leeren Parkplatz. Tom half Ricky, seinen Rucksack umzuschnallen.

»Also, wiederholen wir noch einmal, was du tun sollst. Radel bis zum Rand des Parks, stell dein Fahrrad ab und geh zu Fuß weiter, bis du den Teich erreichst, und dort wartest du. Verstanden?«

Ricky nickte. »Verstanden.«

Sam zog ihn zu sich herum. »Wenn du genau das tust, was wir dir gesagt haben, wird dir nichts passieren. Es sind überall Police Officer postiert ...«

»Wie ich schon sagte«, unterbrach Tom sie, »du wirst ständig von mindestens drei Männern überwacht, sodass du völlig sicher bist.«

Ricky sah die beiden an und nickte zuversichtlich. »Gut, dann mach ich mich jetzt auf den Weg.«

Er beugte sich zu Sam und küsste sie auf die Wange.

»Keine Sorge, Tante Sam, mir wird schon nichts zustoßen.«

Sam nickte und versuchte verzweifelt, ruhig zu bleiben, was ihr jedoch nicht gelang. Sie sah Ricky nach, wie er auf seinem Rad Richtung Teich fuhr, und fragte sich, was zum Teufel sie Wyn sagen sollte, wenn irgendetwas schief ging.

Tom schien ihre Gedanken zu lesen. »Es wird nichts schief gehen. Die Sache liegt jetzt in den Händen von Profis.«

Sam blickte Ricky weiter nach, bis er am Ende der dunklen Straße verschwand. »Ich will nur, dass er noch etwas länger lebt, das ist alles.«

Tom wandte sich ab und ging zurück zum Wagen, gefolgt von Sam, um seinen Posten bei den Special-Operations-Einheiten vor dem Dorf einzunehmen.

Während Sam neben der Tür eines der Transporter wartete, konnte sie dank der geflüsterten Anweisungen der Officer am Tatort den Fortgang der Operation verfolgen. Sie alle hatten eine Frequenz gewählt, die von Außenstehenden nicht empfangen werden konnte, sodass ihre Kommunikationsverbindung absolut sicher war. Ricky hatte den Teich bereits erreicht und wartete. Sam sah auf ihre Uhr; es war fünf vor zwölf. Plötzlich meldete sich eine der Observationseinheiten.

»Zielperson hat Teichparkplatz erreicht. Er fährt ein 500-ccm-Yamaha-Motorrad mit dem amtlichen Kennzeichen Lima, 156, Alpha, Tango, Mike.«

Tom wandte sich an einen seiner Officer. »Machen Sie eine Halterabfrage beim NPC.« Dann lauschte er wieder konzentriert in sein Funkgerät.

»Kann sein Gesicht nicht sehen, da es von einem Helm verdeckt ist. Verdächtiger ist etwa einsneunzig groß und schlank. Er trägt eine schwarz-rote, einteilige Motorradlederkluft und wadenhohe schwarze Lederstiefel.«

Einen Moment lang herrschte Stille.

»Er hat seinen Helm abgenommen und ihn auf das Motorrad gelegt, aber es ist immer noch zu dunkel und nebelig, um ihn deutlich zu sehen. Er geht jetzt den Weg entlang Richtung Teich.«

Der Officer, den Tom um die Halterabfrage beim NPC gebeten hatte, tauchte mit einem Notizzettel wieder auf, den er seinem Chef reichte. Tom warf einen kurzen Blick darauf und gab ihn an Sam weiter.

»Kennst du den Namen?«, fragte er mit ironischem Unterton.

Sam las die Information. »Yamaha-500-ccm-Motorrad ist auf Reverend Peter Andrews zugelassen.«

Plötzlich fühlte sie sich elend. Sie hatte den Beweis vor Augen, aber sie konnte nicht glauben, was sie las. Die ganze Zeit hatte sie mit ihm gearbeitet und ihn für einen Freund gehalten. Nicht im Entferntesten hätte sie gedacht, dass es Peter sein könnte. Er hatte nicht den geringsten Verdacht erregt.

Wie gewöhnlich verschwendete Tom keine Zeit, sondern handelte sofort. Er zog Sam in den SO-Transporter und sie fuhren mit hoher Geschwindigkeit zum Tatort.

»Unternehmen Sie nichts, solange Ricky nicht in Gefahr ist!«, schrie er unterwegs in sein Funkgerät. »Ich bin in etwa zwei Minuten da!« Er sah Sam an, die sich im Fond des Wagens festklammerte, während er losraste. »Ich will diesen Bastard persönlich schnappen.«

Der Transporter hielt schließlich auf dem kleinen Parkplatz an, der hinunter zum Teich führte. Tom sprang hinaus und rannte über den dunklen Weg, gefolgt von vier stämmigen Polizeibeamten. Sam tat ihr Bestes, um ihnen zu folgen, verlor sie aber in der Dunkelheit vor ihr bald aus den Augen.

Nach etwa zweihundert Metern entdeckte Tom einen Mann und lief schneller. Als er nur noch zehn Schritte von seiner Zielperson entfernt war, rief er ihr zu: »Stehen bleiben, Polizei!«

Plötzlich wimmelte es überall von Polizisten. Die Gestalt drehte sich langsam um und betrachtete den Aufruhr. Nun konnte Tom sein Gesicht erkennen, blau und leuchtend im

Mondlicht. Es war tatsächlich Reverend Peter Andrews. Als Tom ihn erreichte, traten weitere Beamte aus den Büschen zu beiden Seiten des Weges und umringten den überraschten Mann.

Tom packte ihn am Arm. »Reverend Peter Andrews?«

Andrews nickte und blickte verdutzt drein, als Tom fortfuhr: »Dürfte ich fragen, was Sie hier machen, Sir?«

»Ich wurde gebeten, hierher zu kommen.«

»Dürfte ich fragen, von wem?«, stieß Tom keuchend hervor.

»Von Doktor Ryan. Ich habe gestern eine Mail erhalten. Es ging um etwas Geheimes, das sie mit mir besprechen wollte.«

»Was, hier?«

»Nun ja, ich fand es auch ein wenig seltsam, aber sie bestand darauf.«

»Woher wussten Sie, dass es Doktor Ryan war, Sir?«

Er zuckte die Schultern. »Das stand in der Nachricht.«

Tom und der Rest seines Teams drehten sich gleichzeitig zu Sam um, die heftig den Kopf schüttelte.

»Ich habe keine Nachricht geschickt. Nur heute die an die Spinne.«

Tom wandte sich wieder an den Reverend. »Peter Andrews, die Erklärung, die Sie mir gerade gegeben haben, reicht mir nicht. Deshalb verhafte ich Sie unter dem Verdacht, Simon Vickers und Dominic Parr ermordet zu haben.«

Dann klärte Tom Andrews routinemäßig über seine Rechte auf. Einen Moment lang war Andrews sprachlos. Ungläubig starrte er einen Officer nach dem anderen an.

»Sie irren sich, Superintendent. Ich wurde hierher bestellt. Die Nachricht ist noch immer auf meinem Computer. Sie können sich selbst davon überzeugen.« Er warf Sam einen verzweifelten Blick zu. »Um Gottes willen, Sam, sagen Sie es ihnen! Ich bin kein Mörder, das Ganze ist ein schrecklicher Irrtum!«

Tom blickte ihm ins Gesicht. »Ja, und Sie haben ihn gemacht.«

Zwei SO-Officer legten Andrews rasch Handschellen an und führten ihn dann die Straße hinauf.

»Chalky, gehen Sie mit ihnen«, wies Tom seinen Kollegen an. »Sorgen Sie dafür, dass er gründlich durchsucht wird, und schicken Sie ein Team zu seinem Haus. Ich will, dass es versiegelt wird. Versiegeln Sie am besten auch die Kirche, bis die Spurensicherung Zeit findet, sie sich anzusehen.«

Chalky nickte und folgte den anderen.

Dann drehte sich Tom Sam zu. »Du gehst jetzt besser los und holst deinen Neffen. Ich wette, er ist inzwischen halb erfroren. Wir sehen uns auf dem Parkplatz.«

Sam nickte und wandte sich bereits zum Gehen, als Tom ihr nachrief: »Du kannst manchmal eine ziemliche Nervensäge sein, Sam, aber ohne dich hätten wir es nie geschafft.«

Sam schenkte ihm ein müdes Lächeln, machte kehrt und ging zum Teich.

Als sie ihn erreichte, zerbrach sie sich noch immer den Kopf darüber, wieso sie Peter Andrews nicht schon früher verdächtigt hatte. Sie suchte das Ufer ab, konnte ihren Neffen aber nirgendwo entdecken. Das war allerdings auch nicht verwunderlich, da der Nebel in der Dunkelheit immer dichter wurde. Er hatte wahrscheinlich unter einem der Bäume Schutz gesucht und würde ohne ein Nachtsichtgerät der Polizei kaum zu entdecken sein.

»Ricky, Ricky, ich bin's, Sam! Wo bist du?«, rief sie laut.

Doch es kam keine Antwort.

»Ricky, jetzt ist nicht die richtige Zeit für dumme Spiele. Mir ist kalt und die Polizei erwartet uns auf dem Parkplatz.«

Noch immer rührte sich nichts und bis auf die üblichen Laute der Nacht war kein Geräusch zu hören. Sie fragte sich, ob er vielleicht schon zum Parkplatz zurückgegangen war, nachdem er den Aufruhr gehört hatte. Womöglich hatte sie ihn nur übersehen.

Plötzlich ertönte rechts vor ihr ein lautes Platschen. Es war zu laut, um von einem Fisch zu stammen. Als sie sich dem Geräusch näherte, strengte Sam ihre Augen an, um zu sehen, was es war. Sie brauchte ein paar Sekunden, um sich an die Dunkelheit zu gewöhnen, aber dann konnte sie die Umrisse zweier Gestalten erkennen, die im Wasser miteinander kämpften. Panik erfasste sie. Trotz der Dunkelheit, ihrer eigenen Furcht und des unwegsamen Geländes rannte Sam auf sie zu. Ihr Instinkt sagte ihr, dass Ricky in tödlicher Gefahr war.

Als sie sich den Gestalten näherte, konnte sie erkennen, dass eine davon ihr Neffe war. Er schien mit einem viel größeren Mann zu kämpfen, der zweifellos versuchte, seinen Kopf unter Wasser zu drücken. Sam wusste zunächst nicht, was sie tun sollte, aber als sie die Uferkante erreichte, schien es nur eine Lösung zu geben: Sie stieß sich vom schlammigen Boden ab, landete auf dem Rücken des Mannes und schlang ihre Arme und Beine um ihn. Der Mann verlor das Gleichgewicht, fiel rücklings ins Wasser und begrub Sam unter sich. Trotzdem war sie entschlossen, sich so lange wie möglich an ihn zu klammern, um Ricky so Gelegenheit zur Flucht zu geben. Sie war nicht sicher, wie lange sie sich so an ihm festhielt, aber es schien Stunden zu dauern. Schließlich war sie dermaßen erschöpft, dass sie ihn loslassen musste, und ihr Gegner machte sich davon. Sam schlug im schlammigen Wasser wild um sich, stieß sich vom Grund ab und erreichte die Oberfläche. Als sie aus dem trüben Wasser auftauchte, riss sie den Mund weit auf und holte keuchend Luft.

Sam war bewusst, dass sie noch immer in großer Gefahr war. Hastig drehte sie den Kopf hin und her und suchte den Mann. Plötzlich spürte sie, wie ihr Kopf in das schwarze Wasser des Cam gedrückt wurde. Sie wehrte sich gegen den Druck und konnte ein letztes Mal Luft schnappen, ehe ihr Gesicht ins Wasser tauchte. Sie trat wild um sich, befreite sich schließlich aus dem Nackengriff der Gestalt und hob wieder den Kopf. Sie wusste nicht, ob Ricky weggelaufen war, aber das war im Moment auch nicht ihre Hauptsorge. Plötzlich wurde ihr der rechte Arm auf den Rücken gedreht, sodass sie nach vorn kippte und ihr Kopf wieder ins Wasser tauchte. Sam schlug verzweifelt um sich, aber sie war schon zu erschöpft und das kalte Wasser raubte ihr die letzte Kraft. Sie spürte, wie sie immer schwächer wurde und ihr die Luft ausging.

Sams Körper erschlaffte, während ihre Lunge nach Luft schrie. Plötzlich löste sich der schraubstockartige Griff und Sam wurde an die Oberfläche gezogen. Wasser spuckend und mit den Armen rudernd tauchte sie auf. Die erste Stimme, die sie hörte, war Rickys.

»Bist du okay, bist du okay?«, fragte er und zog seine Tante zum Ufer.

»Gut ... mir geht's gut ... Wer zum Teufel war das?«, stieß Sam keuchend hervor.

Ricky legte sie vorsichtig auf die Uferböschung, hob ihren Kopf und nickte Richtung Wasser. Mit dem Gesicht nach unten trieb die schlaffe und bewusstlose Gestalt ihres Angreifers an der Oberfläche.

»Ich habe ihm mit einem Stein auf den Kopf geschlagen. Wahrscheinlich habe ich ihn getötet.«

Sam richtete sich auf. »Du musst ihn rausholen.«

»Nein, er ist in tiefem Wasser. Ich bin zu erschöpft«, sagte Ricky.

»Wie zum Teufel ist er an all den Polizeikontrollen vorbeigekommen?«

»Er ist geschwommen, durch den Fluss geschwommen. Er muss verrückt gewesen sein. Das Wasser ist eiskalt.«

Durch den Fluss. Der einzige Weg, den sie nicht gesichert hatten, dachte Sam. »Hast du sehen können, wer er ist?«

Ricky schüttelte den Kopf. »Es war zu dunkel. Aber er war verdammt stark. Ich dachte, es wäre aus mit mir, bis du gekommen bist.«

Sam rang sich ein Lächeln ab. »Mir ging's genauso.«

Sie sank zurück auf die Böschung, schwer atmend und zu keiner weiteren Bewegung fähig. Während sie dort lag, drang die vertraute Stimme von Tom Adams durch die Dunkelheit.

»Sam, Ricky, wo zum Teufel seid ihr?«

Sam war zu erschöpft, um zu antworten, aber ihr Neffe stieß einen Schrei aus, bevor er neben ihr zusammenbrach. Tom rannte mit Chalky White zu ihnen und kniete sich neben Sam.

»Was zum Teufel geht hier vor?«

Sam brachte kein Wort heraus und deutete nur auf die Gestalt, die auf dem Wasser trieb.

»Holen Sie ihn raus, bevor er verschwindet«, forderte Tom seinen Kollegen auf.

Chalky starrte ihn einen Moment an, als könnte er nicht glauben, was ihm soeben befohlen worden war.

»Nun, stehen Sie hier nicht rum, holen Sie ihn raus«, ermahnte Tom ihn.

Chalky gehorchte und watete in den Teich. Das Wasser reichte ihm bis zur Brust, als er den Mann endlich zu fassen bekam und ans Ufer zog. Sam hatte sich ein wenig erholt, zitterte aber am ganzen Körper. Mit Toms Hilfe setzte sie sich auf und verfolgte, wie Chalky aus dem Wasser kam und den Mann umdrehte. Zuerst konnte sie nichts sehen, da Wasser aus ihrem Haar in ihre Augen tropfte. Sie blinzelte und rieb sich die Augen. Der Nebel umwallte die Gruppe am Ufer und als er kurz aufriss, tauchte der Mond auf und erhellte das Gesicht von Eric Chambers. Sam starrte Tom an und dann wieder Eric.

Tom drückte sie an sich. »Im Lauf der Jahre habe ich in diesem Job gelernt, dass es viel öfter, als man glaubt, das Offensichtliche ist.« Dann warf er Chalky einen Blick zu. »Ist er tot?«

Chalky nickte. »Scheint so.«

Sam kroch das Ufer hinunter zu Eric Chambers und legte ihre Finger an die Seite seines Halses. An seiner Schläfe, dort, wo Ricky ihn mit dem Stein getroffen hatte, klaffte eine Wunde. Sie versuchte weiter seinen Puls zu fühlen, aber ohne Erfolg. Ob ihn der Schlag mit dem Stein getötet hatte oder ob er ertrunken war, würde sie später feststellen, aber es bestand kein Zweifel, dass er tot war. Sam blickte zu Tom auf.

»Warum? Warum hat er das nur getan? Er schien so ein liebenswürdiger Mensch zu sein.«

Tom zuckte die Schultern. »Wer weiß? Wir haben nur seine Aussage, dass es seine Mutter war, die seinen Vater und dessen Freundin getötet hat. Vielleicht werden manche Menschen einfach böse geboren. Er muss die Nachricht an Peter Andrews geschickt haben, um uns abzulenken. Was auch immer er sonst war, er war ein gerissener alter Schweinehund.«

Sam sah wieder in Eric Chambers' halb geöffnete Augen. »Ich denke, jetzt werden wir nie erfahren, was ihn dazu getrieben hat.«

»Nein, das werden wir wohl nicht«, stimmte Tom zu.

Er legte seinen Arm um Sam und zog sie vom Boden hoch. Chalky und Ricky waren bereits losgegangen. Ricky war in Toms Jacke eingewickelt und zitterte am ganzen Körper.

»Komm, ihr müsst euch aufwärmen. Und im Transporter sitzt noch ein völlig verängstigter Pfarrer. Erlösen wir ihn von seinem Leid.«

Sam nickte. Von seinen wärmenden Armen gestützt, entfernte sie sich langsam vom Teich.

Epilog

Das Problem beim Verlust des Hauptverdächtigen besteht darin, dass so viele Fragen unbeantwortet bleiben. Tom Adams und die Serial Crime Unit waren bereits dabei, Erics Leben unter die Lupe zu nehmen und zu versuchen, ihn mit möglichst vielen ungelösten Mordfällen aus dem ganzen Land in Verbindung zu bringen. Es würde eine langwierige, undankbare Aufgabe sein, ohne zu wissen, ob man am Ende eine Antwort haben würde. Sam war nicht sicher, ob Erics Geschichte über den Mord an seinem Vater und dessen Geliebter der Wahrheit entsprach. Inzwischen hielt sie es für wahrscheinlicher, dass Eric die Morde begangen und seine Mutter ihn geschützt hatte und nicht umgekehrt. Aber im Grunde war dies nur eine Vermutung und niemand würde je die ganze Wahrheit erfahren.

Nach der Autopsie, zu der sich Trevor freundlicherweise bereit erklärt hatte, wurde Eric Chambers auf dem Friedhof von Sowerby neben seiner Mutter beerdigt. Einige Dorfbewohner erhoben Einwände dagegen, aber Peter Andrews wehrte sie mit den Worten ab, dass es nun Gott und nicht den Menschen obliege, über ihn zu richten.

Was die weiteren Ereignisse im County betraf, so wurde Enright in London mit einer großen Menge pornografischen Materials aufgegriffen und wartete auf seinen Prozess. Ironischerweise wurde er von John Gordon verteidigt. Warum sich Eric entschlossen hatte, in der Nacht, als Simon Vickers ermordet worden war, ausgerechnet seinen Wagen zu stehlen, wusste Sam nicht, aber es schien nur ein seltsamer Zufall zu sein. Obwohl er mehrfach von Tom Adams verhört wurde, leugnete er jede Verbindung zu Eric, aber die meisten Leute hatten ihre Zweifel.

Peter Andrews und Edmond Moore stellten ihren Film fertig. Er war ein grosser Erfolg und wurde sogar im Videotagebuch-Programm der BBC gezeigt. In der Kirche wurde der neue Heizkessel installiert und der Chor konnte endlich singen, ohne dabei dicke Mäntel und warme Mützen tragen zu müssen. Obwohl Sam weiterhin Vorbehalte gegen ihn hatte, blieb Moore ein wichtiges Mitglied der Kirche und des Dorfes und übernahm die Leitung des Computerkurses.

Wahrscheinlich war es die Tatsache, dass sich so schnell alles wieder normalisierte, die Sam dazu veranlasste, ein sehr lukratives Angebot als Abteilungsleiterin im Barts Hospital abzulehnen. Ausserdem erschien ihr der Gedanke, wieder in die hektische Anonymität von London zurückzukehren, nicht sehr verlockend.

Ricky erholte sich bald von dem schrecklichen Erlebnis in Byrons Teich und wollte sein Informatikstudium an einem der örtlichen Weiterbildungscolleges fortsetzen. Wyn und Ricky entschlossen sich ausserdem, aus Sams Cottage auszuziehen. Wyn arbeitete und hatte das Gefühl, mehr Platz für sich zu brauchen, und so kaufte sie eine der neuen Zweizimmer-Eigentumswohnungen mit Blick auf den Cam. Obwohl sich Sam für sie freute, wusste sie, dass sie ihre Schwester und ihren Neffen sehr vermissen würde, und sie fürchtete sich vor der Einsamkeit, die sie mit Sicherheit erwartete.

Es war wahrscheinlich Wyns und Rickys Auszug, der Sam schliesslich davon überzeugte, dass es Zeit war, ihren Lebensstil zu ändern. Das Leben mit Tom, sagte sie sich, würde nicht so schlecht sein. Auch wenn iht Verhältnis zur Zeit etwas angespannt war, glaubte Sam, dass er sie liebte. Und sie hegte starke Gefühle für ihn, was ein guter Anfang war. Ausserdem war sie bereit, sich niederzulassen, und sie konnte sich niemand anderen vorstellen, mit dem sie dies lieber tun würde. Vielleicht, träumte sie, würde nicht nur Trevor dieses Jahr heiraten. Am Sonntag nach Wyns und Rickys Auszug nahm sie die beste Flasche Champagner, die sie finden konnte, und fuhr früh am Morgen zu Toms Haus, fest entschlossen, ihn mit einem Champagnerfrühstück betrunken zu machen und zu sehen, was sich daraus entwickelte.

In Toms Einfahrt parkte der rote Z3 Sportwagen. Sie wusste, wem er gehörte, es gab nicht viele Z3s in der Gegend. Außerdem erkannte sie an dem Morgentau auf der Windschutzscheibe, dass er die ganze Nacht und womöglich noch andere Nächte zuvor dort gestanden hatte. Ein Teil von ihr war versucht, zur Haustür zu marschieren und Tom zur Rede zu stellen. Aber dann fragte sie sich, was ihr das bringen würde. Nur mit Mühe gelang es ihr, die Tränen zurückzuhalten, als sie in den ersten Gang schaltete und die lange Straße entlangfuhr, die zu ihrem leeren Cottage führte. Mit einem Mal erschien ihr die Stellung im Barts Hospital sehr verlockend.

Gerichtsmedizinerin Dr. Samantha Ryan

Nigel McCrery
Spinnennetz
ISBN 3-8025-2834-4

Nigel McCrery
Die Fremde ohne Gesicht
ISBN 3-8025-2835-2

vgs verlagsgesellschaft, Köln
www.vgs.de

Max Allan Collins
CSI: Doppeltes Spiel

ISBN 3-8025-2913-8

vgs verlagsgesellschaft, Köln

www.vgs.de

Kathryn Wesley

Das Zehnte Königreich

ISBN 3-8025-2740-2

vgs verlagsgesellschaft, Köln

www.vgs.de

www.tvspielfilm.de

Wir lesen was, was Du nicht liest!

TV SPIELFILM holen. Nur das Beste sehen.